守望者

路远 著

远方出版社

图书在版编目（CIP）数据

守望者/路远著.--呼和浩特:远方出版社，
2024.12.--ISBN978-7-5555-2118-1
Ⅰ.I247.5
中国国家版本馆CIP数据核字第2024B8D295号

守望者
SHOUWANGZHE

著　　者	路　远
责任编辑	蔺　洁
封面设计	毕力格
版式设计	王改英
出版发行	远方出版社
社　　址	呼和浩特市乌兰察布东路666号　邮编010010
电　　话	（0471）2236473总编室　2236460发行部
经　　销	新华书店
印　　刷	呼和浩特市圣堂彩印有限责任公司
开　　本	787mm×1092mm　1/16
字　　数	325千
印　　张	20.5
版　　次	2024年12月第1版
印　　次	2024年12月第1次印刷
标准书号	ISBN978-7-5555-2118-1
定　　价	42.00元

如发现印装质量问题，请与出版社联系调换

引子：殉情

某年夏天，我住进了距离青城大约20千米的磨盘村一个僻静的院落里，静下心，在此创作一部剧本。磨盘村坐落于大青山山谷内，一条黑色的柏油路从山谷穿行而过。南坡是著名的大青山登山步道，北坡一座座白色建筑依山而建，大多是民宿、烧烤店，店铺门脸上悬挂着形态各异的灯笼。到了夜晚，灯火通明，乐声悠扬。仰首观望，可见对面高耸的山峰上，星星点点的灯光延续到山顶，勾勒出一幅绝妙的图案，犹龙似鹤，宛如仙境。

这种环境最适合写作。但是，无端变幻的天气使我心情很糟，一时进入不了创作状态，苦思冥想，却怎么也无法构思出一个令人满意的故事框架。

随身带了几本书，大都是当地史志还有本县植树造林的内容。我想从这几本书中寻找一点创作灵感，或者是有用的素材。坐在阳光下，读书、思考，收效不大。

傍晚，残阳欲坠，暮色渐浓。信步于登山步道，及至前山腰，膝酸脚痛，感慨白驹过隙，时光荏苒，不知不觉，竟入老年，体力也大不如往昔矣！见前方有一凉亭，鼓足气力，坚持爬上去，在凉亭内的长条椅子上坐定喘息。眺望山下，整个山谷尽收眼底，我所居住的白色小院亦在其中，却被一层淡淡的暮霭笼罩，融于一幅水墨画中。此时此刻，天静地宁，风轻云淡，心始怡然。人化于天地之间，早将世上烦恼忘于九霄云外。

这才知道在山顶看日落是何等享受。其时，残阳似血，当那浑圆的太阳落到地平线之下，西边的天空所有的云絮都燃烧起来。那是真正的火烧云。那是一种没落的辉煌，虽然壮观，却蕴藏着一种悲剧式的忧伤。

忽见一队青年沿着步道快速攀缘而上。他们穿着不同色彩的登山服，脚下穿着专业的登山靴。他们步履轻快而疾速，沿着陡峭的步道登攀对他们来说如履平地。他们青春的脸庞上洋溢着一种昂扬向上的豪情和自信，似乎沿着这条路就一直能走到他们期望的理想之地。

青春真好啊！

山坡上，几块大牌子赫然映入眼帘：青山、青城、青春。

我这才留意到登山步道经过翻修焕然一新，所经之处矗立着古代文化名人的塑像以及他们留下的千古绝唱。据说从古至今，有关阴山的诗词歌赋有几千首之多。挖掘这些文化宝藏让后人更好地体会其中博大精深的意蕴，也许正是我未来的作品中应该表达的主题思想吧？

走在最前面的红衣女子突然停下来。她停下来的位置离我只有十步之遥。她显然是这支登山队的领队。她举起一只手来，示意大家向她聚拢。很快，二十多名队员全部聚集到她身边。我也不由自主地向她那边走了几步。她举着手机高声说："大家注意啦——刚刚收到一则信息，有一对青年男女留下了遗书,要在大青山上殉情。我们马上全力登上山顶,寻找这两名轻生者,阻止他们跳崖……"

大家静静地听着,没有一个人发出声音。只见那红衣女子一摆手,大家跟着她以更快的速度向山顶而去,不一会儿,他们与我拉开了一段距离。

有人要跳崖殉情?

在当代,男女殉情十分罕见。凭着一个编剧敏锐的感觉,我认定这里面一定有故事。或许,能为我的剧本创作提供创作素材呢?

灵感的火花也许会因此而闪现。

我急忙跟在后面,气喘吁吁地爬上了山顶。

当我到达山顶时,一场拯救生命的行动已经结束。我不知道这些年轻人是怎样把那两名殉情者救下来的,更不知道他们是怎么说服这两个年轻人,让他们放弃了轻生的念头。我只看到那红衣姑娘把一条毯子裹在穿黑色裙子的女子身上,并将她搂在自己的怀里。那黑衣女子的身子不停地颤抖着。而那个男青年则剧烈喘息着,脸色通红,他的头不知道怎么撞破了,鲜血从额头流到了面颊上。他的目光有些迷离。几位男性队员围着他,其中一人把一个水壶递给了他,他仰起头来,咕咚咕咚地喝着,水沿着他的脖子流下来,与脸颊上流下来的血混在一起,可他全然不顾。后来,大家簇拥着二人下山。此时,已有救护车赶来,停在山下的路边。我随大家下山后,那辆救护车已经呼啸而去。

我立即开着我的车紧紧地跟随着救护车。

当夜十点多,我在一间病房与那两位轻生的年轻人见了面。他们刚刚做完检查,男子头部的伤口已做了包扎处理,身体没有其他问题。某个关怀轻生者的组织已经派了心理咨询师为二人做了情绪安抚。他们激动的情绪已经平复下来,一时有些沉默。我对他们做了自我介绍,并说明来意。二人互相看了一眼,依然保持着沉默。这样的沉默持续了一个小时左右,我向他们保证:"电视剧都是虚构的,所以,你们根本不必担心你们的名字会出现在我的剧本中。"

男青年这才打破沉默,开始向我讲述起来。

我听到了一个现代版的罗密欧与朱丽叶的故事……

当然,故事得从头讲起。

目 录

第一章　 / 001

第二章　 / 024

第三章　 / 051

第四章　 / 077

第五章　 / 110

第六章　 / 138

第七章　 / 185

第八章　 / 217

第九章　 / 245

第十章　 / 280

结　局　 / 318

青城边的世代守护
岁月中的绿意长歌

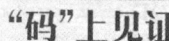
"码"上见证

小远

有声伴读 🎧
听故事 沉浸书中世界

作者专栏 📖
看视频 了解创作故事

新书动态 📖
读好书 漫步文学天地

第一章

1.退伍

渴。正午，阳婆正毒，咽喉变成干涸龟裂的河床，喉结上下动了多回，却没带出唾液。渴望下雨。风，硬而野，不讲理地硬往身上、脸上扑，扑也就罢了，还夹带着细沙，在脸上雕琢麻点儿。

春日，复转兵吕立春从市区唯一的火车站下了车，背着简单的行李和一个军用挎包，徒步二十多千米，走进入青山深处。家乡迎接他的是风沙。他不喜欢风沙，但他不怕。

大青山老了，有千万条抬头纹，其中一条皱纹里嵌了一粒红豆——磨盘村。村里房子的瓦是红的，人的肤色也是红的。老辈人讲，当年这里是有一盘大磨的，沟里那条河的水从山坡上顺势而下，流势猛，当地人在水流最急处，设了一架高高的水车，湍急的水流推动着水车日夜旋转着，村民们世世代代用它来磨米磨面，极为方便。而那日日夜夜吱吱嘎嘎呻吟的水车也成了当地一大风景。那时候这儿只是一个非常小的村庄，还没有成为旅游景区，更不是网红打卡地。村子里只住了不到二十户人家，常住人口不过百。这便是吕立春的老家。

当兵三年，部队的营地在乌兰察布市卓资山一带的山沟沟里，离家乡不远。他是炮兵，却没打出过一发炮弹，问他，只是"嘿嘿"一笑，实话实说：

"当了三年炊事员。"

又问:"那肯定做得一手好菜啦?"

又是不好意思地一笑:"只管烧火。"

原来是当了三年的火头军!

立春能吃苦,干活儿舍得卖力气,不爱说话,脾气很倔,起初大家叫他"吕子",叫着叫着,"吕子"就叫成了"驴子"。这绰号不知怎么传到了部队,战友们也都戏称他"驴子"。兴许是他太犟,毛驴脾气,得罪了不少人,几次入党提干都给耽搁啦。

有一次,部队夜间拉练,急行军。秋天,黑压压的庄稼地在朦胧月色的映照下泛起银波。队伍在穿越一片玉米地时,走在前面的排长往后面传话说:"不要碰老百姓的玉米!"结果传到后面,就变成了:"不要忘了拿老百姓的玉米。"回到营房,许多战士从怀里掏出玉米交给排长。排长大惊:"谁让你们拿老百姓的玉米?"这才知道是有人传错了话。排长本不想追查传错话的兵,再说,大家也早忘了是谁传错的。排长正打算让人把玉米给老百姓送回去,赔礼道歉,可没想到有一个兵出列,说是他把话给传错啦。排长想息事宁人,摆手、挤眼、咧嘴,示意他不要说了。可他驴脾气发作,偏偏大声嚷嚷:"是我传错了,我愿意接受处分!"

此人正是傻呵呵的立春!

这一下,本来要给他提炊事班副班长的决定撤销了。等到他服满兵役退伍前,依然是一个火头军。

几乎用了多半天的时间才走回磨盘村。越走越热,风迎面而来,越吹越有劲儿。五十多里的山路对一个当过兵的人来说根本不算啥。他站在山圪梁梁上,一边擦着额头和脖颈儿上的汗,一边眺望故乡——这个窝在山沟沟里的小村庄,心中油然生发出一股激情:"爹、妈,我回来啦!大雪,你现在在哪儿呢?是在地里干活儿还是在家给你爹做饭呢?你能猜到我回来了吗?当我突然出现在你面前时,你会是啥表情呢?是惊讶得合不拢嘴,是羞涩地转过脸去,还是激动地扑上来抱住我呢?或者,啥话也不说,只是用你那一对忽闪忽闪的

第一章

大眼睛深情地看着我呢？"

当然是最后的那个情景，毕竟，大雪是一个十分内向的女孩子，和他说句话都会脸红上一会儿呢。

想起三年前他离开家时，乡亲们几乎都出来相送，平时与他最好的铁哥们儿胡小满拍了拍他的肩膀说："到了部队上好好干，立功得奖，给咱磨盘村争光！"又说，"你的相好大雪，我会好好照顾她，你就放心吧。"

说句心里话，在部队这三年，他想过村里所有的人和当年一起上学的同学，最想的人除了大雪，就是胡小满。

胡小满是何人？二人并不住在同一个村，他家住在附近的大井村，两个村子离得近，田连阡陌，鸡犬相闻。顽童时，二人只要聚拢在一搭儿，就爱比个你高我低。譬如一起撒尿，谁呲得高谁获胜；再譬如，在镇子里读小学，二人比谁考得好、谁交的朋友多、谁更容易得到女同学的青睐、谁能得到三好学生。唯独有一项小满不比，那就是打架。立春拳头硬，脑壳也硬，全校没人敢招惹他。小满也曾尝试和立春争霸，但领教了他铁拳的厉害之后，就投靠到立春门下，成为他忠实的小弟。立春也有一项不和小满比，那就是谁家有钱。立春家贫，爹娘都是本本分分的庄户人，在队里拿工分吃饭。小满就不一样了，他爹是村会计，家里虽不是要啥有啥，但起码衣食无忧，无论去哪儿，一家人总是打扮得风风光光、体体面面。走进教室，如果是冬天，人家小满穿一件新棉猴儿，华达呢面儿，红狐狸皮领儿，能耀瞎人眼。夏天呢，穿一件白色丝绸中式褂儿，偏分头上不知抹了啥油，苍蝇飞上去也得滑个跟头。这时候立春立马闪人，离他远远的，有点自惭形秽的感觉。

小满喜欢告状，在学校向老师告状，回家向他爹告状，在村里向村主任告状，但他从不告立春，立春在学校里打架了，或者悄悄上山套野兔子去了，又或者是和女同学大雪走得很近……这些他都替立春隐瞒，所以立春一直把他当成自己的铁哥们儿。

立春知道小满的毛病，善意地给他取个外号叫"马屁猴"。小满反唇相讥，称立春为"犟毛驴"。从此，"毛驴"这个绰号被传播出去，同学们也都

叫开了。当然,是背地叫,当面谁也不敢叫。

吕立春爱上了本村女孩子——村主任姚清明的大女儿姚大雪。这个秘密他只告诉了胡小满一个人。胡小满答应替他严守秘密,打死也不说。

胡小满还给立春出主意:"先把她拿下,只要拿下,她就跑不了啦。"

立春摇头说:"不能,大雪是个单纯的闺女。"

立春参军要走,走前特意叮嘱小满:"大雪的脚受过伤,一直没好利索,有些重活儿累活干不了,你多帮帮她。"

胡小满拍着胸脯说:"多大点儿事儿呀,包在我身上。"

立春又说:"还有,她家旁边的葛二蛋总去骚扰她,你替我盯着点儿。"

胡小满说:"这个你更不用操心,葛二蛋那灰鬼怕我,我现在是民兵队队长,这两天他跟在我屁股后面,想加入基干民兵呢。"

立春听了,彻底放下心来。

2.意外

吕家两儿一女。按当地习俗,凡是靠近二十四节气所生的婴儿,取名时都要加上节令的名字。大儿子是立秋前三天所生,取名"吕立秋";小女儿是立夏后五天生的,取名"吕立夏";二儿子恰是立春那天所生,连时辰都准,理所当然取名为"吕立春"。

大儿子吕立秋憨厚,沉默寡言,干农活是把好手。三年前娶了邻村女子,叫腊月。腊月干活利落,恪守妇道,没啥坏毛病。小女儿吕立夏年方十三,还没读完小学。立夏从小机灵,能说会道。

让吕谷雨最担心的是小儿子立春。立春去了部队,都说部队是个"大熔炉",能把铁炼成金子,可他知道立春连块铁疙瘩也算不上,是一块敲不烂、碾不碎、砸不开、烧不热的顽石,再烧再炼,终究也还是块石头。在部队只要不惹祸,就已经是托祖上的福了。

一去三年,总共三封家书,一年一封。没有立功的喜报,也没有提干入党的喜讯，只有寥寥数语："父母大人安好，我一切如故，勿念……致以革命的敬礼。儿立春敬上。"

正因为如此，当吕立春突然出现在父亲面前时，虽还是一身绿军装，但已经没了红五星和红领章，父亲不惊不喜，脸上平平淡淡，他知道儿子这是复员归乡啦，往后又该过那面朝黄土背朝天的日子了，但愿他那倔脾气能改一改。

"爹，俺娘呢？"

"韩寡妇的媳妇生娃，你娘帮忙去啦。"爹把手里烟袋锅里的残灰在鞋底上磕着，不紧不慢地说。

"哥呢？"

"地里忙着呢。"

"妹呢？"

"上学去了。"

"家里都好吧？"

"都好……"

一时沉默，父子无话可说。

"村里……都好？"沉默了一会儿，立春忍不住发问。

"好个屁，闹饥荒，青黄不接，好多人家都揭不开锅啦，村口那棵老榆树的皮都被剥光啦。"

立春马上想起刚才进村时，看见村口那棵赤裸着白花花身子的歪脖子老榆树，心中一悸。

装了一锅烟末子，重重叹口气，爹接着说："连着两年饥荒，今年要是再这么下去，那咱村的人日后都得出去逃荒哩！"

"咋会这样？"立春惊愕。

"唉，老天爷不长眼啊，年年春天刮大黄风，一刮就是一个月，刚刚出土的青苗都让沙子给埋住啦……"爹悲怆地诉说着。

家乡风大，立春从小就体验过无数次了。有一回，早晨醒来，门推不开，原来是一夜的风沙将沙子堆起了二尺高，堵住了家门。还是立春从窗口钻出

去，从外面用铁锹挖了半天才把门口的沙子挖开，打开了家门。只是他没想到，这风沙不但没减弱，反而变本加厉，越来越严重了。

"那村主任干啥去了？他为啥不领着大家伙儿去种树呢？"立春愤愤地问。

"种树？有啥用？每年都种，种一棵死一棵，大家的心都死啦！"父亲一副愁眉苦脸的样儿。

立春嘴里说着这样的事情，可心里想着的却是另外一件事：大雪，她怎么样了？

立春拐弯抹角地问了几回，爹都避而不语。

立春预感到有些不妙，干脆单刀直入："爹，大雪咋样儿？她……"

爹不语，闷闷地抽了一口烟。

立春证实了自己的预感，向门外走去。

"你要去哪儿？"爹起身挡住他。

"去找大雪！"他坚定地看着爹。

"你给我回来！"

"咋啦？"

"大雪她……"

"她出事儿啦？"

"没。"

"那她……"

"她今儿出嫁。"

立春似被雷猛击了一下："甚？出嫁？嫁给谁？"

"胡小满……"

"啊？"

天塌了！

3.劫轿

前贫协主席、村主任姚清明祖辈是手艺人，是石匠。在偏僻的穷山沟，手艺人是被人看重的，木匠、铁匠、画匠、皮毛匠、锢匠、鼓匠……凡称"匠"者，皆与教员一样受人尊而崇之。

抗战期间，八路军的医院隐藏在大青山深处。大青山沟深林密，地形复杂，日本人不敢贸然进山围剿，想把八路军困死在山里，派遣秘密小分队摸进村庄，将所有的磨盘全部炸毁。八路军医院急需一盘磨把老百姓送来的米麦磨成面，让伤员们有饭吃。姚清明得知消息后，二话不说，将自家藏起来的一盘二百多斤重的磨盘背到肩上，一口气走了十里山路，把大磨盘送给了八路军。磨盘解了八路军后方医院食物短缺的燃眉之急。从此姚清明声名远扬，家喻户晓，成了英雄。他先是当贫协主席，之后，数年连任村委会主任，合作化后任大队长。

磨盘村也因那盘石磨而闻名。

姚清明的老婆贤惠能干，对丈夫言听计从，即便被呵斥也从不抱怨。她给丈夫生下两个闺女后便早早撒手归西。姚清明既当爹又当娘，把两个闺女拉扯大。所幸两个女儿长得一个比一个俊俏，聪明伶俐，人见人爱。姚大雪端庄稳重，柳眉杏眼，像年画上的仙女。姚白露虽然只有十三岁，但机灵聪明，一双水灵灵的大眼睛好奇地看着周围的人和物，似乎想弄清楚这个世界所有的秘密。

三年前，秋天。立春收工晚了些，扛着锄头回家，昏暗的暮霭中，见一个黑影在田埂边蹲着呻吟。立春听着声音很熟悉，停下上前细看，原来是大雪。她不小心崴了脚，疼得不行，坐在田埂上揉搓脚腕。立春已经十八，到了情窦初开的年龄，这村里能入他法眼的唯有大雪一人，只是没机会接近。此刻天赐良机，岂能错过。他问大雪能不能走路。大雪摇头。

他半蹲下来，将锄头横在腿上，头也不回地说："来，我背你。"

　　大雪似乎犹豫了一下，闷声不响地爬到他的后背上。天热，立春没穿上衣，皮肤晒得黢黑。他直起腰，背着大雪大步走。大雪不胖，身体发育成型，该凸的凸，该凹的凹。他觉得自己简直健步如飞。

　　恍惚听见后面大雪嗔怪地低声道："急啥，慢点儿。"

　　他听话地放慢了步子。这时才感觉到背后有两团柔软的东西随着他的脚步一起一伏。他整个身体火辣辣地燃烧起来。天色昏暗，星星闪烁，越来越清晰。田野上的风儿轻轻掠过，吹到庄稼的麦梢上，发出窸窸窣窣的声音，似乎有人在那儿窃窃私语。

　　"立春哥，累了吧？要不歇会儿？"耳边，她低声细语。呼出的气息喷在脖颈儿上，痒痒的，挺舒服。

　　"不累，真不累。"

　　"立春哥，你的力气好大呀。"

　　"那也比不上你爹呀，人家能把二百多斤的磨盘背进山呢。"

　　"别信他吹牛，我问过我爹，他说其实是八路军帮他把磨盘推进山里的。"

　　"推？"

　　"是呀，把磨盘立在地上，像推车轱辘似的，让它转着往前走。"

　　"那也不容易啊，没两下子，谁能推着磨盘走呢？"

　　"反正，我爹就是吹牛。"

　　沉默了一会儿，大雪低声在他耳边问："立春哥，要是我的脚好不了了，你还会背我吗？"

　　"背。"

　　"背一辈子？"

　　"嗯。"

　　"你真好……"

　　他感觉到她把头埋在了他的肩头，黑油油的头发瀑布般垂到了他的胸前。那是他们第一次亲密接触……

第一章

立春一直认为那句"背一辈子"是彼此之间爱情的誓言,她应该听明白了,并且会牢牢记在心里。在部队三年,他总是会想起她的面容,她那对忽闪忽闪的大花眼,还有她爬在他背上那两团物儿的温柔……他下定决心:复员回家,马上到她家提亲。他要娶大雪,要与她厮守一辈子。

万万没想到,归来之日,却是大雪出嫁之时!

而且,娶她的不是别人,是他最好的朋友胡小满!

姚家离吕家不远,都在村西头。立春以百米冲刺的速度跑到姚家。姚家门前冷冷清清,只有几个娃在那儿玩耍。他跑到姚家院门口,停下,思索:我要干什么?我应该干什么?我能干什么?

毫无疑问,他得阻止这场婚礼。

可他晚了一步。新娘已经上了花轿,离开了姚家,正往大井村的胡家走去。也许再过一个时辰,那边就开始拜堂啦,生米做成熟饭,那就真的晚哩!

新娘已经被花轿接走了,是大雪的妹妹告诉立春的。立春站在姚家院门外发呆,姚白露牵着一头骡子走出来,立春用有些幽怨的目光盯着她。

"你姐呢?"

"你还知道来找我姐呀?她嫁人了,走啦……"

立春只觉得自己的大脑"轰"的一下变成了一片空白。

他一把夺过白露牵着的那头大骡子,翻身骑上,双腿一夹,向大井村飞奔而去。

大骡子认生,也可能是被立春的举动吓坏了,发疯般狂奔。

这正合立春的心思。

他居然追上了那支迎亲队伍。

几个鼓匠在前面吹吹打打。后面是骑在一头大骡子上的胡小满。他戴了一顶呢子礼帽,胸前戴了一朵大红花。接着是一辆骡车,车上是彩篷,挂满了红红绿绿的布条。一块红缎子挡在篷子口。后面还跟着几辆骡车,车上拉着嫁妆,两个搪瓷脸盆、一面镜子、一对竹皮暖壶,还有一对木头打制的红柜子。

喜滋滋的胡小满万万没想到,眼瞅着迎亲队伍就要进村了,突然有一骑飞

奔而来，冲到花轿篷前，撩起帘子，把里面的新娘扯出来，猛地拉到了他的坐骑上，然后飞奔而去。

这一切发生得那么突然、那么迅速，胡小满只看清来人是立春，没来得及愧疚，新娘就已经与那匹大骡子消失得无影无踪了。

【创作手记之一】

关于劫持新娘，村子里流传着不同的版本。有一种说法是新娘并没有坐花轿，毕竟是新中国了，移风易俗。那新娘坐什么呢？说是骑毛驴。在驴背上铺一块花布垫，新郎把新娘抱上驴背，新郎在前面牵着驴，后面是吹吹打打的鼓匠，往大井村一路走来。另一种说法是新娘已经到了大井村的胡家，正要拜天地，立春赶来，不由分说，抱了新娘便走。第三种说法是，其实新郎新娘已经入了洞房，半夜时新娘听见外面传来毛驴高一声低一声的叫声，新娘听出那是她的心上人在召唤她，于是找借口溜了出去，与吕立春骑毛驴私奔了。最后一种说法是，迎亲队伍走到半路，新娘骑着的那头骡子突然惊了，驮着新娘狂奔而去，在村口恰好遇到了吕立春，二人一拍即合，骑着大骡子奔向了村外……无论哪一种说法是真的，有一点是大家公认的：在胡家大喜的日子里，吕立春劫走了新娘姚大雪，这是千真万确的事，吕家与胡家从此结下了梁子。

4.惊变

圣水峪往北，是一片浩瀚的沙地。那儿离长城不远，应属黑界地。据老辈儿人说，这里原本水草肥美，山青水绿，天鹅偕野鸭嬉水，羚羊与虎狼出没。后来一波又一波人在这里开垦荒地种庄稼，建了一个又一个村落，伐木造屋，砍树当柴，日复一日，年复一年，土地失去林木的保护，沙化越来越严重，往昔的圣水峪如今变成了白沙坝。

都说20世纪60年代初的那场大沙暴旷古未见。那一天，几乎毫无征兆，上午还很平静，只有些许微风在吹，天色略阴沉，一切一如既往，平平淡淡，谁也不会想到几个小时之后，会有一场毁灭性的灾难袭来。

据老人们回忆，风暴正是吕立春劫走新娘的一个时辰内发生的。作为事件的当事人，胡小满急眼了。身为民兵队长的他第一个动作就是敲响了村口那口大钟。洪亮的钟声惊动了整个村庄。十几个民兵匆匆而来，有人背着枪，有人扛着铁锹，有人扎着武装带，有人歪戴着帽子，有人叼着烟卷儿，大家都一个神情：咋的啦？出甚事儿啦？当民兵队长胡小满讲明情况后，有人忍不住乐了："新婚之日就让人给戴了这么大一顶绿帽子，太好笑了！"不过一看胡小满在瞪他，民兵葛二蛋立即捂嘴，把那一串儿笑声咽回肚子里。众民兵也领会了队长的意思，就是上天入地，也要把那一对儿"狗男女"抓回来。

这天，除了愤怒的新郎，还有一个人的怒火在熊熊燃烧，那就是现任村主任姚清明。胡小满是他亲自选中的女婿。为大女儿择婿这事儿，他已经筹划很久了。女大留不住，留下是仇人。他心里有两个人选，一个是胡小满，另一个是吕立春。这两个后生是他看着长大的。他在心里反复把二人做了比较，给二人打分儿。要说人品，立春当然比小满强许多，可若论聪明机灵，立春就远不及小满啦！立春虽然做事扎实、可靠，但一根筋儿，典型的毛驴脾气，说话办事儿直来直去，很容易伤人。小满就不一样了，说话办事滴水不漏，对上级的指示绝对服从，即便心里有意见也不会当面说出来，更不会当面锣，对面鼓地和人家理论，实在要说的话也十分婉转，既提了意见，也让听意见的人心里舒服。譬如，看邻村都在吃大锅饭，姚清明也跃跃欲试，召集村干部商量此事，小满心里是反对的，但他说："大锅饭好是好，只有一样儿咱得考虑考虑，那就是咱村在村主任的正确领导下，已经超越了其他村儿，比他们富，咱的大锅饭肯定错不了，每天吃香喝辣。可饭菜多了吃不了剩下咋办？喂猪吗？这主意倒不错，冬天杀猪吃肉，富得流油！可是，邻村咋办，人家还停留在社会主义初级阶段呢，我们是不是冒进了？上面号召要共同富裕，我们先富了，出头的椽子先烂，乡里会让附近贫困村子的人到咱们村来吃大锅饭，用不了几天，还不把咱给吃塌了吗？"姚清明一听此话，觉得有理，也就打消了摆大锅的念头。由此他觉得小满这后生有主见。

经过反复对比,姚清明最终选定了胡小满做女婿。

没想到女儿大雪却坚决不同意,她也不说啥理由,就是一口一个不同意,一开口就把她爹推到了南墙上。当爹的耐着性子企图说服女儿,媒婆钱二婶唾沫星子满天飞,说得天花乱坠依然没用。姚清明又请来七大姑八大姨一起做大雪的工作,不仅没有丝毫效果,反倒把大雪逼急了,说:"再逼我,信不信我去跳崖?"姚清明不敢硬逼了。女儿是烈性子,说得出来,也做得出来。

有一个人夜里来拜访姚清明,献上一计,为这桩本来难成的婚姻奠定了基础。此人正是胡小满的爹胡大寒。

"你可知大雪为甚不想出嫁?其实她心里已经有人了,她被那小子给迷惑住了,所以才会这么拼命,以死相逼。"

"谁?"姚清明的心里已经猜到了七八分。

"吕立春啊!"

这个答案和姚清明心里想的一样。

"那小子不是在部队吗?"

"他在走之前就和大雪私定终身啦!"

"啊?"

"只有先断绝了大雪那份念想,咱才能成亲家。"

"咋断绝?"

"有一个法子可以一试。"

"说。"

胡大寒从怀中掏出一封信来,递给了姚清明。只有当会计的胡大寒天天到村委会坐班,所以,送来的信函和报纸总是他最先看到。

信是已经拆开口的,收信人是大雪,落款是某部队。姚清明急忙抽出信看起来。虽然不是肉麻的情书,但字里行间表露出一种特别的关怀与亲近。这下姚清明心里明白了:原来吕家老二与自己的女儿一直有书信往来,鸿雁传书呢,怪不得她态度坚定,拒绝与胡家结亲。

"现在的问题是如何拆散他们。"

"其实这事儿容易,只要……即可。"胡大寒在姚清明的耳朵边低声嘀咕起来。

姚清明想了想,犹豫片刻,终于点了头。其实还有另一桩隐情,他怕胡大寒追究那件事儿——那是他一辈子的短。

第二天,大雪收到一封信,那是吕立春从部队寄来的。信里,立春说连长要把他漂亮的妹子介绍给自己,为了自己的前程,他思忖再三,应允下来了……

姚大雪震惊了。

没错,那是立春的笔体,她认得出来。这封"绝交信"果然让大雪彻底死了心。她把自己关在屋子里三天没出门。第四天一大早,她平静地对爹说:"去和胡家说吧,我答应了。"

胡家的婚礼办得体面风光,那是磨盘村和大井村从未有过的隆重婚礼。眼看着女儿被胡家接走,姚清明心里泛出一股难言的滋味儿,又高兴又难过,高兴的是女儿终于嫁出去啦,了却一桩心事,难过的是女儿成了人家的媳妇,从此不在自己身边,心里一时空落落的。

正当他端起酒盅想喝两口时,传来了一个惊人的消息:新娘子大雪在半路上被人给劫走了。劫持者不是别人,正是吕立春!

姚清明觉得被人狠狠抽了一记耳光,脸上火辣辣得疼,手中的酒杯掉在了地上。

可怕的大沙暴正是这时从西北方向呼啸而来……

5.沙暴

许多年后,吕立春静心细想,确信那场大沙暴就是天意,是老天爷精心安排的。

他从来都不认为自己当初的行为过于离谱,始终坚持认为自己做的没错,错的是胡小满,是他用卑劣的手段骗取了大雪,该被谴责的人应该是胡小满,

应该以"破坏军婚罪"来严惩他!

那天,他骑着那头大骡子奔出村外,并没有察觉出天气的异常。可当他们翻过那两座驼峰般的沙坝后,就看见遥远的天边阴沉着,像是天马上要塌下来似的。

可他并没有意识到即将到来的危险。

他和大雪在一个荒沟里停止了飞驰,他先下来,再把大雪从骡子背上抱下来,两个人面对面站着,凝视着对方。

"你变心了?"

姚大雪一时泪流满面,说:"是你变心了!是你!"

他错愕:"我没有啊,三个月前我给你写信,你一直没有给我回信啊!"

"我回信了啊,我问你为啥变心,就因为你要娶连长的妹子?"

"说啥呢?啥连长的妹子?"

"你信里写的啊,说为了提干,要娶连长的妹子……"

"没有的事儿,我们连长是独子,哪儿来的妹子?"

"没这事儿?可那信是你亲笔写的呀!"

"我没写!我没那样写啊!你看到的信肯定是假的。我问你,那封信是谁给你的?"

"是胡大寒!"

"这就对啦,肯定是他做了手脚。你看,这是我从县城给你买的纱巾,眼下城里人都时兴戴这个呢。"

立春从怀中掏出一块翠绿色的纱巾给大雪系在脖子上。那是用他每个月省吃俭用攒下的钱买的。大雪抚摸着那块柔软光滑的纱巾,愧疚充满了心窝儿。

"立春哥,我上当了,我对不起你呀……"

二人抱头痛哭。

脸上的泪迹未干,就听见了山呼海啸般的声音席卷而来。他们抬头望去,只见黑压压的云雾般的沙暴奔腾而至。

"不好,立春哥,大黄风来啦!"

第一章

"我们找地方躲一下！"

立春一手拉着大雪一手牵着骡子向附近的山坡走去。他看见那山坡上有两孔废弃的窑洞。他想到那儿去暂避一下。

大沙暴在后面紧紧地追赶着他们，他们的步子再快，也无法比得上沙暴的速度。那个巨大的恶魔追上了他们，把他们卷入其中。

在一片混沌之中，二人谁也看不见对方，只是紧牵着手。为了保护大雪不被大风刮跑，立春放弃了那头疯狂挣扎的大骡子，任凭它消失在风沙之中。

与大风搏斗了约半个时辰，他们才走到那孔废窑前。二人钻进窑洞后马上觉得风小了一些。狂风似乎不肯善罢甘休，追进窑洞，肆虐横行，把破门窗撞得乱响。立春奋力关住那扇破门，找了根木头棍子顶住。可他没想到，一股更大的风刮来，把那早已破旧的窗棂刮断了。一根窗棂犹如一支利箭飞射过来，刺在立春的大腿上。

立春忍不住叫了一声，倒在了地上。

大雪急忙过去扶他，看见鲜血从立春的伤口处汩汩流淌出来，她吓得脸色惨白，一时六神无主。她平时就晕血，此刻见立春的大腿上鲜血不停地涌出来，骇的心惊肉跳。

血流了很多，已经把裤子染透了。

立春知道必须先把腿上那块尖锐的木头拔出来。血不停地流着，如不赶紧止血，血很快就会流光。他觉得身子越来越虚弱，大雪见他脸色苍白，豆粒大的汗珠密集地从额头上流淌下来。大雪心里害怕，扶着他上了那已经塌了半边的土炕，帮他把扎在大腿上的那根木头拔出来。她不敢用力，小心翼翼地拔了一下，立春疼的大吼一声，大雪吓得立即停下来。

立春说："你拔吧，我没事儿。不过，你手要快，要用力，要狠，猛的一下就拔出来。"

大雪点头，意思是她明白了。第二次她做得很好，果断利索地帮立春拔出了那根木头。立春强忍疼痛给自己做了止血包扎。幸好在部队时学过如何在战场上自救止血。

血止住了！立春脸色苍白，气息微弱地说："大雪，我感觉不好，我会不会死在这儿？"

"别瞎思谋，你咋会死呢，你不会死。我们的好日子还没开始呢。"

"要是我死不了，你愿意和我出去闯荡吗？"

"我愿意，立春哥，你去哪儿我就跟你到哪儿。"

"天涯海角？"

"嗯，天涯海角。"

"一辈子不分开？"

"一辈子！"

二人紧紧抱在一起。

他们的唇粘在一起，他们的身体像两块磁铁紧紧吸附在一起，外力很难将其分开。他们对天盟誓："一生一世，一生一世……"

这是他们第二次亲密接触，也是最后一次。

又是一阵大风袭来，狂暴的风似乎要摧毁这孔窑洞，但窑是挖进山崖里的，不会被吹垮，只是屋子里的杂物被吹得乱飞乱撞，一块拳头大的硬驴粪蛋砸在大雪的脸蛋上，疼得她流出眼泪。立春将大雪紧紧搂在怀中，用自己的身体护着她。外面吹进来的杂物砸在立春宽厚的脊梁上，大雪觉得有一座山替她遮住了大风。

不知过了多久，外面的大风似乎减弱了一些。大雪觉得搂着她的那双胳膊松弛下来了，她松开手，立春软软地躺在了她怀里，睡着了的样子。大雪轻轻扶着他的头，抚摸那一头坚硬的头发，像在抚摸一个婴儿。她口中喃喃低语："睡吧，睡一觉就好啦……"

他在她的怀中依偎了很久，静静地，他的呼吸细若游丝。她感觉不对劲儿，开始摇晃立春，呼喊着他的名字。可他没有一点儿反应。她一次次拼命摇晃他，打他的脸，揪他的头发，但他还是没有任何反应。这时候她才意识到他不是睡着了，而是昏过去啦！

天呐，他真的昏过去了！

她这才看到血流了一地。

大雪害怕极了,她怕立春会死在这里。她再次摇晃他,叫他的名字:"立春,立春哥……你醒醒,醒醒呀……"

立春毫无反应。

大雪真的害怕了。

怎么办?这么一个大男人,她背不动、拖不走,唯一的办法是赶紧回去找人,帮忙把他送到医院治疗。一分钟也不能耽搁了,赶紧回村去找人。

好在外面的大沙暴似乎不那么猛烈了,可能很快就能停了吧。

她不再犹豫,为了救她喜欢的男人,豁出去了!

冲出窑洞后,她辨别了一下方向,顶着风向前走去。很快,她那娇小的身子便被黄色的大风所吞噬,那脖子上的一抹绿也似乎融化在那片混沌之中。

大风突然再次肆虐。

6.坟誓

眼睛模糊,继而清晰。从昏迷中醒来,四下张望,一时有些茫然:"这是在哪儿呢?我怎么会在这里?"很快,记忆恢复,昨天的事情如潮水一般填满了脑海:劫轿,遇风暴,窑洞避险,受伤,与大雪相依相拥……

大雪呢?她去哪儿了?

外面的狂风不知何时停歇了。

他翻身坐起来。腿上的血早已经凝固。他吃力地下了地,伤口依然疼,但是可以忍受。他一瘸一拐地向破窑外走去。

外面的天空很晴朗,蓝得深不见底,似乎被清水洗干净了一般。云是白的,淡淡地飘荡着,似乎从来没有过那场可怕的大沙暴。一时,立春以为是自己做了一场噩梦,那一切都不是真的。可是,腿上的伤是真的呀!还有,门外那些被大风吹来的沙丘是真实的。放眼望去——往日的绿色山峦现在是一片片金色的沙丘。大雪呢?她为什么要离我而去?是怪我一时冲动,把她劫持到这

里来吗？不不，她说的话分明还在耳际回响："一生一世，一生一世……"

那么，她为什么走了呢？只有一个解释，那就是她看他昏迷过去了，为了救他，她孤身闯进大沙暴中，去寻求外援。但那时大风停了吗？如果没停，她会不会遇到危险？

立春的心一下子提到了嗓子眼儿。

他不顾一切地向回村的方向奔去。他眼前出现了一幅画面：狂暴的大风中，大雪弱小的身影顶着风艰难地走着，她脖子上的那条翠绿色的纱巾在大风中飘扬起来，格外醒目。她似乎在默默念叨着："立春哥，等着我……一定要等我回来啊……"

他来到了白沙坝。

据老人们说，这道沙坝在清末还是两座翠绿的山峰，有樟子松、白桦树，还有野杏树、山楂树等。山涧有淙淙的流泉。山里有了林子就会有飞禽走兽，狼狐结伴，鹿狍散奔；据说还有老虎和花豹神出鬼没，时常下山来骚扰乡民。被野兽叼走的羊、鸡、鸭、鹅、兔，咬伤的毛驴、骡子、马不计其数。可是，在经历过两次洗劫之后，这两座山峰就完全变了样子。第一次是清朝末期，大规模移民至此开垦草原，砍伐山林，两座山就像被剃成光头的秃子。紧接着，抗日战争，日本人进山打八路军，对这里的山林进行了两次大规模的砍伐，并且放火烧毁了仅存的一片林子。此后，沙化一年比一年严重。到了20世纪50年代，绿双峰变成了白沙坝。

通向村里的大路是从沙坝旁边绕过去的。为了走近路，也有人从那两座沙丘的中间穿过。立春判断大雪一定是从这里走过去的，所以他毫不犹豫地选择走这条路。

白沙坝只有一种颜色——金黄色。如果出来游玩，体验荒漠风情，到这里是不错的选择。然而此刻立春哪里有那种心情，他心里只有一个念头：赶紧找到大雪，确认她是否安全。

一种不祥的预感紧紧攥住了他的心！

当他爬上沙坝顶上时，这种不祥的预感更加强烈了。

沙坝的西坡比较低缓，坡度不太陡，爬上去不太费力气，但是东坡就不一样了，由于在背阴面，特别陡峭。如果往下走，几乎是可以像坐滑梯那样滑下去的。但这样做是很危险的，向下滑行时，随着沙子一起流动，那些沙子有可能会形成像雪崩一样的"沙瀑"，将人埋在沙子里。

立春从小在这沙坝上玩耍，知道怎么样向下滑才不会引起"沙瀑"。他侧着身子小心翼翼地滑到了沙谷，在到达最底端时，他看见了那条翠绿色的纱巾。

那是他送给大雪的定情之物啊！

他急忙向那团绿色奔去，惊骇地看见那条纱巾被一只埋在沙子里的手紧紧地攥着。那只手已毫无血色。天啊，难道大雪被埋在了沙子下面吗？他不顾一切地扑过去刨起来，沙子向旁边飞落。很快，一条胳膊显露出来——显然，那是大雪被沙子埋没之后最后的挣扎，她努力地向上伸出一只胳膊求救，并且死死地攥着那条绿色的纱巾……

立春迟疑了片刻，再次拼命地挖起来。金黄色的沙子被他扬起来，在空中飞散而去。他用尽全身的力气挖着，手指头很快渗出血来，他根本没有留意，只是拼命地挖着、挖着……不一会儿，大雪的头从沙子里显露出来。她面色苍白，眼睛是闭着的，似乎是安详地睡去了。立春痴呆地看了片刻，接着发出一声狼一般的嚎叫。

这叫声惊动了在附近搜寻的一个人——胡小满。

昨天，胡小满带着民兵出村去追吕立春。不料走到半路，大沙暴席卷而来。跟随他的几个民兵见势不妙，急忙掉头往村里跑去。他跺脚喊着，可没人听他的。大家都知道这大沙暴的厉害，没人愿意赔上性命跟他去追人。最后剩下胡小满一个人站在大风中瑟瑟发抖。他还想继续追赶，可呼啸的大风几乎将他吹起来，他踉跄着被大风吹回到村子里。

今儿一大早，大风停歇了。几乎一夜没有合眼的他马上出门，直奔白沙坝。他知道吕立春带着大雪往那边跑了，他也知道他们遇到大沙暴之后会有什么危险。当他来到白沙坝附近时，扯着嗓门呼喊起来："大雪……大雪……"

与他相呼应的是一声狼一般的长嚎。

他先是一怔，随即，向那个声音发出的方向跑去。

他看见了跪在沙坝下面的吕立春。

接着看见了被沙子埋的只露出头的大雪。

他也发出狼一般的嚎叫。

之后，吕立春和胡小满二人什么话也没说，全力把大雪的尸体从沙子里扒出来，把她平放在光滑柔软的沙子上。

这时候，胡小满的眼睛充血，红得像两颗葡萄。他怒视着吕立春。

吕立春依然跪在那儿发怔。

胡小满犹如一匹恶狼扑过去，将吕立春扑倒，压在身下，拳头雨点般落在吕立春的面颊上。

"是你害了她……你害死了她！啊……我要打死你这头倔驴子……"胡小满一边抡着拳头打一边喊着。

吕立春并不还手，只是忍受着胡小满的击打。很快，他的眼睛被打得乌青，鼻子被打出了血，牙齿也被打落了一颗，嘴里流出血来。他只是默默忍受着，一言不发。终于，胡小满打累了，无力地瘫坐在一旁，失声痛哭起来。哭了一会儿，他爬到大雪身边，抚摸着她的秀发、她的面颊，深情地喃喃道："走，大雪，我带你回家，跟我走吧。"

他努力架起大雪的尸体，想把她背在身上。但是一声怒喝阻止了他。

吕立春站在他面前，满脸是血，眼睛里的怒火在往外喷："你把她放下。"

胡小满迟疑了一下。

"我要把她葬在这儿。"立春说。

胡小满迟疑地看着吕立春说："你没这个权力！"

"我有！"立春坚定地说。

二人僵持着。

胡小满再次动手，可这次吕立春只是一拳，就把他打了一个狗啃泥，半天才爬起来。他只觉得天旋地转。

吕立春盯着胡小满一字一顿地说:"大雪是我的女人,活是我的人,死是我的鬼,你要敢再碰她一下,我就让你死在这里。"

这下胡小满真的害怕了。他知道这汉子说到做到。胡小满是一个聪明人,和他相争搭上性命不值得。再说,人已经死了,即便争回来又有何用?

那一刻胡小满想了很多。他恨死这头驴子了,夺妻之恨啊,但是,从长远考虑,眼下最好的选择就是离开这是非之地。

"你滚,滚!我瞎了眼!我把你当成朋友,让你照顾大雪,可你……你还是个人吗?"吕立春发作了。

胡小满有些害怕了、心虚了。最后瞄了躺在地上的大雪一眼,然后转身,头也不回地离去。

晌午,吕立春从附近的村庄雇了一驾马车,拉来一口松木棺材。车倌帮他把大雪的尸体放进棺材里。按照当地的风俗,墓葬要向阳。他们把棺材埋在了白沙坝的南坡。埋罢,找来一块油松板,在上面烫下四个字"大雪之墓",立在坟边。

那块翠绿色的纱巾系在了墓碑上,当风儿吹过时,纱巾飘起来,仿佛是一抹绿荫。

"大雪,我吕立春向你发誓,我要守在你身边,一直守着你,今生今世,今生今世……"

金色的沙丘记下这誓言,还有那一抹绿也记下了这誓言:"今生今世,只为守望着你!"

【创作手记之二:探访】

年轻人的讲述引起了我极大的兴趣,一个偏远的小村落,两家人结下了世仇,可他们没想到,数年之后,他们的后代会成为一对情侣,一对棒打不散的鸳鸯。对于一部电视剧来说,这样一个故事框架已经足够了。

我没有放弃我的跟踪采访。因为我想知道后面故事的进展。后来,两家人

各自把自己家的孩子接了回去。近水楼台，从我的住处出发，无论是去磨盘村还是去大井村都很方便。

我先到了吕家。

那天天气很好，太阳晒的人暖洋洋的。由于山里风大，并不觉得有多热。我推开吕家的院门，吃惊地发现这里居然是一个艺术天地。院子里摆满了形形色色的石头，有的是璞玉未琢，有是则加工成了形态各异的玉雕作品。我对雕塑不大懂，只觉得那些作品在阳光下熠熠生辉。我仔细观赏，立刻觉察到作者的匠心独运，它们无言地体现着一种独特的艺术追求。我正痴痴地观赏那些雕塑作品，门"吱呀"一声，一位鹤发童颜的老者从小楼里走出来，有些疑惑地看着我。

我上前询问："请问这儿是吕诗远的家吗？"

老者一笑："你是那个导演吧？听诗远说起过你，来来，坐吧！"

院子里有遮阳伞，还有木头桌椅。

我纠正老者说："我不是导演，是编剧。"

他的脸上浮现出困惑的神情。我知道很多人搞不清导演和编剧的关系，常常混为一谈。我也懒得解释，在一把椅子上坐下来。老人对我并未显示出多大的热情，反而用有些怀疑的目光打量着我。

我对他的身份已经猜出个八九不离十："您是吕诗远的爷爷吧？"

"是。"

"诗远在家吗？"

"在。不过那头小毛驴跟我较劲儿，回来后一直躲在自己的屋子里不出来……唉，这小祖宗，不知道我哪辈子欠了他的，处处跟我作对！"

为了缓和气氛，我换了一个话题："这些是您雕刻的吗？"我指着那些雕塑问。

"嗨，我哪儿会干那个，是那小毛驴做的。"

"小毛驴？"

"我孙子。"

"是吕诗远的作品？不错啊，你孙子很有才呀！"

老者脸上绽开笑容："真的吗？你觉得不错？"

"非常好啊，看得出来，他很有这方面的艺术天赋。他是自学成才，还是你教他的？"

"我？我哪里能教他呢。他打小喜欢鼓捣这些玩意儿，在呼市找了一个雕塑家拜师学艺，长大了非得要考工艺美术学院，他爹妈不许，后来上了电子学院……"

从他的言语中，我感觉到他对孙子的喜爱之情。

"你为啥不同意诗远和雨燕谈恋爱呢？"我问。

他不接我的话头，说："诗远心灵，手也巧，可心眼儿不行，和我一样，傻！"

"咋的傻？"

"四年本科之后，又上了两年硕士，好多大公司招聘他不去试试，非要回乡创业。回来也就罢了，偏偏喜欢上了胡家的闺女，要结婚，不让结就寻死觅活……"老者叹口气，不愿意再说下去。

"你为啥不让他们结婚呢？"

老者愤怒起来："胡家哪里有好人？我但凡还有一口气，他们就休想住到一块儿！"

我用充满疑问的目光看着老者，问："你家和胡家是世仇？"

老者表情严肃地点了点头："这梁子已经结了六十年啦！"

……

第二章

7.萌芽

那几年吕立春很少回村,一个人住在白沙坝上。他把附近那两孔废窑收拾了一下,门上挂了个布帘子,窗户用麻纸糊好,把里面收拾干净,从家里取来行李及做饭的坛坛罐罐,搭建了一个简易的家,几乎与世隔绝。有人去看他,发现他正在做一件徒劳无功的事情:种树!

沙坝是一头吞噬万物的怪物,他要和这个夺走他心爱女人的大怪物做殊死搏斗!

他要在这里守望他终身所爱之人。

一次偶然的机会,他从家里发现了一包树种。他知道这是吕二爷当年在东北当兵时,带回来的一包落叶松树籽。二爷只是把它当作纪念品,用来怀念当年在部队的岁月。吕立春的心动了一下,如果把它们种在这里,它们能不能成活呢?

先是涂上了一抹绿,渐渐地,整个沙坝都被绿色覆盖,郁郁葱葱,那是一片苍茫的林海,那是这里百年前的样子……他因自己这个大胆的幻想而激动,决定试种一下。

这期间,胡家那边并不平静,胡小满他爹胡大寒打算到城里告状,控告吕立春抢夺良家女子，造成其死亡，必须得把吕立春送进监狱。吕家得到风声，吕谷雨放出话儿来，说胡家破坏军婚在先，吕立春抢夺新娘在后，所以，应该是胡家犯法，责任全在胡家。胡家父子仔细商议后认为，破坏军婚可是一桩大罪，如果真让吕家给告了，他们可担当不起。通过中间人说合，此事互不追究，就算一阵风吹过去了。

这些情况在沙坝上的吕立春一概不知。他眼看着种下的树籽开始发芽，在他的育苗棚里苗壮成长起来，他兴奋极了。那年夏天第一场雨过后，他先试着把几株树苗移植到沙坝上，小心呵护，等待着它们成活。

太阳快落山时，他披着那件洗得发白的旧军装，走到沙坝顶上去看日落。不知道为什么，他并不喜欢看日出，却对日落十分着迷。在观赏日落的过程中，他能体会到时不我待的急迫感，也能感受到生命的短暂和珍贵。他在思考一个问题：人这短暂的一生，能为这世上留下点儿什么呢？如果只是当一名匆匆看客，那有什么意义？有人给世间留下了辉煌的建筑，有人给后代留下了宝贵的精神财富，如思想家、哲学家、作家、艺术家，也有人创造出各类科技发明，使人类社会日新月异。我这样的普通人，不可能做出啥轰轰烈烈的大事，但是，尽我所能为家乡这片荒芜的土地增加几棵树，为后人留下一片可以乘凉的绿荫，难道不是一件有意义的事情吗？

这么一想，一切孤独寂寞都不那么难以忍受了。

他正在胡思乱想，却见一位苗条少女从沙坝下面款款走来，她的身影在落日的映照下拉得很长。她站在沙坝下，向他招手。她的声音从晚上稀薄的空气中传过来，颤悠悠的："立春哥……"

那是白露。只有她会在每个礼拜天过来，给他送些吃的。礼拜天学校放假，她才有时间过来。

第一次来看他的时候，她可不是带着食物来的，而是满腔的怒火和怨气——她是来找吕立春兴师问罪的。

"你害死了我姐，你是个大坏蛋，是杀人凶手！为啥不枪毙了你？你以为你躲在这里我就找不到你啦？我要你给我姐姐偿命……"

她滔滔不绝的控诉如决堤的河水，奔涌而出。

吕立春啥话也没说，只是低着头，摆弄着手里的一把镢头，那是他每天种树用的工具。

吕立春的沉默令白露的怒火减弱了一些。

"良心发现了？看来你这人的良心还没有让狗给吃了。我姐那么想你。她给你寄的好几封信，都是她让我帮她写的……她那么喜欢你，可你却为了娶连长的妹子甩了我姐！"

"事情不是那样的。"他终于开口说话了，为自己辩解。

"不是那样的？那是哪样的？"她的目光咄咄逼人。

"那封绝交信是胡小满伪造的。这事儿，你姐死前都知道了。"

"好吧，就算是这样，你真的喜欢她，可你，抢走了她，却让她埋在了沙子里，你是个男人吗？"

"我受伤了，昏过去了，你姐是为了救我才跑出去的……"

"就算是这样，你一点儿责任也没有吗？"

"有，如果我不带她跑，她就不会被沙子给埋了……我后悔得要命，每天都在后悔……白露，如果你不能原谅我，那就给你这个……"

一把明晃晃的刀子放在了白露的手里。

一股寒冷从手心窜遍全身，她的身子颤抖了一下。

"动手吧，如果你认为我有罪，对不起你姐姐，那现在就给我一个了断，来吧……"

白露明白了他的意思，把刀子扔在地上。柔软的沙子热烈地拥抱了刀子，将刀子的利刃埋到自己宽阔的怀抱里，只露出一截刀柄。

她转身而去。

吕立春一直望着她远去的背影，站着没动。

又是一场雨降临了。大地迎接着来自上苍的甘霖。万物得到滋润，树苗开始萌发出绿色。移植到沙丘上的小树苗居然活了许多株，向天空舒展着一片片翠绿的嫩叶，享受着这个世界给它们的阳光和雨露。

他高兴极了。隔几天,白露会带馒头和炖肉来,有一次还带来一小壶烧酒。他破例喝了一杯。吃饱喝足,才觉得不对,问:"今天是啥日子啊?"

白露抿嘴儿一笑:"你生日呀!"

他早忘了自己的生日,她居然记得。真是个细心的小丫头。

每到礼拜天的傍晚,他就会走上沙丘顶眺望远方,其实并不是为了看日落,而是期望她的到来。她总能带给他一些快乐,尽管她只是一个孩子。

看到那些树苗在沙坝上安家落户,白露惊讶极了,赞叹说:"你真行啊!能在这里种活树呀,太厉害啦!"

"我这只是试验,接下来,我要在这里大面积种树。"

"你有把握,它们都能成活?"

"有!你姐的在天之灵保佑着这片土地呢。"他自信地说。

"那你一个人可忙不过来呀!"

"等大规模植树开始前,我就回村招兵买马。"

"没人会跟你一起干的。你知道村儿里大家是咋议论你的吗?"

"咋议论?"

"说你傻,是个愣货——在沙了上种树,那是异想天开!是骡子下毛驴,没影的事儿!没人相信这里种树能活。"

"我就是要让他们瞧瞧,只要肯下功夫,没有干不成的事情。"

"好吧,既然你有这个决心,看在我姐的份儿上,我回村和大家说一声儿,看有谁愿意到这里来跟你一起种树。"这是上次她走时留下的最后一句话。

夕阳将最后一点儿余晖收到了西边的地平线里。他走下沙坝,心想:不知道今天白露会带啥好吃的。

可当他走到那女子面前时,惊讶地发现,这女子不是姚白露。

她是谁?不认识。完全是一副陌生的面孔。

8.哑女

她不会说话,张开嘴只能发出"咿咿呀呀"的声音,同时,她的两只手极为灵巧地比画着。吕立春看不懂哑语,只是仔细打量着她,看她的年纪可能不到三十岁,穿戴倒也整洁,模样儿也算周正。她表情有些急切,比画了半天,发现吕立春还是不明白,忽然想起了什么,急忙从怀里掏出一张纸条递给吕立春。

吕立春接过一看,原来是白露写的:"你不是要招兵买马种树吗?她是外地逃荒过来的,我介绍她去找你,我看她挺能干的。"

吕立春哭笑不得,这丫头,我需要的是壮劳力,可她却给我介绍来一个女人,这叫我如何是好?

吕立春连说带比画,试图说明白自己的意思。不料,她根本不听他的,也许是听不懂,只是憨憨地笑着,径直进了旁边那孔窑洞,把自己随身带来的小包袱扔到已经塌陷的土炕上,然后挽起袖子,收拾起来。

吕立春在窑洞外呆呆地站了一会儿,一时间,他不知道应该如何处理眼前这件复杂的事情。罢了,先不理睬她,过上两天,她一看这边艰苦的环境,她自己就会走啦。

那一夜,立春睡的不踏实,做了许多怪梦,梦中,那块绿色的纱巾一直在天空上飘飞着,他努力追赶,可怎么也抓不住它。有时候眼看就要抓到手了,可是那纱巾又倏地飞远了。

第二天一早,他被一种奇怪的声音惊醒了。那是一种他从来没有听过的特别好听的声音。再仔细听,听出那是一支地方小曲儿。

他披上衣服走出门。

原来是哑女坐在外面一盘残破的磨盘上,嘴里衔了一片嫩绿的叶子,那种奇妙的声音就是从她嘴里发出来的。清晨正是光线最柔和的时候,一层淡淡的晨光映在她的脸颊上,泛着青春的光泽。她吹得太入神了,居然没有发现立春出来，站在她身后静静地聆听。

那是一支不知哪里的小曲儿，也许是河南，也许是四川，总之不是西北部的音乐。虽然曲调陌生，但立春从中听出一种淡淡的乡愁。

一曲吹毕，她才发现站在身后的立春，急忙站立起来，两腮微红。

也许就是从那一刻，立春心中那道防线开始崩溃了。他用手比画了一下，意思是她可以留下来了。然后他一如既往，扛着那把木头柄已经磨得很光滑的镬头，向沙坝那边走去。

日落时分，疲惫不堪的立春扛着镬头回到他那个所谓的"家"。一进门，他惊呆了——窑洞里完全变了一个样子，不但干净整洁了，而且那些破损的窗户新糊上了一层麻纸，地上铺垫了一层新鲜的黄土，泼上水压硬，平坦而光滑，好像铺上了地板。那些胡乱扔着的杂物及锅碗瓢盆整齐地摆放在一个架子上。架子是用红柳条编织的，扭成麻花状，美观又独特。墙壁也被白灰粉刷过，贴了一张胖娃娃抱金鲤鱼的年画，颇有一种过新年的气氛。炉灶里闪着温馨的火苗儿，铁锅的锅盖缝隙间冒出轻盈的蒸气，显然饭已经熟了，就等着他归来。

一块干净的带着温度的湿手巾递到他手上。

她用眼神示意：擦把脸，上炕吃饭吧。

这是一种他从来没有体验过的体贴和温情。他的心里有一股热浪流淌。

他脱鞋上了炕。一小盆冒着热气的烩菜被端上来。一个金色的窝头和一双筷子递到他手上。她似乎用期待的目光望着他，抑或是在询问他。

他向她竖了一下大拇指表示赞赏，香甜地吃了起来。

他惊讶地发现她身上有着惊人的潜力，她不仅帮他料理家务，而且跟随他上沙坝，帮他移植小苗，把一桶桶水拎到山上。这种力气活儿就是后生也觉得吃力，而她看上去十分轻松。她身上似乎有着使不完的力气。

平淡的日子突然变得有声有色，有了味道。

她的听力没问题。她还会写字，但会写的字总共不超过一百个。当他问她的名字时，她在一张纸上工工整整地写下三个字：黑豆花。

姓黑？管她呢，知道她叫豆花就足够了，至于她姓什么，他不也想弄清楚。

他渐渐熟悉了她的手语，简单的手语加上文字的交流，他大致知道了她的来历。她是个四川妹子，幼时爹娘马虎，给她喂错了药，她差点儿死了。最后，人抢救过来了，但不会说话了。去年家乡大荒，天灾加人祸，眼见活不下去了，她跟随村里的几个妹子跑了出来。一路颠沛流离，说不尽的千难万险，道不尽的重重苦难：有病的，有想不开自杀的，有失足坠崖摔死的，有嫁汉的，有偷东西被抓的。到达坝上，十几个姐妹只剩下她一个人了……得知了她的这些经历，他对她的态度也发生了变化，由过去的冷淡变为同情。

有一天白露突然造访，看见两孔土窑变得如此整洁，颇为得意地向立春表功："咋样呀，我推荐的人不错吧？你打算咋谢我呢？"

立春只是默默地笑了一下，啥话也没说。也许是出于对大雪的思念吧，有时候他把白露当成了大雪。这个错觉搅的他心烦意乱。而白露又是那种口无遮栏的女孩子，心直口快，有啥说啥。与沉默寡言的大雪比，白露的性格完全不同。但是，姐妹俩的影子时常重叠成一个人，这使立春心绪不宁。他似乎窥见了未来的一种危机。

然而，另一种危机突然来了……

9.挫折

那天吕立春到县城办事儿，先是到书店买了几本树苗培育的书籍，然后想去县农机站找专家聊聊，咨询一下绿化白沙坝的事情。可是有人告诉他，专家们都被下放到乡下劳动改造去了，农机站只有几个啥也不太懂的工作人员，没有人理睬他。他讪讪而退。从农机站出来，摸了摸衣服口袋，口袋里还有几张票子，那是他的一部分退伍费。他来到苗圃，用那些钱买了些树苗。树苗大约一百斤，走二十多里的山路扛回去应该没有问题。

一路走来脚步轻盈，颇有春风得意马蹄疾的意思。但是，走着走着他觉得不对劲儿了——天边的云压得越来越低，风也越来越劲。事情不妙，他奋力往回赶，无奈风实在太大了，肩膀上扛着的树苗形成了极大的阻力，把他吹得步履踉跄，眼看树苗要被吹散，他只得躲进附近的一个山坳里暂时躲避。

狂暴的大风肆虐了几乎五六个小时。当他扛着树苗匆匆赶回白沙坝时，已经是黄昏时分。他看见黑豆花失神地坐在窑洞外面，看见他回来，也没有动。

他预感到事情有些不妙。

她呆呆地望着他，抬起手，指了指沙坝那边。那正是他种树的方向，也是大雪灵柩的安放之地。他不顾一切地向那边奔去。

他辛辛苦苦种下的那些树苗，全部被风沙给掩埋了。没有埋住的，也被大风连根拔起，散落在四处。他急忙跪下去，用双手刨着那些被沙子埋没的树苗，好不容易刨出几棵，早已经是蔫头耷脑的样子，看样子已经难以成活。

沉重的打击让他万念俱灰。他没有察觉到黑豆花是什么时候来到他身边的。她轻轻地握住他的一只手。

他抬头看着她。她的眼睛里满是安慰和同情。她用手比画着："我们再种，肯定能种活……"

他气恼地瞪着她："再种个屁，女人头发长见识短，这沙子里根本种不活树！村里人说的对哩，我真是个二货、傻，想在沙丘上种树，异想天开哩！"

他一甩手进了破窑洞，看见桌子上还有多半瓶烧酒（当地人管那酒叫"闷倒驴"），一把抓过，拧开塞子，送到嘴边，不管不顾，一口气将那多半瓶子烧酒全部灌进肚子里。肚子里顿时着起大火，不一会儿，就烧得他头晕脑涨，进入了昏昏沉沉的状态。

后来的事情仿佛是梦游。他来到大雪的坟前，跪下，一脸愧色，喃喃倾吐心语："我没用啊，大雪，我真是没用，我以为我会给你一片绿荫，永远给你遮阳乘凉，让你时时刻刻能感受到我守在你身边。可是，老天爷没答应，把这个梦想给毁啦，全毁啦……我对不起你呀……"

后来他醉倒在坟前，失去了知觉。

醒来，他像一摊烂泥瘫在炕上。地上摊着一片恶心的呕吐物。黑豆花进

来，拧了一块凉毛巾，搭在他的额头上，又把地上的秽物清理干净。出去没一会儿又进来，端来一杯热茶。茶叶是附近山上一位老者送来的，她不知道那老者与立春是啥关系，只听立春叫他"二爷"。二爷说这山茶是可以用来解酒的。她推了推吕立春，吕立春"嗯"了一声，半睁开眼睛。她示意他起来喝茶，但他依然在云里雾里，又闭住了眼睛。无奈，她只得跨坐在炕沿上，把他的头放在自己的大腿上，将茶碗放在他唇边。他微微张开嘴，那浓茶就顺势而下，流淌进他的喉咙。一股暖流进入肚子里，肠胃不再火烧火燎，顿时舒服了许多。

再睁眼，已是第二天晌午。他从半昏迷的状态中清醒过来，肚里觉得饿了。下地，看见锅盖下冒着些许热气，走过去掀开锅盖，闻到了饭菜的香味儿。那是黑豆花给他留在锅里的，他香甜地吃了起来。风卷残云，饭菜很快就被扫荡一空。他走到外面，没有看到黑豆花，心想：这女子跑哪儿去了？高声吆喝了几声，没有听到回音儿，心中愈加疑惑：莫非这女子被我骂走啦？

有可能啊！你这边树都死了，你也打算偃旗息鼓，打道回府，人家不走还等啥？唉，难道真的失败了吗？只能这样认输了？沮丧之中，他的心里依然有股子不服气的感觉。

唉，走就走吧，不走留下人家干啥？你又不会娶人家做老婆，让人家一辈子给你洗衣服做饭？

披了件衣服，扛着铁锹，习惯性地向白沙坝走去。走到半坡时，看见那女子弯腰撅腚，正在忙着。吕立春走到她跟前，见她正在把埋在沙子里的小树苗一棵一棵地刨出来，放到身边的水桶里。水浸泡着树苗的根。铁桶里已经挤满了树苗。

"你这是闹甚哩？"他有点儿诧异地问。

她直起腰来，甩了甩手上的沙子，用手比画着，那意思是说："这些树苗用水泡一泡也许还能活呢。"

他不相信地看着她说："它们早死啦，活个鬼！"

她不再理睬他，只管自个儿干着。

吕立春转身走开。

万万没料到,当他回到住地时,发现白露正在这里等着他。见他无精打采地走回来,她笑嘻嘻地上前,把躲在她身后的一个怯生生的女人推到他面前,夸耀地说:"又给你招来一个兵!喏,看看她咋样?"

"叫个甚?"

"叫苏三。"

"啊,洪洞县来的?"

"啥洪洞县呀,人家是从后草地来的。"

"后草地甚地方?"

"道拉胡洞……"

10.复活

道拉胡洞村是一个半农半牧的村子。那些年,大家都知道后草地是一个穷地方,那儿的人跑出来打工,能吃苦,胆子大。

苏三看上去近三十岁,皮肤黧黑,一笑一口雪白的牙齿。吕立春以为她是蒙古族,她说不是。

立春问:"汉族?"

"不是。"

立春蒙了,问:"到底是啥民族?"

苏三说:"半汉半蒙。"

立春明白了——汉蒙血统各半。

"咋起了这么个名儿呢?"

"咱在家排行老三,爹叫苏和,就起名苏三。"她接着说,"其实咱的户口本上写的是'苏珊',珊瑚的'珊'哩。珊瑚的珊咱也写不来,你就叫咱一二三的'三'吧。"

立春问:"为甚离开家乡,跑到这大青山里讨营生?"

"唉,那边的日子过不下去啦……"苏三对立春讲了自己有些传奇的经历。

原来,她也是个残疾人。

她的左手总是放在胸前,她告诉立春:"前年我从马背上摔下来,胳膊腿儿都没事儿,就是身子触地时手先触到草地,结果,整个身子的重量和下坠的惯性都集中在那只手腕上,手腕断了,后来请了江湖的接骨匠,也没能使它复原。我家那匹四岁的海骝马可厉害哩,我爹就是串门儿喝醉了,骑它摔下来瘫啦……"

她伤心地滴下几滴眼泪。立春马上开始同情她了,但心里还是有疑惑,仔细询问了她的来历。她流着泪给他讲了一个令人心碎的故事。

因草原退化,加上开荒种地,道拉胡洞越来越穷,日子过得艰难。那时候苏三的手还没有受伤,骑马是把好手,就连男人有时候赛马都赢不了她。当她骑着骏马奔驰起来的时候,一条黑黑油亮的大辫子飘飞起来,不知道迷住了多少男子汉。尤其是她那匹四岁的海骝马,跑起来像一阵风、一道闪电,没有任何一匹马能追得上它。她爱死海骝马了,那马也爱她,除了她,谁也不让骑。

一天,她爹喝"潮"(醉)了,错把海骝马当成他的大青马,骑上马还没跑出一百米,就从马背上摔下来,摔断了一条腿。

再后来……

她原本是要嫁给本村的宋铁匠。宋铁匠钉马掌远近闻名,前来提亲的人很多。但爹的条件是,无论谁娶自己的女儿,必须得驯服那匹四岁的海骝马,给自己雪耻。自命不凡的宋铁匠认为这个条件太容易了,他给很多烈性马钉过掌,骑马的技术也是一流的。他不听苏三的劝阻,非要驯服那匹四岁的海骝马不可。结果,他也从马背上摔了下来,脑袋刚好被钉了铁掌的马蹄子踢了一下,死了。

从此,她恨死那匹海骝马了。鞭打,它不躲;骂它,它不恼;踢它,它一动也不动。没法子,她决定把它卖掉。价钱不高,一个南方来的马贩子花了五百块钱买下了那匹马。但那匹马只认苏三,坚决不上大卡车,又踢又咬,没有人敢靠近它。马贩子把它吊在马桩子上，想吊它几天，磨一磨它的脾气。不料，桀骜不驯是它的天性，它以绝食来抗议，几天不吃不喝。马贩子无奈，只得叫苏三来照料它。苏三不忍心看它饿死，爱抚它的鼻梁，给它唱了一夜的歌曲，那曲调儿反反复复，其实只是一个旋律——东部民歌《四岁的海骝马》。唱到天亮时，那马儿居然流下了眼泪，乖巧地跟着苏三上了运送它的那辆大卡车。据说那匹马被运到了长江以南，可能是转卖给了某个马戏团，从此杳无音信。

从此，苏三了结了自己的一桩心愿，在家安心伺候老爹，给大队放羊赚工分。

一年后，怪事发生了。这里遇上了百年不遇的"白灾"（大雪灾），大队的羊群几乎全部冻死了。眼看日子过不下去了，爹天天劝苏三赶紧找个男人嫁了。苏三听了爹的建议，开始相亲。奇怪的是，凡是来和苏三相亲的男人，都在归途中遇到怪物的袭击，不是被撞下马背，就是被那怪物踩断了骨头，或者被怪物追赶而仓皇逃窜。消息传开了，再也没有人敢到苏三家里来相亲了。

苏三觉得事出有因。一天夜里，她装成男人的样子，背着猎枪出了村子，骑上一匹借来的马慢慢走在草地上。果然，过了不久，那怪物出现了，对着她飞快而猛烈地冲过来。她的马被撞倒了，挣扎了半天也爬不起来。她觉得自己的左手腕似乎摔断了，但她顾不得刺骨的疼痛，一个翻滚在草地上翻了个身，趴在地上，右手举枪，瞄准，对着那个再次扑过来的怪物开了一枪。这一枪显然击中了那怪物，它闷声不响地倒了下去，由于惯性，它向前滑行了一段，一直滑到她的面前。她定睛一看：那怪物正是她那匹海骝马。尘埃落定，那畜生的眼睛瞪得大大的，盯着她，认出了昔日的主人。它的四条腿抽搐了几下，一滴亮晶晶的眼泪顺着长长的鼻梁流淌而下……

第二天，苏三猎杀怪物的消息不胫而走。海骝马被传成了邪恶的幽灵，而它的主人也被描绘成一个驾驭恶灵的女人。接着，那年夏天大旱，草地寸草不生，牲畜一群一群地死去，庄稼都枯死在田地里。人们都说是那个恶灵般的女人施了魔法，所以才会有如此大灾。

爹叹着气对苏三说:"你走吧,走吧,走得远远的,再也不要回来啦⋯⋯"

她离开了故乡,离开了那片曾经养育过她的后草地,一直走进大青山深处,在一个小村庄里碰见了白露。

白露有些夸耀地对立春说:"她是你的兵了,过几天,我再帮你招几个精兵强将。"

立春只有苦笑,她们算精兵强将?

立春不愁别的,愁的是他种下的树死了一多半,此时正是生死未卜之际,改造沙漠只是他的一厢情愿,也许只是一个荒唐的举动,除了白露,村里还有人赞成他的举动吗?就连他老哥吕立秋也对他抱怨过。

有一天立秋来看他,给他送来一些粮食。看着他在这里过着野人般的生活,摇头说:"老弟,回家吧,人死不能复生,那姚家女子是被大黄风给埋哩,又不是你害死的,你这么个聪明人,这个弯子咋就拐不过来呢?你在这儿瞎折腾能折腾出个啥呢?你知道村里人咋说你吗?人家说,你的魂儿被那女子给勾走啦,为了她种树,种了两三年啦,树没种活,人也毁啦。"

立春啥话也没说。大哥的话没错儿,他在这里种树,起初真的是为了大雪,为了不让她感到孤寂,为了让一片绿色环绕着她,为了自己那守望一生的誓言。随着漫长的日子一天天过去,他在干活儿时也在不停地思索着:如果说只是为了大雪,那自己的格局也太小了,要是能在白沙坝上种下一片林子,就能阻挡风沙向南推进,如果对这个沙老虎置之不理,再过几年、十几年,沙老虎就会窜到村子里,会把村庄完全掩埋。如果这里有一片防护林,那村子就不会受到大沙暴的袭击了。

毫无疑问,苏三是一个非常能干的女人,做起营生来不比一个后生差。挖坑、挑水、背树苗⋯⋯啥活儿都抢着干。

有时候看她干那些太重太累的活儿,立春心中过意不去,上前说:"大姐,这活儿我来干。"

她不高兴了,盯着立春问:"我咋的啦?干得不好?"

立春急忙说:"不是,我的意思是,你的手……"

"我的手不碍事,一只手啥也能干。"

"可你,毕竟是个女的嘛……"

"女的咋啦?"她更加不高兴了,拉着脸子说,"你重男轻女啊?广播匣子里天天说,妇女能顶半边天哩。"

话说到这儿,立春也就不好再说什么了。

她又说:"兄弟,以后,你就把我当成一个男人吧,我岁数比你大点儿,就假装是你大哥吧。"

立春暗自庆幸得到了一员猛将,却不料还有后话。这天,苏三说要出门两天,回后草地取些衣物回来。立春点头应允了。三天后,她赶着一驾牛车回来了。立春正愁这里缺少运输工具,看见牛车,喜滋滋地迎上去,吃惊地发现车上还坐着一个老汉。

"这是我爹,他瘫了好多年啦,我不能把他一个人丢在后草地不管,所以就把他接过来啦。"

立春无言以对。孝敬老人,天经地义。可是,这么一个瘫痪在床的老人在这里能做些什么呢?只能平添许多麻烦。但这些他只能在心里想想,不能说出口。

两孔窑洞显然不够住了,立春决定在附近的山崖下再挖两孔窑洞。他的那点儿复员费几乎花光了,只得回村去求援。好在大哥立秋在村里有四五个好兄弟,他们二话不说,扛着铁锹、镢头、镐头等工具就来了,用了几天的光景,在山崖下又挖出两孔新窑洞。新窑洞落成时,白露拉着她的中学同学来义务植树,她找到一块平整的木板,在木板上写下几个稚嫩的大字:白沙坝林场。

白露说:"人有人名儿,地有地名儿,你这儿也应该有个名称,这叫名正言顺!"

好吧,听她的,就叫白沙坝林场。

立春本以为他已经被村里人遗忘了,突然间,村里关于他的风言风语多起来,说立春自封为林场场长,成了土皇帝,封了正宫、偏宫,还说他正在准备

收罗三宫六院，直至妻妾成群。这话传到立春的耳朵里，他特别愤怒。他知道这些恶心人的谣言肯定是胡小满传的。他一直在虎视眈眈地盯着吕立春，只要瞅准时机，就会像恶狼一样猛扑过来。立春打算回村去找胡小满算账，可白露一句轻描淡写的话如同灭火器里喷出的泡沫，将他心中燃烧的火焰给扑灭了。

"别搭理他们，他们都是榆木脑壳，里面装满了糨糊。等这边防护林长起来了，看他们谁还敢再放狗屁！"

立春被白露给逗乐了。这丫头，别看年龄不大，说出的话又毒又狠，句句打在人家的七寸上。有了她这个坚强后盾，加上新来的一员猛将苏三，他重新鼓起了勇气，自己任命自己为林场场长，重打锣鼓另开张，像模像样地干了起来。

老天爷似乎也在帮他。那一年雨水好，种下的树苗居然有百分之七十多存活了下来。

这里面当然也有苏三的功劳——她那驾牛车起了重要作用。吕立春和黑豆花挖了一个大坑，当育苗池。苏三用牛车拉来一桶桶水，把池子灌满，他们把那些几乎枯萎的小树苗泡进去，十多天后，小树苗重新发出嫩芽。他们急忙把那些发芽的小树苗移植到白沙坝上，然后从山下挑了水去浇灌。过了几天，那些移植过去的小树苗一株株亭亭玉立，几乎全部成活了。几个人欣喜若狂。立春夸黑豆花聪明，夸苏三能干。两个女人相处得很好，彼此关照，如同亲姐妹一般，从不曾发生过争吵。

平静如水的日子过了不知道多久，终于被另一个不速之客打破了。

又一个人出现了……

11.遇见

晚年的吕立春反复而仔细地回忆自己年轻时所经历的一切，越来越相信所有的遇见都是天意，若非天意，世上哪有那么多的机缘巧合？正是与这些人的相遇，才成就了他这一生的辉煌。

第二章

当然,"辉煌的一生"这个短语是记者采访他之后,强加到文章里的。他从不认为自己有啥辉煌,细算下来,其实就是平平淡淡的一生,只不过一辈子坚持做了一件事情,就是种树。

如果说哪件事情让他引以为豪,他认为有两件事情,一是他先后结识了几个女子,她们都是优秀的女性;再一件就是他认识了农林专家林浦,并结识了老县长雷云山。

又是狂风肆虐的一天,立春担心那些稚嫩的小树苗会被大风连根拔起,就顶着大风上了白沙坝。一片混浊中,他发现有一个人影在小树林里晃动。什么人?他立即警觉起来,三步并作两步走过去。他看见一个浑身污浊不堪形同乞丐的男人正在偷吃他的小榆树苗儿。

不错,他是在偷吃,狼吞虎咽的样儿。那小榆树苗是他不久前从县城里背回来的。县农林站的技术人员说,榆树耐旱,不怕风沙,兴许能栽得活。他买了一部分,拿回来做试验,不承想,那家伙撸着树叶子就往嘴巴里塞,把个嘴巴塞得满满的。一股绿色的汁液顺着他的下巴流下来,他也顾不得擦一下,只顾不停地往嘴里塞着树叶子,看样子,不知道多少天没有吃饭了,完全是一副饿坏了的样子。

吕立春怒火中烧,大喝一声,猛扑过去,将那个偷吃贼摁到了身下,抡圆了拳头就要打,却听那厮说:"好汉,且慢,听我道个原委你再打不迟……"

吕立春的拳头停在半空中,有些迟疑地看着那人,忽然发现他面容清秀,透着几分斯文。他戴着一副眼镜,那塑料眼镜腿儿早已经断了,用一块白胶布缠着。他的上衣口袋里居然插着一支金笔,看样子应该是个读书人。

他急于吞咽,被噎住了,费了好半天的劲儿才把嘴里那团榆树叶子咽下去。

吕立春起身,一把将他拎起来,喝道:"说!"

那人款款道来:"好汉,我叫林浦。咱本是个读书人,前两年莫名其妙被戴了一顶帽子。这帽子着实厉害,戴上就摘不下去啦。咱被发配到附近的一个农场劳动改造。偏巧遇到大荒年,农场解散,人们四散而去,有的去稍微富

裕些的地方投亲，有的四处乞讨要饭，有的则干脆往北，去草地上当起了盗马贼。吾本清白之身，农场领导让我自谋生路，在附近随便找一个落脚之处继续改造。我就走呀走呀，走到了你们村儿，听一个叫白露的女孩子说，这边的大山里有个人在沙坝上种树，成立了一个林场，她让我来投奔那人。只是我这一连几天几夜水米未沾牙，饿得前胸贴后背，乍然发现这里有榆树，便取来充饥。我只是充饥而已，并非偷盗。"

见他说得慢条斯理，吕立春又好气又好笑："我就是你要找的那个种树人。我倒要问，你来投奔我，你有啥本事？"

那人道："实不相瞒，咱本是林业大学毕业的大学生，后来支边来到自治区首府林业研究所当了研究员。"

经对方这么一说，立春大致明白了这个人的来历。心想：这真是心里想啥就来啥！正想着这林场急需要一名技术人员，大风就给刮来了一个专家。

吕立春领着那位"乞丐专家"回到林场。他让黑豆花蒸了一锅香喷喷的莜面鱼鱼，从锅里取出两颗山药蛋蛋扔给他。专家吃了一碗又一碗，狼吞虎咽的样儿把黑豆花和苏三都看呆了。专家吃光了两笼，黑豆花要往上端第三笼时，立春说："不能再给他吃啦，再吃肚子就要撑破哩。这一笼，咱们吃。"

第二天，吕立春带着林浦参观他们的林场。林浦并没有因为这个林场又小又寒酸而加以嘲笑，反而惊叹吕立春的想法大胆，而且有股"我不下地狱谁下地狱"的精神。他仔细查看了那些成活的小树苗，看了很久很久。吕立春期待他的表态，可他直起腰来，长长地吐了口气，摇了摇头，似乎在自言自语："不对，不对……"

吕立春有些蒙了："哪儿不对？"

"这不对，不能这样……"他还是那样喃喃道。

"你说呀，哪儿不对？"吕立春有些急眼了。

"单单种树是不行的，恢复生态是一个系统工程，这事儿咱们得重新规划一下。"

当天夜里，借助着一盏煤油灯，林浦在一张白纸上画起来，一边画一边给吕立春解释："除了种树，在这周边，这里……还有那里，要种植柠条还有沙棘，当然了，如果生态恢复得好，还可以种紫花苜蓿。再就是种植的位置也有讲究。这里干旱，应该种小老杨、榆树和柠条；这里背风，可以大面积种苜蓿……"

吕立春认真地听着，开始觉得这个专家肚子里真有学问。林浦从气候、温度、风向来分析当地的种植条件，分析得头头是道。吕立春听得入了迷，一拍大腿说："没想到种树还有这么多的门道儿。我听你的，从今往后，你就是林场的总工程师！"

12.县长

与另外一个人的相识更具传奇色彩。

那天已是傍晚时分，黑豆花把做好的饭菜端到桌子上。林场来了林浦这个大专家，吕立春专门跑回村一趟，把家里的家具，桌椅板凳、锅碗瓢盆等搬过来不少。生活条件改善了，是为了让专家过得舒服一点儿，他生怕这位大专家会突然不辞而别。八仙桌是吕家祖传的，木头硬，非常沉，吕家兄弟费尽力气才把它抬上牛车。他们的爹吕谷雨一直圪蹴在门口闷声不响地抽着烟袋，好像这些东西是别人家的，不关他的事儿。

东西都拾掇好后，吕立春对爹说："爹，我走了。"

爹不理他。

"爹，林场实在是忙，种地的事儿，就辛苦你和大哥了。"

爹依然不说话。

立春知道老爷子心里一直生着他的气，不敢再说什么，让苏三赶着牛车返回了白沙坝林场。

黑豆花的烹饪手艺那是没的说，就是从山沟里拔一把青草，她也能给你做出一桌子美味佳肴。四个人加上苏三的爹总共五个人，端起饭碗来香甜地吃起来。饭菜没油水，人们的肚子就填不满，加上重体力劳动，每天的饭菜都不够

吃。立春为此大伤脑筋，家里的粮食都快要被他拿光了，那笔复员费也花得差不多了，五个人五张嘴，干活儿的不干活儿的都得吃饭。怎么办呢？他苦思冥想，却也无计可施。

外面又起风了。风把破门吹得"哐当哐当"地响。立春下地去关门，门刚刚关住，又被一股力量给推开了。立春拿着顶门棍正要骂时，却见一个人跌跌撞撞地进来，全身都是沙子，头上挂着一副风镜，像一座沙雕。

"呸呸呸，这鬼天气，真是鬼天气……"来人一边吐着嘴里的沙子，一边诅咒着外面恶劣的天气。

又是白露推荐来的精兵强将？

那人抬头看着立春，一笑，露出一口雪白的牙齿："你是吕同志吧？"

"先说你是谁。如果你是白露介绍来林场做营生的，就赶紧走人，这儿人手够了，不要人啦，赶紧走、赶紧走……"

来人又是一笑："驴子驴子，还真是个驴脾气。"

立春顿时不高兴啦，这人咋知道我的绰号？看他这样儿，应该是有些来历的："你从哪儿来？"

"县里。"

"县里？做甚的？"

"我啊，跑腿儿的，为大家服务的。"

"你是邮差？"

"差不多，差不多……"说着，他开始观察屋子里的情况，然后分别打量了每一个人，并且准确地叫出他们的姓名："林浦……黑豆花……苏三……"

"你到底是做甚的？"立春心里有些不踏实了。

"先甭管我是做甚的，有人把你告下了……"

"告我？"立春更是吃惊。

对方肯定地点点头："是啊，揭发检举信总共有七页。"

"告我甚？"

"重婚，说你养了两个老婆。"

吕立春气愤道："两个老婆？在哪儿？"

对方指着黑豆花和苏三说："这不，她俩。"

吕立春说："她俩是我们林场的员工，谁说是我老婆了！"

对方说："人家告了，我就得调查清楚。你们俩说说是咋回事儿吧。"

黑豆花比比画画，咿咿呀呀。那人摆手，示意她不要说了，目光转向苏三。

苏三讲了自己的情况。那人在一个小笔记本上认真记录着。等苏三说完了，那人抬起头来，看着吕立春说："人家还告你，说你这个林场是非法的。"

"非法？"

"对，没有向组织申请，没有办理任何手续，完全是非法的。"

"种树不是好事儿吗？还得申请？还得组织上同意？"

那人点头："种树当然是好事儿，可是，不能单干，要组织起来，大家一起干。你这是林场吗？林场得有林场的样儿，不是占山为王。"

吕立春一时有些发怔，感觉大难临头了。

那人看他这呆呆的样儿忍不住乐了："林场的手续可以补办，一会儿你填写一些材料，我让小马去公社办……"

刚说到这儿，从外面进来一个戴眼镜的年轻人，对戴风镜那人抱怨道："哎呀雷县长，原来您在这儿呢，让我好找，真是的……"

"县长？"吕立春又蒙了，"你是县长？"

那人再次露出雪白的牙齿笑着说："我是刚调来的，下来熟悉一下情况。今天到了你们村儿，有人告你的状，我就过来看一眼。"

"告我状的人肯定是胡小满！"吕立春恨恨地说。

"不管是谁吧，只要不是事实就好。"

"那小子不是个东西！"

"你们私人的恩怨慢慢解决，我也不会听信一面之词。吕立春同志，我们要在你这儿住两天，你看可以吗？"

"这……"吕立春真的犯难了。这里的窑洞已经住满了,再住两个人,往哪儿睡呢?

似乎看出吕立春的为难,雷县长马上说:"睡在哪儿都没关系,我们带着行李卷儿呢,在这儿打个地铺就行。小马,把咱们的行李搬进来。"

那年轻人应了一声,就出去了。

吕立春有些局促地说:"县长,事情不是已经说清楚了吗,你还有啥要调查的?"

雷县长拍了拍吕立春的肩膀,说:"我们住下来,是要和你们一起种树的呀,咋的,不欢迎吗?"

"你?种树?"

"是啊!县里决定全面开展绿化造林活动,先在你这儿搞个试点儿。"

这下吕立春才明白过来,原来,雷县长到这儿来的真正目的是种树,搞试点。

说话间,那年轻人从外面扛着一卷行李走进来。外面传来马嘶声。吕立春知道他们是骑着马来的,于是吩咐苏三出去帮着饮马,又让黑豆花烙了两块莜面锅贴,锅底还剩下一碗大烩菜,一并端给雷县长和他的秘书马千里。二人也不客气,风卷残云般吃起来。

整整一夜,吕立春的脑袋都在发蒙:县长突然跑来要和我一起种树?这是真的吗?

吕立春悄悄掐了掐自己的胳膊,疼,不是做梦。

13.白露

姚白露是个疾恶如仇的女孩子。起初,她对吕立春是恨得咬牙切齿的,恨他为了提干要娶连长的妹子,与姐姐断绝了关系,姐姐一气之下要嫁给胡小满;恨她在姐姐大喜的日子里抢亲,坏了姐姐的名声;恨他作为一个大男人却不能保护自己所爱的女人,让姐姐在大沙暴中自己跑出去,不幸被埋在了沙子

第二章

里……

感情这东西非常奇妙，爱能转化成恨，恨也会转化成一股青烟，飘了一阵就飘得无影无踪了。

吕立春在白沙坝上住下来，非得要在姐姐的坟边种树。树死了一棵又一棵，他不屈不挠地接着种。他这股傻劲儿反倒让白露宽恕了他，不由得关心起他来了。她在心中暗暗打了一个赌：如果那些树都活了，说明他对姐姐是真心的，那我就冤枉他了；如果那些树没活，说明他是虚情假意，他的懊悔是装出来给人看的。

她隔三岔五来到白沙坝，查看那些小树苗的生长情况。眼见小树一天天吐绿、长高，她心中的喜悦随之增加。看来他对姐姐是真心的。她除了给他送米、油、盐，还帮他把外来的"盲流"（盲目流动的人口）介绍给他。掐指算来，她已经给他介绍去三位精兵强将啦。至于那两个女人后来给吕立春惹来的麻烦，她当时根本没想到。

一般来说，她去白沙坝都是悄悄去的。对爹总是有各种借口，"爹，我去学校补课啦……""爹，我到同学家一起写作业呀……"同学家在大井沟，离这儿挺远的，所以，一走就是多半天也是正常的。她爹从来没有怀疑过她。

至于家里丢的那些东西——米、面，爹更是不会猜到窃贼会是她。他坚定不移地认定，那些粮食或者用具都是被路过这里的盲流顺手牵羊给拿走啦。白露听着爹诅咒那些"毛贼"，忍不住捂着嘴偷乐。

百密一疏，她没想到，会有人暗中盯着她。

谁？

胡小满。

胡小满对吕立春的恨早已经从他那并不宽阔的胸膛里溢出来了。他一直盘算着怎么能让吕立春身败名裂。他每天都关注着白沙坝那边的动静。前段时间，听人说吕立春收留了两名女子，他认为时机到了，正巧，新上任的县长到村里视察，他急忙把好几页的告状信递给了雷县长。本以为这下吕立春要倒大霉了——和两个女人非法同居，咋也得判他个三年五年的。不料，雷县长却跑

到吕立春的那个破林场住下了，一住就是一月有余。说是做调研，可天天跟着吕立春他们几个一起种树。这事儿惊动了公社，主任李大福带着十几个乡干部急急忙忙跑来，也跟着雷县长种树。附近几个村也不甘落后，大队长带着各路人马也赶来助阵。一时间白沙坝上人头攒动，十分热闹。

一片偌大的防风林有了雏形。

雷县长回城后，在全县的三干会（县、乡、村三级干部会议）上表扬了吕立春，介绍了白沙坝林场的绿化经验，号召全县要向白沙坝林场学习，把植树造林活动轰轰烈烈地搞起来。雷县长在会上慷慨激昂地说："生态问题是重中之重啊，同志们，我们不能让后世儿孙戳我们的脊梁骨呀！以后，咱们会要少开，话要少说，大家专心只做一件事情——种树，恢复生态！"

胡小满跟着姚清明去县里参加三干会。当他听到雷县长对吕立春的评价那么高后，心中的火再次"腾"地冒起来，烧得他几乎失去理智。不就是在山上种了几棵树吗？他有啥了不起的？我一定要让他身败名裂！

胡小满每天做啥事儿都不放在心上，总是皱着眉头，一副若有所思的样子。他的状态引起了父亲的注意。

胡大寒只有这一个儿子，一直宠他惯他，好吃的让他先吃，好衣服让他先穿，好玩儿的让他可着劲地玩儿。本以为给儿子娶了媳妇成了家，就会让他一生幸福，不料，半路上杀出个程咬金，新娘子让吕立春给劫走了，第二天传来新娘的死讯，他的心一下凉了半截儿。

说心里话，胡大寒并不是特别恨吕立春。他知道是自己捣鬼在先，吕立春抢亲在后，要是认真追究起来，自己当时玩的那套小把戏就会曝光，那可是见不得人的丑事儿。说一千道一万，是自己的儿子与那女子无缘。

可是儿子的心结总也过不去，这才是让他最担心的。他盯着儿子那张阴沉的脸问："你还恨他？"

胡小满不吱声。

胡大寒起身，走到厨房，拎了一把杀猪刀出来，扔到胡小满面前，冷冷地说："你要是实在过不去这道坎儿，你去，一刀把他捅了。"

第二章

胡小满有些发怔。

"自古杀父之仇、夺妻之恨是奇耻大辱,是男儿就去报仇,把他杀了,你有没有这个胆儿?"胡大寒用阴冷的目光盯着胡小满。

胡小满的声音里带着哭腔:"爹,杀人是要偿命的呀……"

胡大寒冷笑一声,说:"既然没这个胆儿,你就死了那条心吧。爹这两天托了几个媒人,正在给你找对象。"

"不,我谁也不要,就要大雪。"

"放屁,人已经死了,死了两三年啦,你莫非要跟一个鬼魂儿成亲?"

胡小满不吱声了。

"做人不能只盯着眼前,要放眼往远了看,看得越远,就说明你越是个真男儿。小满,你在爹面前发个毒誓——以后,忘了那丫头,再也不要想她了。"

"爹,我可以忘掉大雪,但我不能让那个驴子好活。"

"留得青山在,不怕没柴烧,儿,以后日子长着哩,不怕贼偷,只怕贼惦记,以后有机会,你再收拾他不迟。"

一番话说得小满心里亮堂起来。爹说得有理,只要随时盯着那头驴子,总会有机会狠狠收拾他的。

没想到机会来得如此之快。白露偷偷去沙坝看望吕立春的事情让他发现了。

姚白露和吕立夏是同学,二人又是好友,私下无话不谈。礼拜天,两个女孩儿约好了一同坐客车去县城。恰巧那天胡小满也进城,坐在了客车后排,两个女孩子上车后没看见他。车开了,一路上山影闪过,路边的花花草草也一掠而过。两个女孩子咬着耳朵说着悄悄话儿,不时地开心笑着,全然不知道后排有一双耳朵正在偷听她们的谈话。

"哎,这两天你没去白沙坝吗?"

"没去。听说前两天新来的县长在那儿蹲点儿呢,咱过去不方便。再说,现在那边有好几个职工,不用我操心了。"

"按理说，我二哥害死了你姐，你应该恨他的呀。"

"瞎说啥呀，我姐不是你二哥害死的，害死她的是胡家人。他们用卑鄙的手段骗了我姐，要不然，我姐怎么会答应嫁给他呢！"

"我二哥人挺好的，就是毛驴脾气。"

"我倒觉得他挺男人的。"

"我也挺想我二哥的，明天，咱俩一起去看他吧？"

"好呀好呀……"

胡小满将这一切都听在了耳朵里。他知道这是一个机会。

当晚，胡小满到姚家串门儿，假意来给前老岳父送黄米，然后巧妙地把话题引到了白露身上。

"近来村里有不少关于白露的风言风语，您老可得注意一下影响呀。"

"啥风言风语？"

"白露也长成一个大姑娘了，可她总往吕立春那儿跑，你说这孤男寡女的，在一起时间久了，能不出事儿？"

"啥，她去过白沙坝？"

"去了可不只一回两回哩……"

"这死丫头！这死丫头……"姚清明的脸色变了，由白变红，又由红变得铁青。

胡小满见好就收，急忙告退。

胡小满走后，姚清明把正在隔壁写作业的白露喊了过来。

白露刚一进屋，一记大耳光狠狠地扇了过来，打得白露顿时眼冒金星，头晕目眩，一下倒在了地上……

【创作手记之三：山茶】

再次见到吕诗远是一个宁静的周日午后。

这次是他主动找到我的住地。见到我，他开门见山地说："你去过我家，见过我爷爷啦？"

我点点头:"我们聊了很多。"

他说:"肯定是向你抖搂他那点儿陈芝麻烂谷子的事儿吧?"

"讲了你们吕家和大井村胡家六十来年的恩恩怨怨。"

"我就知道他会说这些……他们上一代人的恩怨,非得让我们下一代来接力,一代传一代,太可笑了。"

我笑着告诉他:"是我要求老人讲的,因为我要收集一些创作素材。其实他们那一代人的故事很精彩,我们讲故事不能割断历史。"

我沏了茶,请小吕坐下。他头上的伤口已经结痂,额头有一道明显的痕迹。他的眼神儿依然那么明亮,虽然经过那番折腾,但他的锐气未减。

"讲讲你的故事吧。"我轻松地说。

"我没啥可讲的,真的。上大学四年,毕业后找工作找了一年,考公务员考了一年,最后啥都不成,只好自立门户。"

"以后就从事艺术雕塑吗?"

"不,雕塑只是我的业余爱好,其实,我一直在帮着雨燕建设山茶场呢。"

"雨燕?"

"哦,我女朋友,她叫胡雨燕。她和我是大学同学,我们俩是在大三时开始恋爱的。"

"恋爱时,你知道她……哦,胡雨燕,是胡小满的孙女儿吗?"我问。

"知道。可我们俩都没把家里老人的恩怨当回事儿,都啥年代了,难道还真的再上演一出罗密欧与朱丽叶的爱情悲剧吗?"

"可事实上,这个悲剧不是差点儿就要发生了吗?"我指的是前几天二人决定去跳崖殉情那事儿。

他诡秘地笑了一下,说了一句高深莫测的话:"三十六计中,是不是有一个苦肉计?"

我一怔,怎么,难道他们的殉情是在演戏?

我刚想问,他却把话题引向另一边:"我还是和你说说雨燕的茶场吧。"

"好啊。"我说,"我正想问呢。在我的印象中,茶叶产于南方,北方也有茶树?"

"有啊,咱们村这附近的山上,长着大片的野生山茶呢。可是没有识货的人。我二爷年轻时就喜欢采集草药,到了夏天、秋天,几乎天天在山里转悠,他识得百草,辨得出各种各样的野花野草。他也喜欢品茶,天南海北的茶叶他都收集。其实他是想开发我们这里的山茶。他在山上搭了顶窝棚,长年住在山上,细心观察那些山茶,并把它们采集下来,晒干,反复研磨。去年,二爷上了岁数,身体不行了,就从山上下来了。他对我说:'小驴子……'哦,小驴子是他们给我起的外号,嘿嘿,小驴子,就是说我的性格挺倔的,和我爷爷一样,毛驴脾气。只要是我认准的事儿,一条道儿走到黑,死不回头。二爷对我说:'小驴子,你来接我的班儿吧,这片山茶园子要是荒了太可惜啦,可不能让它荒废了。'其实我对二爷的山茶园没有多大的兴趣,没想到雨燕有兴趣,她说:'让我来干吧,我喜欢山茶,我预感到这里面大有商机……'"

我听着,心中暗忖:看来,他的女朋友胡雨燕倒是一个有经济头脑的女孩子呢!"

"你们的茶园在哪里?"我问。

"在北面,从这里走上二十来千米就到了。"

"哪天能领我参观一下吗?"

"当然可以啦!明天怎么样?"

"好啊。"

我和吕诗远约定好了去茶园采访。不知为什么,我急于见到那个神秘的山茶园……

第三章

14.假婚

姚白露走了。

白露被父亲关在小黑屋里，整整关了三天三夜，直到她写下保证书："再不和吕立春来往。"姚清明才把她放出来。出来的第五天，她回家对爹说："马上要升高中了，县里办了夜校补习班，我报了名，我要搬到县里去住校。"

姚清明本不同意，可是，前来串门儿的胡大寒轻轻拉了拉他的衣襟，低声对他说："让她去吧，这孩子心高气傲，你看她的样儿，你要是不答应，她一时想不开，万一……"

"万一啥？万一她走了绝路？"姚清明瞟了一眼小女儿，脸色发青，目光呆滞，头昂着，一副要拼个鱼死网破的气势，心里不由得咯噔一下。

罢罢罢，由她去吧，女大留不住，留下是仇人。姚清明可不想让大女儿的悲剧再发生在小女儿身上，何况只要她走了，远离了白沙坝，就达到把她和吕立春分开的目的啦。他不情愿地点了点头。白露一句话也没说，只是简单地收拾了一下行李，到路边去等路过的客车。立夏来给她送行，两个女孩子泪眼相望，握住对方的手，说不出一句话来。转眼车来了，车门打开，白露拎着东西上了车。车门关上，客车开走，车后扬起一股黄土烟尘。立夏站立在路边没有

动,眼泪流淌出来。

这些事情都是后来立夏告诉二哥的。吕立春听了,脸上没有什么变化,只是淡淡地说了一句:"走了好,县城条件好,白露这孩子将来会有大出息呢。"

那天吕立春回家并不是因为白露的事儿,是老娘病危,妹妹立夏忙去把他叫回家的。母亲躺在炕上,脸色蜡黄,气息微弱,看见他进来,向他伸出一只手。吕立春急忙握住那只手,感觉娘的手冰凉冰凉的,心中一惊:看来娘的日子不多啦。

"儿,娘在咽气前,有一桩事儿求你……"

"娘,你说。"

"赶紧娶个媳妇,成个家吧。只要你成了家,娘死也能瞑目啦。"

"娘,我……"

"你答应了?"

"我……"

一旁,爹瓮声瓮气地说:"要么立马应了你娘,要么你马上从这儿滚出去,吕家从此以后没你这个孽子!"

"二弟,你快应了呀!"大哥吕立秋用可怜巴巴的语气央求着。

立夏急得要哭了:"哥,你快答应呀!"

大嫂没说话,但她的眼神儿是明确的:百事孝为先,二弟,老人没几天啦,你不能不应啊!

"这是全家一起逼婚吗?"吕立春感觉到天旋地转,大脑里顿时成了一团糨糊,"好好好,我应,我应了!可是,娶谁呀?谁家的姑娘能这么快就嫁过来呀?"

嫂子开腔了:"大兄弟,人已经给你说好啦。大井村石家的闺女你知道吧?"

"石二梅?"

"对呀,她前年死了男人,一个人,没孩子,利落能干,家里家外都是一把好手，成了家能把你伺候得服服帖帖。"

关于石家这闺女，传闻颇多，立春也多有耳闻。

"听说她……是有名的大嘴巴。"

"嗨，这女人呀，得调教。等她过了门儿，你好好调教调教她，让她少出门儿，多干活儿，少串门子，那毛病也就改过来哩。"

"那……她愿意嫁吗？"

"愿意，她一百个愿意。"

"我要和她谈谈。"

吕立春虽然平时大大咧咧，可关键时刻还是多了一个心眼儿，他想：老娘死前只有这一个愿望，一定要满足她老人家。可让他真的娶石寒梅可不行！不过，让她配合自己演一出戏，哄一下老人家，让她心满意足寿终正寝倒也未不可。他把这个想法告诉了前来看他的林浦，想听听这位知识分子的意见。林浦的意见颇为不同，说："这虽是一个可行的办法，但后果你要考虑呀，这等于饮鸩止渴。"

立春说："啥渴不渴的，我会处理好的。"

第二天上午，吕立春来到石家。说起这石寒梅倒也有几分姿色，尤其是丈夫病故之后，她跑到呼和浩特市一家医院做了一个手术。手术后她容光焕发，脸上的皱褶不见了，原本黄黑的皮肤也白皙了，仿佛一下年轻了十岁。大家奇怪，问她怎么会突然变了一个模样。她笑道："我这是梅开二度哩！"大家从此管她叫"二梅"。

二梅性格开朗，喜欢串门儿，东家长，李家短，大嘴巴传播各种各样的小道消息。一些人家的隐私她也到处说，当事人听了自然不高兴，不高兴的人多了，传话儿人的名声就臭了。

看见吕立春来了，二梅喜得眉开眼笑，急忙用鸡毛掸子掸了掸炕沿，让吕立春坐下，然后端上来一碗白糖水。糖水是村里人待客的最高规格。

吕立春也不喝，盯着二梅问："你真的愿意嫁给我？"

二梅装出害羞的样儿，说："那你得向我求婚呀。"

"二梅,我跟你说,咱们俩不是真的要结婚。我想找你帮我的忙,演戏给我娘看,让她以为我成家了。等我娘过世了,咱各走各的路,谁也不欠谁的,行吗?"

二梅听到这儿,不由得怔了一下,看着吕立春说:"你的意思,不是真的结婚?"

"嗯,就是哄一下老人,让她相信就行。"

"那……办不办婚礼呢?"

"办啊,一切都像真结婚一样。"

"那……你娘要是看结婚证,咋办?"

"领啊,我们明天就去把证领了。等我娘过世后,再去把证退了。我的退伍费还有点儿,退了证后都给你。"

二梅低头想了一会儿,抬起头,有些痴痴地盯着吕立春:"行呢,我帮你这个忙,咱权当演一场戏,戏演完了,各走各的路,谁也不欠谁的。你的钱我不要。"

吕立春被感动了——这女人心眼儿不坏,乐于助人,并不像人们说的那样恶劣,大嘴巴到处乱说。虽说她不为了钱,是帮他,但他坚持把几张五元的钞票放在二梅面前:"这点儿钱不成敬意,等日后我赚了大钱,滴水之恩,当涌泉相报。"

二梅笑了:"哟,大兄弟,你这是门缝儿里看人,把人看扁啦!我帮你,图的是你人好,咱的情分,那是多少钱也买不到的呀。快把钱收起来,收起来,我知道你林场那边摊场大,需要用钱的地方多着哩。"

立春反倒不好意思了,觉得自己挺俗的。瞧瞧人家,何等侠肝义胆!他收起钱,转身离去。

接下来的几天,吕家紧锣密鼓地张罗娶亲事宜。吕立春带二梅进城扯布,又到裁缝铺,每人做了一身新衣裳。他们又到县城国营照相馆拍了一张合影,算是新婚照。转完县城,吕立春花了八角五分钱请二梅下馆子吃了一碗阳春面。吃罢,二梅抹着嘴儿说这是她这辈子吃得最香的一顿饭。吕立春的眼界毕竟要比二梅开阔许多，他说："等咱有了钱，我带你去青城，咱吃最贵的菜，大碗红烧肉可劲儿吃！油炸糕蘸白糖，想吃多少吃多少。"二梅一听乐得合不拢嘴。归途，吕立春骑着一辆半新不旧的永久牌自行车，二梅坐在后车架上。她怕掉下去，一手搂着吕立春的腰，把脸紧贴在吕立春的后背上。二人就像一对去逛大街的小两口儿，亲亲密密地回了家。

第三天，婚礼开始。吕家人把老娘搀扶出来，让她坐在正席上。立秋不知从哪儿请来的鼓匠班子，唢呐吹得震天响。老娘脸上那一条条愁苦的皱纹被喜庆的音乐给抚平了。她一直咧嘴笑着。吕立春带着新娘二梅来给二老敬酒。老娘居然接过酒盅，一口气将那杯酒干了。众人热烈鼓掌叫好。接着，大家开始戏逗新郎新娘，一会儿让他们叼苹果，一会儿让他们亲嘴儿。

村里人平时没甚娱乐，婚礼上闹洞房是后生们最开心的事儿。大伙一直闹到半夜，吕谷雨只得下逐客令，把那几个还在胡闹的后生赶了出去。

新房布置得非常简单，只是在窗户上贴了两个红喜字。吕立春把两个枕头摆在土炕的两端，自己睡东头儿，二梅睡西头儿。熄灯前，吕立春对二梅淡淡地说："今天辛苦你啦，早点睡吧。"说着自己先上了炕，连袜子都没脱，不一会儿就打起了呼噜。二梅对着墙壁发了一会儿呆，轻轻叹了口气，拧灭了油灯，也和衣而卧。迷迷糊糊中，吕立春觉得有一只脚在他的脚上蹭来蹭去，他厌恶地将那个入侵的异物踹了出去。

一夜无话。

第二天天蒙蒙亮，二梅醒过来，发现炕东头已经没了人影儿，吕立春不知啥时候就出门了。

二梅追到院子里，没有吕立春的影儿，再跑到院外，也没看见人。她一口气跑到村口，向白沙坝那边的山梁梁上望去。晨曦中，隐约可见一个非常小的人影儿正向沙坝那边走去，随着人远去，影儿也越来越模糊，直到最后完全融化在那一片灿烂的朝霞之中……

二梅的心尖尖猛地疼了一下："该杀千刀的驴子呀！"

15.恋爱

就在吕立春结婚三个月后，胡小满也找上对象了。

与吕立春相比，胡小满的对象可谓圆满。姑娘是磨盘村民办教师老白老师的女儿白海棠。白海棠秀气文静，知书达理，聪明勤快，村里无人不夸。一家有女百家求，白家这些年不知道好言婉拒了多少上门来的媒人。倒不是女儿挑三拣四，而是做父亲的一门心思要给女儿找一个读书人。老白老师认定：万般皆下品，唯有读书高。虽然这种观念被批判过，但出身于书香门第的他，就是不肯转这个弯儿。女儿是他的小棉袄，如果没有合适的人选，他可不想拱手让与他人。

因为这几年白海棠一直在县里住校读书，加上不在一个村儿，胡小满并不知道磨盘村里还有这么一朵可人的海棠花名花无主。高中毕业，海棠回村儿，帮助父亲料理学校的事情，有时候也代课，给孩子们上语文和算术。孩子们喊她父亲为"老白老师"，喊她为"小白老师"。

这天胡大寒外出不在，胡小满替爹来收拾会计室，先是用鸡毛掸子把文件柜上、办公桌上的灰尘拂去，再就是把墙壁上悬挂的毛主席画像轻轻拂了几下，又用清水把地上的黄土洇湿，把垃圾倒掉。刚刚把房间打扫干净，就听到轻轻的敲门声。

这里的人一般来说是不习惯敲门的，不管去哪儿，都是推门就进，然后直呼其名。居然有人敲门，哪个灰鬼搞恶作剧？胡小满不予理睬。但那敲门声又轻轻响起。胡小满心想：这人谁呀？酸文假醋的。他走过去猛地拉开门，正想呵斥两句，可看到门外那人，训斥的话儿就卡在了嗓子眼儿里。

门外，站立着一个亭亭玉立的大姑娘。

"找谁呀？"胡小满马上换上一副笑脸。他笑起来的时候，脸上是十分真诚的样子。

"这儿是大队会计室吧？"

"是呀是呀，有事儿吗？进来说，进来说……"胡小满把那姑娘让进了屋儿。

暗暗打量那姑娘，见她穿一件白底儿碎蓝花的半袖小褂，下着一条湖蓝色的裤子，脚上穿着一双带白边儿的黑布鞋，鞋上的一条带子从脚面上绷过来，使得那拱起的脚背的弧度更好看了。她不像村里那些姑娘们梳两条辫子，而是把头发扎成一条马尾巴，用一条蓝底儿白菊花的花手帕扎着，额头几乎没有刘海。这就使得她显得与众不同，一看就知道她不是本地姑娘，或者，起码是受了城里姑娘们穿着打扮影响的。

"你是？"胡小满急于知道这姑娘的身份。

"我叫白海棠，是白老师的闺女。"她大大方方地说。

胡小满眼睛一亮——早听说磨盘村民办老师白梓夫有一个漂亮的女儿在县城读书，自己一直无缘相见。他马上变得殷勤起来："有事儿？"

"你是大队的会计吗？我来替我爹领工资。另外，我还想向大队领导反映点儿情况。"

"大队会计是我爹，我是民兵队长，也是队委会的。领工资的事儿，只能等我爹回来再说啦。你刚才说，要向领导反映情况，啥情况？"

"是这样的，咱村的小学啊，就那么一排破房子，年久失修，前几天下了一场连阴雨，房子的后墙出现了裂缝，随时有塌下去的危险。要是教室塌了，把孩子们压在里面，那事情可就大了。"

"有那么严重？"

"当然啦。你要是不信，到学校来看看嘛。"

说话的时候，她的眉毛向上一挑一挑的，眼睛眯起来，这模样儿令胡小满心动："好吧，我会把这情况反映给队委会的。"

"那我走啦。"

白海棠转身离去，步履轻盈，犹如一阵风儿。

胡小满站在那儿，呆了很久。

当晚，回到家，胡小满对胡大寒说："爹，我想成家。"

"好呀,自从大雪那闺女死后,跟你说过多少回了,让你去相亲,让你结婚,可你就是不听,四六不着调儿。现在咋想起要成家啦?你相中谁家的闺女啦?"

"嗯……老白老师的闺女,白海棠。"

胡大寒一怔:"你相中她啦?"

"好小子,眼睛比你爹还毒呀!"白海棠他是见过的,那女孩子卓尔不群,高傲冷艳。这闺女当然好,可是,自己的儿子能驾驭得了她吗?

他把自己的担忧告诉了儿子。

胡小满听了只是一笑:"爹,你放心吧,我会让她乖乖地进咱胡家的门,做你的儿媳妇。"

胡小满并非痴人说梦,他信心满满,因为,他已经想到了追求白海棠的办法。

几天后,他来到白家,说是来给老白老师送工资。他把一沓钞票递给白梓夫。老白老师点了一下,有些慌乱地说:"多啦多啦,咋多出三十二块呢?"

胡小满说:"不多不多,那是给海棠发的工资。她不是在学校帮忙吗?按劳分配,多劳多得,这是社会主义的分配原则。"

白老师急忙让女儿给胡小满沏茶,又给递烟卷,招待贵人一般。胡小满把目光转向海棠,她今天刚刚洗了头,头发披散着,浓密的头发遮了半张脸,增加了几分神秘感。

"我在队委会上说了小学校的事情,再不修缮,一旦教室塌了,那可是人命关天啊。当然,也有不同意见,说几十年啦,学校就那样儿,一直也没塌呀,坚固着哩……"他字斟句酌,尽量使用文绉绉的词语,让人觉得他是一个很有文化的人。

"那后来呢?"她显得有些急切。

"后来,我据理力争,终于说服了他们。你知道说服他们有多难吗?那都是些榆木脑壳儿,不开窍,你得讲好几火车道理,他们才会明白这件事情有多么严重。"

白海棠看着他乐了。她一笑，满口白牙，亮晶晶的，很好看。

"那最后，他们还是同意修缮了？"

"同意了，这两天就动工。专项经费也批了，三百五十块钱，买水泥、沙子、砖瓦，再加上工钱，应该够了。"

海棠拿出一个小算盘，飞快地拨弄着，很快算出了结果："嗯，你算得不错，全部下来，应该是三百三十八元。"

胡小满有些自鸣得意地说："我跑了几趟供销社，问清楚了价格，做了预算。"

"真该替孩子们谢谢你啦。"白海棠由衷地说。

"不用谢，是我应该做的。以后，我们的孩子也要上学的，谁也不愿意让自家的孩子在危房里上课，是吧？"

"你结婚了？有孩子了？"

胡小满这才发现自己刚才说了一句不应该说的话——"我们的孩子"。他其实是心里盘算着和白海棠结婚后喜得贵子，一不留神儿冒出了这一句。

"不不，我还没对象呢……我的意思是，为了我们的下一代，我们都有责任让他们生活在 个安全的环境里，是吧？"

白海棠觉得这个青年挺不错的，不但通情达理，而且责任心很强，也很上进。

"哎，海棠老师，咱们小学校还没有图书馆吧？"

"有一个，但是书不多。"

"我有一个想法儿，你看行不行啊。"

"你说？"

"咱俩抽礼拜天的时间，去县城一趟。"

"去县城？"

"是啊。县城文化馆有我一位本家哥哥，是作家，咱找他去。上一次我去他的办公室，见他的办公室里堆满了书，说是打算卖废纸呢。我让他留着别卖，我这人喜欢读书，尤其是世界名著，我几乎看遍了。"

海棠的眼睛亮了:"是吗?那太好啦!"

"咱们去县城找他,让他把那些书都捐出来。"

"行呢,这个礼拜天咱们就去。"

胡小满辞别出来。老白老师让女儿送他。白海棠一直把他送到村口。他心里美滋滋的,虽然是伏天,可肚子里就像喝了一杯冰糖水儿一样舒服。他有意离海棠很近,胳膊蹭着胳膊。他能闻得见海棠刚刚洗过的头发里散发出来的香味儿,那是他从来不曾闻到过的味道,一时他有些意乱情迷。

那夜,他失眠了,听了一夜小河边传来的蛙鸣声。平时令人烦躁的蛙鸣声此刻听上去犹如一首美妙的小夜曲。

礼拜天,他和白海棠去了县城。他没有说谎,他的本家哥哥是县文化馆的创作员,酷爱写作,自然有许多藏书,也有一些没用的旧书,听他这么一说,马上把那些书扎成两大捆,交给了他们。

二人雇了一辆三轮车,把两捆书拉到了车站。把书卸下来等车的时候,海棠特别高兴,说:"这下孩子们有书读了。你瞧,那一捆《十万个为什么》就够他们看上一年了。"

胡小满不知道那捆书的内容是啥,不敢贸然接话,只是说:"是啊是啊,书是精神食粮,人不但要吃饭,还需要精神食粮。光吃饭不读书的人,那叫饭桶。"

海棠被他的话逗乐了,说:"你这人,蛮有意思呢……"

他知道这句"有意思"里包含了许多内容,起码是对他有了好感。他觉得自己正朝着既定目标稳步迈进。

坐上那辆屁股冒黑烟的破客车,他和她挨着坐在一起,眺望窗外田园景色,胡小满一时不知道应该说点儿什么,倒是海棠打破了沉默:"哎,你说你喜欢读书,那你都读过啥书呀?"

这下把他给问住了。说实话,从小学到中学,他是最不爱读书的,要说读过什么书,小人书倒是看了不少,《三国演义》《水浒传》的连环画看过,尤其喜欢看《西游记》,那几本小人书都让他翻烂了。他急忙说:"四大名著,我都读过。"

"哦,《红楼梦》读过吗?你喜欢黛玉还是宝钗?"

他又被噎了一下。听同学说《红楼梦》里有色情内容,他特意找来看了一遍,可从头看到尾,也没有找到一处,一气之下扔了小人书,再也不看了。他灵机一动说:"这两个女人我都不喜欢!"

"为什么?"

"她们都太矫情,一个哭哭啼啼,一个会玩心眼儿。其实,我呢,挺喜欢你这种类型的女孩子……"说完,他瞟了海棠一眼。

海棠脸颊上飞过一抹绯红。还没有一个男青年如此大胆地向她表白过呢。她知悉了他对自己的意思,但自己对他有没有那个意思呢?一时,她弄不清楚。

离村子还有二三里地时,那辆客车抛锚了。司机骂骂咧咧地掀开引擎盖子修车。修了一个小时,终于直起腰对车内的乘客说:"车坏了,走不了啦,你们下车吧。"

乘客不多,也就十几个人,大都是磨盘村或大井村的。反正离家也不远了,他们拎上自己的大包小包下了车。

海棠和小满也拎着那两捆书下车了。走了一会儿,小满问海棠:"书好沉呀,你累了吧?把书给我,我来背……"

海棠摇头说:"不累,我能行。"

胡小满抢过那捆书来,用绳子把两捆书连在一起,然后蹲下,像背褡裢那样让那两捆书胸前一捆背后一捆,之后站起来,向前走去。

海棠追上来:"这样你肩膀会疼的。"

"没事儿,不疼。"

"快放下来,还是我们一人一捆吧。"

"我能行……我是男人,男人比女人有力气,你就不要管啦……"

他大步向前走着,那根连接两捆书的麻绳很细,书很沉,绳子几乎勒进他肩膀的肉里。他咬紧牙关向前走,尽量装出若无其事的样子。海棠怕他受不

了，在他身边帮他向上托着后背的那捆书。那捆书是全套本的《十万个为什么》，比胸前的书要沉一些。他们终于进了村，把书放在小学校的图书室里，他"哎哟"一声坐在了一把椅子上。

海棠看见他的白衬衣肩膀处有鲜红的血印子，忙说："哎呀，你的肩膀给勒出血啦，快脱下衣服，让我看看。"

胡小满脱下上衣。果然，肩膀上勒出一道清晰的血印子。

"我这儿有紫药水，我给你抹一下。"海棠从橱柜里取出一瓶紫药水来，用一根棉签蘸上药水，细心地给他涂抹着。伤口受了药水的刺激，胡小满疼得龇牙咧嘴。海棠像一位温柔的母亲安慰他："忍一忍，马上就好，马上就好……"

男儿流血不流泪。他依然是一副若无其事的样子。他知道他的"苦肉计"大功告成，从今往后，海棠想不喜欢他都不可能啦。

夜里，那伤口真的疼起来，他忍不住长吁短叹。

胡大寒听见，过来问："咋的啦？"

"没事儿，爹，明天你找媒人到白老师家去提亲吧……"他忍着痛，愉快地说。

16.成立

雷县长再次来到白沙坝，带来一支规模不小的队伍。他们扛着红旗，背着背包，坐着一辆大卡车，浩浩荡荡，一直开到白沙坝下。吕立春和林场的几个职工跑出来观看，却见那支队伍一直走到了他们居住的那几孔窑洞前。

雷县长走过来，亲热地拉着吕立春的手说："手续全办好啦，今天，我们要在这里召开白沙坝林场成立大会。"

吕立春他们这才知道，今天来的人里面，除了有几位正式的林场职工前来报到，剩下的都是县机关的干部，他们是下来义务植树的，要在这里劳动一周，开展一次大会战。

第三章

村里大部分乡亲都来了,立春瞥见人群中有父亲、大哥,就连胡家父子也都来了。

雷县长告诉吕立春:"经组织部门研究,白沙坝林场为公社集体所有制,正式任命吕立春为白沙坝林场的场长。此外,林场原来的几位职工(苏三的老爹除外),每人每个月可领取二十五元工资,此外,年终还有奖金。苏三和黑豆花、林浦听了,激动得几乎跳起来。"

"同志们,面对严酷的大自然,任何空话套话都没用,我们只有实干、苦干,用科学的态度和扎实的工作作风,向荒漠宣战——挡住风沙,还我绿色,还我河山!"

雷县长的讲话并不慷慨激昂,一字一句犹如白色马牙石反复击打摩擦,迸出星星点点的火花。那火花把众人心里那把火给点燃了,继而熊熊燃烧起来。

"我们要为我们的子孙后代留下青山绿水,而不是现在的漫天风沙!同志们,我们在做一件非常有意义的事情,当我们老了的时候,面对我们的儿孙,我们没有愧色,我们无愧于我们这个时代。"雷县长继续说。

大家报以热烈的掌声。

散会后,雷县长和吕立春一边漫步在沙坝下,一边聊着。

"县长,我没文化,这个场长我怕干不好啊,要不,让林浦干吧,我帮他。"

"林浦目前还属于下放改造人员,他的问题不大好解决,只能算是编外人员。再说,他是搞技术的,就让他继续担任林场的技术顾问好了。立春,我反复考虑过了,这副重担,还非得由你来扛不可,再找不出合适的人选了。"

"别的我倒是不担心,只是担心队委会那边,姚清明、胡大寒他们和我有矛盾……"

"这事儿我知道。我已经和姚清明同志谈过了,他还是比较顾全大局的。他对你虽然有看法,但态度明确,不纠缠过去的恩恩怨怨,全力配合你把植树造林的工作搞好。"

吕立春听了,心里略微踏实了一些。

"林场就算正式成立了,场部只有你那几孔窑洞是不行的。明天,县施工队过来,给你们盖几排四角硬的房子,弄个大院儿,到时候,宿舍、厨房、办公室、财会室、会议室都得有。麻雀虽小,五脏俱全嘛。"

一想到气派的林场大院,吕立春开心地笑了。

"对了,听说你结婚了,还没请我喝喜酒呢。"县长问。

吕立春摸了摸脑袋,不好意思地说:"其实,我那算不上结婚,是假的。"

"假的?"

"嗯,我娘病得快不行啦,为了满足老人家的心愿,所以就……"

雷县长似乎明白了怎么回事儿,拍拍吕立春的肩膀说:"立春,结婚可是一生中的大事儿,儿戏不得呀!婚姻这件事情,你得认真对待。"

吕立春心头五味杂陈。本来说好了等老娘过世后,他和二梅就去退证。没想到老娘的病居然渐渐好起来,甚至能下地干些轻活儿了,这令全家人感到欣喜,只有吕立春心里不宁——只要老娘活着,这证就不能退。更何况,二梅颇会来事儿,端茶送水,问寒问暖,把老娘乐得合不拢嘴儿,一个劲地夸媳妇贤惠孝顺,不知是自己哪辈子修来的福气。吕立春见状,哪里还好意思提退证的事情。

雷县长不提也就罢了,提起成亲之事儿,吕立春突然想起一件事情来,而且这件事情非常紧急,必须马上办不可。

陪大家吃完午饭,他向林浦交代了一下,急急忙忙回村了。原来,是小妹托人捎来话儿,说家里有人得了重病,要他马上回家。路上,他想:大家都好好的,谁又病了呢?莫非是老娘的病情恶化了?

回到家,立夏的一番话差点儿让他背过气去。

"谁病了?是你那头心爱的毛驴病啦,你快去看看它吧,它不吃不喝已经好几天啦,再这么下去,非得饿死不可!"

原来是毛驴病了,虚惊一场。

说起这头毛驴来,立春对它特别有感情。还是在他入伍之前,他每天下地干活儿都离不开这头毛驴。毛驴身上乌黑,却有两只醒目的白耳朵。他就管它叫"白耳朵"。这白耳朵正值壮年,干活儿不偷懒,舍得卖力气,而且听话。其实它只听立春的话,别人的话就得看它高兴不高兴了,高兴就听,不高兴,脖子一梗,根本不搭理你。你若是逼它或者鞭打它,它马上把屁股掉过来,后腿有力地弹出来,不踢你个人仰马翻,也得踢个鼻青脸肿。

白耳朵对立春有救命之恩。

有一年冬天,吕立春骑着它去县城,归来时天色已晚,夜幕黑沉。走在山里,立春不免有些害怕——山里是有狼的,每年都能听到某某村某某人被狼给剖了肠肚,或者某某家的孩子被狼给叼走了一类的事。就在立春提心吊胆时,突然窜出来一匹灰狼,那狼显然饿极了,目露凶光,直奔立春而来。眼看恶狼扑过来,立春一时手足失措,怔在那里。关键时刻,白耳朵突然发威,奋蹄踢向那匹灰狼。灰狼的下巴似乎被踢了下来,鲜血从它的嘴里淌下来。深知自己不是白耳朵的对手,灰狼夹着尾巴狼狈而逃……立春从部队归来,最高兴的是它,只要见了立春,就扬起头"咴咴咴"叫个不停,显得特别兴奋。立春去了白沙坝,本想把它也带上,无奈家里的农活儿离不开它,只得把它留在村里。不料它病倒了,这让立春心中颇为不快。

它卧在牲口棚里,闭着眼睛,一副病恹恹的样儿。立春心疼,蹲下去轻轻抚摸着它的额头,呼唤它的名字:"白耳朵,是我啊,我来哩……"

白耳朵这才睁开眼睛,懒懒地瞥了他一眼,居然是一副十分委屈的神情。接着,一粒很大的亮晶晶的泪珠从它的大眼睛里流淌下来。

立春更心疼了,一边摸着它一边说:"是我不好,是我不好,我不该不管你……"

他取来一些草料,放在白耳朵面前。白耳朵似乎来了精神,慢慢地站起来,低下头去吃草料。立春又取来些清水让它饮用。它乖乖地喝了水,似乎有了些力气,开始用头拱立春。

立春明白了它的意思,说:"好吧,你跟我走吧。不过咱丑话说在先啊,到了那边,活儿可是又苦又累,你不能嫌累不干啊!"

白耳朵"哝哝哝"地叫了几声,似乎在回应他:没有问题,只要能跟着你,去哪儿都行!

傍晚,太阳将要落山时,立春牵着他那头毛驴回到了林场。

第二天一早,原本奄奄一息的白耳朵活蹦乱跳起来。立春心里的石头才算落了地。

从此,林场又多了一位不领薪水的"编外职工"——白耳朵。

17.二爷

吕二爷是个奇人。

二爷是吕谷雨的叔伯弟弟。年轻时他就喜欢进山里去采集中草药,能辨得百种草药,识得千种野草野花。自老伴去世后,他干脆不回家了,在山上搭了一个简易的棚子,春夏秋三季都住在山上,只有冬天特别寒冷时,才回村住几天。立春从小就觉得这个二爷有点儿神秘。二爷有几个绝招儿:炎炎夏日,蚊子肆虐成灾,大家怕被叮咬,都用长衣裳遮挡住。可他不,故意把胳膊裸露在外面,让蚊子落上来,他突然绷紧肌肉,蚊子戳进他肉里的"针"被夹住,动弹不得,只能由他摆布。再譬如,他可以连着几天不吃不喝,静坐于小窝棚内,闭目养神,颇有点儿道家坐禅的意思。问他饿不饿,他说:"不饿,我从空气中汲取日月之精华,从雾气中汲取养分,从雨雪里获得水汽,正好排掉体内的秽物,这才是修身养性。"

年岁大了,他留起了长胡子。胡子由黑而灰,由灰而白,最后出落成一副仙风道骨的大胡子。这时候大家都开始对他敬畏起来,将其视为活神仙一般,早忘了当年他只是一个面朝黄土背朝天的农民。

二爷特别喜欢狗,前前后后总共养过八条狗。那些狗有的病故了,有的活了十多年,寿终正寝。其中有一条大黑狗是他最喜欢的,可有一天跑出去,刚窜上马路,就被一辆拉煤的大卡车撞死了。二爷在山沟里给他的小狗们开辟了一块狗墓地,七条亡故的狗全部埋葬于此,只剩下那条虎皮,形影不离地陪伴着他。据说二爷早立下遗嘱：等他死后，不要把他埋到祖坟里去，而要把他埋葬到狗墓地，他要与他的八条狗埋在一起，朝夕相处。

二爷会看相，可他极少给人看。那年见了刚刚从部队复员归来的立春，他不由得惊叹："这孩子，虽不是大富大贵之相，可日后前途无量，会做出一番大事业啊！"

谁也不知道二爷是什么时候从山上下来，住进白沙坝林场的。那时，在雷县长的特殊关照下，林场已经盖起了几排四角硬的房子，还用石头垒起了一个大院。大门口挂着一块白底儿黑字儿的木头牌子，上面工工整整地写着"白沙坝林场"。那字儿是立春特意从老白老师那儿求来的。白梓夫的毛笔字儿写得极好，每逢过年，村里村外的乡亲们都来求他的字。他是来者不拒，不论老幼，一概应允，不但自己出墨汁，还要赔上一大摞红纸。女儿说他，让他少收一点儿钱，可他不听，说："我白梓夫还没有穷到卖字儿的地步。文化是属于全民的，不能被铜嗅味玷污。"

吕二爷不喜欢住新盖的房子，非得要住立春曾经住过的那孔窑洞。立春无奈，只得依了他。二爷是护林员，每天背着他那杆老掉牙的鸟枪，带着他的狗，绕着林子转悠。那时树刚刚长到两米多高，还没成材，倒不怕有人盗伐，而是秋天怕有山羊、家猪、野兔跑来啃咬树根树皮，冬天怕大雪压断了树杈树枝。当然，也有不自觉的村民会悄悄跑来折些树枝抱回家当柴烧。凡是遇到这种人，二爷决不客气，也不手软，把火枪举向空中，放一个响炮，吓得那些家伙屁滚尿流窜得没了人影儿。

二爷一般都在晚上巡逻。白天，他时而睡觉，时而进山去寻找草药。有一天他扛着一大捆绿色的植物回来，扔在立春脚下。

"这是啥？"立春有些疑惑地看着，问道。

二爷说："这东西叫柠条，是我从那边的沙梁子上拔回来的。那边它能活，那咱们这边它应该也能活，你种着试试看呗。"

立春把那些带根的柠条种到了沙坝上。真让二爷说对了，它们居然活了，并且串根儿，一串就是一大片。立春高兴坏了，这才觉得二爷在林场不是一个

多余的人,而是一个有用之人。

夜里,二爷去巡逻,看见一个黑影正猫着腰在折枯树枝。二爷大喝一声,一个箭步上前,将那人摁在地上。那人连连告饶,可二爷不买他的账,硬是把他押回了林场。

立春一看那人,乐了:"好啊,原来是你——狗日的胡小满!你说你再下作,也不至于跑到林场来搞破坏呀!"

胡小满急忙说:"我是来给学校弄柴火的,我可不是偷,更不是搞破坏。"

立春不信:"深更半夜的,你跑到林子里,说是给学校弄柴火,鬼才信哩!"

胡小满说:"你若不信,跟我去学校。"

"去就去!"立春跟着胡小满去了学校。

学校教室还亮着灯。二人推门进去,看见学生们正在上晚自习。已经是深秋,天气寒冷,学生的嘴里、鼻孔里喷着哈气,教室里一片白雾。代课老师白海棠看见胡小满抱着树枝进来,高兴地上前接过来,把一部分塞进炉子里,找了一张旧报纸来生火。不一会儿,炉子里的火焰腾起来,教室里渐渐暖和起来。

胡小满在抱树枝时一根手指被划破了,流着血。海棠急忙找来纱布给他包扎。二人亲密的样子让立春甚为惊诧。

胡小满拉着吕立春出了教室:"我没哄你吧?"

立春还是感到奇怪:"我说你这家伙啥时候有了菩萨心肠,原来是想讨好那女老师呀!"

"白海棠,我未婚妻,我要结婚啦。"胡小满显然是在夸耀。他用目光乜斜着立春说,"我大喜的日子你可别来啊,你狗日的要是再来抢亲,招呼你的可就是刀了。"

"呸!"立春啐了一口,啥话也没说,转身离开。他听见身后传来的开门声和对话声。

海棠问:"他谁呀?"

胡小满说:"一个流氓,甭理他……"

18.怀孕

石二梅抱着她的行李卷儿来到林场,径直进了立春的宿舍。

"你咋来哩?"

"咋?我咋不能来呀?我来探亲,不行啊?"

吕立春苦笑了一下,真是怕啥来啥,这两天正担心二梅会跑过来,果然就跑过来哩!

立春不想让二梅在这里久住,只想让她住上两天就赶紧走人。虽然是名义上的两口子,但让她住在外面也不太好,立春让她暂且住在自己的房间。他的房间,既是办公室,又是宿舍。

二梅表面上是一个大大咧咧、口无遮拦的女人,可心计很多,在日后漫长的岁月里,立春一次次领教了她的心计,那些心计犹如一把把飞刀,准确无误地刺中了他,有的甚至刺进了他心中最脆弱的部分,让他一次又一次受到伤害。

那天是个好日子,公社发下来文件,正式任命吕立春为白沙坝林场的场长。

二梅比立春还要高兴,说:"这可得庆贺一下呀!"她跑到县城,几乎走了一天,傍晚回来时,拎了两瓶武川烧酒,一只卓资山熏鸡,还有一根香肠。面对一桌子的美味佳肴,立春说:"咱不能自己吃,要不把林场的几位老人都叫过来?"

二梅知道他说的老人们是谁,有些不悦地说:"林浦嘛,是个单身男人,叫来还行,其他那几个就免了吧。"她不愿意让苏三和黑豆花掺和进来。

立春只得依了她,叫来林浦。林浦嗅到肉香,扶了扶鼻梁上那副总也架不住的眼镜,高兴地说:"这可是天上掉馅饼的好事儿呀!我都快有一年没闻到

肉味了,肚子里没油水呀。"说着,从盘子里揪了一条鸡腿儿就吃起来。

二梅一把夺下鸡腿,说:"先洗手去,看你那爪子,黑不溜秋的,恶心。"

林浦笑道:"今天在沤肥池忙了一天,手能干净?"说着到脸盆儿那儿把手洗了洗,然后坐回到桌子前。

二梅举杯,正色道:"我们家立春今天正式当上了场长,走马上任啦!为了庆贺,我摆了这桌酒宴,林工程师不是外人,咱们是一家人,今天一定要好好喝几杯。"说着将杯中酒一饮而尽。

两个大男人见状,也跟着干了。

林浦不服二梅,说:"你能有啥酒量,我跟你干三杯。"

二梅说:"干没问题,可不能冷落了我家立春,让他陪上。"

林浦把酒杯塞到立春手中,说:"来来,这杯算是我敬你和弟妹的,你们的婚礼我没参加,喜酒可得补上。"

其实林浦知道立春假结婚的事儿,可日子过久了,也不见二人有离婚的意思,以为他们假戏真做,也就这样了。

立春没想到二梅的酒量那么大,不一会儿,三人就将一瓶子烧酒喝完了。立春已经有些晕晕乎乎的了。但是二梅正在兴头上,把另一瓶烧酒打开了盖儿,分别给二人满上,自己也斟满一杯,说:"你们男人不是爱说这么一句话吗——酒逢知己千杯少。我呀,和立春就是知己!咱没啥文化,可从小也爱听说书,懂得些道理。女人嘛,首先就该守妇道、知礼数,今天有林浦在这儿,我表个态,我就是立春的贤内助,从明天起,我要做他的左右手,帮他支撑半边天……"

她两腮红红的,眼神是迷离的。她要和两个男人划拳行酒令,但立春和林浦谁也不会划拳。二梅想了个主意,说:"转勺子,在一个小勺子里倒上酒,然后转动勺子,最后勺子停下来,勺柄指向谁,谁就喝酒。"

大家都觉得这个游戏好玩儿。二梅开始转勺子。桌面铺了一层油布,很滑,勺子在桌子上滴溜溜转着,越转越慢,最后缓缓停下,勺柄正对着立春。

二梅笑道："哈哈，你是今天的贵人，你喝，喝……"

立春无奈，只得将勺子里的酒喝干净。

接着又转。有几次是转到林浦面前，但更多次是转到立春那儿。不一会儿，立春就喝多了，感觉天旋地转。

"不行啦，不行啦……立春摆手说，我不行啦，不能再喝啦。"

林浦也基本上进入了状态。他吃饱喝足，觉得不应该打扰人家小两口了，就知趣地告辞出来，回自己宿舍睡觉去了。

林浦走后，二梅麻利地收拾了桌子上的残羹剩饭，在那小炕上铺上被褥，扶着刚刚呕吐完的立春上了炕，熄了灯。

睡到半夜，迷迷糊糊中，立春觉得有人钻进了他的被窝，那是女人赤裸的身体，像一团火烤着他。迷迷糊糊中他知道那是二梅，想推开，喃喃地说："不行，我们不能这样，不行……"可是，二梅紧紧地抱住了他，胸前两个柔软的尤物蹭着他的皮肤，让他觉得十分惬意。接下来，那女人的手开始抚摸他。这时他也顾不了许多了……

隐约听见外面有人用树叶吹曲儿，那曲儿悲凉无奈而又凄惶。

第二天天色蒙蒙亮时，立春醒过来，吃惊地看见自己赤身裸体地躺着，再看身边，二梅也赤身裸体地躺着。

立春心底发出一声哀叹："完啦……"

两个月后，二梅向立春骄傲地宣布："我怀孕啦！"

19.家族

林浦一直没有对吕立春说，其实他是上海人。可能是多年来一直在北方工作，他的口音没有丝毫上海话的味道，而是一口纯正的普通话。他更没有说他的父亲是上海滩曾经赫赫有名的资本家，开着两家纱厂。在抗美援朝时，父亲捐献了大批棉纱，甚至还捐款买了一架飞机，被政府奖励为"红色资本家"。

林浦从小生活在一个富裕的家庭，一直接受着非常好的教育。父亲计划着

把他培养成一位大学者。他的英文、法文都非常出色。但他不喜欢文学艺术，更不想当政治家、教育家，他喜欢大自然，喜欢大森林，喜欢花花草草，在报考大学时毅然选择了自己喜爱的专业——林业。他的选择虽然把父亲气个半死，但也无可奈何，只得由他去了。

那天，人们敲锣打鼓送来一块大匾额，上题四个大字"公私合营"。全家人都将其视为光荣的标志。尤其是父亲，每天用一块洁白的棉纱把那块匾擦拭得干干净净，一尘不染。名义上，父亲依然是董事长，但厂长由一位政府派来的书记担任。

后来，父亲的脸色日渐阴沉，回到家也不说一句话。母亲问他，他也不说，只是用鼻子"嗯"几声。原来他的企业在不知不觉中已经不再属于他了，党支部、工会、团委、妇联……哪一个组织都比他硬气，他的家庭企业已经不由他说了算了，沉重的失落感压着他。当那顶"黑五类"的帽子戴到他头上时，他终于无法忍受，从楼上一跃而下……

林浦得知父亲亡故的消息已是三个月后。母亲一直瞒着他。他知大事不妙，急忙报名来到边远之地，在某个林研所里谋了一个职位。但他依然没有逃脱，那顶沉重的帽子一直在等待着他。

立春知道他确实有文化，肚子里有真东西。有一回二人聊到二十四节气，讲到"春分"，他问立春："你知道春分有啥讲究吗？"

吕立春木然摇头。

林浦一一道来："古代将春分分为三候：一候玄鸟至；二候雷乃发声；三候始电。"

立春听得丈二和尚摸不着头脑，问："啥意思？"

林浦说："意思是说啊，春分日后，燕子开始从南方飞回来，下雨时天空会打雷并发出闪电。春分三候所代表的花信为，一候海棠，二候梨花，三候木兰。三花一开，春花万枝，百花争宠，满园春色。"

吕立春听他娓娓道来，对他佩服得五体投地。

林浦觉得自己虽曾遭厄运，但这两年的运气真是不错，歪打正着，居然被白沙坝林场聘为总工程师。他心中暗谢吕立春，也对雷县长怀着深深的感激之情。无论是林场的人还是雷县长，他们都知道他头顶上有一顶"帽子"，但这里没人追究他的过去。为了报答这些好心人，他全力工作，甚至工作到忘我的程度。

有时候在林间休息时，吕立春开玩笑问他："咋不成家？要不，我从咱们女职工当中给你挑选一个？"

他急忙摆手，面红耳赤地说："别拿我寻开心了，我是一个人吃饱，全家人不饿，娶老婆，养不起。"

立春说："妇女能顶半边天哩，人家不用你养！你看中咱们林场谁了？跟我说，我给你当媒人。"

林浦还是摆手："没有没有，谁也没看中。"

吕立春信了他的话，以为他仗着自己肚子里有几瓶墨水，眼光高得很哩。又想从村子里给他琢磨一个，可挑来选去，也没有选出一个合适的人选。

转眼一年飞快过去。又到了开春儿时，家里传来消息：二梅给他生了一个大胖小子。立春抽空儿回村去看儿子。当他把那肉墩墩的儿子抱起来时，就预感到这小子将来要比他有出息，是块好料了！

二梅像一位得了奖牌的冠军，喜滋滋地说："给娃儿起个名儿吧。"

立春想了一下："孩子是天亮时生的，就叫吕天亮吧。"

二梅说："行，这名儿好。天亮了，就有盼头啦。"

立春说："新的一天开始啦，世界是他们的。"

二梅忽然想起了什么，看着立春说："对啦，前几天胡小满也结婚啦，那排场好大呀。"

"谁家女子嫁给他算是倒了八辈子血霉啦。"立春哼哼了一句。

"哎呀，是老白老师的宝贝闺女呀，白海棠。人家可是要才有才要貌有貌，才貌双全呢。"

"哦，他真的娶了白家的闺女？"一时间，吕立春心里感觉有点儿不是滋味儿。

【创作手记之四：茶园】

吕诗远带我去看他们的茶园。

他的女朋友胡雨燕正在茶园里等候着我。她个头不高,偏瘦,脸庞倒也清秀,举手投足间显得十分干练,不知为什么,我马上把她与自然界天空上飞翔的雨燕联系在了一起。

雨燕带我参观了茶园和生产车间。车间里飘着一股淡淡的山茶的香味儿。一些加工好的产品堆放在车间里,那些花花绿绿的包装盒子闪耀着诱人的光彩。

为了招待我,雨燕请来村里一位做莜面的高手——非遗传承人,给我做莜面。那是一位很精干的中年妇女,她双手在一块青石板上灵巧地跳着舞,手指一卷,一个莜面窝窝就成了,放在笼屉里,整齐地排列着,像一队队列队出征的士兵。

这期间,我坐在雨燕面前,打开录音笔,开始采访。她倒不惧,从她如何想到办茶园开始聊起来。

刚聊了几句,却见一老者披着一件蓝色的褂子,大步流星地进来,满脸不悦之色。雨燕见了他急忙站起,毕恭毕敬地叫了一句:"爷爷……"

哦,这就是那个人——胡小满!在我的剧本中,打算把他写成反一号。可从他的眼睛里,我看不到阴险和奸诈,一如当地村民憨厚而善良的样子。眼睛是心灵的窗户,我自信地认为这些年我走南闯北,阅人无数,看人应该不会看走眼。

老人并不看我,也没打算与我聊天,只是气哼哼地盯着孙女儿问:"你给爷爷说,你和那小子,是不是合起来演戏骗我们?啥殉情,啥跳崖,都是假的,你们就是想逼我承认他,让他进咱胡家的门儿,对不对?"

雨燕端了一杯茶给老人,抚着他的后背温柔地说:"爷爷,你别生气,听我慢慢跟你说。那天听你说我坚决不能和诗远结婚,我一时想不开,真的打算和诗远去跳崖……"

"啊，你们真要跳啊？你你你，你做傻事儿啊，孩子！你要是真的那样儿，我也不活了，我陪你们一起去跳崖。"

"爷爷，只要你答应我和诗远的婚事，我们当然就不会想不开去寻短见了呀！"

我在一旁听着，心中暗笑，这丫头是在逼她爷爷就范啊。这一招确实挺厉害，把老人逼到了死角，只得让步。

"好好，你们的事儿我不管啦，随你们啦……真是的，万万没想到，有朝一日，我的儿孙，会跟那驴子的后代成家，这这这……这叫啥事儿啊！"

老人喝着茶，气也渐渐消了。雨燕在他耳朵边低声说："爷爷，今天有一位著名作家采访我呢，你可别给我丢人现眼啊！你先回去吧，这事儿咱们以后再谈……"

老人瞟了我一眼，似乎不大相信我就是他孙女儿说的那位大作家。他依然没和我说一句话，弯着腰，走了出去。他两鬓斑白，脸上布满了岁月耕耘下的沟沟坎坎。当他走出去的时候，我对上号了——没错儿，这就是胡小满，和吕立春斗了一辈子的死对头！

"咱继续说咱的。"雨燕接刚才被打断的话题说，"那年我和同学们上山野游，在山上遇到了吕二爷。

二爷神秘地向我招手。我不知道他叫我有啥事情，就走过去。他让我看他的那片茶园——好大一片绿油油的山茶啊！

他在那些山茶中间还种了些花花草草，说是为了招蜂引蝶，让它们来传授花粉，还说山茶也会从那些花草的香气中获得精华，它们的茶叶会有一股特殊的香味儿。我还不信，老人马上用山泉水沏了一杯茶让我品尝。我喝了一口，天啊，那种香味是我从来不曾喝过的。我一下子就喜欢上了山茶。二爷对我说：'我知道你是谁家的孩子，我能看出来你是个有出息的年轻人，我呢，岁数一年比一年大啦，老啦，干不动啦，想找一个接班人把这片茶园接过去。你想接吗？'我一下呆住啦。

我的理想是大学毕业后，考公务员或者到事业单位工作，有一份保障。让

我接管茶园？我行吗？这个时候，他出现了——吕诗远。"

"你们就是那时候认识的，并且谈恋爱了？"

"嗯，只是认识，谈恋爱是一年以后的事儿啦……"

第四章

20.风镜

若干年后，一副老旧的风镜被摆放在一座展览馆里，文字注明这是雷县长当年用过的物品，老县长曾戴着它跑遍全县每处被沙化的地区，带领众人绿化那里的每一寸土地。没人说其实这副风镜后来雷县长送给了林浦，林浦又戴着它度过了他生命中最后一段非常有价值的时光。他去世前，把那副风镜交给了吕立春。当展览馆的人员来收集当年治沙绿化相关的文物时，立春把它拿了出来，为的是让更多的人记住当年那位为了营造良好生态环境，一头扎在荒漠上把自己的生命献给了这片厚土的老县长。

十年过得很快，一眨眼，当年那些小树苗已经长成亭亭玉立的青壮大树。白沙坝已经看不到一点儿白色，完全被绿色所覆盖。林场的规模也扩大了不少，由过去的几个人，发展成上百人的绿化队伍。吕立春俨然是一位成熟的领导人，在林浦这个左膀右臂的帮助下，把林场治理得井井有条。几个部门互相配合，非常默契。后勤由苏三和黑豆花负责，二人把食堂的伙食搞得色香味俱全，把大院打扫得干干净净。过去林场主要的运输工具只有一头牛和一头小毛驴白耳朵，现在，除了有一辆解放牌大卡车，还有两辆链轨式拖拉机。

立春从来没见过林浦掉眼泪，可那天，他看见林浦站在一棵树下默默地流着泪，肩膀抽搐着。立春有些诧异，走过去，想安慰他一下，见他手里捧着那

副风镜，显然是睹物思人了。

"想老县长啦？"

林浦默默地点点头。

林间，多了一座新坟。

原来，雷县长去世前留下遗言，要把他的骨灰撒在白沙坝。他的家人遵循死者的遗愿，在一个风清日丽的上午，把骨灰盒送来了。立春请一位石匠刻了一座碑，上面写着"人民的好县长长眠于此"。

"唉，多好的人啊，刚刚五十就殁啦。"立春叹了口气说。

"这十年，他一头扎在咱们白沙坝，就像咱林场的一员职工，和咱一起吃一起睡一起去种树、去巡林……你见过这样的县长吗？"

立春摇头，感慨："咱国家有多少个县？"

"大概一千六百个吧。"林浦想了一下说。

"可我只认识一个县长……"

二人又沉默了。

是啊，要不是老县长三番五次地往落实政策办公室跑，林浦头上那顶帽子还不知道猴年马月才能摘下去呢；要不是老县长一趟趟往组织部跑，立春的正式任命怕到今天也难以落实；要不是老县长时不时往林业厅跑，上面怎么会把"三北"防护林试验区这么重要的项目分配给白沙坝林场呢？

二人站在那儿，开始规划下面的任务：以白沙坝为中心向外延伸，将附近几千米的荒山进行绿化。他们雄心勃勃，畅想未来，似乎美好的前景就在他们面前。

远处，二梅扯着嗓子喊立春回去吃饭。立春和林浦往场部那边走去。自从生了孩子之后，二梅一直想搬到林场来住，名义上是照料立春的生活起居，其实是想过来享受场长夫人的待遇。其实也没啥待遇，她只是想享受那份看不见的荣耀。大家见了她都恭恭敬敬，客客气气，亲亲热热，那感觉不赖。

立春拉着林浦到家里吃饭。二人同甘苦共患难，一起走过来，亲如兄弟。算起来，林浦比他长两岁，为兄，他为弟，二人虽从不称兄道弟，但那份感情比亲兄弟有过之而无不及。

进了家门,就闻到莜面的香味儿。野蘑菇炖羊肉做汤,那味道简直是天上美味,也是林浦最爱吃的。莜面的香味儿是巨大的诱惑,林浦就喜欢吃二梅搓的鱼鱼和窝窝。立春一眼瞄见厨房里有个苗条的身影在忙碌着。正待要问二梅谁来了,那人已经端着一盘子莜面从厨房里走出来,一边把盘子放在桌子上,一边和立春打招呼:"立春哥,回来啦……"

立春眼睛一亮:"白露?"

21.归来

姚白露是被保送上大学的。大学毕业后在县里工作了两年,又到中央党校学习了两年,前后一共七年。她学的是文科,毕业后被分配到县委宣传部工作。几年不见,她已经出落成一个亭亭玉立的大姑娘了。她这次来,是为了写一篇有关吕立春的长篇人物通讯。

二梅对谁都是自来熟,才几个小时,她已经和姚白露熟得像亲姐妹了。她拉着白露的手坐下,对立春说:"咱磨盘村还能出落出这么喜人的美女,这可真是稀罕啊!"

白露笑着说:"嫂子说笑啦,我算啥美女!咱家乡人杰地灵,喜人闺女有的是哩!嫂子长得也不错呀。"

二梅听了抿嘴儿笑:"瞧这闺女儿真会说话,我呀,整个一个丑八怪,你哥不嫌弃我,我还得感谢他哩。"说着向立春那边瞄了一眼。从心里来说,她有点儿怕立春,倒不是因为他是场长,而是他平时对她总是板着脸,从来没跟她说过知心话儿,他心里究竟是咋想的,他始终没透露一个字儿。

几年前立春老娘过世后,二梅就开始提心吊胆,生怕他提起退证的事儿。当初约定的就是假结婚,虽然已经有了娃儿,万一他……可立春再也没有跟她提起退证的事情。他越是不提,二梅心里越是没底儿,担心那颗雷不知啥时候会突然爆炸。

二梅当然知道当年立春抢亲那件大事,也知道立春在白沙坝种树,就是为了守着大雪。白露是大雪的亲妹子,看见白露,他自然会勾起旧情。旧情复发的话,他会不会和我退证呢?

饭后,看见立春、白露、林浦三个人在一起亲密地说话儿,她一句也插不进去。人家说的都是些她根本不懂的事情。她收拾完碗筷,一个人出了房子,信步在外面走了一会儿。

听见"咴咴咴"的嘶叫声,二梅动了去看一下小白耳朵的念头。那头小毛驴是立春近来新买的,为了买它,立春跑了许多地方,才找到一头长白耳朵的小毛驴。原来立春心里一直怀念当年的老伙计、已经故去的老白耳朵。最近林场的营生没那么忙了,它也闲下来,养得膘肥体壮。二梅牵着它的缰绳出了棚圈。来到草地上,它很兴奋,开始撒欢儿。二梅怕它跑丢了,见它跑远,就跑过去抓住缰绳把它拉回来。反复了几次,她突然想:要是能在立春的脖子上系上一根缰绳就好啦,这样,不管他跑到哪儿,只要我一拉,他就得乖乖回到我身边来。

可是这根绳子在哪儿呢?她苦苦思索着。

22.杀牲

时光退回到几年前。

那年,正当吕立春和林浦撸起袖子,准备大干一场的时候,"文化大革命"开始了。

胡小满认为机会来了,他带着葛二蛋等几个民兵闯进队委会去夺权。对于多年的老队委会主任姚清明,他一点儿也没心慈手软,给他戴了高帽子游街。已经两鬓斑白的姚清明被折腾得死去活来。第一步夺权胜利,他马上想到第二步:去林场,必须要把那里清理干净。

于是十几个人在胳膊上戴了红袖箍,一路浩浩荡荡杀过来。进了林场,直奔场长办公室,不由分说,反拧住吕立春的胳膊就往外拉。

林浦也被拉了出来，同样用一根麻绳给捆了个结结实实。就在二人被押出林场场部大门时，充满戏剧性的场面出现了：一个庞然大物嘶叫着冲过来，将胡小满那几个人撞得人仰马翻。它有力地弹着它的后蹄，不是踢在那些人的胸口上，就是踢在他们的腿上、脸上，令他们惨叫不已。众人一看大事儿不好，纷纷作鸟兽散。立春一瞅乐了，好样儿的，白耳朵，你来的正是时候！

回到家，满脸血污的胡小满把海棠吓了一跳："你这是咋的啦？让驴踢啦？"

"让驴踢了"是当地一句骂人的话，海棠没想到胡小满真的被驴给踢了。

胡小满愤愤道："他妈的撞见鬼啦，那哪是一头驴，分明是一匹狼！"

海棠找来湿毛巾，让胡小满擦掉脸上的血污。他们结婚已经几年了，日子过得平平淡淡。起初，胡小满还在装，假装自己爱读书，有点儿学问。一旦结婚了就不装了，本性也渐渐暴露出来，但对海棠还是一如既往地好。海棠没想到胡小满是这样一个人，但看他对自己百般体贴疼爱，在有些事情上也就忍了。不料由于这几年她始终没有怀孕，令胡家人非常不高兴。尤其是胡大寒，只要有机会就指桑骂槐，说："就是一头驴子也会下崽子，除非它是一头骡子！"海棠哪儿受得了这个，回到娘家和父亲泪眼相对。

白梓夫劝道："你不生育，婆家不满也是情有可原的。要不，过几天你和小满去呼和浩特的大医院看看究竟是谁的问题？"

海棠赌气地说："我不去，我又不是生育机器，凭啥非要给他们胡家传宗接代？"

为了能让海棠怀上孩子，到了夜里，胡小满就使出吃奶的劲儿来折腾她，把海棠折腾得难以承受，告饶道："行啦行啦，你种子不行，不要怪田地不长苗儿呀。"

胡小满被戳到痛处，一怔，挥手给了海棠一记耳光："贱货！"

海棠被打蒙了，爬起来穿衣服。胡小满情知不妙，急忙赔笑脸，说自己错了，不该动手。但海棠根本不理他，拉开房门奔了出去。

一连十几天，海棠都没有回家。那时白梓夫已年迈多病，很少去给孩子们

上课了。海棠成了小学校的主力。白天她在学校里忙一天,傍晚回到家,看见胡小满站在父亲家的院门外,一副可怜巴巴的样儿:"海棠,跟我回家吧。"

海棠不理睬他。

"是我错啦,我以后再也不会动手了,我向天发誓……"

海棠依然不理他,推开他:"好狗不挡道儿,让开!"

海棠进了院子,从里面插住了院门。

第二天,胡小满又在门外等着她,这回拎了一袋子水果:"海棠,你太累啦,回去吧。我买了一只老母鸡,给你熬鸡汤……"

白海棠视若无人,径直进了院子。

第三天,胡小满挡住海棠,亮出一把刀子,目露凶光:"跟我回家!"

海棠冷笑:"来呀,往这儿捅,今天你要不给我这儿捅出一个窟窿来,你就不是男人!"

胡小满却将那刀尖对着自己的咽喉:"我不会伤害你的,海棠,但你要是不肯原谅我,我马上抹脖子给你看。"

海棠这回真的笑了:"你太让我失望了,胡小满,我看不起你!"

胡小满真的无计可施了。

隔着窗户,老白老师把这一切都看在了眼里。他劝回到房间的女儿:"海棠啊,你还是回去吧……"

老白老师无意中的一个举动,让胡小满抓住了把柄,他怕女儿再这样僵持下去,把胡小满惹急了,会狗急跳墙,鱼死网破。因此,他开口劝女儿。女儿无奈,只得答应回去了,但心已经死了。

海棠帮胡小满擦去脸上的血污。胡小满认为她已经回心转意,抓住她的一只手深情地说:"海棠,我会一辈子对你好呢,你就放心吧。"

胡小满知道林场人多且齐心,想在林场抓那驴子去游街显然是不可能的。他想出一条调虎离山的毒计,他为自己这个计谋自鸣得意:简直是一箭双雕呀!

第二天白天,趁林场的人都上白沙坝干活儿的空档,胡小满揣了一把杀猪刀潜进了林场场部，摸进牲口棚圈，白耳朵正卧在那儿闭目养神儿。他蹑手蹑脚地走到白耳朵身边，猛地对着它的咽喉处刺了一刀，顿时，鲜血犹如开了闸门的水一般喷溅出来……

23.横祸

白耳朵显然是被人杀害的。立春悲痛之余，细细想来，杀害白耳朵的凶手只有一个人的嫌疑最大——胡小满！

他要找胡小满讨个说法儿。

林浦拉住他不让他去："人家这是给你下了一个套儿，等着你去呢。你一去，一根绳子把你一绑，拉你去游街，你咋办？"

立春不听，依然要去。二爷出面，一针见血地指出："那是人家挖的坑，你傻呀，非得往坑里跳吗？"

"那……白耳朵就这么白白被他杀了？"

"他这种人是秋后的蚂蚱，蹦跶不了几天！"二爷思谋着说，"这种局面不会长的，到时候，坏人总会有得到报应的时候。"

吕立春不大相信坏人总会得到报应。如果你不反抗，他们会骑到你脖子上拉屎呢！但马上就去找胡小满讨公道也不现实，一旦落进他的陷阱里，那得意的可就是他了。立春只得强忍下心头之火，让二爷帮他埋葬了白耳朵。

在他们埋白耳朵时，村里的闲汉三蛮牛走过来，说："好肥的一头驴子，埋了多可惜啊，还不如剥了皮，红烧驴肉吃了吧。天下美味，上有天鹅，下有驴肉……"

立春把一铁锹沙子泼到三蛮牛身上："放你娘的狗屁！白耳朵是我儿子，你要是敢吃我儿子，你小子活不到明天！"

三蛮牛扑愣着头发里的沙子嘟囔着："我不过开一句玩笑，还真生气啦……"说完便走。其实是胡小满派他来查看林场动静的。

胡小满在村里布置了十几个民兵埋伏在他家附近，等候着吕立春出现。只

要吕立春一露面，就把他抓住。不料，过了好几天，也不见吕立春露面。这小子太狡猾了，没上我的圈套！我杀了你的白耳朵，你连个屁也不敢放，原来是怂包一个！

胡小满觉得自己获得了胜利，满意地笑了，晚上让海棠炒了两盘菜，美美地喝了几盅。

天越来越黑了，海棠不安地走进来说："小满，爹咋到现在还没回来吃饭啊？天都黑了。"

白海棠回到胡家后，提了个条件，让鳏居有病的老爸和他们住在一起，她好照顾父亲。胡小满踌躇了好久，但看见海棠态度坚决，倘若他不答应，她是不会跟自己回家的，也就应允了下来。

因为近来老白老师身体欠佳，总说胸口堵得慌，海棠说好了明天带爹去呼市看病。今天白天，他说要到学校整理一下他的东西，以后再去学校的机会可能不多啦。可这一走就是多半天，到现在也没回来。

胡小满说："这么晚了，该回来了呀！要不，你去看看吧。"

海棠急忙拿了一个手电棒向外走去。

村路上一片漆黑。海棠为了省电，没有打开手电，跌跌撞撞地向前走着。她越来越预感到事情有些不妙。父亲平时说好几点回来就是几点回来，从不延误。可今天，到现在也不见回来，出啥事儿了呢？

教室里灯黑着。海棠打开电棒一边照着，一边呼唤着爹："爹，你在吗？爹……"

教室里静悄悄的，没有一点儿声音。

海棠用电棒仔细照着，吃惊地发现教室墙倒了，房塌了，一根大梁斜砸在地上。那根木头梁下面露出一只脚，还有一摊血正在渐渐凝固。那鞋子她是熟悉的，正是爹经常穿的那双解放牌球鞋……

"爹呀……"一声凄厉的叫声从教室中的破洞穿出去，直刺夜空。

24.分家

吕立春被二梅唤回家,说家里有急事儿。原来,是大哥要分家,全家开会决定分还是不分。

立春的心里颇不好受。自从老娘死后,爹的身体是越来越不行啦,这个家全凭大哥和嫂子支撑着。明显是嫂子想摆脱掉这个负担,怂恿大哥提出分家。

立春到家后,看见大哥和嫂子在炕上坐着,爹有些气呼呼地圪蹴在地上抽旱烟。气氛一时有些凝重。二梅看看这个,又看看那个,最后,把目光落在立春身上。

"大哥,你们……定啦?"立春问。

立秋有些困难地回答:"定啦。"

嫂子急忙说:"老二,千万别有啥想法儿,我们要分家另过,没别的意思,就是我爹过世以后,家里那老房子一直空着,要是常年没人住,房子就完了,与其这边这么挤,还不如我们分出去另过呢。"

大哥也跟着说:"二弟,这事儿你别往心里去,你看,你家一个娃,我家两个娃,眼看着娃们长大了,住在一起不方便啊。我们分出去,你们也好住着宽敞一些。"

大哥有两个娃,男娃叫吕不超,女娃叫吕不丢。"不超"的名字是老白老师给起的,意思是将来不要超过吕布,才不会有杀身之祸。女娃的名字是吕立秋给起的,女娃百岁那夜,立秋做了一个梦,梦见女儿跟他去赶集,人多,丢了,把他急得四下寻找,从梦中惊醒。醒来后他当即决定,女儿叫"不丢",心肝宝贝岂能丢了!因叫着顺口,大家都喊她"丢丢"。丢丢虽胖,但可爱,圆脸儿,有两个酒窝儿、一对虎牙,特别招人爱。

二梅难过起来:"本来一家人热热闹闹地在这儿住着,你们一分出去,乍然冷清下来,还真叫我一时受不了呢。"

嫂子腊月也跟着抹泪:"可不是咋的,但凡有一分的奈何,这家也不能分

啊！"

　　立春想了一下说："既然你们已经定了的事情，那我就甚也不说了。亲兄弟明算账，哥，嫂子，这家的东西，不管是吃的用的还是家具农具，你们需要甚就拿甚。"

　　二梅也说："是啊，好在还在一个村儿，以后就是分开了，咱们也还是一家人啊。"

　　大哥说："那我们明天就搬家了啊。"

　　立春强忍着难过说："搬吧，我帮你们搬。"

　　嫂子急忙说："不用不用，你是大场长，每天那么忙，你忙你的，我家兄弟们会过来帮忙搬家的。"

　　夜里，二梅又光着身子钻进立春的被窝儿，火热的身子紧贴着男人。

　　"立春，听说林场要解散啦。"

　　"你听谁说的？"

　　"我消息灵通着呢。林场好多人都走啦，要不你搬回来住吧。大哥一家一走，立夏毕业了也不回来哩，家里就剩下爹、我还有小亮儿。老公公和儿媳妇住一搭搭，我怕人家会说闲话哩。"

　　"啥闲话？"

　　"哎，你没注意？自从娘死后，咱爹有点儿不对劲儿呀。"

　　"哪儿不对劲儿？"

　　"你没看见他房子里的墙上，贴了好几张李铁梅的画像呢……"下面的话她不往下说了。

　　"那又咋的？爹喜欢听《红灯记》嘛。"

　　"先不说爹了，就说你那林场吧，我看是快保不住啦！"

　　立春没吱声。二梅没瞎说，这些天，人们纷纷传说林场要撤了。他本想到县里去找县领导问一下，让他们交个实底儿，但是，县委办公室已经成了小将们的办公室，哪里还有人管林场的事情。

　　本想让二梅带着孩子到林场来住，可一是林场没有学校，而天亮也快到了上学的年龄，只能留在村里；二是二梅一走，爹由谁照顾？唉，这事儿还真不好办。思来想去，立春只能做出选择：先回家，等外面太平了再说。至于白沙坝的那些林子，只要他经常去照看着点儿，应该不会有问题。

结果，不等他回家，县革委会一纸通告来了：撤销白沙坝林场，所有员工各回各家。

立春本以为林场要撤是胡小满散布的谣言。没想到在谣言满天飞时，胡小满又跑到县革委会去告状，说白沙坝林场是一个窝藏"地富反坏右"的"黑窝子"。还说林场根本没啥用，留着劳民伤财。县革委会主任叫魏红根，据说他爷爷是老红军，小将们抢班夺权之后，因他根正苗红，就推举他当主任。他当上主任后倒也务实，主张抓农业、抓生产。魏主任听了胡小满的汇报，眉头皱得很紧。他知道白沙坝林场是雷县长抓的试点。虽然雷县长已经故去，但他的威望在全县都非常高，这使得他心底略有些妒意。既然现在有基层群众反映问题，那当机立断：撤销白沙坝林场！

立春无奈，只得让人写了一张告示：林场暂且放假，员工什么时候回来上班另行通知。

留守在林场的有林浦、黑豆花、苏三和她老爹。吕二爷也没回家，一直在场部看大门儿。

一个月后，苏三赶着牛车载着老爹回了她的家乡——后草地。

25.设计

老白老师去世后，胡小满的日子越来越不好过了——他与白海棠之间的裂痕越来越深。

其中一个原因是教室塌了。

本来，胡小满从队委会申请到一笔专项资金，由他来负责教室危房的修缮工作。但他偷工减料，只是用白灰把里里外外涂抹了一遍，弄了一个表面光，根本没有修缮最危险的部分——北墙的裂缝。

正是这个裂缝，导致房倒屋塌，大梁砸了下来，造成了老白老师的死亡。

海棠认定：胡小满是罪魁祸首。

有小半年时间，白海棠不和胡小满说话。后来她干脆搬到学校的宿舍里住，基本上不回家了。

胡小满天天借酒消愁。对海棠的爱渐渐变成了怨，怨又变成了恨。年根儿，正是农闲，他在乡里一家小酒馆喝得醉眼蒙眬，想到海棠的无情无义，忍不住以泪洗面。碰巧石二梅到乡里办年货，进饭馆来吃碗面，看见胡小满边流泪边喝酒，便坐到他面前问："大兄弟，这是咋的啦？"

胡小满看见二梅，不说话，只是把眼泪擦了擦。

"哟，男儿有泪不轻弹，你这准是有啥伤心事儿啦。和我说说？"

胡小满和二梅是一个村儿的，知道她是有名的大嘴巴，啥事儿到了她的耳朵里，全村的男女老少马上就知道了。胡小满不说话，只喝酒，不理二梅。

二梅看出些端倪，其实有关胡小满和白海棠闹分居的传闻她早听见了。她知道因为当年吕立春抢亲，和胡家结下了梁子。冤家宜解不宜结，她想化解两家的恩怨，就往胡小满跟前凑了凑："大兄弟，是为你媳妇海棠的事儿难过吧？其实呢，拴住女人的心只有一个办法……"她故意卖个关子，停下不说了。

果然，胡小满抬头看着二梅。

二梅故作高深，低声说："知道女人的弱点在哪儿吗？不知道吧！孩子，只有孩子能拴住女人的心。"

胡小满想：这寡妇说得有理呢，我和海棠就是因为没有孩子，才没能拴住她的心，她才会离我而去。

二梅又说："我知道有家医院专治不孕不育的毛病。你又不缺钱，赶紧去检查一下，如果是你的毛病，抓紧治病。病治好了，让她给你生个孩子，你们不就和好了吗？"

"就算我治好病，那她……她也不会再跟我睡了呀。"

"哎，这有啥难的，我教你一招儿……"

二梅在胡小满的耳朵边不知说了几句什么，胡小满的眼睛里流露出一丝惊喜。二梅也喜，喜在心里。她一直想找的那根能拴住吕立春的绳子终于找到啦——胡小满！只要她能牵住胡小满，就能拴住吕立春！

第二天，胡小满果然到那家医院做了一番详细的检查。检查结果确定是他的原因。医生给他配了药，让他按时服药。

胡小满回来之后，每天按时服药。三个月后又跑到医院去检查。这一次结果是令他满意的。

礼拜天，胡小满带了从呼市买回来的一盒蛋糕来到小学校，敲开海棠宿舍的门。

海棠堵在门口没有让他进去的意思："你干吗？"

他赔着笑脸说："明天不是你生日吗？给你庆贺一下。"

海棠不领情，说："我的生日跟你有啥关系。"

胡小满真诚地说："海棠，咱们即便离了也不要成为仇家，好吗？今天，我跟你吃最后一顿饭，明天，我们去乡里把手续办了，以后我们各过各的。"

海棠一直催促胡小满办离婚手续，可他硬是拖着不办。见他终于吐口答应了，海棠心里有几分高兴，让他进了房间。胡小满不仅带了蛋糕，而且带了些小菜，还有一瓶山楂酒。海棠起初坚决不喝，可胡小满一直央求她："这就算是我们俩的分手酒吧。你要是不喝，我就不去和你办手续。"海棠只得顺着他，饮了一小杯。她哪里知道胡小满早在那酒里下了安眠药。过了不一会儿，海棠就觉得困得厉害，只以为是酒精在作怪，很快就睡了。第二天一早醒来，胡小满早不见了，房间打扫得干干净净。桌子上留下一封信："海棠，千错万错都是我的错，你能再给我一次机会吗？我会一辈子对你好，到死也不会和你分手……"

白海棠捧着那封信呆怔了半晌。她还是有些晕，感觉到身体有些不舒服，也没多想，又昏然睡去。

一个半月后，反应来了，开始是恶心呕吐，接着是体乏无力，每天昏昏欲睡，后来嘴馋，想起啥就想马上吃。她觉得不对劲儿，去县医院做了检查。大

夫告诉她:"你怀孕啦!"

她一下想起那个晚上——怪不得胡小满非要逼她喝山楂酒呢,难怪第二天早上她会觉得身体异常呢,原来是胡小满在那夜侵犯了她的身体,或者说,他是在她全然不知的情况下强奸了她!

起初是愤怒,她想立马去找胡小满,臭骂或者痛打他一顿。后来她又想去法院起诉他,让他蹲大牢。可是转念一想:从法律上来说,他们还是夫妻,夫妻有性生活并且怀孕,这是正常的,法院会受理这个案件吗?这太荒唐了!

她想去医院打掉这个胎儿。她愤愤地想,他居然用这种下作的手段来设计她,她不能让他阴谋得逞。

在医院,一位面容和蔼的女医生给她做了详细的检查。医生告诉她:"这个胎儿不能打掉,你的子宫有一种极为特殊的病灶,倘若做手术,你会有生命危险。"

她再次陷入绝望。第一次绝望是父亲去世,第二次是她肚子里的这个小生命。又过了几个月,她感觉到肚子里的小生命开始动起来,用小腿儿在踢她,她开始沦陷于要当母亲的幸福眩晕之中。呵,多么奇妙呀!一个小生命在自己的腹中成长,他或者她是啥样的?

她为自己当初想毁掉这个小生命而羞愧。这段时期胡小满表现得特别好。他时不时过来问寒问暖,每次来都会给她带来些好吃的。海棠想翻脸也不好意思了,再次被他的真诚所打动。如果他真有悔改之心,自己却将他拒之门外,是不是太冷酷无情了?

她的心渐渐软下来。

26.情债

20世纪80年代,人们都看到了未来和希望,百废待兴,所有的人都跃跃欲试。一个思想解放、经济腾飞、改革开放的时代已经到来。

为了恢复白沙坝林场,姚白露一直在县里游说几位已经回到岗位上的领导，反复向他们诉说白沙坝林场的重要性。但是林场是大集体的编制，县里没有足够的重视，重新恢复也非常复杂。有的领导虽然点头答应县政府开会讨论此事，却一直没有任何消息。她知道主要是魏书记反对，其他领导就不再提这事儿了。

白露来找吕立春，二梅告诉她："立春去了白沙坝，又去照看他那些心肝宝贝啦。"白露不知道二梅说的"心肝宝贝"是指那些立春一锹一铲种下的树，还是指姐姐大雪。忽然想起今天正是姐姐的祭日。她从立春家出来，骑了一辆自行车，往白沙坝骑去。

走进光线昏暗的林子，白露看见地上扔着一把铁锹，还有一个空水壶。她猜想人肯定就在附近。他会在哪儿呢？应该是在姐姐的墓地那儿吧？

她猜对了，立春果然坐在大雪的墓碑前，墓地前烧了些纸钱。立春用手拂去墓碑上的浮尘，深情地凝视着这座坟墓。她听见他的喃喃低语："大雪，你可以安息了……"

远处，有个羊倌正在扯着嗓子放声唱着："三十里沙子四十里的坝，春天里扬风冬天里刮。"

白露走过来，在立春身边坐下。她把从附近采摘的一束野花放在姐姐的坟茔前。立春没有扭头，他知道来人是谁。白露身上有股特殊的香味儿，在一两米之内，他都会闻得到。

"大雪要是还活着，看到今天白沙坝的这片绿色，还不知道会有多高兴呢。"立春感慨地说。

"如果不是姐姐的坟在这儿，你会在白沙坝上种树吗？"白露问出她一直想问的问题。

立春说："可能会，也可能不会。"

立春问起有关恢复林场的事情。白露说："今天我又到县里催他们了。"

"咋样？"

"结果不太好，县里一位领导说，白沙坝的防护林已成规模，剩下的只是养护了，所以，林场也就没有存在的必要了。"她没有说出魏书记的名字，怕

立春听了会生气。

"放屁,养护也得有人吧?就我一个人每天来护林、养护,我能忙得过来吗?"立春动怒了,"他们只会想当然办事儿……唉,可惜老县长走得早啊!只有他那样的领导,才是真的为民办实事儿呢。"

白露没有说话,沉默了一会儿,问:"这些年,你和嫂子的关系咋样?"

"不咋样。"立春实话实说。

"林场已经解散了,可你还天天到这儿来,不回家,嫂子当然有意见了。你应该体谅她,她既要带孩子,又要照顾老人,不容易。"

"那是她分内的事情,没人强迫她。"

"这么说就不对了,嫂子的付出你应该认可呀。"

"咱不提她了好不好?烦人!"立春有些烦躁地摆了一下手,"当年我娶她,就是一个错误……是我一生中最大的错误。"

"立春哥,我知道,你是为了老人委屈了自己,可是生米早做成了熟饭,你又能怎么办呢?"

远处,那羊倌嘶哑的小曲儿又飘了过来:"荒山远地刮野鬼,想去眊你张不开个嘴。"

立春突然盯着白露问:"你今年多大啦?"

"二十七,怎么啦?"

"咋还不找对象?"

"工作忙,没时间,再说,也没遇见合适的。"

"条件别太高了,白露,听我一句——找一个一心对你好的,好好过日子吧。爱情这玩意儿,搞对象的时候是有的,可等结婚了,它就跑得没影儿啦。"

"咱不说这个了,行不?"

"好好,你说啥是啥。"

"立春哥,我打算调到乡政府工作。"

"不想在县委宣传部干了?"

"嗯，我想下到基层工作，做一些实事儿。"

"我赞成你这个想法儿……时候不早了，该回去了。"

立春起身，走过去拿起铁锹和水壶。白露也走过来，二人并排向前走着。当他们走进村子时，一片浓浓的暮霭笼罩着村落，家家户户的烟囱都冒着烟。走到吕家院门口时，立春让了一下："到我家来吃饭吧，你嫂子可能已经把饭菜做好啦。"

白露犹豫了一下，摇头笑道："还是免了吧，我发现嫂子不怎么欢迎我。"

"不能吧？"

"哦，对了，立夏最近有没有来信啊？"

"有信。她让我代问你好呢。"

"你说她嫁到了那么远的地方，回来一趟多不容易呀！"

"只要她生活幸福，远点儿就远点儿吧。"

吕立夏前几年中专毕业后，跟着她高中的一个男同学去了鄂尔多斯。她结婚没跟家里人商量，完全是自作主张，把老爹气得好多天不说话，只是抽烟，满屋的烟气好多天散不出去。二梅和小亮都不愿意待在屋子里。

两个人在院门外又站了一会儿，听得院子里传来脚步声，好像是二梅出来倒水。白露转身走开了。立春一直站在那儿，目送她远去，直到她的身影完全被暮色淹没，再也看不见了，他才转身，推开院门，进了院子。

二梅的声音在等着他："还知道回来呀，外面有人勾着魂儿哩……"

立春没理睬她。

吃饭的时候，二梅突然说："你说，咱要是把白露介绍给林浦，让他们成为一家子，咋样？"

一口饭噎到立春的嗓子眼儿。

27.提亲

二梅是个特别喜欢纠缠人的女人。她如果想达到什么目的,一定会想方设法,采取各种手段,非得达到不可。

自从萌生了要把姚白露介绍给林浦的念头之后,她就觉得自己真是太英明了,如果这件事情成了,一是能博得姚家和林浦的好感,她会成为他们的恩人;二是能解除白露对自己的威胁。凭着一个女人的敏感,她早看出白露与吕立春的感情非同一般,如果自己不采取行动,这两个人会不会闹出点儿绯闻?这是她最担心的。

找了一个机会,二梅和林浦单独进行了一次交谈。

"姚白露?不行不行,她才多大呀,我大她整整一轮儿呢,不合适,嫂子,真的不合适!"

"我看你俩挺般配的呀!男才女貌,都是文化人,有啥不合适呢的。"

"嫂子,真的不合适,谢谢你的好意,可这事儿我不会考虑的。"

看见林浦这么坚定,二梅并没有放弃她的计划。她故意制造各种机会,让林浦和白露单独相处。譬如,说是要请林浦来家吃饭,等林浦进了家,却发现只有白露一人,一问,原来二梅带孩子去串门儿了,让白露在家里等他。林浦有些尴尬,没话找话说,聊闲天。白露还不知道二梅的用意,倒也自然大方,和林浦谈古论今,二人渐渐聊得火热。白露说了自己想到乡里锻炼的想法,林浦表示支持。

过了几天,二梅又来找林浦,让他跟自己回村。林浦借故推辞。二梅拉着他出了林场,低声说:"是人家白露想见你呢,有事儿要和你商量。"林浦不好再推,只得跟着她进了村儿。二梅一直把他领到姚家院门口,对林浦说:"白露在家里等你呢,她不知道有啥事儿要跟你商量呢。"说着推林浦进院。林浦只得硬着头皮进了姚家的院子。

姚清明已经年过七旬,身体还算硬朗。那些年植树造林大会战,他是见过林浦的。姚清明当了多年的大队队长和村主任，对于文化人是尊敬的。看见林浦，热情招呼。林浦硬着头皮上前问候："大叔身体好吧？"

"好，好着哩。"

"白露在吧，听说她找我有事儿呢。"

"她在自己的屋儿里呢。"

白露正在看书，看见林浦，有些意外："咦，你咋来了？"

"二梅嫂子说你找我有事儿。"

"二梅嫂子？"白露捂着嘴乐了。

"她说你有事儿要和我说。"林浦知道上了二梅的当，可马上退出来又不合适，只得说："哦，你不是想看俄罗斯作家车尔尼雪夫斯基的《怎么办？》吗？我今天问过县图书馆了，图书馆有藏书，只是被人借走啦，明天就能还回来。"

白露说："那好呀，我明天就去借。"

两个人又聊了一会儿，林浦觉得白露这闺女挺可爱的，性格开朗，水晶般透明。白露觉得林浦谈吐优雅，知识渊博，人很实在，倒也不让人讨厌。

下一次二梅又去找林浦，让他到家里帮着干活儿，林浦知道她这是在给他创造机会，就笑道："嫂子，你就别找理由啦，我和白露的事情就自然发展吧。这事儿强求不得。"

二梅说："你得积极主动呀，这事儿就得男的主动，女孩子心软，只要你认真了，功夫下到了，没有不动心的。"

林浦反问了一句："你和立春是谁追谁的？"

二梅一下被问住了。这是她的软肋，不好对外人道也。

二梅讪讪回家，却在家门口遇到了泪眼婆婆的白海棠。

"二梅嫂子，救救我家小满吧……"白海棠哭道。

28. 捞人

自从白海棠生下了一个大胖小子,她和胡小满的关系开始改善。她一门心思用在孩子身上。孩子生于惊蛰前一天,胡小满的意思是取名"胡惊蛰",但海棠坚决反对再用二十四节气给孩子起名了。她建议叫"胡莫尼"。

胡小满不解其意,瞪大眼睛问:"啥意思?"

海棠骂他没文化,说:"整个阴山山脉都叫'莫尼山',大青山是咱的家乡,给儿子取这名儿有纪念意义。"

胡小满想了一下,说:"也罢,其实,我爹说我们家也有蒙古族血统呢,我的太爷爷当年'走西口'来到这里,娶了当地一位蒙古族姑娘,就是我的太奶奶。"

海棠说:"这我知道,所以,给孩子起这个名儿更合适了。"

小莫尼非常机灵,刚会走路就满屋子乱跑,海棠都追不住他。一旦追上了把他抱在怀里,他就"咯咯咯"地笑个不停。胡小满也对儿子爱得不得了,把全部心思放在家里,对海棠言听计从。海棠见他如此,也就不再计较过去的恩怨了。她原本就是一个善良的女人,既然丈夫要痛改前非,她就显示出自己的宽容大度,不再纠结。

谁知,人在家中坐,祸从天上来。一天晌午,县公安局的一辆警车突然停在她家门口,从车上下来三个警察,进了家,啥话不说,给胡小满戴了手铐,扭了他便押上车,扬长而去。

海棠吓呆了,她根本不知道发生了什么事情。幸亏胡大寒在县里有亲戚,急忙去打听,原来,上面正在清查"三种人"。胡小满当年当过"造反派"的小头目,而且迫害过老县长,上了黑名单,被关押到县里一个大院里,等候审查处理。

海棠一听这消息,更加担心了。孩子还小,不能没有爹呀!她思来想去,也想不出一个营救她男人的办法。

还是胡大寒有主见，说："去找吕立春吧，我猜，肯定是那驴子告发了小满。解铃还得系铃人，只要他出面，小满就能回家啦。"

白海棠来找吕立春，在他家门口遇到了二梅。

虽然彼此不太熟悉，但都是一个村儿的，加上二梅对谁都是自来熟，看见海棠流泪，上前拉住她的手，有些吃惊地问："咋的啦，妹子，出甚事儿了？"

海棠说出了原委。

二梅一向热心，喜欢帮人排忧解难，一听说这事儿，就拉着海棠的手说："妹子，进家，立春在家里呢，你和他说。"

吕立春完全不知道胡家发生的变故，海棠求他，他连忙说："小满的事儿可不是我告的。前些时候听说村里来了清查组，不知道是谁告了他。你别急，这事儿咱们看看咋解决。"

以前，吕立春送孩子去村小学校上课，见过白海棠几次，总共没说过几句话。这是他第一次近距离看白海棠，发现她虽不美艳，却风姿绰约，秀气的脸庞文雅而端庄。他开始羡慕胡小满了：这家伙真是艳福不浅，居然娶了这么一位老婆。

立春的样子是真诚的。白海棠相信不是他告了胡小满。

"我看这样吧，明天我去一趟县里。我可以证明胡小满没有迫害过雷县长。"

白海棠自然是感激涕零："我知道你和小满一直不对付。可是，那些事情已经过去那么多年了，我希望你不要再记恨他了，起码，在他危难之时，不要落井下石。"

海棠这句话说得挺重，立春听出了她话外之意。立春是个不善言辞的人。他心想：我吕立春可不是那种落井下石的小人，我有我做人的规矩，你等着瞧吧。

第二天，立春真的去了县里。

立春记得当年陪雷县长下来的秘书姓马，叫马千里。到了县政府一问，人

家告诉他:"马秘书现在是马局长哩,就在林业局当局长呢。"

立春立刻去了林业局。马千里看见他,从办公桌后面的椅子上站起来,有些惊喜的样子说:"哎呀,是吕场长吧?哪股风儿把你给吹来了?"

立春说:"是东风,东风吹来的。小马……哦,不,马秘书……不不,应该叫你马局长吧……"

马千里说:"还是叫我小马吧,听着亲切。"

立春说:"那我就还叫你小马。我呀,是有事来求你。"

"啥事?"

"求你帮我去捞一个人。"

"捞谁?"

"胡小满。"

马千里有些吃惊地看着立春:"你们俩不是死对头吗?怎么……"

立春摆了摆手说:"各论各的,一码归一码。他被当成'三种人'给关起来了,他的那点儿破事儿我清楚,他没有迫害过雷县长,这事儿你应该也清楚,咱俩去给他当个证人,说明情况,他应该就没事儿了。"

马千里痛快地说:"行啊,咱们党历来讲实事求是,有就是有,没有就是没有,不能冤枉人。走,咱们去有关部门。"

马千里带着立春去了公安局临时成立的一个部门,听马千里和吕立春说明原委,公安局局长赵刚很痛快地说:"你二人分别写一份证明材料,要按上手印啊。然后,你们就可以去领人啦!"

立春没想到事情会办得如此顺利,有些喜出望外。写完材料,他提出要请马千里吃饭。马千里也没拒绝。席间,二人还小酌了一杯,互相说了些对老县长怀念的话儿,想起当年雷县长的种种事迹,立春的眼睛有些潮湿了。

马千里说:"现在看来,雷县长当年的政策是正确的,我们就是要保住青山绿水,为子孙后代留下良好的生态环境。"

立春想起一件事情,问:"那我们白沙坝林场是不是可以恢复了?"

马千里说:"这件事情局里已经把文件上报到了县政府,再等几天,估计很快就会有结果了。你们村儿的姚白露很厉害呀,她隔三岔五往县委、县政府跑,踢开魏书记办公室的门就进,为了这件事情,她可是操碎心啦。"立春听了,对白露更增加了一份尊敬。

快吃完了,马千里有事儿先走一步。立春吃完,准备结账。服务员说:"刚才那位戴眼镜的领导已经结啦。"

立春心里又是一热。

29.归途

吕立春把赵刚局长写的条子递给正在值班的一位干警。

干警瞟了立春一眼说:"哟,你和赵局长很熟啊?"

"不熟,头一回见。"

另一个干警接过那条子看了一眼:"光有领导的条子不行啊,还得有正规合法的手续呀。我们这儿可不是旅馆,说来就来,说走就走。"

立春赔着笑脸:"手续已经办过了,赵局长说一会儿就派人送过来。"

那就等手续到了再领人吧。

两位干警把那张条子放在桌子上,开始看报,不理立春。

立春想了一下,从衣服口袋里掏出一盒烟,给坐在办公桌后面的两位干警一人递了一支,又取出火帮二人点上。

二人抽着烟,态度稍有好转。

"好烟好烟……"

"这烟好抽,劲儿大!"

"你是姓胡的亲戚?"

"不是,我们是一个村儿的。"

"你保证这个人没事儿吗?他没有参与过打砸抢吗?"

"我保证。他也就是在我们村里瞎折腾了两天,最大的过失就是抢了老百姓两只鸡拿去下酒了。"

"哦,这样啊。"

正说着,赵局长派人把相关手续送过来了。干警拿起来看了一眼,抬头对立春说:"行了,手续齐全了,人呢你可以领回去,不过,回去后还得让他做深刻的检查,一定要从思想根源找问题……他得认真改造,大意不得。"

立春急忙点头:"这我知道……那我去领人了。"

其中一个干警起身,朝立春摆摆手,示意跟着他走

立春急忙跟着他向外走去,出了门,他把手里的那盒烟塞进那干警的衣服口袋里。干警假装没发现。立春心中暗暗一笑。

干警带立春来到一间禁闭室,用钥匙打开门。靠墙根儿圪蹴着的胡小满抬起头,看见吕立春,十分惊讶。

立春阴沉着脸:"看甚?不认识啊?拾掇你的东西,回。"

胡小满不相信地望着立春:"回哪儿?"

立春没好气道:"回家,还能回哪儿!"

胡小满还是不大相信地问:"我可以回家啦?"

立春说:"快点儿收拾,我在外面等你。"说罢,转身向外走去。

胡小满呆怔了一会儿,急忙收拾摊放在床上的乱七八糟的衣物。大约半个小时后,二人出了那个高墙上拉着铁丝网的院子。吕立春推着自行车走着,车架上驮着胡小满的东西。胡小满跟在后面,一副垂头丧气的样子。二人谁和谁也不说话,只是紧一步慢一步地走着。当他们走到田野山路上时,走在前面的立春感觉到胡小满被拉下很远,停下来,扶着自行车,回头望着。

胡小满慢慢赶了上来,走到离吕立春两三步远的地方时,站定,盯着吕立春问:"你这是为甚?"

"为甚?甚也不为。"

"不对,你肯定是有目的的,要不,你恨不得我死在大牢里呢,凭甚要救我?凭甚?"

吕立春冷冷地瞟他一眼:"你说我有甚目的?"

"你想让全村人都知道,你吕立春是个君子,而我胡小满是个小人,小人

害了君子，君子大度，反过来帮小人，让小人感到羞辱，是不是这个目的？"

"胡小满啊胡小满，你怎么总把人往坏了想呢？"

"不是我把你往坏了想，而是你这么做根本不合情理。"

吕立春气愤地说："我是不是应该借这个机会把你往死里整，煽风点火，网罗罪名，落井下石，这样就合情合理了？"

"对呀，我们俩是一对冤家，有道是冤家路窄，你怎么可能会对我有菩萨心肠呢？这里面肯定有问题！"

"胡小满，我告诉你，要不是你老婆找我，求我，让我捞你，我才懒得管你的死活呢！我是看在你老婆的面子上，才来给你当证人的。"

胡小满一怔：海棠去求他了？海棠跟他见面了？两个人私下见的面？在哪儿见的？他家还是我家？他有没有对海棠提什么出格的条件？没得到她的好处，他怎么会跑来捞我？

但他马上否定了自己的想法：不会不会，海棠不是那种女人，再说，她和这头驴子不熟悉，她不会让他占便宜的。那么，驴子为什么要对我发善心呢？

"吕立春，你这个人太阴险了！你本来是恨我的，可故意装出对我好的样子。你为什么跑到县里替我担保？哦，我知道了，你是不是 天看不见我，就觉得空空落落的，因为你没有对手了，你不知道该跟谁斗了，所以，你要把我弄回来，好把我放在你的眼皮子底下，时时刻刻盯着我、监视着我，让我不舒服，让我的日子不好过……这才是你狗日的真正的目的！"这番话没忍住，说出了口。

吕立春真的生气了，指着胡小满的鼻子说："说你是个'灰货'真是没冤枉你。胡小满，有句话咋说的——以小人之心度君子之腹。这话我看不是说别人，专门就是说你哩！要不是海棠哭着求我，我管你是死是活！行，就这一回，下回你要再有点儿啥事儿，我吕立春要是管你，我不姓吕！"吕立春说着，把自行车后架上胡小满的东西解下来，扔到地上，骑上自行车径直而去，很快就不见了踪影。

胡小满呆怔了一下，只得弯下腰去，把他的东西一件一件捡起来……

30.分居

胡小满回到家,头一件事情,就是抱起他的儿子不停地亲着。小莫尼躲闪着,说:"爹臭,臭……"

白海棠从他手里抱过孩子,说:"快去洗洗吧,一身的臭味儿。把衣裳都换了。"

胡小满也知道自己这些天被关着,身上痒痒难熬,估计已经长虱子了,打了一盆凉水,脱了上衣,在院子里稀里哗啦地洗起来。

傍晚,海棠炒了一盘鸡蛋,还有一盘青菜,斟了一杯酒,让男人压压惊。

胡小满的心里很复杂,不知道应该和海棠说些什么。有些话,想问,又说不出口。当夜,二人虽同睡一室,却是井水不犯河水。倒不是胡小满不想,而是自从生下小莫尼后,海棠再也不许胡小满碰她的身子。胡小满以为她只是一时生气,过些日子就没事了。没想到,一等就是几年,海棠依然如故。一张土炕,铺了毡子和席子,又铺上了一块油布,仿佛那油布中间画了一条不可逾越的界河。

更何况,那界河上还有另外一道屏障,那就是他的小儿子莫尼。有几次他想从莫尼身上翻过去,但小莫尼被惊动,翻身,吓得他又退了回去。

那驴子的小崽子去年就上了小学,正是海棠教他。驴子经常去学校接送孩子,能不和海棠说话?一来二去,两个人会不会……倘若二人只是一般关系,那驴子怎么可能会去捞我?思来想去,胡小满认为只有一个理由能说得通这件事情,那就是海棠和驴子的关系不清不白。

第二天,胡小满去了小学校,爬在学校院墙上的一个缺口处向里窥视。果然看见立春领着他的儿子吕天亮进了学校。正巧白海棠从她的办公室里出来,和吕立春面对面站着说着话儿。二人站得很近,虽然听不清他们在说啥,但胡小满感觉他们的样子挺亲密的。

白海棠感谢吕立春去县里捞回了胡小满,对他说了些感谢的话儿,并要把一盒茶叶塞给立春。立春不收，说他只喝山茶。二人推来推去。他们这动作让附近的胡小满看到了，更加认定这是亲昵的举动——看吧，他们两个手碰在一起，一直不松开，这不是调情又是什么？她偷偷给那驴子送东西，为啥不告诉我？是怕我发现他们之间的私情吧？这死驴子，欺人太甚！

回到家，胡小满躺在炕上，一整天愤愤不平，眼睛盯着顶棚上糊着的那些旧报纸，那些铅印文字就像一个个小虫虫在爬行着，一直爬进他的大脑里，把他的大脑咬得千疮百孔。

当年的夺妻之恨再次涌上心头！

傍晚，海棠从学校回到家，吃惊地看见胡小满把他的被褥和衣服都搬走了，搬到了隔壁做仓房的厢房里。那空出的半边土炕似乎写着一道宣言——分居！

31.遗孤

为了促成那桩好事儿，二梅不屈不挠，继续撮合姚白露和林浦。她见成效不大，夜里，和立春亲热完之后，在他耳边喃喃说："要不，你去和白露说说。"

"说啥？"

"说她和林浦的事儿呗。我看林浦挺愿意的，只是白露有些犹豫。你去说，她肯定听。"

"强扭的瓜不甜，这事儿我看拉倒吧。"

"说啥呢？林浦是你哥们儿，白露是你妹子，这个忙，你帮也得帮，不帮也得帮。你说呀，你倒是说呀……"

立春早已满是困意，迷迷糊糊中说："好啦好啦，我明天去和林浦说。"

第二天立春去林场，给一些树剪枝。进了场部大院，他闻到一股肉香味，心想：他们的生活过得不错呀！推开场部厨房的门，他看见是苏三正在煮肉，奇怪地问："你啥时候回来的？"

苏三回头看了他一眼说:"昨天刚到,想你们啦,回来看看。我给你们带来了我们后草地的羊肉哩,今天给你们好好炖上一锅,够你们吃几天的。"

立春还是有些奇怪,问:"你爹呢?"

"我爹早去世啦。我听说林场快要恢复了,回来看一下。"

"林浦和黑豆花呢?"

苏三对立春挤了下眼睛:"在宿舍呢。"

立春不理解苏三为什么对他挤眼睛。他推开宿舍门时,看见林浦和豆花二人正在看一本画报。边看,林浦边给她讲解画报上的内容。豆花不停地点头,意思是她理解了。听见门响,林浦抬头看见进来的是立春,有点儿不好意思地站起来:"你来啦。"立春一下明白了这些天为什么林浦不再像过去那样去家里吃莜面了。

"昨天你嫂子等你去吃饭,等你半天你也没回去。"

林浦说:"这不苏三回来了,她带回来挺多好吃的。"

立春知道他这是借口。有些话,当着豆花的面儿也不大好说。"你跟我上趟白沙坝,有点儿活儿你帮我干一下。"

林浦跟着立春往出走。走到门口,回头,看见豆花给他打了一个哑语手势,意思是等他回来一起吃炖羊肉。林浦点头。

宁静之处可以谈些不想让人听到的事情。立春想了一下,说:"林浦,其实,今天是你嫂子让我来找你的。"

林浦笑道:"我知道她让你找我要说啥,你就不用说了,我跟姚白露是不可能的。"

立春说:"以前我也认为不可能,但这两天我反复想了想,觉得也有可能!"

"算了吧!立春,我要你对我说一句实话。"

"你问吧。"

"你必须实话实说。"

"当然啦。"

"你是不是喜欢姚白露？"

立春被他问住了，先是顿了一下，然后说："这里就咱俩人，我说实话。你也知道，我和白露的姐姐大雪恋爱过。大雪的死与我有直接关系，从心里讲，我对不起她。所以，我把白露当成自己的亲妹妹……不，比亲妹妹还要亲，但那不是爱。更何况，我哪儿还有爱的资格和权力？即便我真的爱白露，我也必须得把这个念头打压下去，明白我的意思吧？"

"我明白！"

那我也问你一句："你喜欢白露吗？"

"当然喜欢。"

"那你为啥不答应你嫂子呢？"

"我和你一样，也没有爱的资格和权力。"

"你？"

"对，有一件事情我一直没对你说过。可是这件事情是瞒不住的，我必须得告诉你。"

"你说。"

"我也是结过婚的人，而且，我还有一个女儿。"

这下立春真的惊呆了。他一直以为林浦是单身，没想到他……

"在到这里之前，我们离异了。她嫌弃我有一顶'帽子'扣在头上。那天夜里她哭着对我说：'为了咱小青好，我们分手吧……'"

"小青，你女儿？"

"是。那年小青才一岁。我答应了她，和她去办了离婚手续，离开了她和小青。从那天起，我就再也没有见到过她们母女俩。"

"你也没想过去寻找她们？"

"想过。尤其是最近，我总觉得她们需要我。记得前几天我去了一趟呼和浩特吗？"

"记得。"

"我就是去找她们了。"

"找到了?"

"找到了一个。"

"啥意思?"

"只找到了女儿,她寄居在她姨姨家。"

"她妈妈呢?"

"病逝了,已经死了一年了。孩子的姨姨一直在找我,但找不到。"

"孩子的姨姨找你,是想让你把孩子接回来吗?"

"对,她姨家有三个孩子,全凭她姨父每个月挣的五六十块钱生活,实在是太困难了。"

"那你见到女儿了吗?"

"见到了,孩子面黄肌瘦,营养不良。她见了我却不认得我啊。我说:'小青,我是你爹呀。'可她吓得躲到她姨身后去了。"

"可怜的孩子!"

"我想把她接过来!"林浦坚定地说。

"我看行!我和你一起去。"

"不用,我已经和豆花说好了,她和我一起去。她说,以后她会好好照顾小青的。"

"哦,这也很好啊。"

"立春,白露那事儿,你和嫂子说,让她打消这个念头吧。我不能带着孩子娶人家一个黄花大闺女吧。"

"嗯,既然你已经决定了,我回去和二梅说。"

当夜,立春把林浦的情况对二梅讲了一遍。二梅沉默无语,把头埋在立春的怀里,叹气说:"要不,把那孩子接到咱家来吧,我来养她……"

立春发现,二梅其实是一个善良的女人。

【创作手记之五:初恋】

胡雨燕一看就是20世纪80年代出生的女孩子。她很大方,对我侃侃而谈,没有丝毫犹豫和吞吞吐吐。

"其实在大学里,我和诗远是一对冤家。为啥?因为两家老人结了梁子,不许我们后辈来往呀。当然,我们俩成为冤家,还不仅仅是因为两家的历史,对我们来说,过去的恩怨太遥远了,跟我们没啥关系。我们俩最主要是性格不合,星座不对——我是处女座,他是狮子座,我们俩是天敌,互相看对方不顺眼。"

"为什么和星座有关系呢?"我问。

她说:"你不知道呀?处女座的人一般会有心理洁癖,对另一半的要求极高。这种完美主义和对完美的追求,使得他们不容易找到合适的伴侣。而且处女座的人做事很有计划性,不喜欢随性而为,这与其他星座的人的性格差异较大,需要经过长时间的磨合才能理解对方。因此,处女座的人常常怀疑自己是否适合谈恋爱。"

我笑了,现在的年轻人喜欢谈星座,就像我们当年把各种属相往自己身上套,啥"鸡猴不到头"呀、啥"鼠配牛,窝里斗"呀,还有"狗追兔天天打,龙配虎定分手"等,其实都是无稽之谈。

"那后来你们怎么走到一起的呢?"我好奇地问。

"真的是不是冤家不聚头。我到学校食堂打饭,总会看到他站在我前面。水煎包只剩下五个了,我正想买,让他一下全给买走了。学校放假我拼车回家,大包小包拎了一大堆,那车的后备厢里却放着两个大皮箱,几乎把地方都占满了。我好不容易把我的东西塞进去一点儿,还得抱着一个大包上车,结果上了车才发现,和我拼车的人是他,正看着我得意地笑呢。还有,学校评奖学金,只剩下一个指标了,候选人恰恰又是我们俩。我还以为他会发扬精神,把那指标让给我呢,结果他说:'凭啥呀?我的条件比你好,这个指标应该是我的……'真是气死我啦……"

听到此,我也忍不住乐了。生活中是有非常多的巧合,但这一对冤家也实在是过于巧合了。

我像所有听故事的人一样问:"那后来呢?"

"后来……"她说,"有一次我参加学校的运动会把脚给崴了,疼得没法儿走路,脚肿得老高。那时同宿舍的舍友都忙着参加比赛,我独自一人真是干啥都不方便,就连打饭都没法去打,脚一着地就疼得要命。可是不吃饭肚子饿,眼看打饭的时间就要过了,正为难时,有人敲门,他拎着饭盒进来了,里面正是我最爱吃的酱香茄子和宫爆鸡丁。"

我饶有兴趣地听着。

"我吃,他坐在床边上看我吃。我吃完了,他还不走。我问他为啥对我好?他说梁山好汉都是打出来的交情。这句话把我给气笑了,只得下逐客令:'你走吧,我的舍友回来看见你在这儿影响不好。'他笑着说:'有啥不好的,同学有难,我拔刀相助,我是活雷锋啊。'我说:'行了吧,瞧你那油嘴滑舌的样儿。'他说:'你吃饱了,怎么不问我吃了没?'我愣了一下,这个我真没想到:'你还没吃饭?''光顾着给你打饭了,我自己倒忘吃啦。''那咋办呢?''好办,你握住拳头,往我的肚子上打一拳,帮我出口恶气……'这时我才发现他这个人好幽默啊。譬如他总爱说:'你这人挺假的,老是假装不喜欢我……''你是我白开水一样淡的日子里偷偷加的一颗糖……'他还会自己作诗:'爱似玫瑰,使你欢喜,也使你流泪。'是不是挺打动人的?'一叶知霜降,一语感深秋,霜降已至,愿你染尽霜华,心中依旧温暖如初,愿霜降时节,照顾好自己,一切安好。'是不是写得很有才气?我们就这样相恋了。夜晚,我们坐在操场的台阶上一起看星星,他会说:'真想把天上的星星摘给你,却发现它们早就在你的眼里面了……'是不是很浪漫?"

我又笑了。这些所谓诗的语言我在网上曾经看到过。

"去年我们毕业了。我让他去县里考公务员,我呢,考上了乡政府的公务员。妇联换届,有人提议选我当候选人。我说我刚刚工作,没有经验呀。乡长说:'让大家投票来决定吧。'投票结果出来吓了我一跳,我满票当选。"

"你还是乡妇联主任啊?"

"是呢。为了忙乡里的工作,我还买了一辆大摩托车,整天跑来跑去。

尤其是扶贫那阵子,每个村都得跑。几个月的时间,我几乎跑遍了十几个自然村。"

"那你后来是怎么想到要办茶园呢?"这是我最感兴趣的问题。

"这是诗远的建议。起初,我没有兴趣。他带我上山,去见二爷,听二爷讲山茶的奇妙功效。那几天我正便秘难受,二爷让我喝了一大杯山茶,哎呀,没想到真是见效,我的毛病马上被治好啦。"

"那你和小吕一直瞒着家里在谈恋爱?"

"是呢。我们就怕家里老人不同意,所以一直没敢提这事儿。但纸里包不住火,到了今年夏天,我们的秘密让家里知道了。"

"他们是怎么知道的?"

"那是另一个曲折的故事啦。来,先尝尝我的山茶,感受一下山茶的滋味儿,我接下来再给你讲……"

我细细品着那山茶,一股异样的清香在嘴里弥漫开来,沿着我的喉咙向肠胃里淙淙流淌而去。

第五章

32.毒誓

吕立春当着老婆二梅的面儿发了一个毒誓,说罢,背着手,气宇轩昂地出了家门。

这一走,十多天没回家。

事情的起因其实非常简单。立春扛着一把铁锹去巡查他守卫了一辈子的防护林,回家时觉得腰酸背痛,十分劳累,可老婆二梅还没把饭做好。一股无名火窜了上来:这败家的女人,不知道去哪家和哪个爱嚼舌根儿的二老板聊天去啦!他心里窝火,嘴巴也就顺口溜出几句抱怨的话儿。二梅委屈,摔了饭铲,说:"每天做饭伺候你,当我是你的保姆呀?我连保姆都不如,保姆还有工资呢,你给我多少钱?"

"你是我老婆,女主内,男主外,做家务是你的职责。"立春说得正气凛然。

"天天伺候你咋的啦?每天三餐缺你吃缺你喝啦?就是喂一头猪它也懂得感恩,你连猪都不如……"

正是这句话把立春激怒了,他"嚯"地站起来,指着二梅的鼻子一字一顿地说:"我告诉你,从现在开始,老子日后要是再吃一口你做的饭,让我不得好死,我出门让车撞死,下雨让雷劈了,吃东西一口噎死!"

第五章

他气鼓鼓地离开了家,来到了林场,又到那片防护林里转悠,他熟悉那儿的每一棵树,几乎每一棵树都有名字和编号。整整三十年,这片荒山在他们的努力下,渐渐绿荫成行,拦截住了那漫天的风沙。正是这片林子,一直替代他忠实地守候在这里。这里,长眠着他年轻时的恋人啊。

又是十年过去了,林场始终没有恢复。县委魏书记的意见是白沙坝已经完全绿化,林场已经完成了它的历史任务,没有继续存在的必要了,以后,只要由村里成立一个护林队就可以了。为了表彰吕立春多年来植树造林的突出成绩,任命吕立春同志为护林队队长,每个月发三十三块五毛钱的工资。

林浦把女儿林小青从呼和浩特接回来了,在吕立春家住了小半年。林小青比天亮大两岁,二人相处得非常好。一年后,自治区林研所下达文件,恢复林浦的职务,他正式回去上班。由于城里一时没有联系好学校,小青只能留下继续读书。二梅对林浦说:"小青这孩子聪明、听话,我能照顾好她。"

他走之后,立春一下觉得自己太孤单了,难过了好多天。

想起那天送别,仿佛历历在目。

吕立春和二梅来林场送林浦,大步走进来,四下一望,不禁有些愕然——院子里有些凌乱,放着一个个纸箱子和大大小小的包袱,显然是要搬家的样子。前几天,由于县里已经确定林场不恢复了,苏三也要返回后草地去放牧了。

送她那天,立春强装笑颜,说:"回去好好找个好男人嫁了吧。"

苏三伤感地说:"我认识的好男人都成家了,我这辈子只能一个人过啦。"

刚刚送走苏三,林浦又要离开了。让立春没想到的是,跟林浦一起离开的还有一个人——黑豆花。

立春正要进屋,一身灰尘的林浦从屋子里出来,手里还抱着一摞书。他身后跟着拎着大包小包的黑豆花。

立春看着黑豆花有些意外:"你也要走?"

林浦有些不好意思地扶了扶眼镜,说:"她跟我一起走,就剩下她一个人

了，待在林场让人不放心啊……"

那一刻立春啥都明白了："我还说等你走了，让豆花搬到村里住呢……这下好了，我也不用再为她担心啦……"

黑豆花只是害羞地低着头，盯着自己的脚尖。

立春又说："你这一走，还不知道回不回来了……"

"那倒不至于再不回来，磨盘村我肯定还是要来的，只是，我得把全部精力放在自治区的防风造林上面，尤其是毛乌素沙漠和库布其沙漠，那是咱们自治区防风造林的重中之重，急需要治理，恢复生态。以后，我的主要精力可能就放在那边啦。"

立春说："对了，你们咋走啊？我叫些乡亲赶两挂驴车送送你吧？"

"不用了，一会儿单位的大卡车就开过来了，东西一装就走了。再说，除了书和行李，也没啥东西。"

立春把林浦拉到一旁，低声说："好好待豆花，她吃了半辈子的苦，也应该让她享享清福了！"

"享福？她才不想跟我进城呢，要不是为了照料我的生活，她才不情愿跟我走呢。"

二梅跟过来说："小青这孩子可听话呢，你就放心让她在我这儿住着吧。等你城里安排好了，再让她过去。"

林浦点头说："那就麻烦嫂子啦。小青也快升高中了，我在呼市联系好学校就过来接她。"

正说着，一辆破旧的"大解放"卡车鸣着喇叭开了过来，停在场部的院子里。大家帮着把院子里的那些东西都装上了卡车。二梅拉着黑豆花的手，豆花心里有话说不出，只是一个劲儿地抹泪。

司机从驾驶室里探出头来催促："林总，赶紧上车赶路哇，眼看着阳婆婆就要落山哩！"

林浦应着："马上，这就走……"回身握住立春的手，动情地说："兄弟，我们这就走了，等在呼市安顿下来，我马上就给你写信。"

立春说："信是死的，人是活的，最好你能经常回来。"

林浦说："我肯定会回来的，这地方也有我的牵挂呢，能不回来嘛。"

眼泪有传染性，二梅眼睛也湿润了："记着，甚不甚要记得时常回来看上我们一眼啊！"

林浦也感慨地说："以前觉得咱这白沙坝有甚好留恋的，可真的要离开了，连心尖尖儿都疼呢。"

立春说："行啦，赶紧上车吧，一会儿天黑了，就赶不回呼市了。"

林浦和黑豆花这才上车。大卡车开动，向院外驶去。立春和二梅跟着卡车走了几步，卡车已经出了院子，一路烟尘驶上了大路。

如今，这空空落落的院子里，只剩下他一个人啦！

眼下，吕立春独自伫立在林场场部空旷的院子里，再也忍不住内心的悲伤，慢慢地蹲下去，从口袋里摸出一盒烟来，抽出一支叼在嘴上，却不点火，用嘴嚼着那烟屁，一点儿一点儿嚼着。辛辣的味道充斥着他的咽喉，顺气管而下，在肺管里绕了一圈儿，最后居然使他的眼睛里满是泪水……

33.寻子

白海棠的儿子胡莫尼长到八九岁时，他的调皮捣蛋在村里已经出了名儿。有人说是因为遗传了胡小满的基因——有啥爹就有啥儿子！胡小满埋怨海棠只顾学校，顾不上关照孩子。可是海棠不这么认为，她认为莫尼与其他男孩子一样，只不过叛逆期来得早些，过了这个阶段就会好一些。

小莫尼是个好动的孩子，但同时有一些残忍。譬如，他和其他的孩子到村外去挖田鼠洞，挖出一窝十几只小田鼠。他把小田鼠放在一个铁桶里带回了家。海棠骂他，他说："小田鼠长得好看，毛茸茸的。"海棠让他赶紧把那些小田鼠放回到野地，他一气之下，居然在铁桶里放上柴草，一把火把桶里的小田鼠全部烧死了，那股难闻的味道在村里弥漫了好几天。

这天，小莫尼做了一件更为恶劣的事情——他放了一把火，烧了邻居葛

二蛋家的柴火垛。原来,葛二蛋家有一条狗,莫尼每天很喜欢和它玩儿。但那天玩儿着玩儿着,那狗翻脸,咬了莫尼一口,倒也没咬破,只是虚惊一场。这事儿被胡小满知道了,过去痛骂了葛二蛋一顿。葛二蛋害怕狗再把胡小满的宝贝儿子给伤了,就把那条狗给吊死了,并且给大家分吃狗肉。这件事情彻底激怒了莫尼,他一气之下,用火柴头点了葛二蛋家的柴火垛。幸亏白海棠下课回来,发现葛二蛋的柴火垛起火了,急忙拎了一桶水给浇灭了。胡小满舍不得打儿子,却说海棠:"都是让你惯的,已经学会放火了,再这样下去就要杀人啦!你还是当老师的呢,要把儿子培养成一个杀人放火的歹徒吗?"海棠被激怒了,过去用鸡毛掸子狠狠地抽莫尼的屁股,疼得莫尼嗷嗷叫。海棠抡起鸡毛掸子还要打,莫尼见大事不好,比泥鳅还滑,跑得没影儿了。

白海棠和胡小满都以为过上一会儿莫尼就会自己跑回来吃晚饭。不承想,几个小时过去了,还不见儿子回家。这下两口子急了,出去分头寻找,暮色中,二人找遍全村,也不见莫尼的影儿。

眼见天黑了下来。白海棠惊慌之中,在村口遇到了吕立春,急忙问他有没有见到过小莫尼。立春说他刚从林场那边回来,听二爷说,好像看见有个男孩子钻进白沙坝的林子里了。海棠一听就急了,马上就要去白沙坝。立春问明情况,说:"我跟你一搭去吧,前几天白沙坝还有狼出没呢,你一个人去不安全。"

立春说得没错儿,自从白沙坝的生态恢复之后,不但有沙鸡、野兔、羚羊在林子里出没,就连狐狸、狼这样的动物也在那里安家落户了。立春平时巡察林子,总带着一个四节电池的大手电棒。他此时打开电棒,带着白海棠钻进了林子里。

"莫尼——莫尼——"白海棠扯开嗓子呼喊着儿子。

立春用大电棒到处照着。二人寻找了很久,也没有找到莫尼的影子。眼看后半夜了,立春说:"孩子可能不在林子里,咱们回吧。"

海棠又急又气又累,几乎要瘫倒了,弯腰扶着一棵树站着不动。

立春过去问她:"咋的啦?"

她不说话，额头上挂着豆粒大的汗珠，脸色苍白。

立春有些害怕了，说："白老师，我扶着你走，好吧？"

海棠无力地伸出一只胳膊来。立春让她把胳膊搭在自己的肩膀上，一只手扶着她的后腰，架着她一步一步走下了白沙坝。看到前面就是林场的场部，立春提议先进场部歇上一会儿，如果歇一会儿海棠还不好转的话，他就用场部的那辆小推车把海棠推回家。

进了场部大院，却见厨房的灯是亮着的。立春吃惊，过去一脚踹开门，看见那个小家伙大摇大摆地坐在木头凳子上，正在吃立春中午吃剩下的饭菜。海棠看见儿子，身心一下松弛下来，整个身子也软软地滑了下去……

后半夜，立春和小莫尼推着小推车，把白海棠推回了家。

焦急不安的胡小满在家喝着酒，一瓶酒已经快见底儿了，见海棠母子二人平安回来，这才放了心。海棠说了立春帮她寻找孩子的过程，他对立春客客气气地表示感谢。送走立春，胡小满的脸色一变："咋就那么巧呢？你在村口正好碰见了那驴子？"

"是呀。"

"他带你去了白沙坝？"

"对呀。"

"你俩在那林子里待了那么久？"

"那又咋样？"

"孤男寡女，还能咋样……"胡小满嘟囔了一句。

海棠火了，这时她的身体恢复了一些，喝了点儿水，身上也有了点儿力气。她气愤地指着胡小满的鼻子尖儿说："你不要把人想得那么龌龊好不好？人家可是好心好意帮咱找儿子的……"

"驴子能有那善心？"

"你别驴子驴子的，你这是侮辱人，知道吗？"

"我侮辱他？当年他在我的婚礼上抢了我的新娘，你还替他说话？"

"我告诉你，人家没碰我一下！再说，我们急着找儿子，即便有那意，有

那时间吗？"

这句话说坏了，让胡小满抓住了把柄："有意？你有情，他有意，是吧？你自己说的，这可不是我冤枉你的。一对野鸳鸯……时间？哼哼，那事儿三五分钟就能搞定……"

白海棠懒得再和胡小满纠缠："滚，我看你是灌猫尿灌多了！"说罢转身，拉着小莫尼的手就回到自己的房间。

第二天，海棠觉得欠了立春一个人情，昨夜由于自己慌乱昏了头，都没对人家说一个谢字，今天应该去酬谢人家一下。她到供销社买了两盒烟，揣进小包里，想了一下，又把自己前不久刚刚获得的"模范教师"的一个搪瓷茶缸子带上，骑着自行车来到吕家。

隔着院墙，海棠看见二梅正在晾晒衣服，问："立春哥在家吗？"

二梅直起腰看了看墙外的海棠说："他一早就去林场啦。白老师有事儿啊？"

海棠知道这女人是个大嘴巴，不想和她多说什么，说了声"没啥事儿"，就骑着自行车去了林场场部。

快到晌午了，吕立春正在厨房里做饭。白海棠推门进去的时候，见他腰上系了一条围裙，在灶前手忙脚乱的，根本没有发现她走进来。灶里的木柴烧得正旺，锅里的油突然着起火来，吓得立春往后一退，不知如何是好。海棠从旁边拿起锅盖，一下盖在铁锅上，那火就灭了。海棠的手被火苗烫了一下。

立春这才看见海棠，见她一只手捂着另一只手，忙问："烫着你啦？"

"没事儿。"

"烫伤很疼的，让我看看。哎呀，真的烫着了。我这儿有獾子油，抹上就好了，止疼，伤好得快。"说着，立春从橱柜里取出一个小罐，用一个小毛刷子从里面蘸了些油出来，一只手握着海棠的手，另一只手用小毛刷子把油涂抹在她的手上。

海棠感觉到握着她手的那只大手很有力。她有些眩晕，可能是闻到了獾子油的缘故。

"你怎么到这儿来了？"

"我是来谢你的。"抹好了獾子油，海棠抽出手来，从随身的小包里拿出两盒烟和那个喷着红漆字"模范教师"的搪瓷水杯放在桌子上。

"谢啥呀，都是乡里乡亲的，帮着找个孩子，那是应该的。"立春一时有些尴尬，"烟你快拿回去吧。"

"已经买了，我又不抽，你留着慢慢抽吧。"

"这杯子……"

"杯子你留着。看你那个喝水的杯子，外面的搪瓷都掉光了，好难看……这是新的，你用吧……"

海棠放下东西本打算走，可看见厨房杯盘狼藉的样子，实在忍不住，过去帮着收拾起来。

"哎呀，咋好让你动手呢，快放下，我自己来……"

"吕场长，我以为你风风光光，好歹是个场长呢，可没想到，你居然过的是这种日子……"

"习惯啦，我习惯了这样的日子。"

"没女人在身边照顾你怎么行呢？二梅嫂子怎么不过来呀？"

"她忙，家里有我爹，还有两个上学的孩子呢。"立春说的两个孩子，一个是他的儿子天亮，一个是林浦的女儿林小青。

白海棠是个干活特别麻利的女子，她很快就把厨房收拾得干干净净，同时，把立春刚才没有烧好的菜烧好了，放在桌子上。

立春有些感激地看着她说："你一起吃吧？"

海棠摇头说："我家里也有孩子，我得回去给他做饭啦。"

走到门口时，她又转身说："一个人待在这儿太苦了，还是回村吧！起码，家里有热水热饭，也不至于一个人太孤单了。"

海棠走后，立春边吃边想：多好的女人，这胡小满咋就不好好待人家呢？都说他们两口子分居了，也不知是真是假。

那顿饭，立春没觉得饭有多可口，却觉得新搪瓷水杯里泡的山茶格外香。

34.跟踪

看白海棠骑着自行车匆匆离开,二梅顿时起了疑心:她找立春啥事儿呢?有事儿为啥不和我说?想了一下,急忙在衣襟上擦了擦湿乎乎的手,一路小跑,跟着海棠去了林场场部。

海棠的自行车支在厨房门口。二梅知道厨房背面有个通风的小窗子。她蹑手蹑脚地走到厨房后面。那个小窗口有点儿高,她踮着脚尖够不到。看见附近有几块砖,她过去把砖搬过来,放在那小窗口下面,然后自己踩上去,清楚地看到了厨房里的一切。

她正好看到立春握着海棠的一只手,给她上獾子油的情景。

二梅有些紧张,想踮起脚尖再高些可以看得更清楚,不料,脚下一动,踩歪了,砖头掉了,她身体一歪,重重地摔到了地上。

她站起来,想重新放好砖头上去继续窥视,可突然觉得腰疼,原来是刚才一摔扭了腰。

她一屁股坐在那几块砖头上,气得浑身乱颤——再明显不过啦,这不,让她抓个正着,他们这不是幽会又是啥?你看立春抓她手的那个样子,眼睛那么深情地凝视着,那情景,简直就是一对标准的奸夫淫妇呀!厨房里后来又发生了什么她已经没有兴趣知道了,她只是固执地相信自己的判断是对的,眼见为实,二人的奸情已经被她看到了眼里。那么,下一步怎么办?一个又一个计划在她那简单的大脑里飞快闪过——马上冲进去,正告二人,以后再不能来往?不行……捉奸捉双,放长线,让他们在自以为高明时继续发展,等他们更进一步时,突然闯进去,将二人捉奸在床?也不行……或者,把白海棠请到家里来吃饭,在她的饭里下一包耗子药,把她毒死?这个嘛,如果做得巧妙,也许别人不会发现。但这里面有个天大的漏洞,人家是在你家吃饭时中了毒,你能脱得了干系?这个也不行,那个也不行,哪个办法行呢?她想得有些头痛。

突然,她的脑海中闪过一个人——胡小满!

对呀，白海棠是胡小满的媳妇，这种事情他应该管呀！如果他知道了这件事情，他会无动于衷吗？肯定不会，他会火冒三丈，不把那骚女人打得脱一层皮，也得打个头破血流。我呢，坐山观虎斗，让他们去厮杀吧，我坐收渔利。我呢，到时当个老好人，原谅立春，要他以后乖乖听我的话，这不是最好的结果吗？

这么一想，心情好了许多。她站起来，拍拍屁股上的土，向院外走去。走到院门外时，看见那条羊肠小道上，一个女子骑着自行车的倩影，显然是那个骚货！咦，这么快就走啦？

第二天，二梅趁着白海棠去学校上课的空当，悄悄来到胡家。

她添油加醋地讲了昨天在林场厨房发生的事，尤其是着重讲海棠送给立春一件信物——新搪瓷水杯。胡小满满屋子一找，水杯真的不见了，原本的怀疑得到了证实。

被戴"绿帽子"的感觉当然不好受了，但他在二梅面前竭力保持镇定，故作吃惊地说："不能吧？你会不会看错了？"

"不会不会，哪儿能看错呢，两个人的手握在一搭，握得那个紧呀……"二梅信誓旦旦地说。

二梅说罢，扭着屁股走了。

胡小满也开始紧张地思索：面对这样的奇耻大辱，应该如何面对？那驴子欺人太甚，不能再忍了！必须得找那驴子算账。可这账怎么算呢？对，找几个弟兄一起去捉奸，把证据拿在手里后，一根绳子将那驴子绑了，直接送到乡派出所，让公家来处理他！

这么一想，他下了决心——捉奸！

35.捉奸

胡小满当民兵队长那会儿，有两个死党，都是村里出名儿的"灰鬼"，一个是葛二蛋，一个是三蛮牛。这二人平时总在胡小满这边混吃混喝，对胡小

满言听计从。这天中午,胡小满做了几个菜,打了一斤散呼白,让儿子莫尼去把二人唤来。莫尼就喜欢做这种事儿,走东家窜西家,不一会儿就把两个人叫来了。先来的是三蛮牛,他披着件外衣,趿拉着一双前露脚指头后露脚跟的布鞋,嗅着鼻子走了进来:"哎呀呀,不逢年不过节的,咋喝起烧酒来了?这可是上好的精呼白呀!"

"你个三蛮牛,比狗鼻子还灵,还能闻出是精呼白!"

三蛮牛觍着脸跨着炕沿边坐下,先不拿筷子,端起酒盅,嬉笑着说:"原来是请我来喝酒的呀,那我就不客气啦。""吱溜"一声,一杯酒不见了。这是他喝酒的风格,也是绝招,干杯时必然会听见刺耳的吱溜声。这一招儿葛二蛋咋也学不会。

说话间葛二蛋也来了。他也是个见酒没命的家伙。他直接脱鞋上炕,先把盘子里的炒鸡蛋狠狠吃了几筷子:"小满,啥事儿啊?"

"是啊,要没事儿,你咋舍得请咱喝这么高级的酒呢。"

"要绑谁?你说?"

"好久没绑人啦,手早痒痒啦,你下令吧。"

二人你一言我一语。

"我早不是民兵队长啦,绑人的事儿不能干。不过呢,今天叫你们来,还真的是请你俩去帮我绑一个人。"

"谁?"

"驴子!"

"吕立春?"三蛮牛和葛二蛋互相看了一眼,流露出畏惧的神情。

"那家伙不好绑啊!"三蛮牛说。

"他那拳头打人可狠哩,上一回他打我一拳,现在这眼眶子还疼哩……"葛二蛋心有余悸。

"咋,还没上阵就害怕啦?"

"不是害怕,而是那家伙太厉害啦。"

"对呀对呀,人家是场长,是国家干部,咱绑他犯法不?"三蛮牛问。

"是他犯法了！他给我戴'绿帽子'，我能当这个活王八吗？你们俩是我最好的兄弟，你们要不帮我，我在这村里没脸混了。"说着，他从二人手里夺下酒盅，扔在桌子上，挥手道，"你们滚，马上给我滚，就知道在我这儿混吃混喝，关键时刻屁用不顶，快滚……"

二人哪里舍得那好酒。三蛮牛把嘴噘起来，吸溜着桌子上洒了的酒汁，葛二蛋急忙抢过自己的酒杯说："别发火儿啊，小满，我们听你的。"

"我们跟你走，你说咋办就咋办。"

"好，那你们听好了……"胡小满的声音放低了。

胡小满自以为自己的计谋高明，却没想到忽略了一个人，他们的密谋让一个人给听去了——小莫尼。小莫尼虽然不清楚他们在说些啥，但觉得他们说的不是啥好事儿，在妈妈回家后，他把听到的内容悄悄告诉了白海棠。海棠听了心里一惊：原本就知道胡小满不是啥好鸟儿，可没想到他会下作到这种地步。她思索片刻，生出一条妙计。

当天夜里，月黑风高。胡小满故伎重施，悄悄给白海棠的饭菜里下了一包安眠药。海棠吃了饭后，觉得眩晕，昏然睡去。胡小满把昏睡过去的海棠放在她床上。分居后，海棠不喜欢睡炕，找人拆了炕，在房间里放了两张单人床，一张自己睡，另一张是儿子莫尼睡的。胡小满见第一步成功，叫来小莫尼，让他赶紧到吕家去喊吕立春过来，"你就说妈妈不知为啥突然昏过去了，爸爸不在家，不知在哪里喝酒，求立春叔叔赶紧过来救救妈妈。"

小莫尼从房间里一个箭步蹿出去，直奔吕家。胡小满已经从二梅那儿得知，今晚那驴子在村子里，这两天他的老父亲吕谷雨偶感风寒，立春到县里给他抓了一服中药，那药需要用砂锅熬，只有立春懂得怎么熬中药，所以他这两天住在家里。小莫尼跑到吕家，却没看到吕立春。二梅正心神不定地做着针线活儿，门突然被撞开，小莫尼惊慌地对她说："我爹叫你赶紧去一趟哩。"

"叫我？"

"对呀，就是叫你。"

"啥事儿？"

"我不知道,反正,我爹说有重要的事情要和你商量,还让你打扮成男的,小心让人看见。"说罢,小莫尼又一溜烟跑了。

二梅出院子到几个房间里看了一眼,两个孩子在做作业,老公公服了药已经酣然入睡,立春不知去了哪里,莫非他趁机去和那女子幽会,让胡小满给逮了个正着?二梅这么一想,顿时兴奋起来,找了一件立春的外套穿上,将那衣服上的帽子戴在头上,急匆匆往胡家而去。

这时候胡小满已经拉了家里的电闸,房间里黑乎乎的一片。他和葛二蛋、三蛮牛守候在院子外面。看见小莫尼跑回来,拦住一问,说话儿已经传到了,人一会儿就来。胡小满给儿子塞了一块水果糖,让他到葛二蛋家里去找葛小虎玩儿,今晚就住在那儿不要回来了。莫尼与小虎是从小的玩伴儿,正乐得疯耍呢,一溜烟儿没影了。

过了片刻,葛二蛋紧张地说:"来哩来哩。"

胡小满望去,黑暗中只见一个黑乎乎的影子晃悠过来。天实在是太黑啦,完全看不清那人的样儿。只见那黑影鬼鬼祟祟,轻手轻脚地向院子里走去。胡小满确信那是驴子。他向身边的两个酒肉弟兄做了个手势,三个人一起涌进了院子里。

海棠的房间一片黑暗。刚刚摸进来的二梅正疑惑怎么黑灯瞎火的,也不敢吱声,隐约看见床上躺着一个人,正待上前看个究竟,突然被一个厚厚的帆布口袋罩在了头上。显然那是用来装莜面的口袋,里面还有一些面粉,呛得她一张嘴就被噎住了。接着就听见胡小满恶狠狠的声音传来:"死驴子,偷鸡摸狗的东西,敢给老子戴'绿帽子',看今天不打死你……给我打……"三条汉子拳头和脚一起上,一会儿就把口袋里的二梅打得不动弹了。

葛二蛋说:"哎呀,咋没动静啦?可别把他打死了吧?"

三蛮牛也害怕了:"我可没咋打呀,只踢了他两脚。"

葛二蛋说:"我也只杵了他两下子,小满,就你打得狠,出了人命与我无关啊……"

胡小满有点儿害怕了,急忙推上电闸,打开电灯,将那个长长的帆布口袋拎起来，里面的人露了出来，一看，三个人全都傻了眼——二梅！

二梅被打晕了，躺在地上哼哼着，睁不开眼睛。她的头发上、脸上满是灰白色的面粉，有点儿像上了妆的丑角儿。

"怎么会是你？"胡小满慌了，全然没了主见。

葛二蛋和三蛮牛见事不妙，转身想走，这时，突然听见一个女人厉声喝道："谁也别走！"

众人转头一看，睡在床上的白海棠坐了起来，怒视着他们。

胡小满惊得说不出一句完整的话儿："你你你……"

海棠说："我被你下了药，已经睡死了，是吗？胡小满，你当我傻啊，被你要了一次，还会上第二回当吗？"

正说着，从外面涌进来一些人，都是附近的乡亲们。原来，这也是海棠提前布置好的，她告诉儿子莫尼，只要看见家里的灯一亮，你就去把家跟前的人们都叫过来，就说咱家出事儿啦。那胡小满本打算溜掉，可人们已经挤在了门口，他根本出不去。看热闹不嫌事儿大，胡家今天出了事儿，乡里乡亲都跑来看热闹。

白海棠正襟危坐，说："父老乡亲们，你们都看见了，今天，胡小满带人来捉我的奸，结果抓住了二梅，差一点把人家打死。我白海棠做人清清白白，没有和任何男人有过瓜葛，可是他胡小满对我栽赃，坏我的名声。今天我就是要让乡亲们看一看，我是不是背着你胡小满偷人养汉了！"

胡小满圪蹴在地上，把头埋在了裤裆里。

"还有你们俩——葛二蛋，三蛮牛，今天这事儿，你们两个是从犯，也是目击者，只要你们把今天的经过写下来，摁上手印，我就不追究你们俩。"

葛二蛋和三蛮牛早慌得不知如何是好，急忙说："我写，我写……"

海棠说："你们两个'灰鬼'大字儿不认得一箩筐，让你们写字太难为你们了，我已经替你们写好了，你们在上面摁上你们的狗爪子印就行了。"

桌子上果然放着两份已经写好的材料，印台也准备好了。葛二蛋和三蛮牛只想马上离开这里，忙把大拇指在裤子上蹭了蹭，先在印台上摁了一下，又在

纸上摁下自己的手印。看热闹的乡亲们给他们让出一条路来，二人跌跌撞撞地跑了。

胡小满觉得自己太窝囊了，哪里像个爷们儿，他站起来，盯着白海棠说："没想到你这骚女人心狠手辣。让你算计了，我认栽了。你说咋办吧。"

白海棠冷冷地吐出一个字："离！"

36.离婚

事情败露，二梅对着吕立春痛哭流涕，请求立春原谅她。她把所有的责任都推到了胡小满身上。

"我真的啥也不知道呀！那天胡家的崽子突然进来跟我说他娘出事儿啦，求我过去看看，我才过去的。谁知道那个'灰鬼'是在那儿下了套儿等你呢……"

立春冷眼看着她："那你穿我的衣服干啥？"

"那不是着急嘛，我怕海棠真的有事儿，就……"

"胡小满可是说了，是你告诉他，我跟白海棠在林场偷偷摸摸、拉拉扯扯，做些见不得人的勾当。"

"我没说过啊，我从来都没说过，是那个王八蛋不安好心，想拆散咱们两口子，是他诬陷我的呀！"接着又是鼻涕一把眼泪一把。

立春实在看不了她这副样子，说："我且信你一回。以后，要是再让我发现你背地里这么搞我，我是不会轻饶你的。"说罢，一甩门大步走了出去。

二梅以为暴风雨过去了，不料，第二天一早，立春平静地对她说："这日子过不下去了，你跟我去乡里把证退了吧。"

二梅心里"轰"的一下——她最害怕的事情终于来了！

"我不……"

"这不由你，你要是不跟我去，我就到法院起诉离婚。"

二梅的脸上呈现出一副可怜巴巴的神情："立春，一日夫妻百日恩，咱一搭过了几年啦？十多年了吧？那咋也有万日恩了吧？不看僧面看佛面，看在我这些年辛辛苦苦照顾你爹还有孩子的份儿上，你不能这么绝情呀！"

"你做的那些事情你自己心里明白。"

"我错啦，我认错，我赔礼道歉，我将功赎罪，只求你别离开我，好吗？"

"放开，让我走……"

"我不放，除非你答应我。"二梅抱着立春的腿哭着。

"我答应你啥？"

"答应你不离开我，我们不离……"

"说出的话，泼出的水，收不回来了。"

"我要让你收回去，你要是真的离开了，我也不活啦，我马上去死……我死给你看……"

立春把腿一甩，挣脱了二梅。

二梅起身跑到炕边，操起一把剪子，对着自己手腕上的大动脉扎了下去，鲜血如喷泉般喷涌而出。

已经走到门口的立春听到一声喑哑的叫声，回头一看，呆怔住了："你……"

二梅死死地盯着他："你别走，我要你看着我死……"

同一时刻，乡政府的一间办公室，白海棠和胡小满各自领了一张盖了印章的离婚证，正式结束了他们十多年的婚姻。

37.高考

恢复高考的第二年，吕天亮在呼和浩特市参加了考试。

林浦恢复工作的第二年，把女儿林小青接到了呼市。林小青一开始不回，后来提了一个条件：她去的话，要让天亮哥也一起去呼市。她振振有词："我

们已经上高中啦，县高中的教学质量实在不咋样，听说明年就要恢复高考，我和天亮哥都决定要参加考试，如果他也到了呼市，我们能考取的可能性就很大。"林浦觉得她的话在理儿，就和立春商量。立春当然明白这个道理，痛快地答应了。可二梅那关不好过，她坚决不同意，说舍不得孩子离开身边。立春骂她没出息。她又找了个理由，说天亮笨，不可能考上大学。

立春更气了："我儿子咋就笨啦？孩子跟我了，要跟你，那就是个猪脑子……"

看见立春真生气了，她就啥话也不敢说了。她割腕被立春送进医院抢救，出院之后，立春再也不说去退证了。二梅认为自己胜了，立春拿她根本没办法。但她也领教了立春的毛驴脾气，不敢轻易惹他发火了。

吕天亮与林小青来到自治区首府呼和浩特市，住进了林浦家。落实政策后，林浦从单位分到了一套房，面积虽然不大，但也是三室一厅。主卧由林浦和豆花住，另外两居分别由两个孩子住。白天林浦去上班，有时候外出调研好多天不回家。两个孩子白天上学读书，晚上参加补习班。家里只有黑豆花操持家务。对于两个孩子的到来她特别欣喜，默默地做着家务，把家里打理得干干净净，有条不紊。

虽然林小青比天亮大两岁，但她晚上了一年学，天亮早上了一年，于是二人就在同一年级了。

星期日，天亮和小青在家里复习功课。天亮趴在桌上解题。小青生性好动，不时用一根鸡毛逗弄着天亮，在他的耳根后面蹭着。天亮痒痒，用手拨拉着，可眼睛依然在题上。小青见他如此入迷，忍不住"咯咯"地乐着。

"嗨，书呆子，没听豆妈敲勺子吗？"

每天吃饭时，黑豆花就用勺子敲锅沿，那是通知孩子们吃饭的信号。

天亮正入神，头也不抬地说："你先去吃，我解开这道题再吃。"

小青一把从炕桌上夺过那张卷子："不行，你要是一直解不开这道题，那你就永远不吃饭了？"

天亮说："别闹了，小青，快把题给我！"

小青歪着脑袋逗着天亮:"就不给,去吃饭就给你。"

天亮无奈:"好好,我去吃。"

"这还差不离儿!你这么拼命可不行啊,身体会吃不消的。"

天亮说:"离高考没几天了,再不拼,可就来不及了。"

小青说:"你这是临阵磨枪。"

天亮说:"临阵磨枪,不快也光嘛。小青,我真怕今年你考上了而我名落孙山……"

小青说:"那是不可能的,你复习得这么好,下的力气也比我大,你一定会考上的。"

高考那天,吕立春和石二梅来到呼市,给两个孩子助威。他们一起走到考场,门口,工作人员检查高考证,立春和二梅进不去,只得停下,叮嘱两个孩子要沉住气,不要急,慢慢答题。

小青胸有成竹地说:"放心吧,立春叔,二梅婶儿,你们快回家吧,别在外面等啦,我们要考一上午呢。"

吕立春忽然想起什么,从怀中取出一个马蹄表来递给天亮:"时间我都调准了,你答题的时候掐着钟点儿,咱不急不慌啊。"

二梅说:"我们哪儿也不去,就在学校门口等你们。"

天亮说:"爸妈,一会儿太阳升起来,阳光毒着呢,你们找片阴凉地儿待着吧。"

正说着,响起了铃声,那是准备考试的铃声。吕立春拍了拍儿子的后脑勺,说:"要开考了,快进去哇!"

天亮没再说什么,拉着小青,转身向考场走去。爹娘的到来虽然不会增加他的分数,但给了他自信——我能行的,一定会考好的,一定……

吕立春和二梅一直等在考场外。到了快中午时,铃声又响起来,接着看到考生们三三两两走出来,有的人互相交流着。天亮和小青走到他们面前。

"考得咋样?"立春急切地问。

林小青笑着说:"我感觉考题不难,应该没问题。"

天亮有些闷闷不乐，摸了摸脑袋说："不理想，有好几道题好像没答对……"

小青说："等都考完了再说。"

到了午饭点儿，立春和二梅本想叫上两个孩子在街上的小饭馆吃一口，但小青不让，说豆妈准备了午饭，必须得回家吃。还说："我爸爸今天可能出差回来，他可是每天念叨你们呢。"听说林浦要回来，立春改了主意，决定午饭到林浦家吃。

果然，当他们到家时，林浦已经在家里等着他们了。立春一进门，他就紧紧地握住了立春的手。立春望着林浦"嘿嘿"笑着，上下打量着他，只是笑，没说话。林浦穿着一身干部制服，很精神。

看见吕立春一直在笑，林浦问："笑甚哩？不认识我了？"

吕立春说："你白了，也胖了，衣服也不一样了，真有点儿不敢认了。"

林浦说："你这是批评我脱离劳动人民了吧？"

吕立春说："不是，其实你本来就该是这个样子。"

林浦回头对黑豆花说："快去买一瓶好酒，我要和立春好好喝两杯！"

豆花微笑着，变魔术似的从身后拿出一瓶汾酒。

立春说："快别麻烦了，这两天正农忙，我们一会儿还得赶回去呢。"

林浦有点儿不高兴了："说啥呢，今天说什么也不让你们走了。咱们兄弟俩有些日子没见面了，有些心里话，正想跟你唠唠呢。快，坐呀。"

很快，一瓶子五十二度的白酒喝光了。吕立春和林浦都有些醉意。孩子们已经去考场参加下午的考试了。

"林浦，真的就住在城里不回去了？"

"谁说不回了，我告诉你啊，立春，一回来，我就待不住了，我向单位领导申请，派我下乡去做防风治沙调研。领导说单位刚刚恢复，百废待兴，需要我们这些老家伙传帮带，我只好先把单位的工作做好。今天，我又向领导打报告，要在基层一些有代表性的地方设几个试验点。领导说这个想法好，正在研究，估计很快就会批下来。到时候，我就负责试验点，你知道那试验点我准备放在哪儿吗?"

"当然是白沙坝啦!"

"一点儿没错儿,就是白沙坝!只要这个报告一批下来,我马上就回咱们磨盘村,那样,咱们老哥俩不就又在一起了?"

吕立春高兴地笑着,旋即,又用怀疑的目光望着林浦:"真的假的?不会是哄我高兴吧?"

林浦说:"这么大的事情,我怎么会跟你开玩笑呢。立春,我在白沙坝生活了那么多年,对那片土地有感情啊!"说着,突然停下来,举着酒杯不动,眼睛里有泪流了出来。

吕立春被感染了,感慨地说:"这人啊,要是对地有情,那地呢,就会对人有义,这叫一报还一报啊。林浦,我回去,把咱那场部好好收拾收拾,咱可说好了啊,我等你回去。"

"我回,我肯定要回的!"

"来,为了你回来,我要连干三杯。"

"豆花,拿酒来。"

豆花一撩门帘走了进来,比画着,意思是没有酒了,别喝了。

林浦不悦:"我和立春兄弟没喝够,再去买一瓶。立春,咱再喝……"

立春附和着说:"喝……一醉方休……"

一旁的二梅说:"行啦行啦,你看你舌头都大了,还喝。酒就到此为止吧,饭还没吃呢,豆花做的莜面饺饺在锅里已经热过三回了,再热,就发黏不好吃了。"

"好了,酒不喝了,咱们吃饭,吃饭!"

正吃到半截,立春突然想起什么,停住筷子发呆。

林浦问:"咋的啦?"

他抬头望着林浦说:"你说,我家天亮能考上吗?"

林浦说:"我看能,他学习可用功呢。"

立春说:"用功是用功,可这孩子笨,学习的底子又不好,比你家林小青

差远啦,我担心啊……如果考不上,对他的打击太大了……"

"放心吧,他会考上的。"林浦安慰他说。

一个月后,吕立春正在院子里磨镰刀,突然看见天亮拎着个柳条箱,无精打采地从院外走进来。立春迎上前,他似乎没有看见,眼睛直直地望着前面,进了自己的房间。立春心里"咯噔"一下,知道事情不好,急忙跟进屋子里。天亮呆坐在床边,木头一样一动不动。

"没考上?"

天亮不语。

"落榜啦?"

天亮还是不说话。

立春走过去,拍着儿子的肩膀说:"庄稼不收年年种,这有啥,明年再考。"

天亮抬头,终于发作了:"考考考,要不是你们让我考,我根本就不想考!我不是那块料,明年后年都考不上……"

说着,两行泪沿着脸庞流下来。男儿有泪不轻弹,立春知道,儿子是真的伤心了。

二梅闻声跑进来,看着天亮,问:"没考上?"

天亮不语。

"小青呢?"立春问。

"她……考上北大啦……"

这才是问题的关键!立春想。二人不在一个档次上,以前还不明显,这一下天亮知道了二人之间的距离,这才是儿子痛苦的原因吧?在小青面前,他是一个自卑的人。

38.说媒

过了一年,天亮还没有从闷闷不乐的状态中恢复过来。唯一能让他暂时露出笑脸的事情，就是接到林小青的来信。最初，小青的信来得很勤，天亮也会马上回信。可后来，随着小青的信越来越少，天亮的回信也越来越少。再后来天亮干脆在信中说："你忙，以后我们就少通信吧，别影响了你的学习。"

二梅对儿子依然抱着希望，时不时督促他读书复习，准备来年再考。天亮睬也不睬，逼急了，就把那些复习资料或者书籍塞进灶膛里付之一炬。天亮身体强壮，干农活儿是把好手，他几乎把全部时间都用在田地里。回到家之后就往炕上一躺，和谁也不说话。几个月下来，他变得又黑又瘦，这让吕立春和二梅分外担心。

"咋办呀？谁劝也不听，你快想个办法呀！"二梅对立春说。

立春说："我有啥办法？这孩子，是心病。"

"啥心病？"

"你傻呀，没看出他喜欢小青吗？人家小青上了北大，出来后肯定在大城市工作，还能看得上你儿子？"

"那倒也是。"

"现在只有一个办法。"

"啥办法？"二梅急切地问。

"给他介绍个对象，赶紧成个家，他自然就会好起来的。"

"对对，你说得对，我明天就去找钱二婶。"

钱二婶是村里的媒婆。

第二天傍晚，天亮扛着一把锄头从地里回家，刚进院子就看见院子里坐着一个陌生的姑娘，陪同姑娘的是本村的钱二婶，旁边是母亲二梅，笑吟吟地迎着他，上前低声说："这是二婶给你介绍的德化营的秀儿。"说完又转身对那姑娘说："秀儿啊，这就是我儿子天亮。"

天亮只瞟了那姑娘一眼，就冷淡地走到一边去，做他自己的事情。那姑娘有些害羞地低头坐在一旁。二婶上前，推了天亮一把："嗨，天亮，见了人家闺女，你咋一点儿也不热情哩？我跟你说，人家德化营可是个好地方，没闺女愿意嫁到咱磨盘村来，我可是把你家的情况都对人家闺女说了，还让闺女看了

你的照片,人家才答应过来看一眼的……"又推了天亮一把,低声说:"你要是再不热情,人家闺女可就走了。"

天亮不耐烦地摆手:"走走走,我又没拉她。"

二梅不满地瞪了儿子一眼:"说甚话呢?人家为你提亲,你咋四六不懂呢?有你这么说话的吗?"

天亮往地上一蹲:"我说过了,我不找对象!"

那姑娘听到这儿,一下子站了起来,冲着钱二婶说:"他不找对象,你把我叫到这儿做甚?叫俺跑了这么远的山路,腿都快跑断了,鞋底子都磨烂了,你们得赔俺的鞋!"那姑娘说完,一扭身子,向外走去。

钱二婶急忙追出去:"秀儿……秀,别走啊……"

可是那姑娘已经走了出去。

二梅狠狠地在儿子的额头上戳了一指头:"你呀你呀,就等着打一辈子光棍儿吧,真是猪毛搓绳绳——不隔股呀!"

二梅不死心,以为那秀儿姑娘没入儿子的眼,继续让钱二婶给说亲。为了贿赂钱二婶,她把家里最肥的大母鸡抱了过去。钱二婶为上次的事儿不高兴,见了那只大母鸡,心中的不悦也就消了不少,再次寻找合适的姑娘来拉亲。

那日,天亮正在田里干活,二梅迈着小碎步跑来:"天亮,快,赶紧回家。"

"回家做甚?"

"钱二婶又给你领来一个闺女,细眉毛,瓜子脸,长得可喜人哩,快回去看看吧!"

天亮低下头接着干活。

"咋,不去呀?"

天亮不吱声。

二梅上前强拉起儿子:"走走,说甚你也得回家,走啊!"

天亮只得跟着母亲回了家。

这个姑娘姓田,名玉荣,人长得秀气,笑起来眼睛眯成一条缝,挺招人待见的。

钱二婶端来一盘葵花子:"吃着,天亮马上就回来了。"

玉荣嫣然一笑:"我不吃,钱二婶,你吃吧。"

钱二婶边吃葵花子,边对立春说:"人家玉荣这孩子可懂事儿了,帮她妈把家务活儿都做了,下地干活也是把好手,可能受呢。她和天亮以前中学是同班同学,对他有印象呢,说要是天亮愿意,她甚条件也没,让她甚时候嫁过来,她就甚时候嫁过来哩……"

立春点点头,觉得这姑娘还行,儿子娶了她也不委屈他。

正说着,二梅把天亮强拉着走了进来。

钱二婶说:"来了来了,天亮回来啦。"

玉荣抬眼看了天亮一眼,又害羞地低下头去。天亮根本就没看玉荣,呆站着不动。钱二婶给二梅和立春使个眼色,大家都向外走去。

"天亮啊,你们唠唠,互相了解一下,甭害羞,头回生,二回熟,唠着唠着就熟了。"钱二婶说着也走了出去。

就剩下天亮和玉荣两个人。天亮低着头不说话。玉荣抬头望着天亮,轻声问:"天亮,你还记得我吗?"

天亮抬头,望着玉荣,一时茫然,摇头。

玉荣说:"咱们当年是同班同学呀,真的不记得了?乡中学,补习班……"

天亮还是摇头。

玉荣失望地说:"咱俩还坐过同桌呢,你不像那些男同学,总欺负女娃,你人好,还帮过我呢。有一回考试,我的铅笔找不到了,你把你的铅笔一掰两截,送给我一半儿,还记得不?"

天亮有些想起来了:"哎呀,田……田甚来着……"

"玉荣。"

"对对对,田玉荣,那时候咱们的课本上有篇文章,叫龙梅玉荣,保护羊群,你的名字跟书上的一样,所以大家都叫你草原小姐妹。"

玉荣高兴起来:"是啊,那时候咱班上还有个姓龙的女同学,叫龙小美,你硬是给人家把名字改成龙梅了。那个龙小美,认我做她干妹妹啦。"

"你们家后来搬哪儿去了?"

"搬到德胜营啦,我爹说那儿离县城近,吃水不愁,庄稼好活,水土养人。"

"现如今那儿还好吧?"

"还说呢,山泉早流光了,沙化很严重,都住不下去了。我爹打算再搬回咱们磨盘村来呢。"

"搬到回来好,还是咱们这儿的水土养人,回来好……"

"我家没男娃,要是搬回来,有甚事儿还得天亮哥帮忙呢。"

"没二话,没二话,好歹老同学,有事儿找我……"

钱二婶拉着二梅躲在墙根下偷听着他们的谈话,听到这儿,二人捂着嘴乐了。

钱二婶说:"这个看来有门儿,能唠到一块儿呢。"

二梅也道:"这闺女慈眉善目,很耐看,一看人就不错。只要天亮同意,今年过年就给他们办喜事儿……"

【创作手记之六:创业】

再次见到胡雨燕是在采茶节上。那天她从呼和浩特请了许多知名人士,有作家邓九刚、胡国栋,还有大青山国家登山健身步道旅游区的张占中和小韩总,还有一些书画家。我也在应邀之列。村里的大姑娘小媳妇穿着白蓝点点的对襟袄,头上扎一块相同花色的头巾,顿时成了采茶女的模样。诗远也来了,他只是闷头做属于自己的后勤工作。忙得不可开交的雨燕带大家参观她的茶园、制茶车间和包装车间。我看到车间里安置着一些崭新的设备。惊叹她的气魄之余,更加佩服她有远见、有胆识,目光超前。

在请来的客人当中,我意外地发现了两位老人——吕家的吕立春和胡家的胡小满。两位老人没有站在一起,保持着一定的距离,也不见他们彼此间说话。不过他们的表情是一致的——骄傲，自豪，欣慰，流露着一种满足感。看来，雨燕和诗远的恋爱关系基本上得到了他们的认可。经过那一场殉情风波，两位老人做出了让步，他们生怕心爱的孙子孙女因为他们的干涉而想不开，再次去跳崖。尽管吕立春怀疑他的孙子在演戏，但在我的多次劝说开导下，他丢掉了过去固守的观念——两家人老死不相往来，更不可能结成亲家。其实，他心里是非常喜欢胡雨燕这孩子的，她的聪明能干征服了他。可要让他放弃几十年来对胡家的敌意，碍于情面，他还没有明确表态。胡小满亦如此，其实心里早已经同意了，但就是不肯吐口。看来，要征得他们的同意，尚需要一段时间。我相信，时间会改变一切的。

人群中有一位老妇人引起了我的注意，她一头银发闪着光芒，脸上虽然布满了皱褶，但依稀可见她当年的美丽与儒雅。难道，她就是传说中的白海棠？

我走过去，向她做了自我介绍。

她微微一笑，普通话说得很标准："我知道你，雨燕跟我说起过你呢，你是大作家。"

我说："我想以你们老一辈人和孩子们的故事写一部电视剧。"

她说："好啊好啊，我可喜欢看电视剧了。这两年，像《人世间》呀，《鄂尔多斯风暴》呀，我都喜欢看。"

我说："我就是《鄂尔多斯风暴》的编剧。"

她有些吃惊地看着我："哎呀，今天见到真人啦……"

我们走到僻静的茶园里。茶园中种着月季，花开得正旺，引来不少蜜蜂嗡嗡飞舞着，忙于采花粉。

我问："雨燕这名儿是你给起的吧？"

她吃惊地看着我："你咋知道的？"

我说："这名字有文化，和你孙女儿的性格挺吻合的。"

"看来你对雨燕这种鸟儿有过研究呀？"她问。

"研究不深，略有了解。雨燕小巧轻盈，生来就会飞翔。它们轻如蝶翅，却有着惊人的飞行能力。"我说。

"嗯,我家雨燕刚出生时,才这么大一点儿,不到五斤,不足月啊,大家都以为养不活,可谁知,她居然活了下来,而且,长得结结实实。你看,她现在多阳光啊。雨燕的一生都是在天空中度过的,我家雨燕,每天在奔波中度过。她不管做啥事儿都不会停下来,把这件事情做完,马上就去做另外一件事情。"她说。

"听说天空中飞翔的雨燕没有长脚,所以它们不敢落地,一生基本上都是在天空中度过的。"我说。

"不,它们有脚,只不过,它们的家在空中,所以它们不愿意落地。你知道吗,雨燕每一年飞行的距离可以绕赤道两到三圈,算得上是所有鸟类当中飞行里程最长的一种,雨燕一生中基本没有停止过飞行。"她说话完全是她当老师时为孩子们讲课时用的口吻。"雨燕的飞行速度非常快,喜欢不停息地在空中快速盘旋、飞翔,几乎从不落到地面或植被上,在飞行中就可以完成喝水、洗澡、交配等行为。大部分雨燕具有迁徙性,筑巢于洞壁上或烟囱的内壁、岩缝、空心树内,只有少部分筑巢于棕榈叶上。雨燕的食物是飞虫和其他空中的节肢动物。"白老师继续给我上课。

"那它们从不落地,怎么完成繁殖后代和进食、饮水呢?"我像个认真听课的小学生。

"一切都是在飞行的时候完成的。雨燕这种鸟类在飞行的时候如果口渴,便会降低自己飞行的高度,来到一处比较空旷的池塘或河流,然后调整自己的飞行角度,使得自己的嘴能够恰好与水面接触,这样雨燕就可以成功喝到水。捕食也是类似的过程。雨燕在飞行的时候会去往一些昆虫较多的地方,然后张开它们的嘴将昆虫吃进嘴里,这就完成了捕食的整个流程。只有繁殖后代时,它们才会落下来。"白老师终于讲完了有关雨燕的科普课。看得出,她喜欢雨燕,所以才给自己心爱的小孙女儿取名叫胡雨燕。

"您的儿子、媳妇不经常回来吗?"我问。

"回来过,莫尼和小青都在大学当老师,平时忙得没空儿,只有到了假期才有空儿回来。"她答。

"他们反对诗远和雨燕谈恋爱吗？"我又问。

"嗯，怎么说呢，起初，雨燕父亲是有些顾虑的，可后来，看见两个孩子是真心相爱，就同意了。"她又答。

"那您对这事儿怎么看呢？支持还是反对？"

"我当然支持啦，父辈的恩怨不应该一代一代传下去。何况，那段恩怨现在看来也太可笑了。孩子们真心相爱，为什么要拆散他们呢？"

我佩服白老师豁达的胸怀。不过，有些疑团在我心里尚未解开。我向她询问了当年胡吕两家人的详细情况。我还怕老人心存疑虑不说，没想到开朗的白海棠老师对我讲起那多年前的往事……

扫码获取
- AI小远
- 有声伴读
- 作者专栏
- 新书动态

第六章

39.失恋

　　白沙坝的秋天像一幅油画,一层绿、一层黄、一层红,若无风,鸟儿鸣得脆生生,极悦耳;若有风,那些树枝树梢摇晃起来,随着风儿起舞。山坡上那些已经枯黄的野草则摇头晃脑,不停地吟唱属于它们的寂寞。

　　那时总有一个人背后背着一个喷雾罐儿,肩头扛一把铁镢头,或者持一把剪枝的大剪子,在林子里巡视。发现有需要培土的地方,就停下来培土,发现有需要剪枝的树,就停下来剪枝。为了剪枝,他不得不攀到树杈上,伸出胳膊,努力向前,喊里咔嚓,把那些没用的枯枝剪下来。再从树上跳下来,将那些枯枝收集起来,捆扎好,背上,返回林场场部。如果遇到有虫害的树,就用背着的那个农药罐子喷药。他也不戴口罩,那股浓烈的药味儿刺激着他的鼻腔,不住地打着喷嚏。

　　大家都知道,这个整天在林子里转悠的人是吕立春。

　　白海棠来林子里找吕立春,吕立春感到有些意外。

　　"你咋来啦?咱们俩在这地方见面,要惹闲话的呀。"

　　自从那次"捉奸风波"后,吕立春有意和海棠拉开了距离,而海棠遇见他也客客气气的。二人颇有些"君子防未然,不处嫌疑间"的意思。今天海棠突然来找立春,立春知道她一定是有什么事情要说。

　　果然,海棠说:"有个事儿我得和你说说,你好有个心理准备。"

"说吧,甚事儿?"

"你知道我家莫尼吧,他去年考上了北大,和林小青成了校友。"

胡家那个淘气儿子吕立春当然知道。都说淘气的孩子长大了有出息,那莫尼自从在县里上了高中,成绩突飞猛进,一直是班里的尖子生。高考前半年,白海棠专门到县里租了房子陪读。晚上给儿子补习课程。那孩子本来就聪明,加上有一个当老师的妈妈辅导,成绩更是突飞猛进。高考成绩下来,居然是全县的文科状元,被北大录取了。

立春不知道的是,在这一年当中,林小青的情感世界发生了戏剧性的变化,她与比自己小三岁的胡莫尼恋爱了。

虽然当年他们都曾在磨盘村生活过,但那时年龄尚幼,彼此间的印象不深。在林小青眼里,当年的莫尼就是一个小屁孩儿,不好好学习,爱搞恶作剧。可没想到大学相遇后,突然发现莫尼好像完全变了一个人,不但学习上进,而且乐于助人,再加上他仪表堂堂,同学们都说他像电视剧《上海滩》里的许文强。很快,他成了许多女同学心里的白马王子。

一开始林小青和莫尼只是在学校的食堂里偶然坐到了一起,就引来一阵风言风语。

"嗨,小老乡,你好吗?"莫尼端着一个饭盒,站在正在吃饭的林小青面前。

林小青抬头望着他,一时有些发蒙:"你是?"

"我是莫尼呀!你忘了吗?磨盘村,我姓胡,我爹叫胡小满,我妈是小白老师,她还教过你哩。"

"哎呀,你是白老师的儿子胡莫尼呀!你也考上北大啦?"

"嗯。我能不能坐你旁边的空座位儿呢?"

林小青身边空着一个座位,那是她为闺蜜小雅占的。她与小雅十分要好,几乎形影不离。今天吃饭小雅来晚了些,林小青把自己的红色羊绒围脖放在那空座位上为她占座。见莫尼问,她把空座位上的羊绒围脖拿起来放在腿上,让莫尼坐下。二人边吃边聊,谈得十分投机。小雅来了,一看林小青身边坐着一

位帅气的男生，马上不高兴了，端着饭盒去寻找其他座位。林小青没有看见小雅，继续和莫尼聊。林小青并不知道她的闺蜜小雅早就暗恋莫尼了，于是校园里很快传开一个消息：林小青重色轻友，和他们系的大众情人相恋啦……

听到这个谣言，林小青特别生气。她生来性格就倔，人家说啥，她偏要做啥。好，你们说我和他相恋，那我就真的和他谈恋爱，气死你们！起初她只是赌气，可在和莫尼相处的过程中，发现这男孩子真是招人爱，不但聪明，而且正直、善良，对女孩子照顾得无微不至。终于在一个月夜，他们漫步在花前月下，莫尼轻轻地揽住她纤细的腰肢，而她则把头依偎到他宽阔的怀里。他捧起她的脸，轻轻地吻了她……

吕立春听海棠讲完这些，心里颇不是滋味儿，但他掩饰住自己的情绪，淡淡地说："好呀，孩子们恋爱了，祝贺他们啊。"

海棠说："我知道天亮一直和林小青好，他们俩可以说是青梅竹马。听说天亮的情绪一直不佳，我想是不是和林小青有关呢？我想让你回去后好好和天亮谈谈，让他调整心态，不要再被这事儿所累。他还年轻，应该有自己的生活……"

立春莫名地烦躁起来，摆手说："你别说了，我儿子应该咋样不用你来操心！"说完，他甩手而去，把目瞪口呆的白海棠留在了树林里。她无法理解立春此刻的心态：因为儿子的失恋吗？

立春的内心深处有着更为隐秘的伤痛："当年，你胡小满抢走了我心爱的女人，现在，你儿子又夺去了我儿子喜欢的女孩子……难道真的是上天派你来毁掉我家的幸福吗？一代不够，又来一代？"

他根本不知道这件事情回家后和天亮咋说。还不如让海棠或者是林小青直接告诉他好呢。

林小青还真的把这件事告诉天亮了。天亮接到一封从北大邮寄来的信，显然是林小青寄给他的。几个月没收到她的信了，天亮接到信后有些欣喜若狂："小青给我来信哩，小青给我来信哩！"

天亮似乎有些魔怔了，喜滋滋地走着，逢人便说："小青给我来信哩，她给我来信哩……"

进了自家的院子,他依然是那句话:"小青给我来信哩……"

院子里的立春看着他,心里一阵绞痛。

天亮坐在院子的石头墩上,急切地拆开信看起来。那信上是一行行清秀的笔迹:"天亮,你好吗,身体还好吧?我要告诉你一件事情,希望你能理解。我在北大校园里遇到了胡莫尼。我们经常在一起玩儿,谈理想,谈学习,谈人生,在这个学期,我们开始谈恋爱了……"

天亮眼前一黑,手垂下去,那封信也掉在了地上。

天亮用拳头对着身边的一棵树狠狠地打去,不停地击打着,一直把一只拳头打得鲜血淋淋,还在不停地击打着,一边打,一边从喉咙里发出一阵野兽般的呻吟声。

立春急忙过来,一把拉住他:"天亮,这是干甚呢?快住手!"

二梅也闻声从屋子里跑出来,看着天亮血淋淋的手一把抓住,哭泣着说:"你咋这么作践自己呢?出甚事儿了,你咋想不开呢?"她轻轻地抚摸着天亮的头、肩膀、后背,希望可以缓解天亮内心的痛苦。过了一会儿,天亮似乎平静下来,慢慢抬起头来,望着母亲说:"妈,就玉荣吧,我跟她结婚。"

二梅惊喜地看着儿子:"你答应了?儿啊,你答应了?"

40.选举

包产到户那年,吕立春被选为村委会主任。老村委会主任姚清明在病入膏肓之时,给乡党委政府留下一封信,信中说:"经过多年实践证明,吕立春是对的,他所做的一切,都是为了我们家乡的山山水水。他是个可靠的接班人,我不计个人恩怨,力荐他当磨盘村的村委会主任。"乡政府十分重视姚清明的举荐,乡长亲自来主持磨盘村的换届选举。这位乡长不是别人,正是当年老县长的秘书马千里。他从县林业局下派到圣水峪乡来当乡长。

除了吕立春,另一位候选人是胡小满。

胡小满对自己能否当选本无太大的把握,但葛二蛋和三蛮牛竭力怂恿他,让他去参选。而最后促成他去和吕立春竞争的,是他的老爹胡大寒。

胡大寒蜗居在家数年,很少露面,村里人很少能看到他的身影。对于儿子几年前捉奸闹出的丑闻,他没有埋怨过胡小满一句,得知儿子和海棠离婚后,他只是淡淡地说:"早离早解脱,那女人,你驾驭不了。"得知胡小满正式成了村委会主任的候选人之后,胡大寒把儿子叫到他的房间里,把厚厚一沓子钞票放在他面前。

胡小满不知其意,看着那几乎要发霉的钞票有点发怔:"这是作甚哩,爹?你哪儿来的这么多钱?"

"这你就别管啦,钱你拿去买些东西,鸡蛋、麻油、点心、烟酒……挨家挨户去送,跟他们说,只要投你的票,这些东西就是他们的啦。"

胡小满明白了父亲的意思:"是让我去拉票?"

"对,拉票,一定要拉多多的票,打败那驴子,让他败在你手下。"

胡小满觉得爹这一招挺高明的:"当上主任,不仅能气死驴子,而且她白海棠也会后悔和我离婚的。"

胡小满按照爹的指点开始活动。有几户重点人家是他自己去的,其他的他让葛二蛋和三蛮牛去。两天时间,把上百斤鸡蛋和麻油都送出去了。胡小满成竹在胸,以为自己能当选。

投票选举那天,全村的村民聚集在露天戏台前听乡长讲话。马乡长一上台,众人哗然,有人认出了他——这不是当年老县长的秘书嘛。马乡长清了清嗓子,款款说道:"乡亲们,一家人不说两家话,那些年我跟着雷县长常年住在白沙坝,也算是咱村儿的人吧。这次换届,咱们一定要选出一位一心一意为村里人造福、为后代儿孙造福的村委会主任来。"

台下的村民给他热烈鼓掌。

他接着说:"我听说有人贿选,为了拉选票不择手段,给一些村民小恩小惠。我希望大家摆正良心,不要被那点儿小恩小惠所收买,只盯着眼前利益。如果选上一个只谋私利而不为村民们办事的主任,你们以后的日子会好过吗？"

台下鸦雀无声。有的人不好意思地低下头。

马乡长宣布开始投票。村民们拿着填写好的选票逐一投进了票箱里。最后唱票，由小学校的白海棠老师宣布："候选人吕立春一百三十二票，候选人胡小满七十三票。吕立春当选……"

胡小满气得差点儿吐血。

选举过后的第二天早晨，胡小满打开院门，发现门外堆放着一筐筐鸡蛋、一桶桶麻油，还有一条条香烟和一瓶瓶呼白酒……

41.风波

吕立春刚上任就面临着一场风波。风波的起因是分地之后的分树林。一伙村民乱哄哄地挤在村部里，把立春围在中间。三蛮牛挤在最前面，指着吕立春责问："人家别的生产队把树林子都分给个人了，咱们村为甚不分？"

吕立春端坐在凳子上吸着烟，一脸平静，仿佛他们所问的问题与自己无关。

葛二蛋也气势汹汹："是呀，人家分，咱咋不分？吕立春，你是不是想自己独霸那片林子呀？"

众人你一言我一语，乱纷纷地说："如今改革开放了，地都包给个人哩，公社大队也没哩，只剩下荒坡坡上的那几片林子了，迟早也是要分的，晚分不如早分，分给大家算了。"

三蛮牛阴阳怪气地说："人家不分，自有不分的道理，那林子里埋着老情人呢！"

"是呀，村干部嘛，不得好处谁得呀，可你们村干部也不能把所有的林子都分给自己吧？"

"今天你咋也得给我们个说法儿啊，到底是分还是不分？"

众人把吕立春围得更紧了。

立春站起来拍了拍身上的土,望着众人平静地说:"不分!"

众人又炸了窝,乱纷纷地朝着立春质问起来,吓得村委会赵会计躲到了一旁。

"为甚不分?"

"生产队都没了,留着林子给谁呀?"

"就是,哪怕只要分上咱们一小片林子,冬天烧柴,夏天锯倒几棵盖房子做椽檩也方便啊,不用掏钱买了嘛。"

"是啊是啊,你们村干部口口声声说一切都是为了百姓,怎么这时候不为百姓着想了呀?"

立春对众人大声说:"地可以分,各家种各家的,可林子要是分了,光砍没人种,这些年咱的辛苦不就白下了吗?所以,这林子,说死了,不能分。你们去乡里找乡长、书记,要不,去县里找县长也行,让上面的领导来跟我说,只要上面的领导把我说通了,我就把林子分给大家。"立春说完这话,背着手走了。

三蛮牛说:"嘿,这不是将咱的军吗!谁能请得动乡里县里的大领导呢!"

葛二蛋说:"他呀,看见那些林子,比他的爹娘都亲哩,怎么舍得分给大家伙儿呢,看来,咱们村分林子是没戏了……"

三蛮牛对葛二蛋说:"走,咱们找胡小满去,让他给拿个主意。"

二人这两天正馋酒,想到胡小满那儿也许能蹭一顿酒喝。胡小满果然正在独斟独饮,一个人喝着,没精打采的。见三蛮牛和葛二蛋来了,高兴地招呼他俩坐下,给两个人每人倒了一盅酒。桌上没啥菜,只有一小盘咸菜和几块萝卜干。二人说明来意,胡小满不紧不慢地说:"把荒沙坡分给每家每户,那是上级的指示;把过去生产大队时期种植的防风林带也分到户,那也是上级领导的精神,他吕立春硬是抓着林子不往下分,这是和上级领导对着干呢。你们也别发愁,坐着看好戏吧,他吕立春要是还这么死顶牛,他这个村主任啊,也就当到头儿了!"

"真的?"

"那他这是犯错误了啊!"

胡小满冷笑道:"这可不是小错误,够他驴子喝一壶的,这事儿不用咱们反映,早有人反映到乡里了,有好几封举报信呐!听说刚上任的乡长听了非常气愤,这一两天就要来咱村落实这件事情,弄不好,吕立春这个主任就得给他撤了。"

胡小满没说,其实那几封举报信都是他写的。

"那,要是撤了吕立春的主任,谁来当主任啊?"

"那还用说,肯定是小满当了。"

胡小满摆摆手:"这事儿可乱说不得,谁当主任,人家乡里领导心里早有数儿了,咱们不能胡乱猜,一切都听上面的。"

"乡里不行,咱就到县里去告他!告不倒他,也要恶心恶心他!"葛二蛋抓过酒瓶子,给自己的酒盅倒得满满的,酒都流了出来。

三人碰杯,似乎在庆贺他们已经到手的胜利。

42.调查

累了一天,吕立春带着一身疲惫回家,一屁股坐在炕上。二梅按老习惯,早把一杯浓浓的山茶沏好,给他端到跟前。茶是二爷采的上好山茶,多年来立春已经养成了喝山茶的习惯。杯子呢,是白海棠老师当年送的那个白色的搪瓷缸子,时间久了,上面的红漆字迹已经模糊。二梅知道这搪瓷缸子的来历,不想让立春用它,却不敢说,立春不在家时,她就会拿那缸子撒气,摔、撞,搪瓷被碰掉不少,搞得千疮百孔,很难看。立春看见了,她说是自己不小心掉地上摔的。本以为立春以后不会再用它了,没想到立春还对它不离不弃,只要去林子里干活儿,就把那搪瓷缸子系在腰上,渴了,就把随身带着的水壶里的水倒在那缸子里,喝个痛快。

立春端起搪瓷缸子喝山茶,天亮走了进来:"爹,你没听到群众的呼声

啊？"

"甚呼声？我倒是听见你夜儿黑地的呼噜打得山响，吵得老子睡不着，今天你靠墙那头儿睡，别靠这边。"

"哎呀，爹，跟你说正事儿呢，你别打岔儿好不好？"

"我知道，你要跟我说分林子的事儿，我已经很明确地告诉大家伙了，林子，咱们村不分。再说，白沙坝那林子属于当年的林场。"

"林场不是早没了吗？爹，你这么做，和上级指示精神不相符啊。你是基层干部，不跟着上级的精神走，那可是要犯错误的啊！"

"你少拿犯错误吓唬我，你爹活这么大，甚没见过！"

"你这么做，会失去民心的，下届村委会主任就没人选你了。"

"没人选，我还不稀罕当呢，正好可以清静几天。"吕立春说着，拍拍屁股向外走去。

天亮急得对二梅说："妈，你看我爹，是不是上了年岁，糊涂了？你帮我劝劝他吧。"

二梅叹了口气："他那脾气，我哪儿劝得动他！你爹啊，种了半辈子的树，那些树都是他的命根子，现在，你要让他把命根子分出去，他咋能舍得呢。"

天亮不满地说："真是小农意识，迟早要被时代淘汰，不信等着瞧吧。"

吕立春满怀心事在村路上走着，听见挂在高高木头竿子上的高音喇叭大声吼起来，那是赵会计的声音："主任，吕主任，乡里来领导哩，来领导哩，你赶紧回来，赶紧回来哇……"

恰巧迎面走来了白海棠，立春正要停下来跟她说句话，其实是想问一下林小青和莫尼的事儿，可村里的大喇叭又传来了吼声："主任，赶紧回来，乡里来领导哩，赶紧回来……"

海棠对他笑了一下，话里有话："可得把上面来的领导照顾好，一定要招待好哟。"

吕立春有点尴尬。

一旁，三蛮牛不知啥时凑了过来，抽着鼻子笑道："来领导好哇，只要一来领导，保准杀羊，我这肚皮里早没油水儿了，这回又能混上二两油哩……"

吕立春瞪了三蛮牛一眼："你要敢来蹭吃蹭喝，当心打断你的狗腿。"

三蛮牛嘟囔道："你敢，人家乡长是来收拾你的，再让你日能，你要不是主任，能管得着我嘛！"

吕立春停下，回身，眼睛瞪着："你狗日的把话再说一遍？"

三蛮牛顿时有些害怕了："好话不说二遍，想听？没了！嘿嘿……"说完转身跑了。对这种"灰鬼"，立春是又好气又好笑，每天就知道混吃混喝。这时看见大哥吕立秋在附近向他招手，像是有话要说。他走了过去。

"老二，那林子你咋不叫分呢？因为这事儿，你可要把村里的乡亲们都得罪了。"

"大哥，林子是咱们辛辛苦苦好不容易才种出来的，这一下分给个人，我怕把林子全糟蹋了呢。"

"你当村干部，不能违背大家的意思啊。听说上级也让把林子分给个人呢，我看，你还是别顶这个牛了。"

"就算是分，也不能这么草率，得想个办法，不能让分到林子的人家把林子给糟蹋了。"

"你就别固执了，老二，我就怕你干工作干得没落下好不说，还犯了错误……胡小满那'灰货'的眼珠子可是紧盯着你呢，就等着你犯一点儿错误，他好出来收拾你呢。"

立春坦然一笑："让他跳出来吧，我怕他？"说完，径直向前走去。

大哥用担忧的目光望着他，轻轻地叹了口气。

吕立春刚进村委会的院子里，就看见一辆破旧的吉普车驶了进来。吉普车停住，一位女干部下了车。立春迎过去，看见下车的人居然是姚白露，有点儿意外："不是说来了个副乡长吗？在哪儿呢？"

跟着下车陪同白露的秘书说："这就是姚副乡长啊。"

虽然以前白露说过她想下到基层锻炼，可立春对她一下成了乡里的副乡长

还是有点儿意外。

姚白露对吕立春笑道："没来得及通知你，没想到吧？"

"没想到，真没想到，白露，你进步好快呀。"

姚白露一笑。吕立春陪着姚白露进了办公室。刚刚坐定，姚白露开门见山，问："吕主任，你们村为什么不执行上级指示，为什么不分林子？这事儿，群众的意见很大啊！"

立春愤愤地问："哪些群众？就那几个好吃懒做的，他们能代表群众？"

"可上级的指示精神，是要你们把荒地连同林子一起分到各家各户。"

立春态度很坚决地说："地可以分，林子不能分。"

"为什么？"

"林子一分到户，根本没人会仔细养护它们，谁家盖房子，就会砍了树做椽檩。要不，冬天没柴烧了，就去砍树枝，谁能挡得住呀！那样的话，这些年我们辛辛苦苦种下的林子就全毁了！"

"你这看法太片面了，立春，我们不是把林子一分就啥也不管了，在分林子之前，得与家家户户签协议，约法三章，不管谁家要砍树，哪怕只砍一棵，也得报村委会批准。也就是说，分林到户，但户主只有林子的所有权，没有砍伐权，你看这样可好？"

立春还是摇头："你把村民的思想觉悟估计得太高了。只要把林子分给了村民，咱们就管不住他们了。"

"那也不尽然嘛，到时候还可以通过法律手段问罪嘛。"

"白露，别以为你能说服我，这件事情不管谁来了，我也不听，你也别费那力气了，咱们还是唠点儿别的吧。先说说你，甚时候当上乡长啦？"

"我一直想到基层锻炼锻炼，这事儿跟魏书记说了好几回啦。魏书记问我：'真的下了决心到乡里呀？'我说：'是，下决心啦。'他说：'那就回你家乡，先当个副乡长吧，以后有机会再给你扶正。'我说：'正副无所谓，反正都是工作。'他说：'你们乡的马千里乡长准备调走呀，县里另有重用，急需要一个人顶替，我看你合适，你先当副职，可得把全乡的担子挑起来。'

就这样，赶着鸭子上架，我就当上这个副乡长啦。"

"哦，魏书记对你不错嘛。"

"魏书记挺关心我的。你是不是对人家还有看法啊？"

"他可是当过县革委会主任的。"

"他那是被红卫兵小将硬逼上台的。人家是红二代，作风正派。听说下一步，要被调到市里任职呢。"

"哦，官运亨通啊。"

"行了，立春，别再纠结啦。对了，听说天亮结婚啦？"

"结了，已经抱上娃了。"

"一会儿忙完了，我过去看一眼。"

"看甚一眼，你今天就不要走了，到家吃饭。你不知道你嫂子见天地念叨你哩。"

"行，我今天就不走了，晚上正好回家陪陪老爹。一会儿吃罢饭，再跟你唠唠分林子的事儿……"

"打住，分林子的事儿提也不要再提了！"

"你还是那么固执啊！"

43.家宴

立春领着姚白露走进了院子，对着屋子里吆喝："二梅，你出来看看谁来了！"

二梅闻声而出，见了白露，不由得一怔："白露？"

白露上前亲热地握住二梅的手："嫂子，是我。"

二梅的脸色有些不大好看，问立春："你不是说乡长要来咱家吃饭吗？让我这一阵忙……"

立春说："白露就是乡长，人家挂职下来，在咱乡里当副乡长呢。"

二梅吃惊地看着白露："哟，白露当上副乡长了？哎呀，当年我就看出你

有出息啊……刚才立春说你要来,让我杀只老母鸡,正好村里有人家杀羊,我割了几斤肉,羊肉已经炖好啦。"

"嫂子太客气啦,你们吃啥,我跟着吃啥就行了。"

"那咋行呢,你可是乡长呀,可不敢慢怠。"

"嫂子,还像从前那样,把我当成自己家里的人吧,千万别把我当客人,要把我当客人,以后我就不来了。"

立春笑道:"看见没,别看白露当了官儿,可没忘本、没变质……不过,鸡也杀了,肉也炖了,咱要不吃就浪费啦。"

"是啊是啊,你不是说,我们吃啥你跟着吃啥嘛。"

"好吧,嫂子,那我就跟你们一起吃。"

一顿饭吃得很快。白露还在和立春谈如何分白沙坝林子的事情。二梅把盆里的鸡腿夹给白露。白露说她已经吃饱啦。

二梅说:"这是自家养的鸡,肉好,多吃点儿,你看你多瘦呀,应该长点儿肉才好看。"转头又对立春说:"锅里的羊肉应该炖烂了,你去端过来。"立春趿拉着鞋子去了厨房。

二梅压低声音问:"白露,成家没?"

白露摇了摇头。

"没找到合适的?"

"太忙,没空儿找呀。"

"是不是眼光太高,没你中意的?"

"那倒不是,嫂子,你该不会又要给我介绍对象吧?"

"哪儿能呢,你现在是大领导,我哪儿敢给你介绍对象。我只是觉得,你也老大不小啦,应该成家、生个孩子啦……"

立春端着一盆炖羊肉进来。二梅停下不说了,把羊肉给白露往碗里夹:"尝尝,咱家乡的山羊肉,今天宰的,新鲜,香。"

又吃了一阵,白露把碗和筷子一推,说她吃饱了。二梅劝她再吃一些,白露说这是她这些日子吃得最饱的一顿,再吃就撑得走不了路啦。又寒暄了几句，白露看见窗子外面天色变暗，马上天就黑了。她下了炕，说要回家看看老父亲。她已经有小半年没回家了。二梅跟出来，对院子里的立春说："你拿上电棒，送送白露妹子。"立春应了一声，从窗台上取了电棒，摁亮，陪着白露走出了院子。

暮色四合，村子开始安静下来，牛羊鸡狗的叫声已经停了，扯着嗓子吼孩子回家吃饭的声音也消失了。有的人家的烟囱还在冒着一缕青烟，那烟弯弯曲曲扭着与暮色融合在一起。半弯月亮挂在天上并不明亮。大地一片虚幻，一切都像是一幅水墨画被水洇湿，慢慢变得模糊。

立春和白露慢步走着。两个人都觉得应该说些什么，却不知从何说起。白露本想询问一下立春目前的生活状况，但嘴里说："分林子的事儿你要尽快进行，想出一个公平分配的办法。"

立春想问问白露的个人生活情况，问她为啥到现在还单身一人，可话一出口，却又回到了工作上："实在不行就抓阄吧，抓阄公平。"

"立春，我理解你对白沙坝树木的感情，你舍不得把白沙坝的林子分给别人，因为那儿的每一棵树都是你的孩子，你不忍心把自己的孩子让别人认领去养。可是，上面有政策，林子不分不行。我是这样想的，林子承包给乡亲们之后，要让大家签约，约法三章，一不能随意砍伐，二不能放任不管，不能由于管理不好导致树木受损，三不能把林子转卖他人，若是违背，就把林子收回来。你看这样可好？"

"行呢，就这样吧……"

说话间，已经到了姚家门外。

立春说："你快进去吧，你爹一定等急了，我让人告诉他，说你回来了，他可高兴呢。"

白露说："我爹卧床不起，幸亏嫂子每天过来照顾他，要不然，我真不知道该咋办呢。我打算接他去乡里住，那样我抽空可以照顾他。"

立春说："你那么忙，哪儿有时间照顾他呀。看你爹那样子，怕是没几天了，你就让他留在磨盘村吧，还是让二梅过来照顾他。"

白露说:"给你们添麻烦挺不好意思的。"

立春说:"跟我还见外。当年,我一个人在白沙坝上种树,你给我推荐了那么多精兵强将,就凭这个,我也应该好好报答你呀。"

白露笑了:"别说了,真不好意思,啥精兵强将,把你那儿当成收容所啦!那时我太幼稚了……"

立春正色道:"那可不是,黑豆花、苏三给林场出了大力。还有林浦,人家是大知识分子,如果没有他帮我,科学规划,出谋划策,白沙坝林场也不会搞得那么成功啊。"

白露发现立春的眼睛在夜色中格外明亮,一闪一闪,将天上的月亮聚拢在瞳孔里。她叹了口气,说:"真想跟你多聊一会儿,可是……你还是赶紧回去吧,要不,嫂子又要着急了……"说完,转身进了院子。

立春目送她的背影,用电棒给她照亮,第一次发现那娇小的肩膀其实非常坚韧,背负着沉重的夜色却轻松自如,既有女性的温柔又有男性的果断。

44.探亲

吕立春推开家门,抖了一下身子,似乎抖掉了粘在他身上的一团夜色。他听见屋子里二梅的声音一惊一乍:"立春啊,你看看谁来啦!"

立春一抬头,怔住了——面前,站着一位富态的妇人,眼睛里流露着仁慈,嘴角挂着一种安详。胖了,老了,他几乎认不出来了,但毕竟还是有着血缘关系,他马上就认出她是谁了:"立夏!"

立夏矜持地笑着,走过来。立春以为她会像从前那样,一下子扑到他身上,两只胳膊环绕在他的脖子上,把身子吊起来撒娇。但没有,她只是握住他一只手,另外一只手摸着他的手背。她的手还像小时候一样,很软,软得让人不敢碰,怕碰化了。

"二哥……"她笑着笑着,泪就出来了,而且越流越多。

立春只是叹息,眼睛也潮湿了,可他不想让人看见,背过脸。这时他发现

第六章

屋子里还有一个陌生人,一个男人。

"哥,这是老萧,萧占河,我男人。"

男人笑着,伸出手来和立春握了握,一开口,是浓重的陕北口音:"天天听立夏念叨你,还把你和大哥的照片放得好大,挂在墙上,虽然没见过面儿,可我对你熟得很哪……"

自从立夏跟她的同学私奔到鄂尔多斯,几年来她一直没有回来过。有一年全家人一起过八月十五,爹多喝了两口,立春说了句:"也不知道立夏现在咋样啦……"爹跺着脚骂:"不许再提她,就当她死啦,以后谁也不许再提她……"没想到,她带着她的男人回来了。地上堆着大包小包的东西,立春再看,炕头上还睡着一个孩子,圆圆的小脸,睡得正香。

"那是……"

"我儿子,小泉儿。"

男人补充说:"大名萧永泉,六岁了。"

立春走过去,仔细看那熟睡的孩子,发现他的眉眼儿长得像他妈妈立夏。

这当儿二梅早跑出去,把大哥一家喊了过来。大嫂腊梅一进来就哭成个泪人儿。立夏抱着大哥的胳膊也只是哭。过了一会儿,大家都平静了一些,立夏才想起来问:"爹呢?"

"这两天爹感冒了,今天喝了发汗的药,早早睡了。"二梅抢着说。她想让立夏知道,这些年是她伺候老爹。

"那就明天见爹吧。我给爹带了一件鄂尔多斯羊绒衫呢。"

得知立夏一家为了赶路还没有吃饭,正好有剩下的鸡肉和羊肉,二梅赶紧去厨房把菜又热了一下端上桌,拿了两副碗筷。老萧从他们带来的包里摸出一瓶酒来,对立春和立秋说:"来来,我要跟你们哥俩喝两杯,来呀……"

兄弟二人互相看了一眼,脱鞋上炕,坐定。二梅又添了两副碗筷。

老萧把酒倒在三个小瓷碗里,举起,说:"两位兄弟,我要先饮一杯赔罪酒。当年,我未经你们允许,把你们的妹妹带到了鄂尔多斯,这么多年又一直不让她回来,这一切都是我的错,我向二位兄长赔罪。说完,一饮而尽。"

话说到这儿，立春真的有些生气了："谁也不是石头缝儿里蹦出来的，都是爹生娘养的，你拐走立夏我不气，我气你不让她回来探亲，好像我妹子被你给绑走了，再也见不到啦！"

萧占河一脸愧色："是我不对，立夏想家也不说，只是一个人悄悄流泪。我呢，本打算抽空儿带她回来探亲，可那两年做生意忙得没日没夜，后来有了小泉儿，她又忙得抽不开空儿。当然了，时间也不是问题，总会抽出时间来探亲的，我之所以不敢来见你们，是怕你们兴师问罪，怪我拐走了你们的妹子……"

"哥，前几天，我做了一个梦，醒来后吓出一身冷汗。"

"咋的啦？"

立夏接过话头说："我梦见咱爹殁啦。院子里放着一口大棺材，爹从棺材跟前走过去，那棺材一下变成一头大兽，一口把爹给吞进去了……"

"女人经不住吓，醒来后就浑身哆嗦。我说那咱就走吧，送你回家，再说咱也该回去啦。"萧占河说。

大哥立秋闷声闷气地说："爹活得好好的，没事儿。"

二梅说："人家说梦都是反的，梦见棺材是好事儿呢。"

立春说："以前没空儿回来，咋现在有空儿啦？"

萧占河说："前不久我包了一个小煤窑，刚刚办利索手续。设备还没到，离开矿还有几天时间，就趁这个空当回来了。"

二梅吃惊地看着萧占河："哇，自己开煤窑呀？你是老板呀？"

萧占河微笑道："小老板，比人家那些财大气粗的大老板差远哩。"

说着，他把瓶子里的酒倒在一个喝茶用的大玻璃杯里，几乎将半瓶酒倒了进去，白酒溢出来，散发着酒香。他端起杯，站起来，面对立秋和立春两兄弟，鞠了一个九十度的躬："两位兄长，还是那句话，千错万错都是我的错，我认罚，这杯酒，算是我的赎罪酒，希望两位兄长能原谅我。"仰起头，一口将那满满一杯酒全干了，脸色顿时成了猪肝色。看得出他已经有了八九分醉意，在勉强支撑。

立春抬头看着大哥。立秋黯然不语。立春觉得这老萧也是个实在人,自己再不说话就不够意思了,于是站起来说:"不管咋说,生米早做成了熟饭,现在追究那些也没啥意思了。有句话说要向前看。我看你和立夏的日子过得不错,孩子也挺好的,过去的事情咱再也不提了,你这个妹夫我们认啦!"

立春也把杯里的酒一饮而尽。

二梅刚刚把蒸上的莜面端上桌子,门突然被撞开,姚白露一脸惊慌和悲伤地闯进来:"我爹……我爹……"

"你爹咋的啦?"

"我爹他……见了我,听说我当上了副乡长,高兴地笑啊笑啊,一下笑得没气儿啦!"

"啊?!"

45.假期

对于林浦来说,那一天是他最难受的日子。

难受的原因是学校放寒假,女儿林小青从北京回家来过年。按理说,女儿归来他应该高兴才对,可是,她带回来一个人,让他心情一下子沉重起来。

胡莫尼小的时候,林浦是见过的。胡莫尼给他的印象是,聪明伶俐,却是个淘气包,甚至将恶作剧搞到了林场。林浦清楚地记得有一天他在林场边上察看那些刚种不久的小树苗,小莫尼慌慌张张地跑过来说:"快去看快去看——上吊啦!"

林浦一听吓了一跳:"难道有人想不开,跑到林子里自尽?"他急忙跟着小莫尼跑进林子,却没看到有人吊在树上。他问小莫尼,莫尼手一指:"那不是吗!"原来是几只老鼠被吊在了树上,有的还没死,在伸爪蹬腿儿。这都是小莫尼的杰作。林浦这才领教了这孩子恶作剧的厉害。

见了林浦,胡莫尼彬彬有礼,与过去判若两人。前些日子他从女儿的电话里得知她要带男朋友回家,但没有说男朋友是谁,只说男朋友方方面面都非常

优秀,爸爸见了一定会满意。现在真相大白,林浦一阵心痛。

心痛的主要原因是,莫尼是胡小满的儿子。

和立春一样,他对胡小满也是厌恶至极。

多年的患难与共,林浦和立春几乎成了生死之交。后来他把女儿小青接到磨盘村,住在立春家。随着他们一天天长大,他也看出了天亮对女儿的感情。他曾探听过女儿对天亮的意思,小青说:"我只是把他当成自己的亲哥哥,我们之间是不可能的。"那时林浦就知道两家的儿女喜结良缘是不可能了。但最后女儿居然找了立春死对头的儿子。倘若立春知道了,或者天亮知道了,他们会怎么想?

林浦阴沉着脸迎接着这一对年轻人。客气地交谈了几句后,他借口要做一个规划进了书房。

几个小时后,小青进来,趴在他身后,在他的耳朵边问:"你是不是没相中你这个未来的女婿呀?"

林浦说:"你找谁我都不反对,怎么你偏偏……"

"哎呀爹,他咋的啦?他可是我们系的白马王子呢。"

"狗屁!"林浦爆出一句粗话,"小青,你搞对象我不反对,但这不是儿戏,是关系到你一辈子的人生大事儿,不能草率。"

"爹,他哪儿不好?"

"他……他姓胡,是胡小满的儿子。"

"原来是因为这个呀!你这是偏见,他和他爹不一样。"

"有啥不一样的,龙生龙凤生凤,老鼠生儿会……"

"爹,你还是知识分子呢,怎么讲起封建的血统论那一套啦?"

"林小青,你这个男朋友我不接纳,不同意!"

"你不同意也不行,我要你答应嘛,爹,你答应嘛……"女儿开始撒娇。

自从他把女儿接到身边,一直觉得愧对女儿,认为以前没有尽到父亲的责任,所以他要把所有丢失的父爱补回来,对女儿百般疼爱,只要女儿想要啥,他就给买啥。即便女儿做了错事,他也从没有埋怨过一句。但这回不一样了,他不仅是出于自己的好恶,更是为了女儿的前程考虑,不能同意他们俩在一起。

林小青软硬兼施也没有作用,甩门出去了。

第二天,林小青跟着胡莫尼回了磨盘村。胡小满见了小青,觉得自己的儿子不同凡响,干了一件漂亮的事情。他知道立春的儿子天亮曾经和林小青很要好,觉得这件事情肯定会对立春打击非常大。只要是能让那驴子痛苦的事情,他就高兴,就乐于去做,而且会推波助澜。他热情地接待了林小青,领着她挨家挨户串门,说:"这是莫尼的女朋友,城里人的话叫未婚妻,其实就是我胡家将来的儿媳妇,咋样?不错吧?听说那驴子家的小驴子癞蛤蟆想吃天鹅肉,嘿嘿,想得美!这么好的媳妇能嫁到驴子家?做梦去吧!"

他的得意只持续了一天。傍晚,莫尼说:"我要带小青去学校看妈妈。"

自从他们离异后,白海棠一直住在小学校。胡小满认为她是一时之气,尤其是确定她和那驴子果真没啥瓜葛,那些乌七八糟的事儿都是自己的胡思乱想后,他就更加固执地认为一旦误会消除,海棠肯定会回到自己身边。村里的钱二婶找过他几回,要给他介绍几个寡妇,他一口回绝:"寡妇?村里的寡妇能入我的法眼?呸!也不看看我胡小满是啥人!"眼下有个机会,就是让儿子劝说母亲回心转意。

他把莫尼拉到一旁,低声说:"见了你妈,你劝劝她,一个人住在学校多苦啊,身边连个照顾她的人都没有,你劝她搬回来吧。家里热汤热炕的,不比冷清的学校好?我呢,再也不惹她生气啦,一门心思对她好。她要是不相信,我可以立字据、摁手印、向天发誓……"

莫尼摇头:"爹,你别发誓了。你是真的伤了我妈的心。覆水难收,你们复婚是不可能啦。"

胡小满急忙说:"不复婚也行,只要她肯原谅我,搬回来住就行。"

莫尼说:"我试试吧。我妈那脾气,你又不是不知道……唉,当年你们的结合就是一个错误!"

胡小满啐了一口:"呸,我们不结合能生出你?我看生你才是个错误。"

莫尼笑着一溜烟儿跑了出去。

白海棠见了林小青，抓着她的手不放，喜形于色。

莫尼说："我们今晚就住妈妈这儿，陪她住几天，补偿我们不在她身边的歉疚好吗？"

林小青自然答应。

海棠说："这儿的条件不好，要不，你们还是回你爸那儿去住吧？"

小青说："这儿条件挺好的，再说，我想和阿姨好好聊聊天呢。"

看她这么乖巧，通情达理，海棠心中甚是喜欢。睡觉前，林小青去学校的公用锅炉房打热水洗漱。莫尼趁机对母亲说了父亲交代他的那些话。

海棠眉毛一拧，低声却坚定地说："破镜重圆？绝无可能！让他别痴心妄想啦！"

第二天莫尼把这番话的意思委婉地转达给胡小满。胡小满因儿子回来的喜悦心情顿时烟消云散，独自一人在家借酒消愁。他把所有的怨恨都归到一个人头上——那驴子！若非他，我岂能到这步田地？

46.对峙

初冬，白沙坝下了一场薄雪。风一吹，日一晒，雾一裹，那些冬眠的树木穿上一层银色的盔甲。若有行人或者牲畜走过，雪地上会留下一行行清晰的脚印。而林间那些野兽的足迹则让吕立春心里格外踏实：生态恢复得越来越好啦，这些动物都在林子里安了家，等明年开春，这里可就热闹起来啦。

一如既往巡视着林子，突然发现几只淘气的山羊正在啃咬着防风林里的树木。立春看得心疼，急忙奔过去，哄赶山羊。倔强的山羊却不肯离去，这边撵跑，又跑到那边去啃树木。立春很生气，捡了些土坷垃，对山羊投掷过去。他打得很准，几乎每一块都击中山羊的鼻梁。那些山羊领教了他的厉害，这才依依不舍地向林外退去。他不知道这是养羊专业户胡小满家的羊，也没留意这是分给谁家的林子。

前年，乡工作队下来，由姚白露带队，号召家家户户养牛、养羊、养猪。胡小满脑子好使，掐指一算，养羊致富快。于是，他用全部积蓄买了羊。他雇葛二蛋当羊倌，自己也亲自打理，把上百头羊养的膘肥体壮，成了乡里的养羊专业户。

去年，村委会又要改选，姚白露代表乡里来找吕立春谈话。立春说他当年被选为村委会主任时就许诺说自己只干一届，可是一连干了三届，这一届他不要连任，因为他的心在白沙坝的林子上，不在村子里。这次，他说啥也要卸任，让白露赶紧找一个继任者。可当白露说出候选人时，他却愣了："谁？你再说一遍，我没听错吧？"

姚白露笑道："就是你家天亮啊！"

立春把头摇得像个拨浪鼓："不行不行，他哪儿行呢，那可是村委会主任，哪是闹着玩的呀！"

"你呀，不要总把他们当成孩子，他们早就长大了。你当林场场长的时候才多大？"

"他咋能跟我比呢！"

"咋不能跟你比？人家天亮上过高中，不比你有文化？"

"人和人不能比！天亮这孩子，厚道是厚道，能干也能干，可让他做村委会主任，他没那个能力！"

"能力是锻炼出来的，你的能力就是天生的啊？天亮当上村委会主任，你再把他扶上马，送一程，只要过上一年半载，不信你等着看，将来，保不准儿比你还要干得好哩！"

"就算天亮能干得了，我也不愿意让别人说闲话，尤其是胡小满那'灰货'，他还不跑到乡里、县里给我下蛆，说我吕立春把主任传给了儿子，搞封建世袭。他甚话说不出来呀！"

"这事儿我也想过了，由他说去。举贤不避亲。他不是一直说你嘛，说了半辈子了，把你说死了？说倒下了？你不还是吕立春嘛！"

"白露，你别劝我了，这件事情，我是不会答应的。"

"你不答应也没用,乡里已经提了天亮做候选人,到时候,他行不行,看看他得票的结果就知道了。"

正说着,白海棠老师从外面进来,问:"你们说谁呢?"

姚白露说:"说选天亮当村委会主任的事儿呢。立春死活不同意啊。"

白海棠说:"立春,你哪儿都好,可就有一样儿不好——家长制!不要以为你打下江山,就必须一辈子你坐江山,这世界是给后人的。"

立春苦笑:"看来,真的是我老了啊!"

白海棠说:"昨夜里,胡小满招了一屋子人,要大家投票给他外甥女婿赵会计,许下各种好处。要是你不让天亮上,那赵会计可是要上的啊。"

"他?"立春气愤地说,"他和胡小满穿一条裤子,他上来会给乡亲们办实事儿?那可不行!"

"那你就答应让天亮参加选举嘛!"姚白露说。

立春把头一扭:"你们看着办吧。"

选举在几天后进行,天亮以多数票压倒赵连成,顺利当选。胡小满气得大骂赵会计窝囊,把自己关在家里喝闷酒。

吕立春轰羊时,羊倌葛二蛋不在,他跑进林子里撒尿去了,返回时,看见立春打羊,他想了一下,拔腿跑回村,一口气跑进胡小满家:"有人打你家的羊哩!"

胡小满瞪大眼珠子:"甚?有人打我的羊?这人疯了?平白无故地,打我家的羊做甚?"

"就是打你家的羊哩!"

"羊在哪儿?"

"在白沙坝你家的林子里呢。"

胡小满有点儿生气:"你是我花钱雇的羊倌,有人打羊,你咋不管?跑回来告诉我,要你这羊倌做甚!"

"哎呀,我哪儿敢管啊,那人厉害着呢!"

"厉害?他有多厉害?"

"要多厉害就有多厉害。"

"灰说，这人是不是咱们村的？"

"是。"

"咱们村还有这么厉害的人？到底是谁？"

"吕立春呀！"

胡小满顿时火冒三丈："驴子在我家的林子里打我家的羊？"

葛二蛋拼命点头："是哩，要不我跑回来告诉你做甚。"

胡小满顺手操了根棍子："反了他哩，走！"

胡小满奔出。葛二蛋紧跟在后面。二人急急忙忙奔向白沙坝，果然看见吕立春弯腰捡土坷垃，追打着山羊。山羊惊得满林子跑。立春打得上劲儿，扬起手来，正要把一块土坷垃掷出时，手腕突然被人死死地攥住了。回头一看，背后站着怒目圆睁的胡小满。

"驴子，你他妈的疯哩！"

"你骂人？"

"骂你？我还要骂你祖宗呢！你凭甚跑到我家的林子里来打我家的羊？你安的甚心？"

"那些羊在啃树呢，你没看见啊？"

"羊是我的，树也是我的，它啃树，我乐意，关你啥事儿！"

立春一个反腕，挣脱开胡小满的手："你别一口一个'我的、我的'，你的是从哪儿来的？还不都是政府给你的？"

"不错，是政府给我的，可不是你驴子给我的！"

"我是心疼那些树，你懂不懂好赖啊！"

"心疼树？树又不是你的，你疼个甚！分明是不安好心！"

"我咋不安好心了？"

"我家成了养羊示范户，在乡里、县里都受了表扬，你看着眼红！我家的日子过红火了，你瞅着眼气，所以跑到这儿来发疯。你说你早不是村主任了，还在这儿指手画脚，跟一群不会说话的牲口撒气，你这做的是人事儿吗？"

立春火了,指着胡小满的鼻子尖骂:"胡小满,你再说一个?"

"再说就再说,我还怕你不成。我就再说一遍,以后不许你进我的林子,也不许碰我的牲口!今天这些羊还不知道是不是让你打出毛病了,咱等上十天再说,十天之内,我的羊死上一只,或者出点儿啥毛病,我跟你没完,你就得包赔我全部损失!"

"呸,想讹人呀?"

"你还背着牛头不认账了?你刚才打没打我的羊?我亲眼看见了,二蛋也是证人。"

"打了,咋着?"

"认了就好,还说个甚,做下没理的事儿,还想往有理上拐啊?"

立春气得说不出话来:"跟你这种人没法儿说话。好,要是你的羊出了问题,你只管去法院告我好了。你要不去,你就不是你爹的种!"立春说完,转过身去,大步离去。

胡小满望着远去的立春,脸上流露出胜利者的喜悦。这两天心中的不快被一阵大风给刮跑了。

47.训父

傍晚,吕立春回到家,被儿子天亮好一顿训斥。

天亮自从娶了玉荣,小日子过得红火,小两口恩恩爱爱,第二年就生了一个儿子,胖乎乎的,大眼睛,把夫妻俩喜欢的不行不行的。天亮热心,无论谁家有事儿,他都去帮一把,能出力出力,能出钱也尽量给帮衬一点儿。他在村民中赢得了非常好的口碑。村里换届时,他得的票最多。

"你说你一个老村主任、老党员,说起大道理一套一套的,教育起别人来更是一套一套的,咋自个儿就犯起糊涂来了呢?那胡小满,你不惹他,他还恨不得过来拔你根毛耍耍呢。人家的羊啃人家的树,你跑去打人家的羊,这道理,说到天边儿去也说不通嘛!"

立春把脖子一梗："看着羊啃树不管，我心疼！"

"管也不是这么个管法儿啊！你当过村主任，懂得做工作得有方式方法。你说你咋就像个愣后生似的，拿石头去砸人家的羊啊？把羊砸死了、打残废了，你得赔人家啊！"

"谁说我拿石头砸他家的羊了？我不过是捡了点儿土坷垃打，想把羊轰出林子。"

"用甚打也不行，只要你动手了，就是你错了！"

"咋，就算你老子错了，你想咋？"

"今天胡小满去找过我了，要我们村委会给他主持公道，他这是给我出难题，将我的军呢，就看我咋处理这件事儿了！"

"让他有本事来找我，你理也别理他。"

"我是大家选出来的村委会主任，不理行吗？净说些没用的！这样吧，明天，你去趟胡小满家，给他认个错儿，这事儿就算过去了……"

"甚？让我给他认错？天亮，你不能这么作贱你爹啊！"

"你不去，胡小满就会说我包庇自己的老子，他会在乡亲们面前，或者到乡领导那里，去损坏我的形象。"

"他想给你下蛆，你挡也挡不住。我当主任的时候，他给我下了多少蛆，可把我咋的了？咋也不咋嘛！"

"爹，现在和你们那时候不一样，时代变了，你们过去那一套工作方法，在现在行不通了。算我求求你了，给我这个主任一个面子，去向胡小满说声对不起……"

"要说你去说，我不说！"

深知父亲秉性的天亮知道自己劝不动父亲，他想到一个人，只要这个人出面，父亲肯定会听她的。

此人正是白海棠！

天亮决定去搬救兵。

48.救兵

还是在吕立春当村委会主任的时候,白海棠当选为村妇女主任。小村无大事儿,无非是些鸡毛蒜皮的家长里短,尤其是女人家容易闹矛盾。这些事儿立春才懒得管呢,都是让白老师去处理。白海棠当了多年的小学老师,几乎所有村民的孩子她都教过,所以大家都对她非常尊敬。只要她出面,几乎没有解决不了的事情。

天亮到小学校找到白海棠说:"我爹整个一头倔毛驴,根本不把我当主任。我的话,他一句也不听。海棠婶,我知道谁说也没用,只有你的话,他才会听。"

海棠说:"好吧,我去说说他。不过,就他那性格,你让他当着众人的面儿去给胡小满赔礼道歉,只怕是孙猴子西天取经——难呀!"

"可如果他不去,胡小满憋着一股劲儿,我的工作就没法儿开展了啊。对了,后天县检查团不是要来吗?人家头一个要参观的,就是示范户胡小满家。胡小满说了,如果我爹不去给他道歉,他就不让检查团进院子……到时候,问题可就大了!"

"胡小满这'灰货',他这是借着检查团要挟你呢!"

天亮说:"是也没办法啊,谁叫人家是示范户呢。"

白海棠说:"好吧,我去找你爹说说。让他以大局为重,一不能坏了你的形象,二不能把人家县检查团挡在门外,那影响多不好呀。你爹应该能想得通,就是再不情愿,也会去找胡小满的。"

"那可太好了,海棠婶儿,谢谢你了啊!"

"你这孩子,我也是咱村委会的,帮你做做思想工作是我的责任,跟我还客气!"

"海棠婶儿,你见了我爹好好骂骂他,老了老了,倒成绊脚石了!"

海棠一笑:"对你爹可不能骂,得顺毛摸,我了解他。不过,想让他去和胡小满认错,光顺毛摸还不够,还得想想别的招。"

吕天亮问:"海棠婶儿有甚绝招儿?"

白海棠自信地一笑:"你就别管了,我保证让你爹去找胡小满就是了。"

天亮又说了几句,正要转身离去,海棠喊住了他:"天亮,林小青回来了,你见到她了吗?"

天亮一怔:"小青回来了?没见到啊!她在哪儿?"

海棠说:"今天她跟胡莫尼到县里去了。你想不想见见她?"

天亮苦笑着摇了摇头:"我看还是算啦……人家是大学生,我是一个泥腿子,见了没话说,算啦……"

天亮摇着头走了出去。他心中的复杂滋味儿,海棠是清楚的。不由得叹了口气:"唉,这人世间的情债呀……"

49.说客

白海棠来充当说客,找了半天,才在白沙坝的林子深处找到吕立春。吕立春正在林子里忙着安装灭鼠装置——把一块青石砖吊起来,下面布上诱饵。

"哟,立春,这是搞啥科学发明呢?"

"甚科学发明,我这是土办法,灭鼠。"

"这东西能灭鼠?"

"能,你看啊,这不是有饵吗?只要老鼠一碰这饵,这块青砖就砸下来,正好能砸住它。"

"这儿的鼠害严重啊?"

"挺严重的,最可恨的是鼹鼠,专门挖洞吃树根儿。你看,那边死了的那几棵树,都是被鼹鼠给害的。"

"立春,县检查团明天就要到咱们村儿来了,你知道不?"

"听天亮说了。咋了?"

白海棠叹了口气,说:"天亮这个村委会主任三天没当两天半,玥在是当不成哩!"

吕立春吃惊地问:"上面要撤他的职?"

白海棠点头:"肯定得撤,咱们磨盘村的模范示范村也评不上哩!"

"你听谁说的?"

"这还用说嘛,事实在那儿摆着呢,明眼人谁看不明白啊!"

吕立春一怔:"说说?"

"你看啊,这次县检查团来验收,人家关键要看咱们的示范户怎么样,对吧?可胡小满那'灰货',你猜他想咋的?"

"他想咋的?"

白海棠说:"他想把检查团挡在门外,不让人家进去,而且,还要跟检查团的领导大闹,非要把咱们这个模范村给搅黄了不可。你想,这么一来,验收通不过,天亮这个主任还能往下当吗?乡里还不撤他呀!"

吕立春气愤地说:"这个胡小满,他是成心要给咱们全村人上眼药啊!"

"唉,那也是头老毛驴,只要他认准的理儿,谁也劝不住。"

"那就任由他这么胡来?没人能管得了他了?"

"这是人家的个人意愿,你管不了人家啊。人家不愿意当这个示范户,谁能有办法挡得住呢。"

吕立春恨恨地摇头:"要是我当村主任,我就不会让乡里把示范户的指标给他!"

"说这些都没用了,眼下得赶紧想办法做通胡小满的思想工作,让他配合村委会的工作迎接县检查团,把模范村争取到手。这事儿只能靠你了。"

"除了求胡小满,就没别的办法了?"

"没了。"

"准能想出办法的。"

"办法嘛,也不是没有,还有一个,但就怕你不同意。"

"我?"

"是啊,刚才村委会上大家就议论来着,说老主任嘛,人不坏,可肚量不大,心眼儿太窄,一定不会同意的……"白海棠故意卖个关子,停下不说了。

"哎呀，叫我做甚，快说吧，谁说我肚量不大，心眼儿窄？"

白海棠一看吕立春上钩了，这才笑道："其实呀，胡小满之所以发难，就是因为你打了他的羊，又不肯向他赔礼道歉。只要你肯屈就一下，过去向他认个错，他就不会这么顶牛了，其他一切，就都解决了！"

"这么说，我倒成了能不能让县检查团验收通过的关键了？"

"对啦。不过你要是去给胡小满认错，也太没面子了，所以，刚才我在村委会上当众说：'这不行，我们老主任德高望重，怎么能对胡小满这种人低头哈腰呢！'立春，咱宁可让人骂咱肚量小、心眼儿窄，也不能向胡小满服软；咱宁可让全村受损失，不要模范示范村的荣誉称号，也不能向胡小满低头……"

吕立春急了："你们这是门缝里看人，把我吕立春看扁了！走走，咱们现在就走！"

白海棠装糊涂："去哪儿？"

"去找胡小满啊，我这就去向他认错！走啊……"

白海棠开心地笑了。

吕立春恍然明白了："原来你这是……是在用激将法儿哩！"

"点将不如激将，我呀，早把你吕立春品得透透儿的，要是来求你，你就会端架子，根本不应承。可我这么一激，你就上钩了！"

吕立春感慨地说："古人说的红颜知己，大概就是说你这种人吧。"

白海棠一听一下子脸红了："多大年纪了，还说这种话儿……"

正说着，突然听到"砰"的一声。二人一起向响声传来的方向望去。那边好像砸住了一只野鼠。二人急忙向那边走去，果然，当吕立春掀起那块青石砖时，看见下面压死了一只肥硕的野鼠。立春拎起那野鼠的尾巴，在海棠眼前晃悠。海棠见了，吓得往后退了一步。立春开心地笑了，像一个顽皮的孩子。

50.道歉

磨盘村有个老戏台子,以前是剧团演戏用的,后来全村开会也在这儿,一台两用。这戏台有些年代,古香古色,台子下放了几口大瓮,说是台上的演员嗓子一吼,这些大瓮就会起到扩音器的效果。

葛二蛋干别的不行,撺掇起来是把好手,不一会儿就撺掇了不少村民过来。戏台上站着吕立春和胡小满。

三蛮牛在人群中乱叫着:"快来看稀罕啊,快来看啊!咱们的老主任,要给胡小满赔礼道歉啰,当众认错啰……这可是四十年来没有过的稀罕事儿啊……"

胡小满得意扬扬地用眼角的余光瞟着吕立春。立春来气,瞪着胡小满。站在一旁的白海棠拉了吕立春一下,用目光示意他向胡小满认错。

立春无奈,只得低声说:"小满,我打你家的羊,是我不对,我向你认错……"

胡小满故意装作没有听清楚:"说甚哩?驴子,是你声音太小,还是我耳背,我咋一句也没听清楚啊,要不你再大声说一遍?"

吕立春只得提高声音,又说了一遍:"我向你认错……"

胡小满还是要为难吕立春,依然大声说:"我还是没听见啊!"他问台下的众人:"你们听见了吗?也没听见他说甚了,是吧?"转回身对立春说:"你再说一遍哇……"

吕立春突然把嘴紧贴着胡小满的耳朵,大声喊:"我向你狗日的认错哩!"

胡小满的耳朵被吕立春的声音震得"嗡嗡"直响,急忙一步跳开,捂着耳朵盯着吕立春骂:"你狗日的想把我耳朵喊聋啊?说你没安好心,你就是没安好心!"

"我不高声点儿,你不是听不见么!"

白海棠上前，对胡小满说："好了，立春已经当众向你认错了，这事儿就算是过去了。明天，县检查团来了，你可得全力配合啊！要是你敢把检查团拒之门外，那一切后果，你自己琢磨去吧。"

看海棠替立春说话，胡小满心里真不是个滋味儿，他"嘿嘿"一笑说："放心，我胡小满的思想觉悟没那么低，就算是驴子不向我赔礼道歉，我也一样会配合村委会的工作，谁叫咱是模范户呢，模范户的思想觉悟没那么低。不像有些人，还当过村主任呢，嘿，可做出的那些事儿，连三岁的娃儿都不如……"

"你……"

白海棠急忙将吕立春拉开："好了好了，立春，你快回家吧，二梅等你一起去赶集呢……"

白海棠把吕立春拉走了。望着白海棠的身影，胡小满一时有些发呆，目光变得十分复杂……其实他是想让那驴子下不来台，让他当众出丑，可海棠一出现，目光轻轻一碰他，他就没办法控制自己，只能服软了，一物降一物啊！

当众道歉，吕立春觉得自己丢了脸，心里不好受。他独自来到白沙坝，在山林中行走，脊背显得更驼了。他手里拎着一个石灰桶，不时停下来，检查着那些树木。有几棵树被牲口啃得遍体鳞伤。立春心疼地抚摸着树干，然后，用刷子将石灰桶里的石灰水刷在那些伤残的树干上，接着继续往前走。又发现了被牲口啃咬过的树木，他又停下来，继续用石灰水刷起来。当他走到另一个山坡的一片林子里时，意外地看见一群孩子躲藏在树林里，有的身上披了一块羊皮，有的披了一块布，在树木里玩耍着、奔跑着。有的男孩子叫着"我是披着羊皮的狼"吓唬女孩子。女孩子尖叫着跑开。那些孩子里有天亮的儿子吕诗远。

立春走过去问孙子："诗远，你们咋跑这儿耍来了？"

小诗远说："爷爷，我们这不是耍哩。"

吕立春问："不是耍，这是干甚呢？"

诗远说："老师叫我们在这儿装羊呢。"

立春还是不明白:"装羊?装羊做甚?"

旁边一个小女孩说:"给县检查团的看哩。"

小诗远说:"是哩,哄县里那些当官的呢。"

吕立春有些明白了:"哄人,不怕被人家发现?"

诗远自信地说:"他们才发现不了呢。老师说了,他们要是往过走,我们就往远走,他们走远了,我们再往近走。"

小女孩儿也说:"跟他们藏猫猫,可好玩呢。"

"谁让你们这么做的?"

小诗远说:"我爹啊……爷爷,别跟我爹说是我跟你说的啊,要不,他会打我屁股的。"

吕立春这时心里完全明白是怎么回事儿了。

一个稍大些的孩子跑过来喊着:"人家县检查团的人早就走哩,老师让咱们回去上课呢。"

"爷爷,我走了。"

孩子们说笑着、打闹着向山林外走去。吕立春的脸色变得十分难看,他想了一下,大步向山坡下走去。回到家,他直接进了儿子吕天亮的房间。天亮的媳妇玉荣正在做饭。天亮正在一个小本上记着什么。立春推门走进来时,脸色十分难看,气鼓鼓地哼了一声。

玉荣觉着爹的脸色不好看:"爹,今天回来得早啊,我正说一会儿上山给你送饭去呢。"

立春点头"嗯"了一下,对儿子天亮说:"你出来一下,我有话问你。"

天亮觉察出事情有些不妙,跟着吕立春向外走去。

刚一出来,吕立春迎头就是一句:"当了村干部,别的没学会,这弄虚作假倒是学了个精明啊!"

天亮一时有些茫然:"又咋的啦?"

"我问你,是你让学校的孩子们停了课,钻到林子里披上羊皮,圪蹴在那儿装羊,是不是?"

天亮听了，不以为意地一笑："这事儿啊，我还当天塌下来了呢。"

"别跟我嘻嘻哈哈的，说，是不是你让娃儿们去的？"

"这是开村委会的时候，赵会计想出来的办法，我没反对……咱们村的羊没那么多，县检查团来验收，牛羊的头只要是达不到规定的数，那模范示范村就没咱村的事儿了……对了爹，我正要告诉你个好消息呢，咱们村已经通过验收，被县里评为模范示范村了。"

吕立春依然没有笑脸："靠骗得来的荣誉，光荣啊？我看磨盘村的整个脸面都让你给丢尽了！"

"爹，咋能这么说呢，评上模范示范村，受益的是全体村民，有甚不好的？"

吕立春指着天亮的鼻子说："天亮啊天亮，你这一套都是跟谁学的？咱们吕家几代人都是堂堂正正，从来不搞歪的邪的，实实在在才是咱庄户人的根本。你这么做，太叫我失望了！"

天亮也毫不客气地回击："爹，我宁可叫你一个人失望，也不能叫全村人失望，这就是我当村委会主任的原则，其余的，你甚也别说了。我当村干部，不能事事都听你的，被你领导。"

吕立春更来气了："好，我领导不了你，我也管不了你了，总有人能管你吧？乡里？实在不行县里？我这就去乡里找乡长，反映你弄虚作假的事情，你在这儿给我款款儿地等着吧！"

吕立春一跺脚，大步而去。

51.告状

吕立春以为乡里会支持自己，因为，现任乡长不是别人，正是姚白露。平时姚乡长忙，下面的基层干部有事儿没事儿都来找她汇报工作，幸亏有个秘书焦亦农给挡着，不然的话，乡政府的门槛都被人踩断啦。焦秘书认得吕立春，网开一面，客客气气地请他进了乡长的办公室。

听说立春要告状,又是那么气鼓鼓的样子,吓了姚白露一跳,一问才知道,他要告的人是自己的亲儿子,这才笑了起来。

"立春,你反映的情况我都清楚了。磨盘村的村委会是不应该让孩子们停课去假扮羊群。不过呢,县检查团这次的考核,并不是看哪个村子的牲畜养得多,而是要进行几项指标综合考核验收。磨盘村在几项指标的考核中都达标了,就算是牲畜数没那么多,也不影响评模范示范村啊。"

吕立春愣了一下:"那照你这么说,他们弄虚作假,就这么算了?"

"关于这件事情,我会对他们提出批评的,让他们下不为例,好吗?"姚白露说。

吕立春闷头坐了一会儿,突然抬头说:"白露啊,有件事情我到今天也想不明白,养牛养羊,庄户人是富得快了,可是,牛羊多了也不是甚好事儿啊,你到我们村去看看,被牛羊咬坏的树木可不老少哇,毁林毁得厉害呢!"

"你说得对,立春,这是一个矛盾的两个方面,发展畜牧业和保护生态的确是存在着矛盾,如何化解这个矛盾,我们也一直在做调查研究,相信很快就会探索出一条适应咱们这一地区农林牧业综合发展的路子来。立春,你先回去吧。"

"那天亮他们让孩子装羊这事儿就不处理了?"

白露笑道:"我不是说了嘛,批评,我一会儿就打电话批评他们。"

吕立春沉默了一下,转身欲走。

姚白露又叫住他:"立春,我代表乡党委,谢谢你对我们工作的支持,虽然你已经退了,但仍这么关心村里的事情,这的确是难能可贵的。"

吕立春心里不是个滋味儿:"行啦,别打官腔表扬我了,我听不惯!我只是不想看着天亮在我眼皮子底下犯错误!"

"你要相信年轻人,放开手让他们干,不要干涉过多……"

"你的意思,倒是我扯天亮的后腿了?"

"我不是那个意思,我的意思是……"

"得得,我跟你这儿说不通,我到县里找魏书记去。"

第六章

吕立春拍拍屁股真的走了。

姚白露望着吕立春的背影，无奈地摇头苦笑："改不了的驴脾气啊！"

吕立春还真的跑到县政府去敲魏书记办公室的门了。这些年，他到县里开会或者魏书记下来调研，二人已经十分熟悉了。渐渐地，立春对魏书记的偏见也消除了不少。魏红根为人和善，对于基层工作很有经验，没有官僚作风。至于一直不同意恢复白沙坝林场，他有充分的理由：那里的绿化已经完成，不需要再设一个林场啦。随着改革开放后土地责任制的实行，连树木也分给个人了，更是没有恢复林场的必要啦。随着年龄的增长，最近市里要调他到市人大任职。他只想站好最后一班岗，只要工作上不出啥差错就可以了。

不幸的是，老伴突然心肌梗死，连句话都没留下就走了。魏书记成了孤家寡人。魏书记月薪可观，待遇不错，想嫁给他的中年妇女大有人在，但他都婉拒门外。他心里只有一个人的位置，那对于任何人都是秘而不宣的。

魏书记见了吕立春，并且极为热情地给他沏了一杯当年的新龙井。翠绿的茶叶在透明的玻璃杯里舒展开来，煞是好看。他把茶杯放在立春面前，笑眯眯地看着立春。

立春被他看得不好意思起来："书记，你给评评理儿吧，我说的对不对？"

"有意思，老子来告儿子的状了？"

"魏书记，你说，天亮他们这么做，对吗？"

"肯定不对！"

吕立春立即来了情绪："可不是咋的，这不是一个村主任应该做的事情嘛！"

"这件事情，我会派人下去调查清楚的，如果你说的是真的，磨盘村的村委会弄虚作假，县里会撤销磨盘村模范示范村的称号，并且给村委会主任警告处分。"

吕立春有些担心起来："那……不会把天亮这个主任给撤了吧？"

"撤到不至于，不过，我们会利用这件事情，给基层干部敲个警钟——

万万不能只盯着眼前利益,忘记了长远利益,更不能弄虚作假。"

吕立春激动起来:"对着哩,魏书记,你说的这番话,正是我想的,还是你有文化,一下就说到我心里去了。"

魏书记站起来,指着挂在墙上的几张县绿化地图让吕立春看,并有些激动地说:"立春,你来看看,这是咱们全县每年的绿化地图,但凡是标着绿色的地方,都是这些年绿化的成果。你从头看,一年一年地看!"

吕立春一张一张地看着那些绿化图,每一张图上都标着年份,从20世纪50年代一直标到了20世纪80年代。

"看出什么眉目来了吗?"

"看出来了——这些绿颜色,一年比一年多。"

"对,前几天我们县委、县政府在总结这些年来的工作,说啥的都有,有说我们粮食产量提高了多少倍,有说我们的畜牧业有突飞猛进的发展,也有说我们的工业产值增加了多少倍,还有说传统文化是我们县的优势。可我对他们说:'你们说得都对,也说得都不对!为什么这么说呢?因为都没说到根子上,要我说,其实我们县里这些年,不管是上面的领导,还是下面的百姓,大家只做了一件事,一件非常简单的事儿,那就是种树!'"

吕立春激动地说:"说得太对了。种树是简单,可是,要能坚持一代接一代地种下来,就没那么简单了!"

魏书记肯定了当年雷县长支持种树的成绩,立春开始敬重他了。

魏书记说:"没错儿,古时候有愚公移山,而我们县,也有点儿像愚公,认准了一条道儿,非得要把这树一代人传一代人地种下去,这就是我们的精神。所以,我对大家说,经济要发展,人民生活水平要提高,但是,这一切都得在种树这个前提之下来进行,因为种树是我们县的根本。"

吕立春紧紧地握住魏书记的手,激动地说:"魏书记,今天跟你谈了一番话,我心里头一下敞亮了。这下我放心了。对天亮,你们该咋就咋,该教育就教育,该批评就批评。"

"立春,你认为天亮这孩子怎么样?"

"以前，我可没把他当个事儿，认为他根本就当不了村干部，可是，他上任以后干了这一段时间，我对他的看法有很大的改变。魏书记，不是自个儿的孩子自个儿夸，他干得可真比我想得要好得多，只要不再犯错误，以后也错不了，这也就是为甚我非得要到乡里、到县里告他的原因。"

"我明白了，真正为儿子好的爹，不是夸儿子、捧儿子，而是时时刻刻盯着他，只要他迈错一步，就马上给他一个当头棒喝，让他猛醒……这样的父亲，才是真正伟大的父亲啊！"

吕立春被夸的有点儿不好意思了："魏书记，可别这么夸我，伟大个甚啊，今天这件事情要是让天亮知道了，不跟我翻脸才怪呢！"

"可日后，他会体会到你这一片苦心啊！"

立春的心情一下子好起来，起身告辞。走到门口时，魏书记突然想起了什么，喊住了他："立春，有件事情忘了告诉你。"

立春回身看着魏书记。

魏书记略微有些不好意思地说："你可能也听说啦，我老伴儿去世两年了，大家都劝我再找个老伴儿，身边好有个人照顾。后来，有人给我介绍了姚白露，她不是一直单身吗？介绍人一说，她也同意，所以我们定下了结婚的日子，就是三天后。不知道白露和你说了没有。我正式请你来参加我们的婚礼。"

立春一下呆住了，几乎没有理解魏书记说的是啥，脑子一团蒙，深一脚浅一脚地走了出去。

出了门儿，太阳明晃晃地刺眼，他觉得眼睛睁不开了，闭住眼睛，只觉得大脑里一片混乱，太阳的光芒似乎穿透眼皮儿，扎进了他的瞳孔。他只得用双手捂住眼睛。这时他似乎才清醒了一些，明白了一个事实：白露要结婚了！而且，是和魏书记——魏红根——结婚……

52.后果

检查团走后的第五天,村委会主任吕天亮接了一个电话,马上成了霜打的茄子——蔫儿了。他无力地放下电话,跌坐在椅子里。

白海棠来送本村模范家庭的报名表,进来看见天亮这样子,问:"天亮,咋的啦?"

天亮愁苦地说:"完了,前功尽弃,全完了,咱们的努力白费了……"

"到底是咋的了?"

"刚才,县委魏书记来电话说,有人告我了,县里下来人做了调查,证实咱们村在县检查团下来检查期间弄虚作假,所以,县里决定撤销咱们的模范示范村称号,并且要我向乡里写检查,认识自己所犯的错误。"

"你看,当初我就说,让孩子们上山装羊不好,可你不听,非要听赵会计的,现在出事儿了吧!算了,天亮,别难过了,今年没评上,明年咱们再努力,肯定能评上……"

"让我难过的不是这个。"

"那是啥?"

"是那个背后给我捅刀子的人,不是别人,是我爹!"

白海棠吃惊地问:"是你爹去县里告的状?"

"一定是他,除了他,谁会专程坐上汽车跑到县里告我!那天他说要去乡里、县里告我,我只当是他在气头上说的气话,可谁知道,他真的跑到县里把我给告了……白老师,这个村主任我是没法儿当了,明天我就辞职,我不干了!"

天亮狠狠地把一本书甩在桌子上,然后,大步走了出去。白海棠用忧郁的目光望着天亮的背影。她预感到吕家将会经受一场风暴的袭击。

她猜测的没错,吕天亮怒冲冲地从外面走进来,看见爹正在把小树秧子捆成捆。立春干活儿认真,没有抬头看儿子。天亮发泄地把立在院门边的农具踢了一脚，那些铁锹、锄头等稀里哗啦地倒下去一片，发出很大的声响。立春直起腰站起来，盯着天亮："咋，要抄家啊？耍甚毛驴脾气呢？"

天亮说："我这个村委会主任不当了，这下称你的心了吧？"

"不当了？上面把你撤了？"

"我自己把自己撤了，行不行啊？"

立春看着天亮，没有说话。

"我就是想不明白，一个家住着，我咋跟你结下那么大的仇？乡里告不行，又跑到县里去告？你以为我稀罕当这个主任吗？每天起早贪黑的，我图个甚？还不是为了磨盘村？行，你告得好，我不当这个主任了。从明天起，我回家哄孩子陪媳妇，村子里的事儿，谁爱管谁管去，反正我是不管了！"

"肚子里还有甚话想说？说，今天，你把想说的都说出来！"

"说就说。以前我还想不明白，你咋对我这样，现在我想明白了。"

"想明白甚了？"

"我是不是你亲生的？我要是你的亲儿子，你能这么待我？从明天起，咱们分家另过，你过你的，我过我的，省得你看见我讨厌得不行……"

天亮突然停下不说了，因为他看见吕立春已经佝偻着背向外踉跄走去。玉荣快步从屋子里走出来，推了天亮一把，责怪他说："你咋这么跟爹说话呢？你那是说话？你是在用刀子剜他的心呢！"

吕立春一路踽踽走来，有人碰面和他打招呼，他理也不理，仿佛根本没听见一般。村民们用奇怪的目光望着他。他一直走进大哥立秋家。进家也不说话，坐着，不停地抽烟。

嫂子腊月把一碗饭放在他面前，问："这是咋的啦？让狗咬啦？天塌下来也得吃饭吧？"

"心里堵，吃不下去。"

大哥立秋问："出甚事儿了，你倒是说啊！"

"唉，知道今天天亮跟我说甚了吗？他要跟我分家另过！"

腊月说："这个'灰货'，他有没有良心啊，咋能这么说呢！"

"你们说句公平话,这三十多年的风风雨雨,只要有我一口吃的,我就会分他一半儿,只要他有一点儿出息,我心里乐得比自己得了金元宝还要高兴!"

立秋说:"那倒不假,要没他,你和二梅早离啦!"

吕立春接着说:"后来他长大了,在地里苦受,我心疼,只要有空儿,我就去跟他一起到地里做营生,就怕把他累着了……他当上了村委会主任,我开始是担心,可更多的是高兴啊!咱的儿子出息了,心里能不高兴嘛!"

腊月拍着大腿说:"可不是呢!"

立秋想了一下说:"还是你不对呀。老二,你去县里告他,他肯定想不通。"

"我告他,那真的是为了他好,他咋就不能理解我的一片苦心呢?"

腊月劝道:"日子久了,他会理解的。老二,想开些吧,他是一时想不开,才会这样的啊!"

立春长叹一声,摆手道:"不说他了,不说了。嫂子,有酒没?"

腊月急忙拿了一瓶六十五度的"草原白"放在桌子上:"有哩,有一瓶'闷倒驴'呢,你们兄弟俩好久没一起喝了,今儿好好喝两杯。"

立春抓过酒瓶苦笑一下:"'闷倒驴',这是要闷倒我呀……"

其实吕天亮心里更不好受,他来到小学校找白海棠,想和她说几句心里话儿。

"天亮,你好几天没到村部去了,不会是真的要撂挑子吧?"白海棠关心地问。

"白老师,跟你说句心里话,我真的不想当这个村主任了,太累人了,还得受气,我干不下去了……"

"受谁的气?你是说你爹吧?"

"除了他还能有谁?我本来一直担心胡小满会给我找麻烦,阻碍我开展工作,可谁知道阻碍工作的不是别人,是我爹!白老师你说,我辛辛苦苦做了那么多的工作,到头来他跑到县里,一句话,全泡汤了,我所做的一切都白费了，没用了，我这心里能没气嘛！"

"我看你啊，还得再消消气，然后跟你爹好好沟通沟通。"

"我倒是想跟他沟通，可他不跟我沟通呀！他总把自己摆在比我高的位置上，动不动就教训人，好像这世界上就他一个人会当村主任，别人都不如他。"

"看来，你对你爹还是不够了解啊！天亮，我敢说，这世上最心疼你的，最关心你的，也最希望你好的，不是别人，是你爹！"

"他？他希望我好还告我？"

"他告你恰恰是为了你好。他怕你犯错误，实际上，你也的确犯了错误。尽管那是点儿小错误，不大，可是，对你爹来说，那可不得了，他希望你是百分之百的优秀，一点儿错误也不能有，这样，他就会为你自豪！天亮啊，你好好想想，这多么年来，从小到大，你爹打过你没有，骂过你没有？我记得你小时候，他每天都把你架在脖子上，满村子走来走去。你呢，没少往他脖子里撒尿，有一回都尿到他脸上了，可他从来没恼过，反而高兴，说他儿子的尿能当药哩，治病，下火……还有，最困难的时期，他几次饿得都栽跟头了，可吃饭的时候，把碗里仅有的一点儿干的都拨给了你。你呀，把这些全忘了！"

天亮被白老师的话触动了："他对我是不赖，我都记得呢。"

"你想想，那天你说的话多伤你爹的心啊，还要和他分家另过，他能不寒心吗？"

"我是不该说那几句话。"天亮的话音里已经有了几分愧意。

白海棠说："一会儿，我叫你爹过来，你们爷俩都在学校这儿吃，一边吃一边唠唠，就算是吃一顿和解饭吧。你是小辈儿，态度要好，主动认错，多说几句好话，你们爷俩的事情就算是过去了，好吧？"

这些年来白海棠一直单身，倒也学得一手好厨艺，不一会儿，就炒了四道菜，又跑到供销社买了一瓶"闷倒驴"。

吕立春一进屋就闻到了酒香味儿："咦，不过年不过节的，要请我喝酒啊？"

海棠笑着说:"不是我请你,是你儿子要请你。"

立春这才看见房间里还有一个天亮,马上拉下脸子,转身要走,被海棠给挡下了:"你这是干啥,今天你要出了这个门,以后咱就不认识了,割袍断席,永不往来!"

吕立春这才止步。虽然他听不懂"割袍断席"啥意思,但知道那是一句非常严重的警告。

海棠毕竟是当老师的,说出的话让立春佩服:"爷俩怄的哪门子气呢。来来,坐下,喝一杯,相逢一笑泯恩仇!"

立春坐下,没拿筷子,先端起酒盅喝了一杯:"我呀,今天和我家老大说了,要他把他家的闺女丢丢过继给我,知道为啥吗?我想让丢丢给我养老送终啊!"

天亮听出爹话里有话,也不高兴了:"走着瞧,看看将来谁能给你养老送终。"

白海棠知道立春说的是气话,她说:"闺女迟早是要嫁人的,又不是自己亲生的,指望不上,能指上的还是你的亲儿子。"

"指望他?现在都要跟我闹分家了,将来还不知道咋样哩!"

"爹,你还有完没完?一个分家,让你嚷嚷得满世界的人都知道了。你要是肚子里有气,狠狠骂骂我,消消气儿,但你不能把家里的事儿到处宣扬啊,家丑不能外扬。"

"家丑?我问你,是谁的丑?是你爹的丑,还是你的丑?"

"你又抬杠……"天亮低声嘀咕,"怪不得有人叫你驴子呢,毛驴脾气,没改!"

声音虽低,但立春听见了,拍桌子站起来:"你敢骂你爹是毛驴?"

海棠急忙拉他坐下:"行啦行啦,立春,叫你是来吃饭的,不是来抬杠的。"

吕立春只好不再往下说了。

海棠对吕立春嗔怪地说:"你也快成老杠头子了……人家天亮说得没错

儿，家里的事儿，家里自个儿解决，别嚷嚷得到处都是，影响不好。"转头又对天亮说："不过这事儿你爹也没和别人说，就在我这儿念叨过几回，咱们又不是外人，你爹把肚里的话说出来，他心里能痛快一点儿，不那么憋屈了，你也要体谅他啊。"

说话的当儿，白海棠已经把莜面端来，把汤给吕家父子俩盛到碗里，又把筷子递到吕立春手上。

海棠对天亮使个眼色："天亮啊，你爹就你这一个儿子，以后还全指望你呢，你以后说话可得讲究点儿方式方法，再不能惹你爹生气了啊。向你爹认个错儿吧。"

海棠说完，借故躲了出去。屋子里只剩下父子二人。气氛一时有些尴尬。

天亮暗中瞄了一下爹的脸色，主动把爹的碗拿过来，给他碗里夹上莜面，然后剥了一瓣蒜，放在碗里。

天亮把碗递给吕立春："爹，吃哇。"

吕立春接过碗来，埋头吃。

"爹，我向你认个错儿，那天我那么说，是不对，让你伤心了……我那都是气话，你不要放在心上。"

吕立春闷着头，只吃不说话。

"你是看着我一点儿一点儿长大的，我这人甚样，你还不明白？人家说知子莫若父，你应该清楚我的。"

吕立春放下碗，抬头，望着天亮，缓缓道："天亮啊，爹不是那种小心眼儿的人，我是看着你长大的，对你的品德摸得透透的，我相信那天你那句话是无心的，爹气是气，可气过之后，也就过去了，不会跟你计较的。爹真的是担心啊！现在你不是普通的庄户人，你是村委会主任，你的一言一行，都关系到咱们磨盘村乡亲们的吃饭穿衣，那是大事儿啊，你但凡走错了一步，可能就会有几家人吃不上饱饭、穿不上新衣裳……所以，爹真的是怕你犯错误啊。"

"爹，你到县里告我，当时我也气，可过后一想，知道你是为了我好。从小你就教育我，做人最不能弄虚的，你哄地皮，地皮就哄你的肚皮。"

吕立春欣慰地看着儿子："这话你还记得啊？算你还没忘本。"

天亮真诚地说："这话是庄户人的真理，我咋会忘呢。爹，你放心吧，有了这回教训，我再也不会犯弄虚作假的错误了，这回的教训太大了！"

"这就对了，天亮，你给乡里的检查送上去了吧？"

"送上去了。今天姚乡长来，夸我检查得深刻呢。"

"天亮啊，今儿我再跟你说一句掏心窝子的话吧。谁叫你是我吕立春的儿子呢，只要是我的儿子，我就要严格要求，我只希望我们吕家的后代个个出色。你干好了，就是爹的骄傲啊，也让胡小满那'灰货'看看，是他的儿子出息，还是我的儿子优秀！"

白海棠进来时，又端上一盘菜，无奈地摇头叹息："唉，又跟胡小满较上劲儿啦！"

"他要是个好人，你能离开他？"

"一码归一码，我和胡小满是两回事儿。立春，你们就不能拉拉手，坐在一个炕头上喝上一顿烧酒吗？只要喝过两顿酒，过去所有的恩怨也就全让大黄风给刮跑了，再也没影儿了。"

"我和胡小满，这辈子也尿不到一个壶里，更不会坐在一个炕头儿上喝烧酒！"吕立春坚定地说。

【创作手记之七：摩托】

离开茶园之后，一个画面一直在我的脑海里闪现：一只没有脚的雨燕在天空滑翔着，在乌云聚集的大海上空，雨燕在飞翔着；在绿色如织的森林中，雨燕在飞翔着；在一望无际的草原上，雨燕在飞翔着；在沙丘连绵的荒漠上，雨燕在飞翔着……但它不是那只海燕，不会渴望让暴风雨来得更猛烈些吧，而是努力躲避着风暴，远离雷电。一天又一天，几百个日日夜夜过去了，它一直在飞翔。谁也不知道它从哪里来，要到哪里去。谁也不知道它的目的地在哪里，仿佛飞翔就是它生命的全部内容。

摩托车！是的，是一辆摩托车。一个女孩子骑着它，在蜿蜒曲折的山路上行驶着。和那只雨燕一样,摩托车不停地奔驰着,上了山岗,又下了陡坡,跃过河流,又穿过丘陵。进了这个村子,又奔向下一个村子。最后,摩托车停在了茶园。她是乡妇联主任,大家都叫她胡主任,也有人叫她雨燕主任。她调解家庭矛盾,还为脱贫致富出谋划策;她的摩托车开向山外,开进了首府呼和浩特。她从一家餐馆走出来,走向另一家餐馆。她把一包包山茶放在餐馆,并留下自己的电话号码。她知道用不了多久,她的山茶就会畅销,餐厅会把山茶当成主打饮料……

目标是明确的,理想是美好的,但现实距离理想还有很长一段距离。眼下另一件事情急待解决,那就是婚姻。

诗远一直说:"结婚不急,你先搞事业吧。"可是,她知道诗远那是在安慰她。诗远是家中的独子,年迈的父母一直期待他赶紧结婚生子。母亲小青也催促她:"过二十啦,该成家啦。"但两家都没想到,他们的子女居然会找他们最不愿意联姻的家族。好在诗远聪明,导演了一场假殉情,坚冰被打破,两家老人已经松口,他们看到了希望。

走进诗远的工作室,诗远正在聚精会神地做一个陶罐。陶胎已经塑造成型,他用毛笔在上面细细地画着。他画的是一位古代的仕女,长袖飘飘,怀抱琵琶,将古典美表现得淋漓尽致。我一直以为诗远的艺术追求是现代风格,没想到他对古典美学也领会得如此深刻。

看见我来了,他放下手中的笔,把挂在胸前沾满了油彩的围裙解下来放在一边,给我泡了杯茶,自然是雨燕经营的那种山茶。他自己点了一支烟抽起来,若有若无的青烟袅袅娜娜,升腾而去。

"我知道你想知道什么。"他弹了一下烟灰,平静地说,"我和雨燕的故事也就那些,没有太多好说的啦。还是我爷爷和父亲他们那段历史有深度,故事也曲折动人,我还是给你讲他们的故事吧。"

我说:"不论讲谁的故事,我都希望真实。只有栩栩如生的人物形象,才会在文艺作品中吸引人,让观众喜欢并看下去。"

诗远一笑,说:"他们那代人的故事的确很精彩,你要是能把那些往事用

电视艺术展示出来,肯定会吸引观众,也许会成为经典之作哩。"

我摇头说:"经典之作不敢奢望,但我真的很想表现一下我们这个时代的本质,或者说是几代人的奋斗精神。"

诗远说:"不是说一滴水可以折射太阳的光芒吗?一个小人物也可以传达出时代的精神。"

我更加确信他学过文学概论或者文艺理论、美学之类的课程。

"那年,我还没出生……"诗远说,"可是,有一个人出生已经十三年了,磨盘村却没人知道他,他亲爹也不知道。"

"他是谁呢?"

诗诗远说:"他是一个私生子……"

第七章

53.雨夜

　　胡小满晚年时,白发苍苍,满脸都是被岁月耕耘出的沟沟壑壑。孙女胡雨燕带他去看大海。那是在南戴河黄金海岸。以前他从来不曾看过大海,乍一看见无边无际的大海,他傻了,哭了,站在岸边一动不动地站了好久。雨燕唤他,他毫无反应。

　　他第一次感受到大自然的神奇和伟大,也第一次知道"山外有山,天外有天"这句话。

　　傍晚,大海黑沉沉的,那黑暗中不知隐藏了多少人类所不知道的秘密和玄机。海潮的冲击令他震惊——该有多大的力量才使那些海水一浪压着一浪冲向岸边啊?那巨大的力量似乎能冲碎一切坚固的东西。难道,人身体内那颗最顽固的心也能被它撞碎吗?

　　和大海相比,人是多么渺小呀!生命是多么短暂啊!可人们却浪费着宝贵的生命,钩心斗角、尔虞我诈,那是多么可悲啊!

　　也许是在那一刻,他大彻大悟,在内心深处冰释了对吕立春的恨。

　　他几乎已经忘了,那一年,一位不速之客突然造访。她起初是陪他喝酒,后来陪他哭,陪他笑,陪他长吁短叹……

　　来人是当年曾经在白沙坝林场住过一段日子的苏三!

　　一道强光瞬间射入大脑,记忆的大门被强光推开,已经死去的记忆复活

了,一些破碎的画面闪现出来。

对,那正是林场宣布解散的那天。场里的职工们纷纷离去,场部大院里只剩下林浦、吕二爷、黑豆花、苏三他们几个人。苏三决定带老爹回后草地道拉胡洞。爹死活不走,说家乡有个魔鬼在等着他们,就是那匹海骝马。

苏三说:"马已经死了,是我亲手打死的。"

可是爹不信。爹对她说:"在咱道拉胡洞你也是个魔鬼,可不敢回去,就在这儿找一个可靠的男人嫁了吧。嫁了人,就能在这儿落户啦。"

"嫁谁?"

把磨盘村所有单身的男人过了一遍,只有一个人最合适,那就是胡小满。那时胡小满刚和白海棠离婚,单身一人。可是,大家都说这人的人品不好,众口铄金,苏三日后怎么可以和一个人品不好的人生活呢?不行不行,那可不行!

其实她对胡小满的印象不坏。记得有一次去磨盘村办事儿,路过胡家,隔着小院的院墙,她看见胡小满正在和他的儿子莫尼玩耍。他把儿子高高举过头顶,抛向空中又接住,再次抛上去又接住。这种刺激性的玩耍乐坏了小莫尼,他"咯咯咯"地笑着,那幅父子欢乐图深深地印在她的脑海里。

她突发奇想:嫁男人是为了啥?为了要孩子呀!那何不直接要个孩子,省去嫁人这个麻烦的环节呢?

这个想法一旦形成便挥之不去,一次又一次顽强地冒出来,督促她去落实。

苏三是一个非常有主见的女人,敢做敢为。在一个大雨之夜,她勇敢地闯进了胡家。

雨夜……炸雷……闪电……门开了,一个女人浑身湿漉漉地闯进来,把一道闪电带了进来,整个房间刹那间如同白昼……

那天苦闷的胡小满独自喝酒,早已进入了半醉半醒的状态。他望过去,闪电的辉映下,站在门口的分明就是已经和他分手的老婆白海棠啊!

闪电瞬间熄灭了。可能村里的电路被狂风吹的短路了,忽明忽暗,时有时无。胡小满点了蜡烛，一照，认出昏暗中的女人不是海棠，而是林场的苏三。

"你来干啥？"

"我来陪你喝酒呀。你一个人喝多没意思……"

"你？"

"是呀，怎么，不欢迎吗？"

"来来，今天你要是不喝好，你就别走！"胡小满来了精神。

"喝好了我也不打算走啦。"她望着他笑着，眸子亮晶晶的。

胡小满取了玻璃杯子，满满地斟了一杯白酒，放在苏三面前。

"喝！"

胡小满对苏三并不陌生。植树造林大会战，他扛着铁锹挖树坑。正午，苏三挑着担子过来给大家送午饭。她性格开朗，与人们说说笑笑。胡小满觉得这人挺风流，当她从自己身边走过时，忍不住在她浑圆的屁股上摸了一把，揩了把油。苏三不恼，回头，对他只是一笑："喜欢吗？喜欢就拿去。"胡小满一看这女人不得了，可不敢招惹，吓得不敢再说什么。

两杯酒下肚，二人的话越来越稠密。

"你到我这儿来，驴子知道吗？"

"你是说吕立春吧？他不知道，我干吗要告诉他呢？"

"你不是他的妃子吗？"

苏三不懂啥是"飞子"，但知道那不是句好话，说："你的意思是我和吕立春睡过，是吗？"

"睡没睡过我不知道，你知道……"

"我没和他睡过。人家吕场长是个正派人……"

"正派？他睡我老婆，你知道吗？"

"哪个老婆？"

"第一个，大雪。"

"哦，就是埋在林子里的那个姑娘吧？我听说是你抢了人家的对象。"

"狗屁，是他抢了我的女人！"

"你也可以抢他的女人呀。"苏三用大胆的目光瞟着小满。

"他的女人？哪个？"

"我呀，你刚才不是说我是他的女人吗？"苏三凑到胡小满身边，一只手搭在他的肩膀上。昏暗的烛光中，胡小满看那苏三面似桃花，两眼含水，倒也楚楚动人。

又是一声炸雷，狂风猛地把门给推开了，同时吹灭了桌子上那根已经烧成伤残的蜡烛。屋子堕落到无边的黑暗中……

第二天早上，胡小满从酒醉中醒来，身边早已经不见了苏三的影子。昨夜的情景恍若一梦。他揉了揉眼睛："是梦吗？还是真的发生了？"

是梦，肯定是一个梦！

可当他的目光落在桌子上时，分明看见摆放着两个酒杯、两双筷子，还有一只碧绿的玛瑙镯子，那不是苏三一直戴在手上的佩饰吗？

他拿起那只镯子，情感复杂地抚摸着，长时间抚摸着……

54.苦劝

那些年几乎全村人都知道胡小满已经堕落成一个酒鬼。一天有多半天他是在酒醉的状态中，不是歪斜地走在路上，就是躺在家里的炕上呼呼大睡，醒来，不是独饮独斟，就是唤来葛二蛋和三蛮牛来陪他喝酒。人们都说他这是因为老婆白海棠离开了他，受了强烈的刺激，所以才会借酒消愁。

白海棠听到这话心里特别难受。如果胡小满真的这样堕落下去，那他就彻底毁啦。她觉得自己有责任拯救他，不能让他毁了。恰好那年胡莫尼考上大学走了，海棠认为机会到了，自己应该找胡小满认真谈一谈了。

她借取东西为名回到胡家。不到傍晚，胡小满还没开喝，神志清醒。海棠在他面前坐下，看着他。胡小满头不梳、脸不洗、胡子不刮，目光呆滞，一副落魄邋遢的样子。海棠心软了，伸出手来摸着他的手。胡小满感受到来自对方的抚慰，抬头看海棠。

海棠对他推心置腹:"小满,儿子上学走了,我呢,过些日子也要搬到县里去了,那儿有个学校招聘老师,我考上了,下个学期我就到那儿上课,磨盘村以后就很少回来了。县中学有个教化学的老师,姓杨,我们是县教育局开全县模范教师表彰会时认识的。他也是单身,几乎每个星期给我寄一封信,说他喜欢我,想娶我……昨天,儿子走了,我给杨老师回了信,答应了他……"

胡小满的目光流露出绝望的神情。

"我们的婚姻虽然是一个悲剧,但是我不希望你从此一蹶不振,毕竟,你是莫尼的爸爸,莫尼不希望看到他的爸爸是现在这个样子。不管是我还是儿子,都希望你能过正常的生活,希望你能振作起来,得到属于你的幸福。小满,你去找她吧,找到她,把她带回来,你们一起生活,肯定会幸福的。"

"找谁?"胡小满一眼迷惘。

"苏三呀!她在后草地,我打听过了,目前她还是一个人。趁着你还不老,把苏三带回来吧,她是一个不错的女人。"

"我为啥要找她?我告诉你白海棠,我是不想找,要找,找个黄花大姑娘也没问题!"

海棠苦笑一下:"煮烂的牛头嘴还硬。你一没钱二没事业,岁数也不小了,大姑娘找你?我想过了,只有苏三最适合你。"

"我不!"胡小满脖子一拧,把头斜向窗子那边,"我和她没感情……"

"没感情?那你为啥跟人家睡觉?"

"谁和她睡觉啦?"胡小满跳起来,盯着白海棠。

"实话跟你说吧,下大雨那天,我回家取放在家里的雨鞋,走进院子里,从窗户看见你和她一起喝酒,后来你们就……"海棠不往下说了。

世上没有不透风的墙!胡小满一下不吭声儿了,像是做下啥没理的事儿被海棠抓住了把柄。他想起那夜当他压在苏三身上时,心里却是对海棠、对驴子报复的快感。没想到,这事儿早被海棠看到了。

"去吧,去找她,相信我,这是为了你好……我听说,苏三离开你之后,回到后草地生了一个孩子,是个男孩儿。我算了一下日子,那应该是你的儿

子……"

海棠说完这句话就走了。她话语的余音一直在屋子里萦绕——"是个男孩儿……我算了一下，那应该是你的儿子……你的儿子……"胡小满细细地品味着每一个字，终于下了决心：去接苏三，还有那个他从没有见过的儿子！

55.草地

八月上旬，后草地的草已经开始枯黄了，站在高处望去，铺到天边是一望无际的金黄色，牧草在秋日的映照下昏睡。草地上散发着阵阵牧草的气味儿，那是苜蓿草、牛舌草和野蒿子混合在一起的味道。马打着响鼻悠闲地漫步。一条羊肠小道弯弯曲曲通向山脚下。另外一边，是大块大块的庄稼地。好多莜麦垛子立在田地里，等着人们把它们拉回到场院，把那密密的颗粒打下来，最后用大锅炒过，再用石碾子碾成细细的面粉。

胡小满搭了一辆拖拉机来到后草地。其实后草地离他家并不算远，只不过路不好走，全都是自然路，一场秋雨过后，路上的坑洼里积着雨水，车轱辘压过去溅起一片污水。司机不敢开快，只是慢慢地行驶着，即便这样，那颠簸也十分剧烈，胡小满很快晕车了，感觉自己的五脏六腑都要被颠出来了。

不知过了多久，拖拉机停下了。司机指着附近的一个营子说："那儿就是道拉胡洞村。"胡小满急忙下车，拎着一个小包，向那营子走去。

营子不大，零星几间土房子，也就住了五户人家。胡小满刚走到一户人家的院子前时，突然蹿出一只大黑狗对着他咆哮，几乎就要咬到他的小腿。他吓得急忙后退几步，正准备找石头、木棍之类的东西反击，院门开了，一位大婶喝住狗，看着胡小满，用不甚熟练的语话问他找谁。胡小满说出苏三的名字。那大婶说："苏三家在那边。"

顺着大婶指引的方向，胡小满走到一个又小又破的屋子前。旁边有一个棚圈，棚内拴着几头牛犊。恍惚中有一个妇女在棚里忙碌着。胡小满想了一下，走到棚圈门前，探头从木头栅栏门上方望去，只看到一个女人的背影。她蹲在一头乳牛肚子下,用一只手挤奶。挤着挤着,她似乎感觉到棚圈门外面站着人,回头看见了露出半个脑袋的胡小满。他认出她正是苏三。

苏三看见胡小满并不吃惊。她平静地站起来,用围在身上的围裙擦了擦手,然后拎着奶桶走到栅栏门口,打开门。胡小满嗅到一股从奶桶里散发出来的奶香味儿。

"你来啦。"很平淡的一句问候,"走,进家。"

她在前面领路,走进院子,把奶桶里的奶汁倒进一个白色的塑料桶里,又用围裙擦了擦手,推开家门,让胡小满进去。

屋子里非常简陋,外间是厨房,里间只有一张桌子和一铺炕。墙上挂着些黑白老照片,还有一张奖状,那是奖给劳动模范苏三的。一张照片引起胡小满的注意,那是一个十多岁的男孩子,一双大眼睛注视着镜头,亮晶晶的眸子里闪烁着聪明睿智的光芒。那孩子的脸型、鼻子、下巴,和他简直是一个模子里脱出来的。难道,这就是苏三的儿子吗?

"听说,你有一个儿子?"

苏三没有回答他的问题,坐下,眼睛没有看他,而是望着墙上的照片,慢慢地说起其他事情:"离开林场,回来的半路上,车一颠,爹就从牛车上跌下去啦。我只顾赶车,一点儿都没发现。赶着车走啊走啊,不知走了多久,车上咋没动静了?回头一看——爹没了,赶紧返回去找,找呀找呀,找到天都黑了,才在一个坑洼里找到爹,他的头枕在一块大青石上,脑浆子溅在石头上。一翻眼皮儿,眼皮儿软塌塌地耷拉下来,早没气儿啦……回来后,我去找村主任。村主任是我家远房亲戚。那年正赶上分地,分给我一片草滩。我用这些年积攒下的钱买了几头奶牛,夏天,挤了牛奶卖钱,生意还行。"

他静静地听着,等待着她说起那孩子。

"十个月后,我生下了胡马。那天我赶着马车到城里卖牛奶,那段路很不好走,不是凸起的石头就是陷下去的坑,车子颠得厉害,没想到走到半路上肚疼,觉得不对劲儿,一看,孩子都被颠出来了……"

"那孩子是?"

"你的。"苏三依然是那副平静的表情。她从一个白色塑料桶里倒出一碗奶汁,递给胡小满,"喝吧。"

"这是?"

"酸奶,喝吧,这个对身体好。"

胡小满尝了一口,挺酸的,凉凉的。

"我就是靠卖它来养活儿子。"

"他……在哪儿?"

"在苏木学校,住校呢,礼拜六才回家。"

胡小满想了一下,这天是周五,也就是说,明天他就能见到他的另外一个儿子了。明天他们就放假了。

"你为啥不去找我?我的意思是,你生下孩子后,为啥不跟我联系?"

"开始,我想抱着孩子去找你,可后来一想,找你又有啥用?让你和我一起抚养孩子?好像是我用孩子来讹你、逼你。我可不是那种女人,生个孩子就赖上男人,非得让人家负责不可。再说,当时是我自己想要个孩子,跟你没关系。"

没人知道苏三这些年独自一人默默抚养儿子付出了多少心血、吃了多少苦头。孩子是长生天赐给女人最好的礼物,她没有理由不珍惜。有一年她回到林场,带了羊肉,说是回来看看林场恢复没有,其实是想看看胡小满有没有成家。本想抽个空儿对他说一声孩子的事情,可看到的林场却是人走茶凉,满目凄凉。问了几个人,都说胡小满还在痴痴地等着白海棠。她没见胡小满,独自离开了。

"那你也应该告诉我呀,那是我的儿子……"胡小满的话语里带了些埋怨。

"你知道了又能咋的?你那边有儿子,多一个孩子会让你牵肠挂肚,知道了还不如不知道的好。对了,你咋知道我生儿子了?"

"是海棠告诉我的。"

"你老婆白海棠?"

"早离了,她现在是别人的老婆了。"胡小满心酸地说。

"这下你彻底死心了吧?要不,你会来找我?"

"苏三,我这次来,是想接你和孩子回去。"

"回你家?"

"嗯……我这个人没出息,连我自个儿都讨厌自个儿。我现在是个酒鬼,你别嫌弃我,我改,只要你跟我回去,我就戒酒,以后一口也不喝啦。海棠说,你是个好女人,和你在一起,我会幸福的。我信她说的。"

苏三忽然笑了起来:"你还喜欢人家,人家说啥你都听。"

胡小满有些尴尬地说:"我是下了很大的决心才来找你的。"

苏三不笑了,说:"在你来之前,还有一个人来找过我。你们村儿的。"

"谁?"

"你的前老婆——白海棠。"

"她来过?"胡小满吃惊。

苏三点头:"她来找我,我也没想到。她对我讲了你的情况,劝了我整整一个晚上。她说不为别的,为了孩子好,我也应该跟你走。小满,其实我已经做好了准备,你瞧,那个包裹,还有那些瓶瓶罐罐,我都打包好了,就等着你来了。"

胡小满听到这番话后,心里再次涌上热乎乎的感觉。白海棠,一个多么通情达理的女人啊!难怪苏三见了他一点儿也不觉得意外呢。

第二天,他正坐在炕桌前喝茶,门外响起一个男孩子粗粗的声音:"娘,我回来啦!"

话音未落,一个牛高马大的毛头小子推开门冲进来,一看炕上坐着的胡小满,吐一下舌头,躲到了苏三身后。

苏三把他扯到前面:"来,胡马,来,这是你亲爹胡小满……"

胡小满的眼睛直了——眼前站着的这孩子,分明就是他的大儿子胡莫尼呀!

他真的是我儿子!胡小满不再怀疑。

56.天马

胡小满接回苏三还有小胡马这事儿,风一般刮到村子的每个角落,一下子炸了锅。谁都想不到胡小满还有这么一段风流债,那女人竟然是苏三!

吕立春听说此事后,心里难受,觉得自己应该承担一些责任。苏三离开的前一天,曾和他激烈地争吵过。他让她走,她不走,说自己无处可去。

他说:"你回你的后草地呀,这边林场已经解散了,你留下干啥?"

苏三哀求说:"让我留下吧,你去和村委会说一说,让我当你们村的村民。别看我只有一只手,但啥活儿我都能干。"

立春摇头说:"那是不可能的,想留下,除非你找一个本地男人嫁了。"

苏三盯着立春恨恨地问:"这话是你说的?"

立春说:"是我说的……就你这样儿,哪个男人会娶你?"

现在想来,该不会是那番话激怒了她,所以她才会跑去找胡小满的吧?如果当初不是自己强硬地赶她走,如果不是用那番话刺激她,她怎么会和胡小满在一起呢?

立春来到胡家,想和苏三说两句,尤其想说说心中的愧疚。没想到苏三不理睬他,全不念往日情谊。他只好讪讪而去。

苏三母子在胡家安顿下来。胡小满不敢造次,想让苏三和自己共居一室,又怕她不愿意,就说:"你和孩子住当年白海棠和莫尼住的东厢房吧。"他自己住在西厢房。

苏三是个爽快人,说:"既然住到了你家,日后咱就是两口子,两口子就应该住在一起,不然乡亲们要说闲话。西厢房让胡马住吧,他也长大啦,应该单独住啦。"

后草地的乳牛苏三也带过来两头,还有两头小牛犊、一匹黑马。那匹黑马是儿子胡马的最爱,苏三本想卖了,但胡马非要带过来不可,只得依了他。苏三继续挤奶,但销路不好,村里没人买。胡小满说:"快把它卖了吧。我是养

第七章

羊专业户,有羊就够啦。"苏三固执,不听他的,依然照料那些牛。

除了脾气倔了点儿之外,苏三还是让胡小满满意的。她非常勤快,每天把饭菜做好,端到他面前,筷子递到他的手里。平时,把房屋打扫得干干净净。到了冬天,早早就准备好足够的柴草,把房子烧得热乎乎、暖洋洋的。胡小满觉得自己的生活越来越惬意了。

在后草地接他们母子时,胡小满发誓戒酒。回到村,他真的不喝了。可有时候酒瘾上来,心痒难熬,偷偷摸摸想喝一杯,被苏三发现,立即夺过酒瓶子,眼睛瞪着他。怒目而视是家中的法律,他不敢不遵守。苏三把一碗奶子放在他面前说:"喝这个,这个对身体好,喝!"胡小满渐渐习惯了喝牛奶,一喝,喝上瘾了,身体渐渐强壮起来。

有一天苏三出去了多半天,从野外回来,背回了一篓干牛粪倒在院子里。胡小满从外面进来,很奇怪:"这是干啥?还不嫌这儿脏呀?"

苏三说:"这是用来烧火的,我们草地上主要用牛粪烧火做饭呢。"

胡小满拿起一块牛粪看了看:"这玩意儿还能烧火?"

苏三说:"可好烧啦,一会儿你看着。"

果然,她往灶膛里塞了几块牛粪,灶里的火顿时熊熊烧起来,这令胡小满大为惊奇,同时也感到这个女人真能干,其实娶这样的女人做老婆也不错嘛。

小胡马比同龄孩子高出一头,牛高马大的样子,这叫胡小满感到新奇——真是我的种吗?大家都说这孩子和他长得太像啦,除了个头比他高,其他一切就像一个模子里脱出来的。胡马身上有股和他一样的狠劲儿,不论干什么,都是在默默地发力,非得要把一件事情做成了不可。几个月下来,彼此的生疏感消失了,他接纳了这个儿子,并开始喜欢上他。

有天放学回家,小胡马扔下书包,对胡小满说:"爹,我要改名字。"

"胡马这名儿挺好的,为啥要改?"

"我们今天上课,学了一句古诗'不叫胡马度阴山'。咱就住在阴山边儿呀,那不是要把我困在山里了,我长大了还想走南闯北哩!"

"嘿,你小子挺聪明啊!那你想改成啥名儿呢?"

"天马!"儿子自信地说。

"胡天马?"

"是呀!我们还学了一句古诗'天马行空,独往独来'。我以后要像天马那样,独往独来。"

"你小子厉害呀,有雄心壮志,应该支持。好,改!明天,爹就带你去乡派出所改户口。"

果然,胡马的名字改成了胡天马。

傍晚,胡小满披着衣裳到棚圈去给那几头牛上草料,看着它们香甜地吃着,他心生爱意,看着它们那硕大的乳房,他心想:这奶牛真不能卖,听说县里联系了蒙乳公司,要在村里建奶牛基地呢……

57.不丢

吕家女子吕不丢在本应该上初中那年得了一种奇怪的病,每天昏睡,到了课堂上就趴在桌子上睡,无论怎么叫,就是醒不过来。爹只好把她领回家,办理了休学。爹娘领着她到呼市看病,转了几家医院,也不见效。

眼看到了十六岁,立秋和腊月商量,还是让她再去学校试试吧。爹娘再送女儿去学校。那时小学校已经开了一个初中班,增加了两位民办老师。老师知道丢丢有病,挺同情她,就让她跟班。可她嗜睡的病依然如故,只要上课铃一响,她就趴在桌子上睡觉。同学有的叫她"瞌睡虫",有的叫她"睡美人"。

这天,上课铃响,同学们坐好。老师领着一个身高马大的男孩子进了教室。男孩子一进来同学们就笑了——他穿了一件破羊皮袄,脚上蹬着一双鞋尖朝上翘的牛皮靴。这是本地孩子很少见过的装束。老师介绍说:"他是你们的新同学,他的名字叫胡马。"同学们又笑了,有人喊他"胡麻",有人叫他"麻糊"(这也是他后来决定改名的主要原因)。老师不让大家笑,说:"胡马同学以前是蒙古语授课,现在改成汉语授课,肯定有困难,希望大家多帮助他。"给小胡马安排座位时,正好吕不丢的旁边空着位置,老师就让他挨着不丢坐。大家又笑了，因为全班同学谁也不愿意挨着一个"瞌睡虫"。

之后，奇怪的事情发生了。胡马刚刚坐定，打开书本，旁边趴在桌子上熟睡的吕不丢同学突然醒了，用新奇痴呆的目光盯着胡马。胡马不知就里，被她盯得恼火，不搭理她。

丢丢轻轻地叫他："莫尼……"

胡马看她一眼，不理她。

她又叫："莫尼，你不是考上大学了吗？咋又回来了呢？"

"你有病啊？我叫胡马，胡马！"

"不，你是莫尼，就是莫尼……"

胡马干脆不搭理她了。

老师开始讲课，丢丢不再瞌睡，精神十足地听课。大家都说这事儿太神奇啦！丢丢虽然休学两年，但听课认真，理解快，记忆好，有些课文没听讲就会了。她发现胡马听课很吃力，有些课文的意思弄不明白。丢丢就悄悄写在本子上，推到他面前，让他看。

下课后，丢丢问他："你真不是莫尼？"

"我像莫尼吗？"

"像，太像啦，我还当你就是他呢！你是从哪儿来的？"

"后草地。"

"真是从后草地来的？"

"是。"他只吐出一个字。

"那你为啥要来我们村读书呢？"

"娘带我来的。"他仿佛十分珍惜语言，不多说一个字。

丢丢还想再和他说点儿什么，可他已经转过头去，不理丢丢了。

丢丢觉得这男孩子怪怪的。

回家后，丢丢向爹说班里新来了一个同学，叫胡马。

爹说："那是胡小满的孽种，你少搭理他。"

丢丢不懂啥是孽种，问娘。

娘说:"孽种就是说他来路不正。"

丢丢心想:啥叫来路不正呢?是说他是从后草地来的吗?

爹说:"他爹胡小满跟你叔有仇,有啥爹就有啥儿子,小心他害你,以后离他远点儿。"

"那他就是莫尼的弟弟呀!真怪!只要他坐在我身边,我就一点儿也不困了。"

爹娘互相看一眼,不说话。

丢丢是个听话的娃儿,在课堂上不再搭理胡马。胡马也不理她。后来他用铅笔在桌子上画了一条线,说:"我们俩谁也不能越过这条线。"

丢丢气地哼了一声:"不过就不过,谁过谁是小狗。"

结果有一次,胡马写作业时胳膊肘过了线,丢丢用铅笔尖扎了他的胳膊一下,疼得他马上把胳膊缩回去:"你干吗?"

"你越界啦!"丢丢得意地说。

胡马只是愠怒地瞪了她一眼,没再说话。

村里的钱二婶会剪纸,能在一张纸上剪出花鸟鱼虫,还能剪出山川风景、神态各异的小人儿。这手绝技是钱二婶的奶奶传给她的。丢丢看见喜欢,跑去跟钱二婶学剪纸。她好像只开了这一窍儿,很快学得出神入化,钱二婶惊喜地说:"剪得比我还要好哩!"

丢丢剪了一个小人儿,悄悄夹在胡马的书里。胡马看见,发现那小人儿居然跟自己有些像。他问丢丢是不是她剪的。丢丢不承认,说不知道是谁把那个小人儿夹到他书里的。胡马知道她撒谎,可没有戳穿她。

又有一次,她剪了一匹黑马夹在胡马的书里。胡马见了很高兴,说:"和我家的黑马真的很像呢!"

丢丢问:"你家有马?"

"有,有一匹,从后草地带来的。"

"放学了能带我去看看吗?"

"行。"

第七章

放了学，丢丢跟着胡马到了他家。胡马领她进了马棚。黑马活泼可爱。丢丢很喜欢，摸它，它不躲，而是用嘴巴蹭着她的手。

丢丢问："你会骑马吗？"

"废话，牧区的孩子哪儿有不会骑马的。"他仿佛被侮辱了一样生气地说。

"那你能带我去骑马吗？"

"行是行，只是……"

"啥？"

"你得再给我剪几幅画。你剪的画我娘可喜欢呢，都贴在窗户上啦。"

几天后，胡马牵着那匹黑马带着丢丢来到野外。

丢丢不敢上马，说："它不会咬我吧？"

胡马说："你真胆小，马怎么会咬人呢？"

"那它会不会踢我？"

"不会，有我呢，它可听话啦。"

胡马把丢丢扶上马背，牵着缰绳走了一圈儿。

丢丢感觉良好，兴奋地说："我自己骑，不要你牵，行不？"

胡马把缰绳给了丢丢，又叮嘱她有关骑马的要领。

丢丢自以为已经掌握了要领，吆喝着马向远方跑去。结果，马一跑起来，她就慌啦，怎么也控制不住那匹黑马。马越跑越快，绕了一个大圈子，朝着胡马跑回来。

看见黑马跑远，胡马也害怕了，急忙去追，并且叫着那匹马的名字："黑子——哈日——回来……"马真的掉头朝他跑过来，他伸出两只手来拦截那匹马。黑马跑到胡马面前时来了一个急刹车，臀部向后一坐，四蹄滑行。惯性把小丢丢从马背上甩了下来，重重地摔到了地上。

这下胡马真的慌了，急忙问："丢丢，丢丢，你没事儿吧？"

守望者

58.密见

　　爱女丢丢从马背上摔下来,摔断了手腕。吕立秋的怒火"噌"地蹿上来,拿了棍子就要去胡家兴师问罪。老婆腊月急忙挡住他,想夺下那棍子。可男人力气大,夺不下来。立秋一把推开她,正要出院门时,碰到立春从外面进来:"哥,这是要去跟谁拼命啊?"

　　立秋把丢丢受伤的事儿说了一遍。

　　"我听说啦,哥。胡家的小子不懂事儿,你……"

　　"我找胡小满去!一定是那家伙没安好心,撺掇他那小子让丢丢骑马,故意想害咱家丢丢。"

　　立春从大哥手里夺下棍子,说:"这事儿应该跟胡小满没啥关系。还是先看看丢丢吧,要紧不?"

　　立秋说:"刚请了村东头的沈老仙给接了骨,打了夹板,说伤筋动骨一百天,这些日子需好好养着,骨头会自己长住。"

　　沈老仙是钱二婶的男人,懂点儿医道,也会接骨,经常被乡亲们请去接骨正骨。立春对沈老仙的手艺还是信任的。

　　立春安慰大哥说:"丢丢岁数小,骨头软,很快就会自己长好的,你不用担心。"

　　立秋说:"这个我倒是不太担心。你说这倒霉的事儿咋都赶一块儿啦?"

　　立春问:"还有啥倒霉事儿?"

　　一旁的腊月插话说:"是我家的事儿。我爹病得厉害,好像快不行啦。家里传来话,让我们俩回去守几天。我们正说要走,偏偏这时丢丢出事儿了……"说着,抹起泪来。

　　立春想了一下说:"要不这样吧,嫂子、大哥,你们走你们的,我接丢丢住我那儿去。"

　　腊月说:"哎呀,那不太麻烦你了嘛。"

　　立春说:"都是一家人,说啥两家话呢!反正二梅在家,让她照顾丢丢,没事儿。"

立秋说:"那就让丢丢去吧。只有一样儿——你帮我看好她,不能再让她和胡家那小子来往!"

"哥,我知道。"

事情就这样定下来,丢丢暂且搬到立春家去住。二梅喜欢丢丢,这孩子乖巧,善解人意,虽然伤了胳膊,但不影响她帮二梅干活儿。没事儿时两个人一起聊天。丢丢给二梅讲了许多故事,都是她从书本上看来的。二梅听着觉得很新鲜。

巡视白沙坝的林子是吕立春每天必做的工作。立春走后,二梅想和丢丢聊一会儿,可推门一看,丢丢还在床上睡觉。这孩子,不爱动,就爱睡觉。二梅实在无聊,就拿上针线活,去钱二婶家扯闲片儿。白海棠去了县里,听说她嫁给了一位姓杨的化学老师,二梅的心彻底踏实下来,再也不胡思乱想了。只是没有了需要防范的对手,生活一下子就变得无聊起来。

丢丢其实没有睡着,只是在床上打个盹儿。不知为啥,她有预感,一会儿,天马会过来看她。她故意躺在床上闭上眼睛,二婶儿一离开家,她马上坐起来,对着镜子,用一片红纸含在两唇间,取开,唇果然红艳了一些。她又找了一根细木炭,描了描眉。眉也黑了些,只是眉毛涂上黑边,有点儿不自然。做完这些,还没听见门响。她用剪纸来打发时光。等人时,时间不知谁被给抻长了,好像总也没有尽头

门"吱呀"一声开了,她心里"咯噔"一下。天马探进半个头来。

丢丢看着门外还留着半个身子的天马,笑道:"进来就进来,鬼鬼祟祟的干啥?"

天马"嘿嘿"一笑,进来了,手里拿着个东西,用布包着。看到丢丢刚刚剪好的窗花,拿过来欣赏:"好看,你剪得越来越好啦。"

"闲着没事儿,瞎剪的。"

"瞎剪还剪这么好,那要是认真剪,你就成剪纸艺术家了,可以去大城市展览了。"天马在丢丢面前变得越来越会说话了,话语中分明带着拍马屁的意

味，丢丢听了很受用。

"尽灰说，咱这么土气的东西，能到人家大城市展览，让人笑话哩！"

"哎，这你就不懂了，城里人喜欢民间艺术，你这就是民间艺术啊！这样吧，丢丢，你多剪上几张，哪天我进城送奶的时候，帮你卖了，能换一块是一块，你说呢？"

这些天，天马独自跑到呼市，找了一家代理商，隔几天就送一桶奶子过去。没想到奶子销路非常好，代理商给他的价钱虽然不高，但对于他来说，那已经是天价了。

他把卖奶的钱交给胡小满，胡小满吃惊地合不拢嘴："哎呀呀，我儿子这么小就能给家里赚钱啦，将来可了得！"

苏三也高兴地笑，说："如果销路好的话，过些天我回后草地买几头乳牛回来，干脆弄一个养牛场。"

天马有经营头脑，丢丢没有。她说："我可从来没想过拿这东西换钱。"

"那是你没有意识。改革开放了，甚都要讲个经济价值了。丢丢姐，你应该走出去，看看人家外面人是咋活的哩。人家那些大闺女小小子过的生活，你想都想不到，见都没见过呢……"

"我不想到外面去，我只想一个人待在家里。"

"你这叫浪费自己的生命啊，你懂不懂！"

"我浪费自己的生命，不关别人的事儿。"

"书上说，你这种人生态度，叫自暴自弃。"

"你的新名词儿咋那么多呢？"

"都是我从杂志报纸上看的。我卖了奶，就先去报刊亭买报纸和杂志。咱们不能再像爹娘那样，一辈子当一个甚也不懂的土老帽了，咱们要当新时代的农牧民嘛。"

"哎，天马，我觉得你应该去考大学。你哥莫尼都考上北大啦，你应该也错不了。"

"为啥都得要上大学？我就不信，不上大学，我天马一辈子就没有出路

第七章

了?"

两个人在屋子里说说笑笑,却忘了隔墙有耳的古训。

吕立春今天早早从白沙坝回来,拍打着身上的尘土进了院子,见儿媳妇玉荣正全神贯注地听着丢丢屋子里的动静,感觉有些奇怪,走过去问:"玉荣,听甚呢?"

玉荣对吕立春低声说:"爹,有个男娃子,到丢丢屋里去了。你听……"

吕立春一听,果然听到了二人开心的笑声。立春满心疑惑地问:"男娃儿是谁?"

玉荣低声说:"就是胡家从后草地带回来的那个孩子。"

"胡天马?"

"爹,这娃儿总来找丢丢,他对丢丢这么上心,莫非有那个意思?"

"瞎说,他才多大!"

"哎呀,爹,现在的娃儿成熟得早。"

吕立春听了这话,心里不踏实了。他也把耳朵凑到了窗户边。

丢丢屋子里,天马把自己带来的小布包打开,说要送丢丢一件礼物。

丢丢好奇地问:"是啥?"

天马把布包打开,里面包着一台"砖头式"录音机,那是当年最流行的录音机。

丢丢没见过,奇怪地看着,问:"这是甚啊?"

天马笑而不答,伸手按下一个按键,顿时,录音机里传出来一阵邓丽君的歌声:"小城故事多,充满喜和乐……"

丢丢听呆了。

"好听吧?"

"好听。"

"留给你听吧,省得你一个人闷在家里闷得慌。"

丢丢急忙摇头:"那咋行,这东西很贵吧?我不能要。"

"先放你这儿,算借你的,等过几天,我去城里送奶,看有没有爬山调的

带子,要是有我就买回来,你就能天天听爬山调了!"

"真的?"

"当然是真的,丢丢,想想真好笑,咱们俩刚认识那会儿,谁跟谁也不说话,还在桌子上画警戒线,我过线了,你还会用铅笔扎我……"

"谁让你不和我说话了。"

"我刚到你们村儿,谁也不认识,我怕你们笑话我,怕你们欺负我。"

"现在不怕了吧?"

"嗯,我发现你们对我都挺好的,尤其是你,对我特别好。那天,我不该让你自己骑马,我应该抱着你一起骑马。"

"两个人能一起骑?"

"能啊。下次我带你骑……"

屋子外面,吕立春听到这儿,很不高兴,回身对玉荣说:"胡家这小子居然跑到我家里来,太不像话了,你去,把他赶出去。"

玉荣说:"爹,丢丢受了伤,一直闷在家里,现在好不容易有人陪她,有了笑声,你就让他们再聊一会儿吧!"

"胡家这小子,跑到这儿来算个甚?这要是传出去,丢咱吕家人的脸哩!"

"爹,你咋还老封建呢,丢丢整天待在屋子里,你就不怕她闷出毛病来啊?好不容易有人能和她说说话儿,人家是同学,正常的交往嘛。"

吕立春黑着脸说:"这事儿我还非管不可了,反正,谁来找丢丢都行,就是胡家的人不行。"说着,就过去敲丢丢屋的门:"丢丢,你给我出来。"

屋子里的说笑声顿时止住了,片刻,丢丢在前,天马在后,二人一前一后走出来。

"二叔……"

"叔……"

立春黑着脸问天马:"你来这儿有事儿?"

天马有些尴尬地说:"没事儿,叔,我就是来看看丢丢的伤好点儿没……"

"伤筋动骨一百天。丢丢要休息,你走吧,以后不要再来哩!"

"我这就走,叔,你们歇着吧,我走了……"天马有点怕吕立春,一溜烟走了。

立春望着丢丢,严肃地问:"丢丢,他都跟你说甚了?"

"没说甚。"

"没说甚?没说甚两个人在屋子里那么半天,说笑声都传到外面来了,还说没说甚……"

丢丢不高兴地说:"二叔,他就是跟我聊了聊天,你这是咋的啦?"

吕立春正色道:"就这一回,下不为例,从今往后,再不许他到咱家来。"

"他来咋的啦?"

"你不知道他爹是谁呀?他爹是胡小满!他爹跟咱家斗了一辈子。你知道他到咱家来,打的是甚鬼主意?会不会是他爹派他来的?"

"二叔,你想到哪儿去了?胡小满是胡小满,天马是天马,他俩不一样……以前在林场,不是你收留了他妈妈吗?"

"以前是以前,现在是现在,你把我的话牢牢记住,以后不许跟他来往!"

委屈的泪水在眼眶里打转儿,她强忍着,不让它流出来。

59.惜别

那些日子太平静了,吕立春盼了许多天,终于把林浦给盼来了。林浦是自己开着一辆吉普车来的。

立春吃惊地看着他:"行啊,自己能开车啦?"

林浦说:"开车不难学,几天就能学会,我是去年考的驾驶本,现在已经是老司机啦。"

坐到热炕头上，炕桌一摆，二人盘腿儿坐定。二梅把筷子、酒盅摆好。两只酒盅相碰，吕立春和林浦各自一饮而尽。二梅在厨房里炒菜，一盘又一盘地往桌子上端。慌得林浦急急地说："好了嫂子，菜够啦，太多啦，吃不了都浪费啦。"

二梅边忙边说："多吃点儿，那些年穷，想吃没有，如今咱别的不行，饭菜还有酒管够！"

立春说："上啥酒都行，只要不上那'闷倒驴'就行。"

林浦问："为啥？"

立春说："那酒劲儿大，我一喝那酒非倒不可。"

二梅剜了他一眼，说："怪不得人家胡小满叫你驴子呢。"

说着，三个人都笑起来。立春希望林浦这次来了多住几天，二人好叙叙旧，林浦告诉立春："不行，单位派我去鄂尔多斯治理毛乌素沙漠，明天一早就得出发，这一走估计就是几年不回来啦……"

立春神情有些黯然："听说那儿可苦啦，你受得了吗？"

林浦说："你呀，窝在山里，不知道外面的世界变化有多大！立春，鄂尔多斯发现了大煤田，还有天然气，很快就会富得流油啦！"

立春一听这话，高兴起来："那我妹夫可要赚大钱啦。"

"你还不知道鄂尔多斯的煤老板有多牛吧。喏，都这样……"林浦边喝边比画，"挺个大肚子，夹个皮夹子，你知道那皮夹子里有多少钱吗？"

"一个皮夹子能放多少钱。"

"放钱？人家是放卡，一张卡就是上千万，十几张卡有多少钱？"

立春吐舌："天神神，这么富呀？"

"人家买的车都是几百万的。"

二人笑着又干了一杯。

"可不。这不有钱啦，鄂尔多斯市政府下决心要改造两大沙漠，一个是库布其，一个是毛乌素。我们这次去治沙，那边给我们配备了最好的设备，高级帐篷、鹅绒睡袋、太阳能灯。"

"那就好，看来是我替你瞎操心哩！对了，到了那边，看看人家是咋治沙的。要是有好的防风固沙植物，你给我弄点儿种子捎回来。"

"我早替你想到了。听说毛乌素那边有一种沙棘，和咱们这边的沙棘不一样，特别抗旱，可神奇哩。"

"它咋的神奇？"

"一是奇在它耐干旱，在烫手的沙土里，它能活得非常滋润，绿意盎然。它的根扎得非常非常深，所以，它的根茎里贮存了大量的水分，可以让它在特别干旱的时候也不死。二是奇在它的传播力上，沙漠里只要有一苗这样的沙棘，用不了多久，就会长成一片，有点儿像蜘蛛网，慢慢地就把那片沙地给固化住了，你说它奇不奇？还有，它的果肉大，汁多，有一定的经济价值。"

"那真是够奇的！你要是找到那沙棘的种子可一定给我捎回来呀。"

"你呀，还是那毛病，一听说是树种子，就急着弄到手。"

"这毛病怕是一辈子也改不了啦。"

"等我去了，一定把那种子给你弄到。不过，它只有晚秋才落籽。它的籽是很难采集的，非常少，一成熟会马上落地，钻进沙子就不见了。"

"要是能采上籽，把这沙棘种在咱们这附近的荒山上，那就能很快起到防风固沙的作用啦！"

"是啊，我就是这么想的，所以，过几天我还得再去沙漠里走一趟。"

这时，二梅端着刚刚炒好的一盘菜走进来，放在桌子上，看着林浦问："你的脉管炎还没好就要出差呀？"

吕立春也知道林浦当年在白沙坝时就得过脉管炎，腿浮肿得像个发面糕，手指头一戳一个坑儿，可吓人呢。

"你还是应该先去医院把病治好了，再去鄂尔多斯。"立春劝道。

林浦摇头说："时不我待啊！立春，等我治好了病，那种子早就不知钻到哪儿去了，我不能错过这个机会。"

"要不我跟你一起去？"

"你？你还是算了吧！"

"信不过我啊？我的身体可不比你的差。我去了，可以照顾你嘛！"

林浦说："拉倒吧，咱们俩还不知道谁照顾谁呢。立春啊，你就等我的消息吧，等我把种子弄到，给你捎回来，你把它们种上。明年夏天，我专门过来欣赏一下你的绿化成绩。"

立春说："好啊好啊。要我说啊，等你退休了，还回咱磨盘村吧。你瞧，咱们这儿林子多，空气好，气候宜人，是一个非常适合养老的疗养地呢。"

林浦说："还真让你说对了，咱们是在大青山的山沟深处，距离首府呼和浩特二十多千米，开车一会儿就到，开发旅游，可能真的是个非常好的选择呢。"

第二天一早，林浦发动了他的吉普车，上车前，他紧紧地握了握立春的手。不知为啥，立春心底泛起一丝生离死别的感情，眼睛有些潮湿。他努力掩饰着，揉了揉眼睛说："又起风沙啦。"

林浦知道他动了感情，望着他说："回吧，立春，现在我有车了，随时可以回来和你喝酒呀。"

立春说："这回送你，我这心里头不知为甚，真有点儿牵挂了……"

林浦笑道："啥时候变得婆婆妈妈了？立春，这可不是你的性格啊！"

吕立春感慨地说："人的性格是会变的，连我自己都想不到，我会变成今天这个样子……有时候呢，还会掉泪蛋蛋，跟个女人似的……"

林浦也动情地说："人非草木，孰能无情。立春，现在会落泪了，没什么可丢人的。人活这一辈子，笑过，也哭过；恨过，也爱过，这才算是活得完美，不然的话，光笑不哭，或者光恨不爱，就是人生的一种缺憾。"

吕立春说："到底是大知识分子，什么事儿让你一总结，就都成了深刻的道理。"

林浦上了车："好了，赶紧回去吧。我走啦……"吉普车向村外开去。坐在驾驶室里的林浦听见立春的声音传来："早点儿回来，等你喝烧酒……"

林浦从驾驶室的倒车镜望去，看见吕立春站在山坡上，一直在向他挥手。他头顶上是一行归雁，倾泻下来一阵有些悲凉的雁鸣声……

立春哪里能想到，那一别，便是永别。几天后，林浦深入毛乌素沙漠寻找那种神奇的沙棘，再也没有回来。后来人们找到了他的尸体，他怀里紧紧地抱着一个布包，布包里是那神奇的种子。半个月后，一身素衣的黑豆花来到磨盘村，把那个包着种子的布包交给吕立春后，默默离去。

立春把那些种子种在白沙坝附近的荒山坡上。第二年，那山坡绿了……

60.发誓

尽管吕立春看守严密，但还是让胡天马钻了空子。趁他不在家的空当儿，天马用一小桶奶子贿赂了二梅，二梅允许他进了丢丢的房间。他这次来，给丢丢带来了一尊陶瓷马，那是一匹唐三彩工艺的马，那马活灵活现，丢丢爱不释手。两个人在房间里聊了很久，直到天马估计吕立春快从白沙坝回来了，才依依不舍地和丢丢告别。

天马向丢丢透露了一个重要信息："中学毕业后，我打算不上学了，自己开公司，到时候聘请你做公司的经销经理。"

丢丢问他："公司经销啥？"

他说："我要开发奶产业，逐渐将奶牛养殖规模扩大到二百多头。除了卖牛奶，还可以制作奶酒和益生菌片，用牛奶蒸馏出纯度比较高的营养液。"

丢丢问："有人买吗？"

天马说，"我去呼市做过市场调查，现在城里人都注重保健，这些保健品有极高的营养价值，肯定会有市场。"

天马说得慷慨激昂，完全不是从前那样沉默寡言的样子。丢丢从侧面看着他，逆光中，他脸部的线条刚毅有力，鼻梁高耸挺拔，睫毛浓而长（一个男孩子居然会有这么好看的睫毛，要是能把这睫毛给我多好呀，丢丢心想），他的唇色鲜红，唇的边缘似乎画了线那般分明……他不但是个有理想、有抱负的男孩子，还是一个形象硬朗的王子呀！丢丢看得有点儿发痴，见天马回头看她，她才意识到自己的失态，一下红了脸，低下头。而她这种羞答答的样儿又是天

马喜欢的，也盯着她看起来，有些发呆。突然，天马慌乱地跳起来说："你叔马上要回来了吧，我得赶紧走啦，咱们明天见……"

二梅是个好奇心极强的女人。自从天马进了丢丢的房间，她就把耳朵贴在窗户外，听着屋子里二人的聊天。天马匆匆走了。片刻，吕立春扛着一把铁锹回来了，进院，二梅给他端来一盆水，让他洗手洗脸。虽然收了天马的好处，但她不敢对立春隐瞒事实，还是把胡天马来看丢丢的事情告诉了他。

立春一听就火了，骂二梅糊涂："怎么能让那小子进去呢？你应该把他挡在外面，赶他走呀！"

二梅说："人家来给咱家送奶，也是好心……"

"呸，好心？他是闻着腥味儿来的，你倒好，还说他好心！"

说着，他怒冲冲地进了丢丢的房间。丢丢正捧着那匹唐三彩瓷马看得出神。立春一把夺过，问："他给你的？"

丢丢想夺回来，但立春不给她，把那马举过头顶，说："是不是他给你的？"

"是……"

立春不再说啥，拿着那唐三彩走出去，背后传来丢丢的哭声："二叔，那是人家送我的，你不能拿走呀。"

吕立春脑子发热，深一脚浅一脚地走到胡小满家。胡小满正在羊圈里照料他的羊。吕立春把那个陶瓷马扔到他脚下。

胡小满直起身来，纳闷地看着吕立春，问："这是啥？"

"啥？问你儿子去！"

"又咋的啦？"

"咋的啦？你儿子偷偷摸摸到我家，勾引我侄女儿丢丢，我可先把话给你撂这儿，要是下次他再敢去，让我看见，我非得打断他一条腿！"吕立春说完，扬长而去。

胡小满从地上捡起那匹陶瓷马，想起昨天天马从城里回来，从包里取出这个。他问买那玩意儿干啥，天马说是美术课上临摹要用。他也没当回事儿。没想到，这小子是拿这个去讨好吕家那丫头的，唉，这个不争气的家伙呀。

憋着一肚子气，胡小满拿着陶瓷马进了天马的屋子。天马正拿着丢丢送他的剪纸画欣赏着。胡小满过去一把夺过，撕碎，扔在地上。天马吃惊地看着他。他呵斥道："谁让你去吕家的？没和你说过吗？那是咱胡家的仇家，一辈子不能再跟他家来往。你是缺心眼儿还是咋的，就他家那闺女，又矮又胖，你看中她哪一点了？村里有多少好闺女，你偏偏去招惹她，你你……"说到气头上，他抽了天马一记耳光，把那陶瓷马摔到地上，那马一下变成了四五个碎片。

天马脸上火辣辣地疼，吃惊地瞪着这个自称是他爹的男人。在这之前，他从来没有训斥过自己，甚至不曾对自己生过气。可今天，他这气势汹汹的样子真的把天马给吓着了。等胡小满撒完气转身走出去，他才起身，蹲下，把地上陶瓷马的碎片小心翼翼地捡起来。找了一块布包起来，出门，直奔白沙坝而去。

胡家分的林子恰好是白沙坝埋着老县长骨灰的那一片。按照胡小满的心思，他是想把埋大雪坟茔的那片包给他，但吕立春让大家抓阄，谁抓着哪一片就分得哪一片。结果他想要的那片林子的纸阄被吕立春给抓走了（他一直怀疑是那驴子在作弊，动了手脚，所以那片林子才落到他手里）。胡天马讲了自己家的那片树林子之后，找地方挖了一个坑，把那些碎片埋进了土里，然后坐在那里发呆。毕竟还是孩子，把刚才的事儿想了一遍，越想越气，他认定是吕立春故意使坏，从丢丢那儿抢了陶瓷马，然后找胡小满来问罪，所以胡小满才会对自己又打又骂。这么一想，他决定要报复一下吕立春。怎么报复？他忽然记起，在旁边那片林子里，有一座墓，母亲曾告诉他：那里埋葬着吕立春心爱的女人，而那女人本来是要嫁给胡小满的，却被吕立春给抢走了……胡天马很快找到那座坟墓，看见那碑上的文字，他朝那碑上踹了两脚，那石碑埋得不够深，被他踹倒了。还不解恨，他在附近找到了一截烧成木炭的树枝，在石碑上写了"狐狸精"三个字。

刚做完这一切，就听到母亲苏三的呼唤声。原来苏三从棚圈回去后，不见天马，问胡小满，胡小满有些愧疚地说了刚才的事情，他让苏三出来找找儿

子,这孩子倔,万一想不开,做出些傻事儿来就麻烦了。苏三听了心里也有些不安,想了一下,急忙跑到林子里来寻找。

看见儿子从吕立春家的那片林子里走过来,她有些奇怪,问:"你跑那儿干啥了?"

"没干啥。"他低头说。

苏三抓住他的手,拉着他往村里走。走在路上,苏三问他:"你是不是喜欢上吕家那闺女了?"

天马低头不语。

苏三说:"你还小呢,现在还不到搞对象的年龄。等你再大些,娘让钱二婶给你好好介绍一个好闺女。现在呢,你要安心读书。"

"我不想读书了,娘。"

"不上学了?那你想干啥?"

"我想去做生意。"

"你还小啊……"

"我不小了,娘,我要做大生意,赚很多的钱,改变咱们的生活。娘,你这一辈子活得太苦了,如果有了钱,你的生活会比现在幸福多啦。"

苏三被儿子的话触动了,沉默了一会儿,说:"你要是真的想自己出去发展,娘不拦你。不过,你现在得给我发誓,从今往后,再也不跟吕家那闺女来往。你发誓啊!你要是不发誓,我就回后草地去……"

天马的眼睛里渗出水来——那是水,不是泪,他认为自己是个永远不会流泪的人。从小与娘相依为命,娘的话他是绝对听从的。他不想跟娘回后草地,他喜欢磨盘村,他更想去呼和浩特大展拳脚。作为一个雄心勃勃的少年,他对未来充满了憧憬和渴望。

他向娘发了誓——用誓言埋葬了刚刚萌芽而尚未成熟的初恋,如同他刚刚埋下的那些陶瓷马的碎片。

61.花痴

吕立春进了林子,发现大雪的墓碑被人给踹倒了,而且用木炭写了"狐狸精"三个字。立春气坏了。这是谁干的?胡小满?不会不会,他不会玷污大雪。记得那几年清明节,他亲眼看见胡小满来给大雪上坟,跪在坟前痛哭流涕。那"灰鬼"和自己一样,对大雪的死很痛苦、愧疚。那么,这件缺德的事儿是谁干的?他隐约觉得这事儿和胡家那个娃儿有关,但没有证据,也不好上门问罪。他紧接着做了一件事情:去定做了一块更大的石碑,将那块石碑深深地埋在土里,又用水泥浇筑,这下,墓碑坚实地矗立起来,别说是被人踹倒了,就是用起重机也拔不出来。

"让你再搞破坏,哼!"他自己念叨着。心想:那个小崽子,别犯在我手时,只要犯我手里,看我咋收拾他!

这桩事情刚刚平息,另一桩让立春烦心的事儿又接踵而来——大哥家的女子丢丢犯了魔怔。

从马背上跌下来过了一百天,丢丢手腕好了,可精神出了问题。立秋要把她接回家,她不回,说她要在二叔家等天马,要是她走了,天马就找不到她了。立秋无奈。

立春说:"哥,就先让她住我这儿吧,等她精神好些再接她回去。"

丢丢住在立春家,整天用剪子剪纸,剪出一张张小人儿,有骑马的,有牵马的,还有两个小人同骑一匹马的,那马的四蹄在奔驰,马尾飘扬起来。她拿着那些剪纸痴痴看着、笑着。再不然,就是打开那台录音机听里面邓丽君的歌儿,一边听一边掉眼泪。这情景立春没见过,立秋也没见过。

二梅说:"这是花痴的症状呀,怕是治不好哩。"

腊月说:"听人说,这病只要嫁了人自然就好啦,要不,咱给丢丢找个男人……"

立秋瞪眼说:"胡说,她才多大?十六岁就嫁人?"

二梅叹息说:"还不如让她犯困睡觉呢。"

实际上二梅悄悄去找过天马。那天在村口,她看见天马牵着他家的黑马到村外遛马,二梅喊住他:"天马,过来,过来呀。"

天马有点儿不大情愿,走过来,看着二梅。

二梅说:"天马,丢丢病了,你咋不去看看她?"

"病了?啥病?"

"每天剪纸,剪的都是你的黑马,一会儿哭一会儿笑,就念叨你的名字。"

"那是啥病呀?"

"啥病你别管,你去看看她,她的病兴许就好啦。"

"我不去。"

"为啥不去?"

"我……我给我娘发过誓了,以后再不会和丢丢见面。"

"你娘不让你见丢丢?"

"嗯,我已经发誓了。"

"你悄悄去一下嘛,没人知道。"

"我……"天马转身走开,内心矛盾重重。

二梅叹了口气,转身回了村子。

【创作手记之八:烧烤】

到了周末的晚上,磨盘村就开始热闹起来。路边的烧烤店灯火辉煌,迎来男男女女的游客。游客们把车停在停车场,或者去爬山,或者坐在路边的烧烤店享用美食。我信步走到一家烧烤店,那家店的店名吸引了我:没事儿来坐坐。我在凉亭里坐下。过来一位胖乎乎的大嫂,笑着问我吃点儿啥。我要了一杯扎啤,点了几串羊肉串。大嫂动作麻利,很快给我送来了啤酒和羊肉串。

我发现这家店别有特色,尤其是窗户上贴着的那些精美的剪纸,非常有艺术感。

这时我看见吕诗远和雨燕二人结伴进来,与那位大嫂十分熟悉的样子。他们管那位大嫂叫"丢丢婶儿"，我眼前一亮，莫非她就是故事里的吕不丢？她朝着里面喊着："哥，雨燕和诗远来啦。"应声从里面出来一位面色红润的中年男子，系着围裙，看样子他是这里的主厨。他在围裙上擦着手，笑迎两个年轻人。我猜他就是吕立秋的儿子吕不超。我的猜测没错。当雨燕看见我之后，就把我介绍给那兄妹二人。他们正是吕立秋的一双儿女。

夜深了，客人走了不少。吕家兄妹和雨燕、诗远陪我坐了一会儿。我问他们兄妹啥时候开的这家店。

吕不丢说："有七八年了吧，那年市里开发磨盘村，想把这儿打造成呼市周边的旅游景区。我就跟我家老头子商量开一家烧烤店。那老头胆小，不敢，说赔了咋办。我就找我哥说：'咱们一起干吧，赚了大家分，赔了算我的。'"

"你倒真有胆识啊！"我钦佩地说。我对这个脸上洋溢着喜气的大嫂颇有好感，觉得她身上有一种精神，是他们那一代人特有的魄力。

"啥胆识呀，只不过是沾了改革开放的光呗！政府给我们提供了这么好的场所，要不好好利用起来，对不起政府呢。"不丢嫂子真诚地说。

"这些剪纸都是出自您的手吧？"我指着墙上的剪纸问。

"是我剪的，可许多创意都是诗远的。人家是大学生，比我有文化，对艺术的理解比我深多啦。"

诗远说："丢丢婶儿谦虚啦，她的作品前些年获过自治区大奖呢！"

正说着，一辆车停在附近的路上。从车上下来一个年纪偏大的男人，瘦高个儿，白发支愣着，消瘦的面颊上双目炯炯有神。他朝我们走过来，不丢嫂子给我介绍说："这就是我家老头子。"

他和我握了握手，自我介绍道："贾友友，在县文化馆农村放映队上班，已经退啦。"

我想起写小说的胡先生，一问，他们果然非常熟悉，而且是好朋友。"老胡和我说了，说有个编剧在我们村体验生活，要我多关照。你需要啥，别客气，尽管和我说。"他对我摆了摆手，一看就是个热心人。

贾友友进了屋里，不一会儿出来，手里拿了一瓶好酒，说："听老胡说你好酒量，来，我陪你好好喝两杯。"

我笑着说："喝酒行，可你得把你们的故事给我讲讲啊。你和吕不丢是怎么谈上恋爱的？"

"哈哈，我们的故事没啥讲头儿。"

"这样，你讲一个故事，我喝一杯酒。"我提出了我的条件。

"那好吧。"他豪爽地挥了下手，"其实更多的是丢丢的故事，让她讲吧。我是外来人，对这个村不太熟悉。她从小生活在这里，比我熟，她的口才也比我好。"

"那就请嫂子讲吧。"

吕不丢也不推辞，喝了口茶，抿了抿头发，说："从哪儿说起呢？"

"就从你和贾大哥是怎么认识的开始吧。"

第八章

62.去世

又是一年雁南归。

这一年村里发生了一件大事儿：吕家老爷子吕谷雨和胡家老爷子胡大寒在同一天过世，前后没超过两个时辰。那天吕老爷子说他想吃一碗凉粉。一辈子没啥爱好，只爱吃一碗县里老史家的凉粉。而那时已经气息奄奄的胡大寒挣扎着坐起来，对儿子胡小满指着房梁，却说不出话来。胡小满不知老爹是何意，抬头望着黑森森的房梁，突然大脑里闪过一片光芒——难道，爹是要把传家宝交给我吗？很多年前，爹就说过胡家有传家宝，等他死时，就把那价值连城的宝贝传给儿子。那时他只以为是爹吹牛，没当回事儿。现在，他一下子兴奋了。急忙唤来天马，从外面取了一架施工用的梯子，让儿子在下面扶着，他上了梯子，手够到房梁上，摸索着，真的摸到了一个沉沉的木头匣子。取下，吹掉匣子上厚厚的灰尘，打开，一百零一块银圆赫然出现在眼前。一旁的天马也惊喜地叫起来："银圆！爹，咱家要发财啦，这可是一百零一块袁大头呀！"父子俩只顾高兴，一股风不知从哪儿吹进来，架在地上的梯子砰然倒下，那笨重的铁管梯子正好砸在胡大寒的脑袋上，也不知道是被梯子所砸，还是大限已到，胡大寒瞪着眼睛咽气儿了。与此同时，吕家老爷子被两个儿媳妇扶起来，倚在被子垛上。孝顺的大儿子吕立秋跑到县城，买回来爹最爱吃的老

史家凉粉，用筷子夹着，送到爹嘴里。爹吸溜一下，一块凉粉就被吸溜进去。喉结上下滑动，又一块凉粉儿被吞了下去。爹一口气吃了小半碗。立秋高兴，爹已经好几天没好好吃东西了。腊月和二梅已经准备好了寿衣。此时的老爷子仿佛正常人般狼吞虎咽。立春从外面进来，见状急忙对大哥说："哥，小心噎着……"这句话没说完，只见老爷子脖子一梗，两眼一翻，喉结不再上下滑动，像车轮般突然停住。立春拍着爹的后背，想把那吃下去的凉粉拍出来，可是，爹早没了反应，眼睛闭死，毫无气息。二梅把耳朵紧贴老爷子的胸口，没听到心跳。摸手腕，也没摸到跳动的脉博。二梅直起腰来说："爹走啦……"

两个儿媳同时大放悲声，号啕起来。

不是同年同月同日生，却是同年同月同日死。

三天后的早晨，吕胡两家同时出殡。白帽子满村晃，号啕声此起彼伏，两拨人马在村口汇合，两家的哭声合在了一起，似乎演唱着一首人生悲怆的大合唱。

吕谷雨的灵柩葬在白沙坝吕家的林子里。胡大寒的棺材埋在胡家的林子里。

冤家路窄，刚过头七，傍晚，东边，走来了微微驼背的吕立春；西边，走来了低头想事的胡小满。这两个人都没发现对方，走到那盘石头碾子跟前，才看见了对方。二人同时转身，欲走，都有些不好意思走，就各自坐在那盘石头碾子上，一个头朝东，一个头朝西，谁也不理谁。

不是冤家不聚头。吕立春想起这句话，苦笑，取出烟来抽。胡小满见吕立春抽烟，也想抽烟。可把烟卷叼在嘴上后才发现自己忘了带火，有心想和吕立春借，但又不好意思开口。胡小满把烟卷放在手里把玩着。吕立春见状，也不说话，把一盒火柴丢了过去。胡小满拿起火柴，把烟卷点燃。接着，各抽各的烟，还是不说话，气氛很尴尬。

胡小满仰头望天，自言自语道："这天哪，眼看着就要冷啦！"

吕立春也自言自语道："这人啊，眼瞅着就老了！"

"唉，这辈子，我是讨吃子丢了棍儿——尽受狗的气啦！"

"我看有些人是窝窝头泡在醋里头——又酸又虚！"

"哈巴狗斗狠，它是凭跑呢，还是凭咬呢？"

"判官吃豆子——鬼嚼牙叉骨。"

话不投机，两个人都愤愤地扔了烟，一脚踩灭烟头。都想走，可又怕谁先走就承认自己败退了，就都不走，尴尬地坐着。

立春先打破沉默："给你爹烧过纸啦？"

"烧了。你呢？"

"烧了。"

"你说，这俩老爷子，死还要选同一天。"

"是想结个伴儿吧，要不，到了那边，没个伴儿，太冷清了。"

"我看不是。"

"那是啥？"

"是你我两家的恩恩怨怨没了结，两个老爷子到阴曹地府请阎王爷当判官，评出个你高我低，我对你错……"

"我看是你家老爷子作恶太多，阎王爷要审他，请我爹去当证人呢。"

"呸！"

"呸呸呸！"

二人起身，背对背走开。

63.砍树

这年的另一件大事是天马砍树。这事儿掀起了一场风波。

胡天马辍学已经一年。他又长高不少，嘴唇边长着密密的毛茸茸的胡子，乍一看是个男子汉了。他想再去后草地买几头奶牛回来，实现他建奶牛养殖场的理想。他把他的想法和胡小满说了，胡小满夸他有远见、有理想，让他放手去干。

天马马上提出一个建议："可我没钱呀？爷爷去世前不是留下一百零一块

银圆吗？能不能先借给我几块用一下？"

胡小满马上警觉："那不行，那是你爷爷留给我的，那是传家宝，动不得。再说，那钱得留着，将来给莫尼和你娶媳妇都需要钱呢。"

天马耐心地给他讲了一番道理："再多钱也不能空放着，要把钱合理地使用起来，这样，钱才会生钱，不然的话，钱放在那儿就是一堆废物。"

胡小满哪儿听得进去，他认为那一百零一块银圆是他的私有财产，不能和任何人分享，断然拒绝了天马。

天马没办法了，从水瓮里舀了一瓢凉水，咕嘟咕嘟喝着。他和娘说："娘，我需要钱买奶牛，要不，咱砍几棵树卖吧？城里有人想买木料打家具，给的价钱还不低呢。"

苏三有点儿担心："那得跟你爹商量商量。"

天马说："我才不跟他商量呢，商量了，他肯定不答应。"天马只要一说到胡小满，从不叫他爹，都用一个"他"来代表。

苏三说："听说现在有法律啦，就是自家的树，也不能随便砍呀。"

"娘，要不，你去跟他说说，借几块银圆给我？"

苏三说："我说过啦，他说不行，说那一百零一块银圆是留给儿子娶媳妇的。"

天马说："娶媳妇着什么急呀，我还小呢。再说，我找媳妇，一定要找个不要彩礼的，咱不花一分钱！"

苏三说："这年头，哪儿有不要彩礼的媳妇？就是花上彩礼，你能找个好媳妇就算不错的了。"

天马自信地说："娘，你咋还是老脑筋。今天我把话给你撂这儿，我要是找不见一个不要彩礼的，我宁可一辈子打光棍。"话题又回到砍树上，"砍树的事儿我问清楚了，没规定说绝对不能砍，只要承包人向村委会主任提出申请，主任批准了，就可以砍。"

"那主任能同意吗？村主任是吕立春的儿子吕天亮呀。"

"娘，当年你不是和吕立春一起在林场创业吗？要不你去找找吕立春，求求他，咱们要砍的都是老树，靠坡那边的林子过密了，连风都不透了，我从书上看的，说林子太密不好，不利于树木的生长，必须得疏伐。"

苏三有些为难地说："你又不是不知道，因为我嫁给胡小满，他连话都不跟我说啦，我去求，只怕没用！"

"娘，你给吕立春多说点儿好话，他会答应的。我看他这个人是念旧情的，只要他答应了，天亮就会同意。"

苏三没把握地点头应允了："那我去试试。"

下午，苏三换了一身干净的衣服，又拎了一塑料卡子牛奶，来探访吕立春。进了吕家的院子，她心里有点儿忐忑不安，左右张望了一下，二梅不在家，吕立春正坐在院子里忙着修理农具。

苏三怯生生地叫了一声："场长……"

立春抬眼看了她一眼，不冷不热地说："早不是甚场长了。有事儿说事儿。"

苏三把那一桶奶放下，说："这奶呀，营养可丰富呢，啥病都能治，你先喝着，只要喝着好，以后我天天让天马给你送过来。"

立春瞟了一眼那奶，问："包治百病？那不成了王母娘娘喝的琼浆玉液了。"

苏三有点讪讪的，坐也不是，不坐也不是。瞟见院子的树上挂着立春的一件旧军装，袖子上被撕了一个口子，可能是他在巡林子时不小心被树枝剐破的。苏三取过旧军装说："哎呀，二梅也真是的，这么大的窟窿也不说给补补……有针线吧？我给你缝一下。"

立春看着她，忽然觉得她挺可怜的，不忍再对她如此冷淡，进屋子里取了针线出来，递给苏三。苏三娴熟地穿针引线，戴上顶针，开始飞针走线。

"立春，二梅是不是不会做针线活儿？那以后，这种活儿你送过来，我抽空就给你缝了。"

"让你男人看见不骂死你？"

"你以前是我的领导，帮帮你是正常的呀。"苏三一边说，一边缝着，

"唉,真没想到,林工程师说走就走了,撇下豆花……豆花的命真苦啊。"苏三眼圈一红,说不下去了。的确,她是动了真感情,那些年,林场里只有她和黑豆花,两个人亲如姐妹。本以为她嫁给林浦算是找到了幸福的归宿,没料到终究没有逃过命运的捉弄。

立春看着苏三欲言又止的样子,问:"苏三,你是找我有事儿吧?"

"是天马的事儿。"

"甚事儿,说吧!"

"天马想回后草地买奶牛,可钱不够,想砍几棵树卖。这事儿,得你家天亮批才行。"

"那让他去找天亮呀。"

"怕天亮不批呀。"

"砍树卖钱?这又是胡小满的鬼主意吧?"

"不是他的,是天马的。这事儿天马还没跟他爹说呢。"

"你不用替胡小满隐瞒,我知道,这种灰主意只有胡小满才能想得出来,就别拿孩子做幌子了……你回去告诉胡小满,这事儿不会批的,一棵也不批,正在风沙口,防风林里的树,一棵也不能砍!"

"可天马说,那林子里的树太密了……"

"不用找理由,那片林子是我种的,我知道是个甚样儿,我就是闭着眼睛,也知道哪棵树在哪儿长着哩。你回哇,这事儿,没有商量的余地。"

看见苏三呆坐在那儿不动,立春一把夺过她正在缝的旧军装。夺得急了点儿,针把苏三的手给扎出血了。

苏三呆呆地看着立春,委屈的泪水涌了出来:"立春,你的心太硬了……就算你不应承,我给你缝缝衣服就不行了?难道你都不念咱们的友情了?你心里从来没有我这个和你一起吃过苦受过罪的老林场人?"

吕立春一怔。

苏三抹泪说:"我是外来人,无路可走的时候,你收留了我,是林场给了我一条活路……我回到后草地之后,你们谁去看过我?你们挂念过我吗?你去过吗?只有海棠去过……那时候,我多想咱们林场呀,多想你们啊!我的心里一直都是热乎乎的,想把心都掏出来给人家看……后来,胡小满跑到后草地,死活要接我回来,我为啥要回来?因为我回来就能看见你们,就能看见咱们种的那些林子!看见那些林子活得好,我心里就高兴呀……"

立春也动情地说:"我是对不住你,可都这么多年了,把这些事情翻腾出来做甚呀。不说了好不好,你就是不说,我心里也都明白,这些年,生活最苦的就是你了!"

苏三听到这里,泪如雨下,她为立春能知道她的心而哭泣。立春把手里的那件旧军装又递给她:"你要不是胡小满的女人,我早应该过去看你了,我应该把你当成自家人。我有责任啊!"

苏三停止了哭泣:"不,立春,我知道你也有难处,不能全怨你。"

立春说:"以后,咱们多走动点儿,都上岁数了,需要互相多帮帮啊。天马这娃儿挺能干的,脑子活泛。"

"天马跟他爹不一样,虽然说让他爹教的也恨你,可是,他的心眼儿没他爹那么小,遇事也能想得开。"

"我看那娃儿心灵手巧,将来会有大出息呢!要砍树卖钱的,真是他?"

"真是他,他说林子太密,砍几棵树对林子好呢。"

"这事儿我得问一问,是不是那么回事儿,要真是像你说的那样,到了年头就得砍些老树的话,我去跟天亮说。"

"立春,叫我咋谢你哩。"

64.争执

一个月后,一辆大卡车拉着几头奶牛进了村。卸车的时候许多村民跑过来观看。大家议论纷纷,谁也不清楚胡天马拉回来这么多奶牛要干啥。天马把那些奶牛赶进棚圈里,给司机手里塞了几张钞票。

胡小满走过来,威严地说:"进家,问你个事儿。"

天马没有理会他："啥事儿？不能在这儿问？"

胡小满说："你好大的胆儿，这事儿居然敢瞒着我！"

"啥事儿瞒你啦？"

"风沙口林子里的树，是不是你砍的？"

"是。"

"谁叫你砍的？"

"我跟娘商量过了。"

"那你老子呢？不把你老子放在眼里了是吧？"

"咱们家目前总共三口人，我和娘同意了，那就是多数，就算你不同意，也没用，少数服从多数嘛。再说了，不砍树，哪儿来的钱买牛？不买牛，咋能建成养牛场呢？"

"你少跟我扯没边儿的。你个小兔崽子是越来越无法无天了，你知道你惹下多大的麻烦吗？你不经村委会批准就砍树，那是违法的……"

天马理直气壮地说："谁说我没经过村委会批准了？"

"批了？谁批的？"

"吕天亮。"

胡小满不相信："吕天亮？不可能！"

"你去问他呀，他大笔一挥，批了我砍树……砍几棵已经不长的老树，卖几个钱，有甚大不了的，看把你吓的。"

这时苏三也来为儿子帮腔："是啊，砍树前，天马还把林业技术员请到林子里看了，人家专家说天马选的那几棵老树是该砍了，不然的话，还会影响小树的生长哩……"

胡小满恼怒地说："你给我住嘴！都是叫你给惯的，不然的话，他哪来这么大的狗胆子！"他转向天马，"驴子家跟咱们家，那是冰蛋蛋火炭炭，永远搁不到一个盆儿里，驴子咋就会发这善心，批准你砍树呢？这不可能，绝不可能！老实说，你是不是给了吕天亮啥好处，他才批准你砍树的？"

天马有些不耐烦了："你这人咋这么麻烦呢？都跟你说了，你爱信不信……你要是实在想知道我给了天亮啥好处,那我告诉你,三张选票。"

胡小满一听傻眼了:"甚,前些时候换届,你把咱家的三张选票投给了吕天亮?"

又一届村委会改选,胡小满懒得去投票,让天马代表一家人去投票。他叮嘱过天马千万要投赵会计。"那是咱的本家,和咱家是亲戚哩,谁叫你投吕天亮了?怪不得辛辛苦苦拉了那么多票,可到头来,还是没比过吕天亮,原来都是你这种吃里爬外的家伙在搞鬼啊!"

天马说:"说句公平话,就那赵连成,他还不如我呢,让他当村主任,那不是丢咱村的人嘛。与其把票投给他浪费了,还不如做个顺水人情给吕天亮呢!"

胡小满早已经气得浑身哆嗦起来:"好小子,你……你……"

"我咋的啦?我知道你跟吕立春尿不到一个壶里,可是,那都是陈芝麻烂谷子的事儿了,没听广播里见天说吗——要向前看,向前看嘛!"

胡小满被噎得哑口无言。

天马说完,一甩门走了出去。

65.调研

吕天亮去乡里开会。会后,他正想搭车回村,姚白露喊住他:"天亮,跟我一起走吧,正好我要去你们村做调研,顺路。"

天亮有些不好意思地说:"搭你的车回家,不算搞特殊化吧?"

白露说:"怎么是特殊化呢?我是要去你们村调研,又不是专程送你回家。"

路上,除了司机,车内只有姚白露和吕天亮两个人。白露问了一些关于吕立春的情况,主要是关心他的身体怎么样,是不是每天还是在白沙坝的林子里转悠。天亮讲了不久前不知道是谁把大雪的墓碑给弄倒了,爹又做了一块更大的,用水泥给加固住了。白露听了,神情黯然,好久没说话。可能是想起了当

年那段悲伤的往事吧。

天亮问:"咋的啦?情绪这么低落?"

姚白露说:"我在想工作上的事儿……咱们乡,还有咱们县,自然环境恶劣,这么多年来,不管怎么奋斗,还是甩不掉那顶穷帽子!眼下,脱贫致富是关键。昨天在县里开会,新来的书记问我,用几年的时间能让咱们乡脱贫,一下把我问了个大瞪眼,没回答上来。"

天亮说:"你真实在,话还不是由人说,三年五年,十年八年,约莫着说呗。"

姚白露摇头说:"这可不能来虚的,得实实在在,几年就是几年,我们得务实。"

天亮说:"咱们这儿啊,要想甩掉穷帽子,没有几十年怕是不大可能。你想啊,只有自然环境变好了,人们的生活才会有所改变,而要想让自然环境走向良性循环,怎么也得五十年或者一百年吧。"

白露说:"所以我就在想,每年我们不能光是种树,除了种树,还得想办法发展经济,要想想怎么样才能让乡亲们的生活有一个大的改变。"

"想出办法来了?"

"要是想出办法了,就不用这么愁眉苦脸了。这回我要到各村好好地走走,沉下来做些调研,寻找一条适合咱们乡甚至于咱们县的经济发展之路。"

吉普车刚进村子,向车窗外张望着的白露突然看到了什么,急忙让司机停车:"小王,把车停下。"

车停住。

"你要干啥?"天亮问。

姚白露一边下车一边说:"让小王先送你回家,我去那边看看。"

原来白露看见胡小满家门前有几头奶牛正在进棚。还有一群羊在葛二蛋的驱赶下正在进棚圈。葛二蛋甩着响鞭,羊叫马嘶,一时极为热闹,有家畜盈门之感。白露走进胡家院子时,胡小满正在打扫羊圈,苏三则拎着一个桶来挤奶。天马在一旁帮忙。

"哟，你们一家正忙啊？"姚白露从棚圈门的木头栅栏上探头向里看着。

胡小满见了姚白露，不冷不热地应了一声，继续埋头去打扫圈里的羊粪。

苏三热情地答道："哟，乡长来了！"

天马纠正说："娘，人家现在是乡党委书记。"

白露说："你们家的牛可不少啊！"

苏三说："都是天马这孩子说：'要想富，多放牧；要想日子过得香，多养牛马羊。'"

姚白露笑道："有意思，没想到天马的思路还很开放呢……哎，苏嫂，你说，咱们这儿适合养奶牛吗？"

苏三刚要说什么，天马抢着说："适合，咱们这儿离呼市近，奶子的销路很好。再说，我家林子里的草那么一大片，荒着也是荒着，正好在那儿放养。"

姚白露若有所思地说："天马，你算过这笔账没有，照你这样发展畜牧业，一年下来，能增加多少经济收入？"

"算过。就照我家这规模，一年下来，收入少则五千，多则一万。"

一旁，胡小满不住地拿眼睛斜睨天马，还用咳嗽来提醒。可天马仿佛没看到一般，兴致盎然地说着："你看，现在大家都开始注重保健了，而牛奶营养丰富，随着它的营养价值逐渐被人们所认识，销路会越来越好。我还想扩大规模，搞一个现代化的奶厂呢……"

胡小满只得起身过来干涉："天马，人家姚书记大老远地来了，你也不让人家进屋坐坐，在你这牲口圈里寡说六道个甚呀，也不怕这儿的臭味儿熏着人家书记啊！"

姚白露摆手笑道："没事儿，我也是村里出来的，还怕闻个羊屎味儿啊。来，小满哥，你歇歇，我帮你干会儿。"

白露说着跳进羊圈，挽起袖子，操起铁锨，开始帮着清理起羊圈来。

胡小满一时手足无措："哎呀！白露，这活儿不是你干的，你快出来……"

白露头也不抬地说:"没事儿的,干一会儿,正好当成锻炼了!"

胡小满望着姚白露,一时,心中的某一处被触动了。他想起当年正是他去告密,才让姚清明狠狠地打了白露。作为一个告密者,心中有鬼,内疚袭来。但转念一想,正是她爹那一巴掌逼走了她,她才一步一步走上了领导岗位。不然的话,她就有可能被那驴子给迷住了。这样一想,他觉得自己对白露是有功之臣,不免扬扬得意起来。

"天马啊,你是年轻人,由你看,咱们村想要发展,还欠缺些什么?"

"要我看呀,政府除了在经济上多给我们一些优惠政策,文化方面也得向基层倾斜呀!农村文化氛围不浓。往后,应该搞文化下乡,剧团呀,电影放映队呀,让他们多来。要不,那些大叔大婶闲在家不是摸牌九就是推长城,要不就是凑在一起喝猫尿儿,那顶穷帽子能摘下来吗?"

姚白露心想:这年轻人,岁数不大,思路却清晰,考虑问题很长远呀!

66.电影

县委、县政府正式出台文件,县乌兰牧骑和电影放映队定期下乡巡回演出,丰富农村的文化生活,满足人民群众日益增长的精神文化需求。

电影放映队的汽车开进了村子。

说是放映队,其实车里只有一个人,既是司机,也是放映员。一伙孩子跟在汽车后面奔跑,高兴地叫着:"电影队来啰——夜儿黑地又能看电影啰……"

吕不丢和电影放映队的贾友友就是从电影下乡的那一天相识的。那天,闲坐在家的丢丢恍惚中听见附近有马嘶声。她一下振奋起来,急忙溜出去细听,真的有马嘶声。她辨别方向,一路小跑,刚跑到村外,那马嘶声似乎又从另一个地方响起,她又跑,可马嘶声又从刚才的地方响起。这样跑了几个来回,也没见到一匹马,这才垂头丧气,一路慢慢地走回来,神情茫然。走到一个三岔路口时,她停住了,站在那儿发呆。就在这时,一辆面包车行驶过来,在她面前停住。她看见车窗里有块红牌子,上面写着"县文化馆电影放映队"几个字。

车窗落下,里面的司机探出头来,是一个中年男人,向她发问:"小妹妹,向你问个路呀,去磨盘村咋走?"

丢丢心绪不佳,看也没看那人,没有吱声。

那人又问了一遍:"请问,去磨盘村怎么走啊?"

丢丢依然不吭声。

那人说:"唉,原来是个聋子……"

那人正要开车走,丢丢突然上前说:"站住!你骂谁是聋子?"

那人看着丢丢乐了:"原来不聋啊?"

"你才聋呢!"

"不聋你倒是吭一声啊!"

"你要到磨盘村?"

"是哩,我是县电影队的,要去磨盘村放电影,头一回去,不认路……"

不等他说完,丢丢径直朝汽车走去,打开车门,上了车。那人望着丢丢有些吃惊:"咦,你咋上车了?"

"你不是要去磨盘村吗?"

"是啊!"

"那就开车吧!"

那人似乎有些明白了:"你……就是磨盘村的?"

丢丢白了那人一眼:"走不走吧?"

那人急忙答道:"走,走哩……"

丢丢一直把车带到村委会院子里,然后打开车门,从车上跳下来。那人从车窗探出头来喊:"哎,小妹妹,我叫贾友友,你叫啥啊?"

丢丢理也不理贾友友,径直离去。那晚,她没去看电影,因为没心情。不承想第二天又遇到了贾友友。面包车开到她身边,停住。贾友友从车窗里探出身子来,对着丢丢摆手:"昨天你为什么没去看电影啊?"

丢丢不语，心想，你管我看不看呢。

贾友友又说："我知道你的名字，你叫吕不丢，这名儿好记。"

丢丢心想：不知是哪个多嘴多舌的把我的名字告诉了他。一定是他到处打听我的名字来着。

"对了，过两天我还来你们村放电影。你喜欢看啥电影我就带啥电影来！"

"真的？"

"当然是真的，我们那儿好片子多了，想看什么就有什么。"

"那有没有……讲爱情的电影？"

"有啊，有印度的《永恒的爱情》，想看吗？"

"不不，等我和天马成亲那天，你再给我们放爱情电影吧。"

那个叫贾友友的男人有点儿吃惊地看着她。

"那……还有其他的呢……日本电影《追捕》看过吗？"

"没。"

"那我就给你带《追捕》，可好看了。"

贾友友说到做到，过了几天，他又来放电影，带来的片子果然是《追捕》。丢丢对娘说晚上要去看电影，娘自然开心——女儿一直待在家哪儿也不去，再待下去，那病可就越来越重了啊，只要她愿意走出去，那就是好事儿。于是，腊月拎了个小板凳，跟着女儿一起去村戏台那边看露天电影。

全村人几乎都来了。电影机响起"嗡嗡"的声音，银幕上放映的是日本电影《追捕》。

观众中，天马和胡小满坐在一起，他不看银幕，却用目光四处扫描，寻找着什么，突然眼睛一亮，他看见不远的地方，丢丢和她娘腊月坐在小板凳上，正在看电影。天马顾不得看电影，目光时不时向那边瞄着。

没想到，电影正演到关键之处，大喇叭里突然没声音了。贾友友急忙把电影暂停，拿起一个麦克风吼起来："大家安静……安静……这盘片子的音轨出了问题，下面给大家同步配音啊，我配杜丘，咱们欢迎丢丢上来配真由美好不好啊?"

青年人起哄,大声叫好!由于太突然了,丢丢一时不知道应该怎么办才好,坐在那儿发怔。旁边,娘捅她:"快去呀,叫你呢。"身边又有几个闺女拉起丢丢,把她推到放映机旁。

丢丢十分紧张,对贾友友低声抱怨道:"我哪儿会配音呢,这不是要我出洋相嘛。"

贾友友对她亲切地笑道:"没事儿,我这儿有写好的台词,你跟着念就行了。"

贾友友说着,把一页纸递给了丢丢。他接着操作放映机,让无声电影继续放映着。银幕上被定格的杜丘和真由美开始动起来。先是贾友友模仿杜丘的声音说了一段台词。轮到真由美说话,丢丢拿着那页纸紧张地站立在那儿,不知如何是好。

贾友友急忙对她说:"念,快念啊。"

丢丢照本宣科,念了起来:"杜丘哥哥……你是我的亲咯蛋蛋,我好喜欢你啊……"

看电影的年轻人们哄堂大笑起来。

丢丢突然意识到什么,顿时羞得扔下那页纸,捂住了脸:"哎呀,羞死个人了……"

丢丢捂着脸跑开了。贾友友望着丢丢的背影,对着话筒即兴喃喃地说:"我也喜欢你,我会一直等你的……唉,哪儿有个完呀……"

观众席上,胡天马一直看着这一幕,他的脸上,浮现出一抹妒忌之色。

67.求爱

这次带的电影片子多,总共要演五天,说是"南斯拉夫电影周"。贾友友吃住都在面包车上。村路南边是一条清清的小河,平时,大闺女小媳妇都喜欢端着盆儿去那儿洗衣服。这天丢丢正在河边洗衣服,贾友友拎着个水桶走过来打水,看见丢丢便上前搭话儿:"哟,妹子,洗衣服呢?"

丢丢看了贾友友一眼,问:"电影演完了咋还没走?今儿还演?"

贾友友说:"演,只要你想看我就放,哎,昨天晚上的电影好看吗?"

丢丢知道他说的是那部《列宁在十月》,忍不住笑了:"挺好听。"

"好听?"

"是呀,是你给配音配得好听。"她学着贾友友的配音,"费拉基米尔·伊里奇,哎呀!还有个列宁……"

贾友友也忍不住笑了:"你学得真像!"

贾友友见丢丢要接水漂洗衣服,急忙把接的那桶水倒给她。丢丢抬头认真地看了贾友友一眼:"你这人,倒有眼色。"贾友友只是"嘿嘿"地笑着,目光一直盯着丢丢看,看呆了。接水的桶满了,他也没有发觉。

丢丢见状,有些不好意思起来,低声说:"喂,水满了……魂儿出窍了?"

贾友友急忙去拎水桶。

"哎,你为啥要叫吕不丢呢?是你爹你娘怕你丢了吗?"

"你问这些干啥?"

贾友友不好意思地摸了下脑袋说:"我想问问,你有对象没?"

丢丢骄傲地说:"有啊,我早有对象了,我对象可有出息了,他骑黑马,走南闯北,杀富济贫……哎,你问这个做甚?是不是对我有甚想法啊?有也白有,劝你尽早死了这条心吧,等到八月十五月儿圆了,我的心上人就会用花轿来上门娶我了,真的,到时候,请你来给我们放电影好不好?"

只要一提到天马,她的病就犯了。

贾友友听了,默然无语。他从村里人的口中得知丢丢得了怪病,但他不相信她这病治不好。电影放映队不仅放电影,还摆放图书让大家看,大都是科普类读物,里面也有小人书、故事会等。丢丢和天亮媳妇玉荣结伴来看小人书,贾友友笑嘻嘻地迎着她们。

"丢丢,我今天带了两部电影来,都是爱情片,一部是国产的,一部是外

国的，你喜欢看哪部我就放哪部。"

"由我说了算？那行吗？"

"行，就是由你说了算。"

"那我不是比村主任的权力还大吗？"

"你在我心目中，比谁的权力都大。"

玉荣听着觉得酸，借故躲到一边翻书看。

丢丢笑道："你真会说话，城里人都会哄女人。"

贾友友认真地说："不是哄你，说真的，丢丢，本来我们单位让我坐办公室，以后不再当放映员了。可我一想，如果不当放映员，我就不能到磨盘村来了，所以，我坚决不去坐办公室，非得要当放映员不可，单位的人都笑我傻。"

"你是够傻的。"

"你知道我这都是为了什么吗？"

"为甚？"

贾友友停下来，凝视着丢丢："为了能隔三岔五看见你。"

"我有啥好看的？"

"和你说句掏心窝子的话，我一回到县城就会想起你，你的影子就在我眼前晃，晃得我吃不下饭，睡不着觉。"他的声音低得只有丢丢才能听见。

丢丢"咯咯"笑起来："真的假的？"

"当然是真的！"

"可是你姓贾啊，不会说的话都是假的吧？"

"我是姓贾，可我的心是真的，你看咱俩的名字多有缘呀，你叫丢丢，我叫友友，丢了不怕，有了就好，是不是？丢丢，我真的喜欢你……"

丢丢起初没察觉到这句话的分量，还在"咯咯"笑着，突然觉出了什么，一下不笑了，转过脸望着贾友友："你说你喜欢我？"

贾友友肯定地点了点头。

"那你想娶我做媳妇？"

贾友友又肯定地点了点头:"这回我下了决心,非得要把我的心里话对你说出来,不然的话,这话憋在心里,会把我难受死的!丢丢,你愿意接受我的这份感情吗?"

丢丢突然又"咯咯咯"地笑了起来。

68.过继

不知为什么,吕立春总觉得大哥家的女儿吕不丢的病和自己有关。其实大哥早年的那个梦不是梦,而是真的——丢丢的确丢过一次。

那是八月十五中秋节,二梅缠着立春让他带她去赶集:"走嘛,人家想扯一块花布,过年好做一件新衣裳哩……去嘛,听说乡里的集市可红火呢,还有唱戏的呢,咱也去听听戏呀……你要不陪我去,那我叫嫂子腊月一起去呀……"

立春被缠不过,只得说:"好好好,走,走。"

刚刚把白耳朵从牲口棚里拉出来,给它的背垫上毡子,好让二梅坐上,不承想这时大嫂腊月抱着小丢丢来了。丢丢听说二叔二婶要去赶集,哭死哭活要跟着去。二梅怕立春动心不走,急忙从腊月手里接过孩子,说:"就让孩子跟我们一起去吧。"

到了集市,二梅看得眼花缭乱,而小丢丢更是看见啥都觉得稀罕,拉着立春的手,一会儿要去这儿,一会儿要去那儿。立春有耐心,这边那边的到处走。孩子走累了,他就把丢丢架在脖子上,一边走一边颤。丢丢高兴得"咯咯"直笑。

到了正午,集市已经快逛遍了。立春内急,把丢丢交给二梅,自己去找厕所。集市附近没厕所,跑了很远才解决了问题,等他返回时,看见二梅正在和卖花布的聊得上劲儿,一会儿讨价还价,一会儿套近乎笼络感情,一会儿又谈论料子的质地如何。

立春问她:"丢丢呢?"

第八章

二梅扭头一看："哎，刚才还在这儿呀……"

立春的脑袋"轰"的一下，急忙去找。问附近的小商小贩，有人说看见一个女娃娃被一个胖女人抱走啦。立春更急了，再找，又有人说，看见那胖女人抱着一个又哭又叫的女娃儿朝关帝庙那边走去了。心急如焚的立春急忙奔到关帝庙那边，结果那边连个人影儿也没有。立春返回集市，他的白耳朵和二梅也不见了。立春叫苦不迭，后悔没有叮嘱二梅牵着白耳朵在这儿等他。正打算到乡派出所报案，突然发现地上丢着一只小花鞋，那正是丢丢脚上穿的，可能是被人抱走时掉下的。忽然想起刚才在经过一家鞋店时，听见里面有女人问有没有五岁女娃儿穿的鞋。店主说有。他一下子醒悟过来：那个买鞋的女人可能就是抱走丢丢的胖女人。

立春急忙返回到鞋店，一问店主，果然有一个胖女人买了一双五岁女娃儿穿的鞋。他问那胖女人朝哪个方向走了。店主指了一个方向，并说她上了一辆马车，那驾辕马是一匹白马。

立春哪里顾得上去找二梅和白耳朵，他看见路边有一辆自行车没上锁，一个箭步蹿过去，骑上车就跑。他沿着店主指的那条路追下去。他身体好，加上心急如焚，把自行车蹬得比马车还快。大约追了两个时辰，终于看见前面有一驾马车，那驾辕马正是白马。马车跑得也不慢，好像那赶车人感觉到后面有人在追他。自行车挨近马车时，立春飞身一跃，犹如后来电影中飞身跃车的大侠一般跳上马车，狠命拉住马车的车匣，"吁——"白马停住了。赶车人是一个满脸横肉的男人，他一把将立春拉下马车，挥拳就打。若论打架立春可不惧，三下五除二就把那汉子打得哭爹叫娘，钻到车下不敢出来。立春撩开那车篷的帘子一看，里面坐的正是一个胖女人，吓得脸色惨白，面无血色。被她紧抱在怀中的丢丢被她一只肥胖的大手捂着嘴，喘不过气来，孩子的脸已经憋成了猪肝色。立春一拳将那胖女人打成了熊猫眼，从她怀里夺过孩子。看到丢丢还在昏睡，立春用一根麻绳将那二人捆了，扔在马车上，又在路边找到了那辆自行车，放到马车上，一直把马车赶进了乡派出所。在那儿，他见到了失魂落魄的石二梅，还有他的白耳朵……

丢丢被救回家，睡了五天，咋叫也不醒，就那么昏睡着。吕家人都慌了，把孩子抱到县医院，大夫详细检查后说："啥毛病也没有，可能是孩子吓着了，睡够了自然就醒过来啦。"果然，到了第六天头上，丢丢醒了，第一句话是："娘，我饿……"

从此，丢丢落下个嗜睡的毛病，有时睡着了几天不醒。

眼看着孩子从嗜睡变成了"花痴"，立春心里格外难过。他把侄女儿过往的一切都当成是自己的过失。这年冬天，大嫂腊月得了肝癌，没撑到过年就过世了。办完大嫂的葬礼，立春终于向大哥说出这些年一直想说的话："大哥，大嫂不在了，你把丢丢过继给我吧，我没闺女，丢丢过继过来，我会把她当成自己的亲闺女，让她日后的生活没有别的，只有幸福。"

立秋听了也很感动，抓着弟弟的手说："过不过继就是一句话，你要是喜欢这闺女，就让她住到你那儿去，将来，她会把你当亲爹一样，给你养老送终哩。"

兄弟双方达成了默契，立春让二梅把丢丢接到自己家，给她布置了一个房间。二梅在房间的墙上和窗户上贴满了彩色的贴纸……

69. 绝情

贾友友的年龄比丢丢大一轮。在20世纪80年代，大一轮的年龄差距是不被大众所接受的。所以那天贾友友拎了很多礼物走进吕家院子时，他的心忐忑不安，不知道吕家会对他是什么态度。他已经做了最坏的打算：无非是被吕家人一顿痛扁，打得他抱头鼠窜。他记得有诗云："生命诚可贵，爱情价更高。"为了爱情，被痛打一顿也算值了。

他进院子时，吕立春正在院子里浸泡树秧子，抬头就看见了他。贾友友手里拎了几条烟和两瓶汾酒："吕场长忙呢？"贾友友谦卑地上前问候。对于这个称呼，来之前他反复思考，定不下来的是称吕立春为叔还是兄。好像都不合适，那就称呼他以前的职务吧。

吕立春看过露天电影,认得贾友友:"小贾啊,放完电影没回县里啊?"

贾友友说:"今天要去附近的大井村放电影,下午走。"

"哦,有事儿啊……是来找丢丢的吧?"

"不……吕场长,我是来找你的。"

"找我?"

贾友友把烟酒放在吕立春面前:"吕场长,我也不绕弯子了,有啥说啥,我来见你,本来应该更正式一些,可是我心里急,就直接来了,希望你别挑我的礼儿。"

吕立春心如明镜,却装糊涂:"这话是从哪儿说起呢?"

"那我就直说了,我喜欢你家丢丢,我想向她求婚。"

吕立春看着贾友友问:"你想娶丢丢做媳妇?"

贾友友肯定地点点头:"我认定我的媳妇就是她了,我这辈子,非她不娶!"

吕立春盯着贾友友问:"你对她了解吗?"

"了解,我们有过几回交流,我对她的印象非常好。"

"她有病,你知道吗?"

"知道。"

"可她对你呢?"

贾友友一怔:"丢丢的心理可能受过创伤,她可能一时还接受不了我,但我会细心地关心她、爱护她,慢慢医治她心里的伤口,等她的伤口痊愈的那天,她一定会接受我的。"

吕立春用长辈的语气说:"后生,我们庄户人都是实实在在的,我不管你嘴上说得多好听,我讲的是实际,你是一个城里人,丢丢是一个乡下人,你们俩,合适吗?"

"合适啊,现如今,城里人娶乡下媳妇,这很常见啊。"

"那年龄呢?"立春对这个城里人并不讨厌,只是对二人的年龄差有些忧虑。丢丢才满十八岁,他呢,已经三十岁啦!

"只要真心相爱，年龄不是问题。"贾友友一定没少看爱情影片，不加思考就能说出几句漂亮话。

"丢丢可没想要离开磨盘村，如果她不愿意进城，你咋办？"立春问。

贾友友听了一怔："她不进城？那……那我就到乡下来。"

"后生，这事儿可不是信口说出来的，你还是回去好好考虑考虑，考虑好了再来找我吧！"

贾友友一时有些发怔，慢慢地转身。吕立春把他带来的那些烟酒拿起来，塞进他怀里："把这些带回去。"

丢丢过继给亲叔叔吕立春的事情贾友友是知道的。吕立春对自己是啥态度呢？是认可，还是拒之门外？他真有些摸不着头脑。他的思绪有些混乱，上了面包车，开了一会儿，脑子里还是一团乱麻。突然发现路上闪出一个人来，挡在车前，他一惊，急忙紧急刹车，才没有撞到那人身上。

贾友友从车上跳下来，看清站在路中间的是胡天马。这小伙子他知道，他对胡天马和丢丢的那段传闻也略有耳闻。

"喂，不要命了！"

天马一步一步向贾友友走过来，目光凶很。

贾友友有些害怕，向后退了两步："你想干什么？"

"你放心，我不打你，我只是想告诉你，磨盘村不欢迎你。以后，你要再敢到磨盘村来，我就不能保证你的汽车还能不能开出这个村子了！"

"威胁我？小兄弟，我跟你无冤无仇，你这是干什么？"

"我们是无冤无仇，可是你想打丢丢的主意，我就跟你有冤有仇了！"

"原来你是为了这个啊……丢丢是你的什么人啊？"贾友友勇敢起来。

"你别管她是我的什么人，反正，我今天正式警告你，你再敢到磨盘村来，我就真的不客气了！"说着，一脚踹在面包车的车门上，车门发出响亮的声音，车门上的铁皮凹陷了一块儿。不等贾友友有什么反应，胡天马已经大步走开了。

丢丢在小河边洗衣服，听见有赤脚拍击河水的"啪啪"声，以为又是贾友友，抬头一看，却是胡天马。

她的眼睛里流露出惊喜："天马，你来了！"

胡天马的表情是冷冷的："丢丢，我向我娘发过誓，以后不再见你。可我还是忍不住来找你，我说你咋那么缺心眼儿呢？"

"咋的啦？"丢丢的热情被泼了一瓢凉水。

"那天放电影，你配音，让大家看你的洋相啊？"

"咦，不就是上去念了那么一句么，咋就出洋相了？"

"你傻不傻啊，没看出那个放电影的没安好心吗？他是故意把电影闹的没声音了，然后让你上去念那句话的。"

"不能吧？"

"不能？你没见他早有准备吗？那词儿早写好了，就等着你当众念呢。"

丢丢却忍不住笑了："就算是他早有准备，那也只是念一句台词嘛，有甚大不了的。"

"你呀，丢丢，你没发现那个姓贾的瞅你的眼神儿都不对哩！他恨不得把你吃进肚子里呢。"

"他又不是老虎，能把我吃进肚里？"

天马正色道："丢丢，我希望你以后不要再搭理那个姓贾的了，也不要再跟他来往了。"

丢丢有些不高兴："咦，你算我甚人呢，我跟谁来往，不跟谁来往，还得经过你同意呀？"

天马有些专横地说："不听我的话，你会后悔的。"

天马接满了水，气鼓鼓地转身离去。

丢丢急忙追过去："天马，我听你的，听你的，我以后再不理他了，行不行啊……"

天马没有停下，也没回头，但他的嘴角浮出一丝笑意。

第二天，贾友友从大井村返回县里时专门绕道来找丢丢。他想这次无论如何也要从丢丢这儿探个实底儿，行或者不行，他要一句实话。

"丢丢,你给我个回话。咱们俩的事儿,你倒是表个态呀?"

"我活这么大,还没听到过哪个男人说喜欢我,你是头一个,真的。庄户人不会说这句话。可我想听见这句话,一直在想……"

贾友友惊喜地说:"这就是说,你答应了?"

丢丢却摇头:"我话还没说完呢……我是一直在等有个男人来对我说这句话,可那个男人不是你!"

贾友友傻了:"不是我,那是谁?"

"是我的天马……"

"丢丢,我听说胡天马对他娘发了毒誓,和你再不见面,再不来往呢。他爹让钱二婶给他介绍对象呢。"

"才不是呢,昨天,天马还来找过我。"

"找过你?他和你说啥了?"

"他不让我跟你来往。以后,你不要再来找我啦……"

"丢丢,人家没说要娶你吧?你要现实一点儿,人不能在一棵树上吊死,既然过去的那份感情已经没希望了,为什么还不放弃?只有放弃了旧的,才能重新开始啊!"

"行了,贾大哥,你的心我已经知道了,我的意思你也明白了,以后,我们可以做朋友,好不好?"

"丢丢,我可以等,一直等到你哪天彻底死了心,不再对他抱有希望了,等到你的心里腾出一块儿空地,能够接纳我了……我可以一直等下去!"

70. 警示

吕立春今天的心情特别好。今天巡山,发现他撒播的那些林浦用生命换回来的沙棘种子不但完全成活了,而且开始串根,一株变两株,两株变四株,照这样下去,用不了几年,漫山遍野都会被绿色覆盖。那只猖狂的沙老虎就会被锁住啦。

二梅看出他心情好，给他烫了一壶酒。

"丢丢呢？"

"在她的房间。"

"她吃了吗？"

"吃了，不过只吃了一点点。"

"你说，她这两天为啥又开始睡不醒啦？"

"我看她是在装睡。她心里不痛快。我喊她一起去看电影，她也不去。"

"为啥不痛快？"

"心里烦呗。咱这边，不让她和胡家那小子来往；胡家那边，也不让他儿子和丢丢接近。"

"那不是还有一个放映队的贾友友吗？"

"我看她未必喜欢贾友友。"

"可那姓贾的好像挺喜欢丢丢呢。"

"人家是城里人，咋会娶个农村闺女呢。"

"丢丢可以嫁进城里去嘛。"

"农村户口转城市户口可难呢，将来就算是进了城，户口也是个难办的事儿。"

"我看是你舍不得让丢丢离开你吧？"

"丢丢是个苦命的孩子，我真不放心她离开我啊！"立春仰头将一杯酒一口气干了。

"吃罢饭，你和孩子拉呱拉呱。有时候啊，话是一把打开心结的钥匙，你得说，不说，那心结就打不开。"二梅说。

立春认为二梅说得有理。吃完饭，他来到丢丢房间。

"丢丢，这些年来，我忙村子里的事儿，也没顾得上照顾你。你的婚姻大事是我心头的一块病，这病不除，心就天天疼啊！你以为我不想让你赶紧出嫁？可是，跟你提了多少回，你不应承啊……现在好了，一下出现了两个后生，一个是放电影的小贾，一个是胡天马。"

"二叔,不要说了,行吗?"搬到立春家过继之后,丢丢还是管他叫二叔。

"不,我今天必须得把心里头想说的全部说出来。先说放电影的小贾,这后生比你大一轮儿,岁数有点儿大,可人家一看就是个本分人,将来过日子也差不了,二叔喜欢。只是,他是城里人,你是乡下人,就怕他是一时的热情,不会为了你丢掉自己的工作。丢丢,说心里话,你愿意跟他进城吗?"

"我不要进城,我不过城里的生活,我不要离开磨盘村!"

吕立春叹了口气:"我怕的就是这个,将来,你们要是结了婚,你又不愿意进城,他怎么可能会丢了工作到咱这山沟里来呢?不现实啊!那就再说说天马。这后生比你小两三岁,这也不是甚问题,结个亲家也不是说不行,只是,天马这后生脑子太活泛,心眼儿太多,将来,他把你卖了,你都不知道啊!"

"二叔,别说了,天马我也不嫁!"

"可是这两个人都对你有意呀,丢丢,二叔不限制你,你自己选吧。不管你选上哪一个,我都没意见。嫁了姓贾的,你进城,每年回来看我和你亲爹亲娘一回,我们就知足了。嫁了天马呢,你去胡家住,可二叔是不会认这个亲家的,不管你在他家受了甚制,我们也不会去看你……因为他那个家门,我吕立春不能进啊!"

吕立春说到这里,禁不住怆然涕下。

丢丢紧紧地抱住他的肩膀,哭得像个泪人:"二叔,别说了,这两个人我谁也不嫁,谁也不嫁……我要一辈子守着你、孝敬你,一辈子也不离开这个家啊……"

那一刻,吕立春似乎听到一阵萧瑟忧伤的山曲儿缓缓响起,由远而近,带着凄凉和悲怆……

【创作手记之九:窗花】

在那些写作的日子里,我几乎每天傍晚都到"没事儿来坐坐"烧烤店去坐坐，或者吃串儿喝啤酒，或者来一杯山茶，与吕不丢和贾友友聊天，听他们讲那些过去的故事。

贾友友把丢丢过去剪的那些窗花拿来给我看，那些窗花被夹在一个大本子里，厚厚的好几本。我信手翻看着。每一幅作品下面，都用毛笔工工整整地写着蝇头小楷，注明作品的名称及创作日期。丢丢告诉我，那都是她老公友友写的。我心中感慨：多细心的丈夫啊！从这些秀美的字迹里，我能体会到贾友友对妻子那深深的感情。见我看得入迷，贾友友告诉我："最近，自治区正在征集民间剪纸作品，要在美术馆展览。我们县文化馆叫丢丢把她的作品都寄过去，兴许能选上，那样就可以到呼和浩特参加现场剪纸比赛呢。"

正说着，吕立春拄着根拐棍来了，听到这句话，他特别高兴，说："真要是能在呼市展览，那咱磨盘村的剪纸就出大名啦。"

贾友友也有些激动："是啊，这是为全县争光的一件大好事儿嘛，所以我劝丢丢把作品寄过去，她还不好意思寄呢。"

丢丢难为情地说："不是不好意思，我是怕……人家全区剪纸好的人多的是，咱们这土里土气的东西，就怕人家根本看都不看一眼哩。"

我给丢丢打气："他们肯定会喜欢你的这些作品。"

贾友友说："你当年参加过全县剪纸比赛，还得过奖呢，应该对自己有信心。"

吕立春也劝："丢丢，寄吧，你剪了一辈子窗花，要是能有个结果，那也算你钱二婶没白教你一回啊。为了咱磨盘村，你也应该去参赛。"

丢丢终于被说服了："好吧，我听大家的。"

我说："等你的作品被选上了，我们都到呼市美术馆去参观，过去给你捧场。"

大家忙碌了几天，先是由诗远设计、画图，从立意到整张画的结构都非常讲究，在古老的艺术形式中注入了一种现代审美意识。贾友友把精选出的几幅剪纸作品送到县文化局的评委会。很快，好消息传来了。评委会一致推选丢丢代表全县去呼和浩特参加剪纸大赛。

送丢丢去呼市的场景挺感人的，吕立春、吕立秋、二梅、诗远、雨燕都来送行。丢丢是头一回出远门儿，有些心神不安，又有点儿依依不舍。我给她打气："不要紧，丢丢嫂子，到了比赛那天，我们都到现场给你助威！"

吕立春叮嘱说："丢丢，到了呼市，别慌，平时你咋剪，到时候还咋剪。"

丢丢的女儿是个可爱的小女孩儿，十三岁，叫贾小影。我想父母给她起名时，肯定想起了当年他们看露天电影的情景。她拿着手机不停地录像，原来她是在做现场直播，全程播出妈妈去参赛前的场景。没想到她居然是个小网红！

"妈，能在呼市参加剪纸比赛可不得了啊，到时候，你就是全区甚至于全国的热点新闻人物了！"

二梅说："丢丢，比赛那天好好剪，露一露磨盘村的剪纸水平，让外面的人为咱们叫好！"

贾友友对大家说："你们都回吧，我送丢丢去呼市。"

看着这一家人依依送别的情景，我忽然产生了一个念头：何不组团一起去呼市，到美术馆看剪纸比赛，给丢丢加油助威呢？只需租一辆面包车就可以了。

仿佛有人与我是一样的想法，丢丢和贾友友刚刚开着小车离开，一辆面包车开过来，停在大家面前。车窗落下，开车的是一位精明强干的中年汉子，他笑着望着大家说："上车上车，咱们都去，去给丢丢加油……"

这汉子是谁呢？难道，他就是传说中的胡天马？

扫码获取
- AI小远
- 有声伴读
- 作者专栏
- 新书动态

第九章

71.禁牧

吕天亮接到县里的电话通知：新任县长要来传达重要指示。不一会儿，村子里的大喇叭里发出天亮的吼声："村民们注意了，村民们注意了，现在，马上到戏台这儿来开大会，咱们县里的县长来了，要给大家宣布重要的指示，每户人家最少得有一个代表啊……"

村里的大喇叭闲置了多年，这几年上面有精神，要求把大喇叭再好好利用起来。乡里给配备了上好的扩音设备，更换了更高音的大喇叭。村里有些通知之类的，也不用村干部挨家挨户跑腿儿去通知了，只要大喇叭匣子一响，全体村民马上就知道了。

县长亲自来到村里传达指示，这倒是新鲜。陆续有三三两两的村民向戏台那边走去。只要有啥重要活动，地点肯定就在戏台。不一会儿，聚集了不少村民。天亮让人在台上摆了桌子，放着包红布的麦克风。赵会计在台上忙来忙去，也不知道在忙啥。过了十多分钟，一辆绿色的越野车开过来。以前，县长级别的领导下乡，乘坐的是北京吉普，是带着绿色帆布篷子的越野车。夏天把篷子拆了，开着倒也凉爽，视线也好。近几年，县级领导的车换成了丰田霸道，天亮一看那车，就知道是新任县长到了。

车停稳后，先从车上下来的是姚白露，随后是一个戴眼镜的年轻男子。莫

非他就是新任县长？看着不像呀。

二人上了台子，天亮迎上前，低声问："不是说新任县长要来传达重要指示吗？咋没来？"

那年轻男子指了指身边的姚白露说："这就是新任的姚县长呀！"

天亮本打算叫一声"白露婶儿"，一下把这句话给噎回去了。前不久在乡里开会，白露主持。有传闻说她要调到县里任职，没想到居然当上了县长。

姚白露也不和天亮寒暄，走到桌子中间，用手敲了敲麦克风，大喇叭发出"通通"的响声，突然又发出一声极刺耳的噪声。有的人赶紧用手捂耳朵。赵会计忙去调扩音器的音量，那噪声才消失。

白露还没有开口讲话，村民们在台下已经议论成一片了。"呀，姚清明的小闺女都当县长了？""可不是咋的，我早就看出这孩子有出息！""咱们磨盘村还没出过这么大的领导哩"吕立春也在人群里，看着台上的白露，她显得更加成熟了。年轻时的模样儿已经荡然无存，岁月的风霜早已把她青春的风采抹掉，腰似乎粗了些，不知道是不是生了孩子。头发剪短了，倒也显得精干了许多。没有变的是她那颗小虎牙，立春记得每当她笑起来的时候就特别招人待见，细想，是因为一笑，那颗小虎牙就露出来，向人们表露出她的纯真。

"乡亲们，现在，我来传达县委、县政府刚刚发布的禁牧令。为了咱们县的生态环境能够得到充分的保护和发展，县委、县政府制定了禁牧令，规定从即日起，咱们农村各家各户，所养的牛羊头只，开始有严格的限制，每家每户，羊不能超过十只，其中山羊不得超过两只，多出的头只，各村要自己想办法处理……"

顿时，台下炸了锅似的，乱哄哄吵成了一片。

"这是谁定下的规定？还叫不叫我们老百姓活了？"

"哎呀，姚县长，当年，号召我们养羊的是你，现如今，不让我们养的也是你。你这么大个领导，不能耍孩子脸儿，说变就变呀！"

"是呀，我们家刚刚买回来二十来只母羊，就等着明年春天下羔子好卖钱呢，这一下不让养了，那我们的损失谁赔啊？"

"这是甚规定啊！是不是见我们庄户人的日子刚刚好过一点儿，专门要整治我们啊？"

还有更多的人在嚷嚷，一发而不可收。

台下，胡天马高声问："不让养羊，那养牛行不行啊？"

天亮有些慌，不等姚县长回答，侧身对着麦克风喊："大家静一静，大家静一静……"没人听他的，大家还在嚷嚷着。天亮无奈，只得把求救的目光投向姚县长。白露干脆把麦克风拿在手里，对台下高声喊："大家静静，有什么意见，可以通过村委会向上反映，至于县里的禁牧令，大家必须执行。"

72.杀牲

散会后，白露马上召集几个村委会委员开会。

最先发言的是吕天亮："这决定太突然了，大家从感情上一时接受不了，我们基层干部的工作不好做呀。"

白露说："接受不了可以理解，不过，村民的思想工作，村委会得慢慢做，把大家的思想工作全部做通就好办了，可不能强迫大家呀。"见大家沉默不语，她又说，"牲畜对树木的毁坏远远超过了我们当初预计的程度，这禁牧令也不是随随便便制定的，那是县里派了好几队人马，到各乡各村搞了几个月的调研，发现牲畜，尤其是山羊，对植被的破坏是非常惊人的！若再不及时制止，那我们这些年来辛辛苦苦搞的绿化就全泡汤了。你们说，我们是只盯着眼前那点儿小利益呢，还是放长眼光，为脚下这片土地，为子孙后代着想呢？"

一席话，把大家说得低下了头。

"我承认，当初号召大家多养羊养牛，还有养马，是迫切地想让大家尽快富起来，没有考虑那么长远。当时我们以为，农林牧是可以齐头并进一起向前发展的，甚至于畜牧业还可以促进林业的发展，可现在实践证明我们错了，在畜牧业上的求多求大，导致了目前生态环境的危机，如果在这一点上大家对我们上级领导有意见，我可以代表县里郑重地向大家承认错误。天亮，你先表个

态吧。"

天亮知道自己非得表态不可了,抬头说:"禁牧令既然已经下来了,那咱就必须坚决执行。眼下,我们村委会要召开紧急会议,商量制定出一套落实禁牧令的具体办法,然后再通知大家。大家要坚决贯彻执行,不能打马虎眼儿。说句实在话,当年号召我们庄户人多养羊,那真的是为我们庄户人着想,咱不能怪人家。后来出现的情况也是事实,咱们是摸着石头过河哩……"

白露听着,满意地点了点头。她确信自己当初没有看错这个高考落榜后安心在农村实干苦干的汉子,他是棵好苗子。白露以为大家都没意见了,正要宣布散会,不料,赵会计突然发难,大发牢骚:"首先我自己就想不通,咋去给大家做工作?我看乡亲们说得在理儿呢,当年,号召我们大力发展畜牧业的是你们,现在,不让我们养的也是你们,说好听点儿,这是政策调整,说不好听的,这不是拿我们庄户人耍呢吗?"

支部委员吕不超也说:"就是,眼下正在牲口抓膘的季节,你让我们去说服大家杀羊,谁愿意啊?我们这些村干部还不让人家骂臭了骨头!"

天亮为难地看着姚县长:"姚县长,要不,你去跟魏书记说说,咱们这个示范村,能不能给点儿特殊政策?羊先别杀,行不行啊?"

白露摇头说:"老魏已经退休啦。再说,这禁牧令是县人大通过的,不是一两个人说了算的,规定卡得很死。"

赵会计说:"深圳还能搞特区呢,咱们县就不能也来个例外?"

吕天亮看着面露难色的姚白露,不想再让她为难,站起来说:"没有例外,上级的指示精神,咱们必须贯彻执行,而且要毫无保留地执行。从明天开始,杀羊!"

"杀羊?"

"对,凡是多出政府规定的头只,都得杀。我带头,明天一早就杀。一会儿,打开广播匣子,我宣布咱们村委会的决定。"

半个小时后,旗杆上的大喇叭里传出吕天亮的声音:"大家注意了,全体村民们注意了——现在广播村委会的最新决定。最新决定,为了落实县里的禁牧令，咱们村每家每户只能留十只羊，多出去的统统宰杀，十天后村委会挨家挨户检查。明天开始，我这个村主任带头杀羊。咱们要坚决拥护县里的禁牧令……"

散会后，姚白露还要到其他村子宣布禁牧令，坐上那辆丰田越野车急匆匆地走了。吕天亮回到家，家人正围在桌子前吃饭。立春瞟了他一眼，脸色凝重地说："咱们村的畜牧业正搞得红火，你一下子要大家大量宰杀牲口，搞'一刀切'，这不好，弄不好就是硬伤，十年八年都缓不过来啊！"

吕天亮点头说："我也知道'一刀切'不是个好办法，可是，不下狠心就没人愿意杀羊，羊要是不杀，那禁牧令就是一句空话。"

"就不能想想别的办法？"

吕天亮摇头说："要是有更好的办法，县里早就说了，还用得着咱们在这儿发愁吗？"

玉荣问："那明天，你真的要带头杀羊？"

"杀！"天亮很坚定，"上级布置下来的工作，只要干部先带头，这工作就不愁开展不起来。"

"叫带这个头儿，未必是个好头儿！"立春说。

"咋的，爹，你不赞成县里颁布的禁牧令啊？"

"禁牧令我赞成，我是不赞成你们村委会搞的'一刀切'，这么一来，大开杀戒，对乡亲们发展畜牧业的热情，会有很大的打击啊！"

"为了大局，也只能做出牺牲了！"

天亮把刚刚端起的饭碗放下，走出门。偏偏二梅不识时务，对立春说："要不，你再去求求白露，让她对咱们村特殊对待呗。"

"为啥让我去求她？"

"她不是大雪的妹子嘛，当年你们……"二梅把后半截不好说出口的话咽回到肚子里。

立春一肚子火正没处发泄，对着二梅狠狠地骂了一句："放屁！"

73. 拒杀

村委会的宰杀令一发布，胡家波澜顿起。胡天马当即摔了筷子，十分激动："明天我就去呼市，找市里领导问问，政府是真心希望我们农牧民过上好日子呢，还是让我们再走回头路呢？"

胡小满呵斥道："灰说，人家这禁牧令是县委、县政府颁布的，你以为人家是随便出台的呀！出头的椽子先烂，你可不能出这个头儿。"

"磨盘村数咱们家的羊和牛多，咱家不出头，别人谁还会出头儿？"

"谁愿意出头谁出，天马，你记住，甚时候都要随大流，只要随大流，肯定不会有大事儿。当年我吃亏，就吃在总爱争强好胜上，结果，一直被那驴子欺负。"

苏三神情不悦："行啦，又提你那些陈芝麻烂谷子的事儿！"

"儿子，爹说这话都是为了你好。你应该认清眼前的形势。眼下的形势是政府要禁牧，不是姓姚的要禁，也不是吕家要禁。人家让杀，你就杀吧，羊，把那好母子留下，明年好下羔子；牛，明天赶紧找买主，统统卖掉……"

"光靠十只羊，想发家致富，那得等到猴年马月啊！"

"发家有多种路子，不见得非得在一棵树上吊死。天马，以后家里的活儿你就不用管了，你就跑外，看做甚来钱快，你就去做甚……"胡小满说。

苏三白了胡小满一眼，插了一句："抢银行来钱最快，你让天马去抢银行啊？"

"抬杠！犯法的事儿，哪一样儿咱也不能做！"

"不管咋说，反正，羊不杀，牛不卖，看他们能把我咋办。"

"这个我赞成，咱肯定不能头一个杀羊，那会让乡亲们骂咱的。"胡小满深谋远虑地说。

苏三说："只怕没有人肯带这个头儿。"

胡小满说："要说带头，怕只有吕家了，天亮是村委会主任，咱们就盯着他家，他家不杀，咱家也不杀。"

与此同时，吕家也在商量宰杀之事。

立春对天亮说："你还真不能带这个头儿！"

吕天亮奇怪地问："我是村委会主任，我不带这个头儿，谁带这个头？"

"论起来，要带头，也应该是养羊最多的示范户。"

天亮知道父亲指的是谁："爹，你指望胡小满给你带这个头儿啊？那可能吗？你就别盯着他了。"

立春想了一会儿说："二梅昨天的话提醒了我，白露那儿，我真应该跟她好好谈谈。"

天亮说："姚县长到邻村去宣布禁牧令了，说是晚上回来，想在她家的老屋儿那住一夜呢。"

74.往事

姚白露很多年没有回她家的老屋住了。自从爹笑而气绝后，她再也没回来住过。对她来说，老屋只是童年时的一段模糊而遥远的回忆。

前两天在乡里开会，天亮告诉她："今年雨水多，你家老屋的后墙裂了，弄不好要塌的，你抽空回去看看吧，你要是没空儿，我找人帮着修修也行。"

她回家和丈夫老魏商量："咱要不要回磨盘村住上几天，你捎带帮着修修房子。"

老魏摇头说："你又不是不知道，我这身体越来越差了，住到村里不是要我老命吗？我儿子给我在呼市买了一套单元楼，过几天我先搬过去。等过几年你也退了，我们就在呼市安度晚年吧。"

和老魏结婚后，姚白露并没有享受到成家的快乐，只不过是过去的单人床换成了双人床，一个人住变成了两个人住。她不喜欢夜里和老魏做那种事情，常以身体不适来推辞。是自己和他没感情吗？细想，自己当初之所以答应嫁给他，一是因为自己年纪大了，总当老姑娘让人说闲话，总得有个归宿；二是

平心而论，老魏待她不错，无论是工作上还是生活上，对她关心照顾，体贴有加。带着一种报恩的想法，她答应了这门婚事。结婚之后她才知道男女间还有那么多的麻烦事儿。和老魏结婚后，她一直没有怀孕，使老魏还想抱一个胖小子的希望落空了。

累了一天，推开故居的院门，满目凄凉。院子里杂草丛生，屋檐下蜘蛛结了一张很大的网，网上粘了许多虫子。一只硕大的虎皮蜘蛛虎视眈眈地盯着她，把她当成不速之客。她推开故居的房门。那木头门十分厚重，那是爹花了大价钱买来一块厚厚的榆木板子，亲自做的房门。以前，大青山里兵匪流窜，很不太平。为了防匪，爹把门窗都做得结结实实的，到了夜里，早早插上门，窗户上了护板，屋子里一团漆黑。她看见院子一角胡乱扔着一些石匠用的工具，无非是锤子和凿子，还有一个没有完工的石狮子。到了晚年，姚清明怀念当年他的石匠手艺，重操旧业，拿起了锤子和凿子，打算雕琢一对石狮子。记得有一年去逛呼和浩特，在将军衙署门前他看到一对石狮子，那雄姿、那神态，都令他心动不已，尤其是狮子嘴里浑圆的球儿，是咋雕刻出来的呢？那时他就萌生了一个念头：今生一定要雕琢一对让自己满意的石狮子！岂料天不如人意，当一只石狮子只完成了一半时，他却因小女归来爆笑而亡。

他心底埋藏着一个秘密，一个天大的秘密，至死，那秘密也没告诉任何人，那就是当年他为大青山抗日游击队送去的那盘石磨，其实是有一个大力士帮他推进深山里的。那人是胡小满的本家侄儿，叫胡刚，那年二十岁出头，身强力壮，通过胡大寒介绍，慕名跑来给他当徒弟，要学石匠手艺。他教得上心，徒弟学得认真。那天八路军来请他把那盘石磨送上山。他让徒弟胡刚帮他推着那盘巨大的石磨出发了。起初走得很顺，二人一左一右推那石磨盘，让它转起来，只要它不倒，就能一直往前走。可是到了山崖脚下，问题来了——面前有一条深沟，那是推不过去的。咋办？

徒弟说："我来背吧。"

"你行？"

"行，我力气大，背过去不成问题。"

第九章

他帮着把那二百多斤重的磨盘放在徒儿的后背上，两手抓着磨盘的两个边缘，开始向沟里走去。姚清明惊叹这徒儿的力气居然如此之大。但还没走过沟，突然电闪雷鸣，大暴雨倾盆而下。

徒儿说："师傅咱们不能往前走啦，万一山洪下来就危险了！"

他心一横，说："八路军正等着这盘磨呢，要不马上送到，那边会饿死伤病员的。咱就冒险赌一把吧，我们争取在山洪下来之前翻过这道沟。"

于是二人向沟底走去。怕啥来啥，刚到沟底，就听见"轰轰隆隆"的声音冲了下来。抬头一看，山洪汹涌而来，速度极快。姚清明道声不好，居然忘了还背着磨盘的徒儿。他一个箭步，向上一跃，抓住头顶上的一根树枝，身体刚刚悬空，那滔天般的山洪就从他身下滚滚而过。那洪水来得快，去得也快。等山洪退了，他从树枝上跳下，才发现沟底只剩下那盘石磨，徒儿胡刚早已经没了踪影。他在那磨盘上坐了很久，不知如何是好。这时，山里八路军医院派来接应的人赶来了，和他一起把那盘石磨推到了营地。之后，他声名鹊起，到处传说着他独自背着二百多斤的磨盘进山支援八路军的英雄事迹，他沉默，不解释。他成了远近闻名的英雄。关于徒儿胡刚的事儿，他对谁也没说，好像完全没有过这个人。

胡大寒有一次问："怎么好久不见我侄儿啦，他去哪儿了？"

姚清明说："他参加八路军打鬼子去了。"

又过了一年，胡大寒又问："咋去了八路军也没个信儿？"

姚清明说："我问过啦，人家说他在战斗中牺牲啦……"

后来大青山里的八路军全部撤走了，胡大寒想去问问，但不知道部队番号，也不知道去哪儿问。这件事在姚清明心里留下了巨大的阴影，他痛骂自己不是个东西，是一个十恶不赦的坏人。在这种矛盾的心理下，终于有一天，他拿着一包银圆来找胡大寒，说是组织上发下来给烈士的体恤金，总共是一百零一块大洋。看着胡大寒乐得合不拢嘴的样子，他的心理负担放下了，从此轻松了，不再有负罪感。

在父亲的房间，姚白露看着墙上那一张张已经发黄变旧的奖状，思绪

万千。那是父亲的荣誉呀！她拉开炕上放着的炕箱抽屉，从里面取出一串各式各样的金属奖章。这些珍贵的东西，为什么会被自己遗忘在这里呢？要不是回来和老房子道别，房子一旦倒塌，它们可就都被埋在尘土瓦砾之中了啊！

想到父亲，一串泪流出。听见门外有人喊她的名字，她急忙用袖口擦了一下眼睛，向门口走去。

75.开刀

打开门一看，来人是吕立春。后面跟着吕天亮。

"咋这么晚还来呀？"

"咋的，当了县长就不见我了？"

"说啥呢。我这屋子好久没住人了，到处是灰，连个坐的地方都没有。"

吕家父子一前一后进了屋子。

姚白露急忙找鸡毛掸子把地上那两张柳木太师椅子掸了掸。不掸倒还好，一掸灰尘到处飞，呛得吕立春直打喷嚏。立春识货，知道这是两把好椅子，做工精细，材质也好，用到现在居然还像新的一样，没有一点儿裂纹。立春在其中一张太师椅上坐下，感觉挺舒服。白露让天亮在另外一把椅子上坐下，天亮不坐，说："姚县长您坐。"他就在炕沿边儿跨了半个屁股坐着。天亮问姚白露其他村子的禁牧工作进行的怎么样。

白露叹气说："工作不太好开展啊，邻近的几个村子也和你们村一样，禁牧令一宣布，大家就炸锅了，说什么的都有。好几个村委会主任都有抵触情绪，他们说，就看磨盘村啦，磨盘村是畜牧业示范村，如果磨盘村能真的禁了牧，那他们也跟着禁。"姚白露转头问吕立春："这事儿你怎么看？"

吕立春说："禁牧令这个决定是好的，可就是太绝对了点儿，让大家一时接受不了。"

白露说："其实我们也不想这么做，这会极大地降低村民们发展畜牧业的热情，可是不这么做不行啊，再不控制，后果真的会非常严重。"

立春说："我没说你们禁牧禁得不对，我是说那些条条框框限制得太死了，要是能活泛一点儿，就更好了。"

白露说："现在大家可都盯着你们磨盘村呢，如果你们能摸索出一条切实可行的路子，那就好了。你们爷儿俩一个是以前的村委会主任，一个是现任的，你们要想想办法，怎么能让大家响应我们的禁牧令呢？"

看着姚县长那犯难的样儿，吕天亮肚子里开始了两个人的对话，一个说：姚县长是自家人，我不能让她为难！另一个说：是呀，她刚刚当上县长，我得帮她搞好工作，打开局面。一个说：羊无头不走，鸟无头不飞，必须得有带头的才行。另一个问：可拿谁开刀呢？一个答：我家带这个头儿是肯定的，只是，我家羊太少，难以服众。倒是有一个人可以拿他开刀，让他起个带头作用。另一个问：谁？一个答：大爹呀。他家羊多，上百只呢。一个问：他会答应吗？另一个答：那就得看咱们的工作是不是做到家，如果工作做到家，他会同意的。

天亮暗暗在心里做出决定：明天，我头一个杀羊，那几只羊我一只也不留。然后，就去动员我大爹，让他也响应号召。

第二天一大早，吕天亮披了件外衣走出门。村民们不睡懒觉，天一亮就起来了，各家忙各家的营生。天亮和见到的村民打着招呼。到了三蛮牛家的院子前，探头朝里吼："蛮牛叔……"

三蛮牛从院墙上探出头来答："做甚，主任？"

"你到我家来，帮我杀羊。"

三蛮牛不相信："你真的要杀羊？你家不是才五只羊吗？"

"五只也杀，你没听姚县长宣布的禁牧令吗？"

"听了，可是，咱们村没有响应的，谁杀谁犯傻哩。"

"蛮牛叔，我可是带头杀羊了，十天后村委会挨家挨户检查，你们要是不杀，到时候可别怪我不讲情面。"

"那你这一带头，大家就都得杀了？"

"少废话，你去不？你不去，我找葛二蛋去。"

"去去……咱还是老规矩,那肠子下水得归我。"

"行。"

旁边就是大爷吕立秋家。立秋在院子里忙,隔墙的说话声听得一清二楚。不一会儿,天亮转到他院子前,他忙问:"你真的要带头杀羊?"

"上级下了禁牧令,我们当村干部的,得带头儿执行啊。"

"你可别傻啊,在咱磨盘村论起来,你家养牲口是少的,要杀羊,那也得胡小满家先杀啊,他家的羊最多。"

"大爷,只要咱带了头,不但胡小满家得杀,大家都得杀。"

立秋听出天亮话里的意思不对,急忙问:"你啥意思?让我也跟着你杀羊?你要拿我开刀呀?"

天亮说:"大爷,你家羊不少,但也不是最多的,谁的多?胡小满!可他眼睛盯着谁?是咱吕家。只有咱家杀了羊,胡小满才会跟着杀,其他人家才会跟上一起杀……"

立秋说:"天亮,带这个头也行,我不想让你为难,不过你看,我家能不能多留几只呢?"

"不行,你是我大爷,大家的眼睛都盯着呢,你家要是不按规定少杀了,那别的人家也都跟着学,我怎么好管别人呢。"

立秋叹口气:"你说你当这个主任有甚好的,跟上你,我一点儿好处也沾不上!"

那一天,空气中弥漫着血腥味儿。家家户户的羊都在哀号。三蛮牛忙得连去撒尿的工夫都顾没有。吕立春在村街上走着、听着、看着,觉得心里头真不是滋味儿。

76.纠偏

正午,吕立春请姚白露到家里吃莜面。二梅早已经搓好了一笼窝窝和一笼鱼鱼,还炖了羊肉蘑菇汤。看着白露香甜地吃着,立春很欣慰。毕竟是从磨盘

第九章

村走出去的娃儿，还是对故乡怀有感情啊。

看她吃得差不多了，立春问："杀羊还搞'一刀切'？限十天之内家家户户必须都得杀羊。这是你们县里定下的吗？"

白露放下碗筷说："杀羊可不是县里的意思，是开村委会时天亮做出的决定。"

吕立春问白露："真不是你让他这么做的？"

"没有，我真没让他这么做，我只是让村委会自己想办法解决多余的牛羊。这个天亮，只怕是对上级的意图理解偏了。"

"唉，庄户人家甚时候才会杀一只羊啊？逢年过节，孩子过满月，老人过大寿，再就是红白喜事儿，只有这时候，才会杀只羊，平时谁舍得杀羊吃呢？一只羊卖的钱，够一个孩子上几年学的费用了，够养一位老人了；卖两只，就够买一年的种子和化肥了；要是卖三只，就又够租几亩地了……我说白露，咱们牧要禁，可羊不能都杀光了啊！"立春叹气说。

"你说得对，立春，不能急着杀羊，咱们还得想想别的办法。"

"我倒是有些想法儿，想跟你聊聊。"

"正好我也吃罢了。咱俩到外头遛遛？"白露出门时回头对二梅说："嫂子，谢谢你的莜面，太好吃啦。"

二梅笑笑，说："下回再来吃呀。"看着她和立春走出院子，她突然觉得肚子里泛上一股酸水。

立春和白露出来后，沿着大青山的山沟一直走着，边走边聊。天高，云淡，风轻。村里已经闻不见血腥味儿了，此刻是一副静谧安详的图景。

"立春，如果能有更好的办法，羊是可以不杀的。你想出更好的办法了吗？"

"我一直在想这事儿哩。羊啃树，那是因为咱们放牧还是用以前留下的老办法，赶上羊满山坡地转。如果，咱们把羊都给它圈起来，不让它到处跑，那它就不会对植被造成破坏了，这么一来，既保了羊，也保住了树，你看这个办法行不行？"

"圈养?"

"对,圈养。秋收后,可以把羊赶到麦地里吃草,但必须得有人跟着,不能让羊进林子里。还有就是改变羊的品种,不能养山羊,山羊太淘,对植被的破坏太厉害。"

"圈养倒是个好主意,可给羊喂什么?"

"可以打羊草啊。你看,夏天、秋天,这都不成问题,只有冬天和春天困难一些。咱们号召乡亲们在秋天就把草打好了,贮存上,还可以贮存一部分青贮饲料,只要能过了冬,就没问题了。"

"问题是群众的思想觉悟参差不齐,有的人说是圈养,可不听你的,悄悄地把羊放到野滩上去,你能管得住吗?"

"咱们专门组建一支护林队,只要发现有人家把羊放出来,就狠狠地罚。"

"那要是被罚的人不服呢?"

"从一开始,咱们就和愿意圈养的人家签合同,在合同上明确写上这一条——如果发现野外放牧就要严罚。要是不愿意签这一条,那你就不要圈养。当然,还得让他们在签合同的时候交纳保证金,如果谁违反了合同,就从保证金里扣钱。乡亲们都心疼钱,没人会为了让羊偷吃被罚款的。"

白露高兴地说:"这倒是个好办法。"

吕立春接着说:"至于护林,你放心,我还不到六十,还有点儿余热,到时候我组织一伙老汉,成立一个老汉护林队,一定会把林子管理好。"

"要是你能带头护林,我就放心了。这样吧,立春,明天一早,我赶回县里,召开紧急会议,让大家商议一下这个办法,然后再请示市委,如果大家都认为这个办法可行,那我们马上下一个补充通知,在你们磨盘村搞圈养试点,你看这样行不行?"

"行啊。"

"另外,我还有个想法。咱们能不能把养羊改为养牛?我看胡小满家的牛养的就不错!我和咱们自治区的名牌企业蒙乳公司联系过了,可以把咱们磨盘村作为他们公司的牛奶供应基地。"

这句话让立春顿时高兴起来："这个主意好！"

白露感慨地说："立春，关键时候，还得依靠你这样的老党员啊！"

吕立春发现白露凝视他的眼睛里有亮晶晶的光。他的心里也不由得一热。多少年了，他和白露都没有这样推心置腹地聊一聊了。她一直忙，从县里忙到乡里，又从乡里忙到县里。她从不对他说她个人的生活情况，譬如老魏待她怎么样啊，为啥到现在都没有孩子……她已经四十多岁了，再想要孩子那可是高龄产妇了。

"想对我说点儿啥吗？"白露被立春看得有点儿不好意思了。立春真的有话想说，可是，他知道那话不能说，只能让它永远烂在肚子里。白露也知道自己最想说的话不能说，只能像珍宝一般，把它深深藏在心窝的最深处。到最后，白露说出来的却是："立春，天又要凉啦，你要多保重自己啊！上了年纪，身体最当紧啦。"

立春听了，那股暖流再次从心田流过。他说："我是当兵的出身，身体杠杠的，放心吧。倒是你，每天这么忙，身体可吃不消呀！记得当年胡小满给你爹提意见，说老主任啥都好，可就是不爱惜自己的身体，你的身体不属于你个人，说大了是属于党的，说小了是属于咱磨盘村的宝贵财富……"

姚白露听完这话，笑得前仰后合，笑出了泪。

77.参赛

县文化馆要举办剪纸大赛的消息是贾友友那天在路上遇到吕丢丢时告诉她的。那天，丢丢抱着一捆树苗正走着，突然身后响起汽车喇叭的声音。丢丢回头，见贾友友开着电影队的车停在她身边。

他热情地上前："丢丢，送树苗儿去啊？我帮你送吧？"

丢丢摇头说："不用，我自己去……你又来放电影啊？"

"不是给你们村放，是给邻村放……丢丢，我顺路来告诉你一件事儿。"

"啥事？"

"县文化馆要举办咱们全县的民间剪纸大赛呢，今天是报名的最后一天，下午就开始比赛了。我本想替你报名，可是人家说必须本人报名，还得带上作品。"

"作品？"

"就是你剪的那些窗花啊。丢丢，这个大赛你要是参加，肯定会拿名次的，你赶紧去报名吧。"

丢丢有些迟疑地问："我行吗？"

"行呢，我把你剪的窗花给县文化馆的人看过，他们说，这么漂亮的剪纸现在很少能看到了。你别失去这个机会。"

丢丢被说动心了，点头道："那我就去试试。"

"不是试，是参与，重在参与。丢丢，你要自信，你的作品非常有味道，民间味儿很浓，我认为，你有百分之百获奖的把握。"

"能不能评上奖我倒不在乎，我就是想知道，自己的剪纸水平到了甚程度了。"

"那你就快去吧，今天上午报名，下午就开始比赛了。我实在是有事儿，不能送你了。"

"不用你送，我自己想办法。"

丢丢一口气跑回家，进屋就翻箱倒柜，从箱底找出她的那些剪纸，看了看，小心地包进一个布包里，然后围上一块红围巾，转身向外走去。她正在村路上匆匆走着，突然，一辆摩托车急驰而来，在丢丢身边来了一个急刹车，一声怪叫，把丢丢吓了一大跳。丢丢定睛一看，原来骑摩托车的是胡天马。听说天马跑到呼市去做生意，丢丢有好多天没见到他了，见了他，丢丢很是惊喜，看着那辆崭新的摩托车问："天马，你买摩托车了？"

"刚买的……牛羊不让咱养了，我卖了几只羊，买了这辆摩托车，咋样？"

丢丢看着点头说："行呢，挺气派的！哎呀天马，你可是咱们磨盘村头一个有摩托车的人啊！"

天马自信地说："这算个甚，以后，我还会有自己的小轿车。真的，你笑啥，别不信，我天马说到做到。"

"我信，你是个说到做到的人。"

天马开心地笑了："咱磨盘村，只有你慧眼识英雄……哎，你这是要去哪儿呀？"

"我想去县里。"

"咋去呀，那么远？"

"到公路边去拦车呗。"

"有事儿？"

"县文化馆今天要办全县民间剪纸大赛哩，我想去试试。"

天马惊喜地说："这是好事儿啊，你要是能得奖，那咱们磨盘村也跟着出名哩……丢丢，你上车，我驮你去。"

"专门送我啊？不行，我享受不起。"

"不是专门送你，我正好去县里有点儿急事儿，你搭我的顺风车，快上来吧。"

丢丢相信了，上了天马的摩托车，却不知两只手该往哪儿放。

天马回头说："你得抱住我的腰啊，不然的话，一会儿跑起来，小心摔下去。"

丢丢不好意思地说："让人看见，多不好意思呀……"

"头一回坐摩托车吧？"

"头一回。"

"怪不得呢，那就等出了村，没人了你再抱吧。"

天马启动摩托车。摩托车屁股后面吐出一股黑烟，载着二人消失在路的尽头。正好天亮走过来，看见了远去的摩托车，也看见了丢丢那件蓝底白碎花的小花袄。他不安地望了一会儿。

路上，摩托车越跑越快。突然一个颠簸，坐在后面的丢丢吓得一下紧紧地

抱住了天马的腰。天马感觉到了，幸福地一笑，手上一加油，摩托车跑得更快了。

丢丢在后面嗔怪道："死天马，跑这么快干啥，慢点慢点……"

"怕你赶不上报名哩。"

感觉没用一个小时，就进了县城。天马停下摩托车找人问了路，一直把摩托车骑到了县文化馆门前。

"走，我跟你报名去。"

丢丢望着他问："你不是在县里有要紧的事儿要办吗？快去忙你的吧。"

天马"嘿嘿"一笑："其实，我来县里甚事儿没有……"

丢丢恍然："你骗我？"

天马急忙说："有，有最重要的一件事，就是送你来报名参加剪纸大赛，给咱磨盘村争夺荣誉，你说，这是不是大事儿？"

丢丢用手指头戳了一下天马的脑门儿："你这家伙，比鬼还要灵呢！"

天马笑道："我要是鬼就好了。"

"做鬼还好啊？"

"我要是鬼，就能钻到你心里，去看看你是咋想的，是不是喜欢我……"

丢丢的脸一下子红了："又灰说……咱们快进去吧。"

二人进了县文化馆。一个门边，一张大红纸上写着几个大字"全县民间剪纸大赛报名处"。

天马陪着丢丢进来后，对里面的工作人员说："同志，报名。"

工作人员抬头，看着天马问："你？"

天马急忙说："不是我，是她。"便把丢丢推到了前面。

工作人员问："哪乡哪村儿的？"

丢丢害羞不语。

天马替她说："圣水峪乡磨盘村的。"

工作人员问："有作品吗？"

丢丢把小布包小心地打开，取出里面的剪纸作品。

第九章

两个工作人员一张一张地看着，其中一个点了点头。另一个工作人员说："好吧，你把这张表填写一下，准备下午参赛。"

丢丢把表递给了天马，说："你帮我填一下呗，你的字儿比我的好看。"

天马接过表来，向那工作人员借笔。

工作人员把笔递给他，笑道："小两口一起来报名，这倒是稀罕，看来，你们的感情一定不错啦。"

丢丢听了这话，顿时羞得把头深深埋下，不敢抬起。

天马却高兴地说："可不，我们俩的感情，比天高，比地厚，比海深……"

丢丢急忙拉了天马一把："又灰说了，快填表吧。"

天马找了一张空桌子，坐下开始填表。

交了表格，看看时间，离比赛开始还有三个小时。

天马对丢丢说："我请你吃饭吧。"

丢丢说："应该是我请你呀，你帮了我这么大的忙。"

天马说："和我客气个啥，日后你的不也是我的，我的不也是你的吗？"

丢丢觉得他这句话里有别的意思，可一下子解不出是啥意思。在县城，天马找了一家门脸挺有档次的饭店。

丢丢担心地说："这儿肯定贵呀，别进去啦。"

天马说："能有多贵，咱肯定吃得起。"硬是拉着丢丢进了饭店。

点菜的时候丢丢又说："少点些，多了吃不了，浪费。"

天马不管不顾，一下点了五六个菜，都是平时丢丢没吃过的。他好像对这家饭店蛮熟悉的。

丢丢问："是不是以前来过？"

他说："我送奶到县里时，经常在这家吃，他们家的饭菜做得不赖，我想每样儿都让你尝尝。"

"下回吧，一次哪能尝尽了呢，再说，别忘了咱是庄户人，可不能像城里人那样耍大方。"

"庄户人咋的了？庄户人一点儿也不比城里人差，不信你等着看，将来，但凡是城里人有的，我天马都会有！"

"行了，快吃吧，一会儿我还得参加比赛呢……天马，我心里头真的很紧张啊！"

"别怕，丢丢，你呀，别把这当回事儿，平时在家咋剪，到了那儿还咋剪，只要你把心思放在剪纸上，就甚事儿也没有，肯定能发挥出你最好的水平。"

"幸亏有你跟着来了，我要是一个人来，心里没底儿，没准儿吓得现在已经跑回家了。"

"丢丢，这人啊，不管做甚，一是凭干，二是凭机会，没机会，再干也白干，所以，只要是机会来了，就一定要牢牢地抓住，不要放手。"

"你岁数不大，人生的道理品得挺透的。"

"下午你去比赛，我就在会场外等你，这样，你就不会慌了。"

"嗯，只要你在，我心里就有底儿了。"

下午，铃声一响，主持人宣布比赛开始，每位选手必须在两个小时之内剪出一幅作品。每位选手的桌子上都放着一张大红纸、一把剪刀、一张草稿纸和一支画笔。不等铃声停下，几位选手已经操起剪刀或者拿起笔忙碌起来。丢丢认真地看了一眼放在桌子上的说明：剪出一幅和春节有关的窗花，画中必须包括五谷的内容。丢丢想了想，拿起笔来，在草稿纸上画了自己心中的构思，然后又想了一下，这才拿起剪刀飞快地剪起来。剪下的纸屑纷纷落地。有几位手快的选手已经完成作品交了上去。这让丢丢心里有些着急，心想：人家那么快就完成了，说明人家胸有成竹，剪得肯定比我好。但不管怎么说，也得把自己想要剪的窗花剪出来呀！又是剪刀飞转，纸屑纷纷落地。

与此同时，已经交上去的剪纸作品被贴到了一张木板上，交给坐在后面的几位评委。七八位评委一幅一幅仔细地观赏着、评价着，有时交头接耳，有时则用放大镜凑到近前，仔细观察着。丢丢终于剪完了，她把剪完的作品交了上去。她的剪纸被小心地展开，贴到了木板上。顿时，许多评委的目光被吸引过去，大家凑过去观看，有的评委不由自主地发出了"啧啧"声。

丢丢的作品构思新颖脱俗，大胆巧妙、浑然天成，画面非常漂亮。每一幅作品都被标上了号码。评委们开始给每幅作品打分。丢丢发现窗子外面有一张熟悉的面孔在向里窥视——那是胡天马。他在听着里面的评审结果。开始宣布结果了，天马抻长脖子，把耳朵紧贴在窗子上仔细听着。他听见主持人宣布比赛成绩：经过评委认真地评审打分，获得第一名的是德化营子的李玉娥。现场传来热烈的鼓掌声，天马脸上浮现出失望的神情。紧接着，主持人对着麦克风高声宣布："第二名是磨盘村的吕不丢和大井村的马淑芬。"又是一阵热烈的掌声。胡天马兴奋地拍打着窗户的玻璃，屋子里的人大感到诧异，齐齐望过去，吓得天马一闪，离开窗户。

天马走到门口，听见里面有一位评委正在讲话："尤其要说明的是，这次大赛中，只有吕不丢是从来没有参加过比赛的新人。她第一次比赛就取得了这么好的成绩，我们大家再次为她的成功鼓掌祝贺！"又是一阵更热烈的掌声传出来。天马在外面拼命地拍巴掌，激动地跳起来。过了一会儿，丢丢抱着一个景泰蓝奖杯从里面跑出来，脸上洋溢着兴奋的笑容。天马跑过去，差点儿把她抱起来。

丢丢问："你听见啦？"

"听见啦，你得了第二名，这可是大喜事啊。咱们赶紧回去，把这好消息告诉大伙。"

回磨盘村的路上，天马用摩托车驮着丢丢飞快地奔驰。风吹拂着他们的头发。两个人都十分激动。

因为耳边风大，天马只能提高声音："你给咱们磨盘村争得荣誉啦，丢丢，我太高兴了！"

"这里头也有你一份功劳呢，哦，还有贾大哥的一份儿！"

"他有甚功劳，别把他也扯进来啊！"

"小气鬼儿，要不是人家贾大哥告诉我这个消息，叫我来参加比赛，我还不知道县里有这样的比赛呢。"

"丢丢,过些日子,我要在市里给你举办一个展览,城里人叫什么个人展,把你所有的剪纸作品都拿出去挂在那儿让大家参观,肯定会火的。"

丢丢听了,从后面把天马搂得更紧了。摩托车又行驶了一会儿,丢丢突然看见路边的一片草地上开着野花,急忙叫天马停车。

"停一下,我想去摘点儿野花。"

天马把摩托车停下了。丢丢跳下车,过去采摘野花。天马也走过去,他凝望着丢丢。黄昏落日下,柔和的光线把丢丢的脸映得分外柔美,而这时,她忘情地采摘着野花,也显得更加率真纯洁。天马呆呆地看着,情不自禁地向着丢丢走了过去。走到丢丢面前,凝视着她。丢丢直起腰,发现天马的眼睛里似乎有火。丢丢突然意识到什么,娇羞地低下头。天马伸手,捧起丢丢的脸,丢丢微微闭住眼睛。天马把自己的唇猛地贴在丢丢的唇上。丢丢没有回避,接受着天马给她的火辣辣的爱。

晚霞似火,远山迷蒙……

78.拆散

丢丢回到家时,日头已经落了,一片暮色笼罩在村子及远山近岭。比赛得奖,丢丢还在兴头上,一进屋就喊着:"二叔,二婶,天亮哥,嫂子,我……"

丢丢把刚刚得的景泰蓝奖杯举起来给大家看,不料,吕立春一胳膊抡过来,将那奖杯扫落在地上。顿时,那奖杯碎成了几块。显然,天亮把他看见丢丢坐上胡天马的摩托车不知去了哪里的事情告诉了爹。

"你还知道回家?你把吕家的脸都丢尽了……你知不知道啊!"立春气得手直哆嗦。

丢丢一下怔住了,脸色惨白。大家也都怔住了,看看丢丢,又看看立春,谁也不敢说话。吕立春也没想到会把奖杯打到地上,同样怔住了。丢丢捂着脸,哭泣着冲向自己的房间。吕立春控制住自己的火气,慢慢地弯下腰去,捡起一块碎片，看到上面有一行字：县民间剪纸艺术大赛第二名。立春这才知道丢丢是到县里去参赛了，并且得了奖回来。她本是兴高采烈地给家人报喜的，可自己那一巴掌，犹如一盆凉水，泼冷了她的心……

唉，错怪孩子啦！

立春想了一下，拿了一个电棒，转身出了家门。他横下心，要找胡小满好好谈一谈孩子们的事情。

天已经完全黑下来，胡小满正在院子里侍弄他家的一头奶牛，那牛病了，他从兽医那里讨来药，正在给牛灌药。吕立春从墙头探出头，用电棒晃了一下。

胡小满看见了墙头上吕立春的脑袋，恼怒地骂："鬼头鬼脑的，弄个电棒瞎晃个啥哩！"

"你出来，我跟你说个事儿。"

"有甚见不得人的话，这儿说吧。"

"想跟你说说孩子们的事儿。出来说。"

胡小满想了一下，直起身子，走出院子。吕立春见他出来了，也不说话，一只手背着，另一只手打着电棒，向村外走去。胡小满出院后有点儿胆怯，看见门口放着一根镐把，就拎在手上，跟上吕立春。

吕立春头也不回，说："提溜根打狗棍，想干甚？"

胡小满心里一惊：这驴子莫非长了后眼，他咋知道我手里有棍子？胡小满说："打狗，兴许遇上野狗哩，好打狗。"

走到村口磨盘处，正是僻静之地，好说些不想让别人听见的话儿。

吕立春一屁股坐在磨盘上，开门见山地说："我知道，你也不希望你家天马娶我家丢丢，但这两个孩子鬼迷了心窍。我想听听你是甚意思。"

"我是甚意思？还是说你是甚意思吧。你是自己不想得罪孩子，让我去当法海，拆散他们啊？"

"你别把意思理解歪了。咱们俩是两个孩子的家长，他们不懂事，咱们不能眼看着孩子走上歧途不管吧？"

"好吧,驴子,咱俩在这一点上倒是一致的,不过,我家天马比你闺女小两三岁,还是个孩子,甚也不懂,是你家闺女勾引了他,不然的话,咋会有这种事情!"

"呸,这叫甚话?是我家丢丢见天往你家跑,还是你家天马天天去我家?是谁主动追谁的?"

"当然是你家丢丢主动追我家天马的,谁不知道你家丢丢有病,是个花痴……"

立春忽地站起来,走到胡小满面前:"你敢把话再说一遍?"

胡小满害怕地举起那根镐把,威胁道:"你别过来……我不怕你,驴子,再说就再说,全村人谁不知道你闺女有病,你还不认……"

吕立春一把揪住胡小满的衣领:"你狗日的咋骂我都行,骂我闺女不行!你把话给我收回去!"

胡小满用那根棍子推开吕立春:"别过来,你要是动武,可占不到便宜。"

吕立春压抑住自己心里的怒火:"我是让你来谈孩子们的事儿,不是来跟你打架的。"

"不打就好,坐那儿说。"胡小满觉得自己胜了一局。

"你说,孩子们的事情咋办?"

"你管好你家的闺女,我回去说服我家天马……你放心,你家闺女白给我家,我家也不稀罕要哩,哼!"胡小满扛着那根镐把扬长而去。

吕立春一屁股跌坐在那冰凉的磨盘上,把头埋在两腿中间,痛苦地呻吟着。后来他直起腰,开始抽烟,一支接一支地吸。一个方案在心里慢慢形成了。

既然拆散了丢丢和天马,那就得给她说另外一家。

另一家是谁?

贾友友!

脑子乱成一团糨糊。他决定回家先开个家庭会议,好好商议一下丢丢的事情。这可是一件大事，得由全家人来决定。

起身回家，走到院门口时，看见一辆面包车开过来。车停下，从驾驶室里跳下车的正是贾友友。他在邻村放完电影，又绕道过来找丢丢，正好被吕立春撞了个正着。

"你找丢丢？"

"是呢。"

"丢丢今天不舒服，早早睡了，你就别进去啦。"吕立春说。

"好，那我就不去打扰她啦。"贾友友客客气气地给吕立春递了一支烟，又殷勤地掏出打火机来，帮他把烟点着。

吕立春大大吸了一口，把烟长长地吐出去，扭头看着贾友友问："贾友友，你比我家丢丢大几岁？"

贾友友急忙说："大一轮儿。"

"哦，就是说，大十二岁。"

"其实是十岁，我是十二月出生的，丢丢是一月份出生的。"

"就是说，你也算是大龄青年了吧？"

"是。"

"县里头没对象？"

"以前有过，吹了。"

"为甚？"

"我天天到乡下放电影儿，没时间陪她，她就跟别的男人好了。"

"吹了没再找？"

"没。"

"为甚不找？"

"没遇见我喜欢的……说句让你笑话的话，自从我见到丢丢，就再也没心思注意别的女孩子了，我把整个心思都放在她身上了。"

"你喜欢丢丢，这我信。可是，我不知你的根底儿，不敢贸然把女儿嫁给你。"

"你可以去县里了解我啊,我单位,我以前的学校,还有我的朋友家人。"

"我会去的。小贾,今天我只想问问你,如果我答应了让丢丢嫁给你,你能向我保证一辈子对她好吗?"

"我保证。"

"还有,你是城里人,丢丢是乡下人,丢丢跟你进城,户口、供销粮这些问题,怕是一下子都不好解决。要是丢丢在城里住不惯,非得要回磨盘村来,你咋办?"

"这个问题我已经想好了,我决定辞职,到磨盘村来当农民。"

吕立春吃惊地看着贾友友:"你愿意为了丢丢,放弃城里的一切?"

贾友友肯定地点头:"我愿意,请你相信我!"

吕立春满意地点了点头:"要是你能做到这一点,我就相信你真的是全心全意爱着丢丢的,我就可以答应你。"

看着贾友友兴奋地开着面包车远去,吕立春才转身进了家。

79.会议

当夜,吕立春把二梅、大哥、吕不超两口子,还有天亮两口子都叫来,开宗明义,说:"咱开个家庭小会吧,来商议一下丢丢的婚姻大事儿。"开会之前,他先说了刚才和贾友友的谈话内容。

大哥立秋有点儿不相信:"贾友友真的要来咱们村当农民?"

吕立春说:"他是这么说的,不过他目前还没辞职呢。我看那后生说得实在,不像是信口开河。"

"人家都愿意为丢丢做这么大的牺牲了,咱还有甚可犹豫的,快答应人家吧。"二梅说。

玉荣说:"答应不答应,都得问问丢丢的意见啊。"

吕立春摇头说:"眼下,丢丢的心都被胡家那小子给占满了,问她,她是不会吐口的，这事儿不好办啊！"

天亮说："那我们也不能搞家长包办那一套啊。"

吕立春说："是不能，我把你们大家都叫到一起商量，就是让大家帮着出出点子，看看怎么解决这个难题。"

立秋吐了口烟："要我说啊，家长该包办的时候就得包办，这是为了娃儿好。"毕竟是自个儿亲生的闺女，他对丢丢的婚事格外关心。

二梅说："就是，我们这代人，都是先结婚后恋爱，还不是一样过了一辈子。"

一直不说话的吕不超开腔说："我支持我爹和二爹二娘的意见，丢丢受过刺激，脑子不明白事理，放着贾友友这么好的人不找，跟胡家那小子鬼混个甚呢。"吕不超自从结婚后，就一直住在媳妇刘彩霞家。刘彩霞的家在德化营，所以他们回来的时候并不多，对磨盘村的许多事情也不熟悉。

不超的媳妇刘彩霞跟着说："是呀，我对胡家那小子没甚好印象。"

天亮说："男女感情这事儿，别人是不能包办的。"

吕立春说："家长包办当然不行，可要是大家都觉得丢丢找贾友友好，我这一两天就去县里，仔细了解一下他，要是都没啥问题，回来再把我们大家的意思跟丢丢说，让她好好考虑一下。"

天亮还是有点儿不放心："千万不能逼丢丢啊。"

吕立春说："不逼，由她自个儿选！"

80. "外调"

吕立春知道早些年，凡是要提拔某人当领导，或者要查清某人历史上有没有问题、有没有污点，都要派人出去外调。他今天到县城做贾友友的"外调"，一直在心里告诫自己：调查工作一定要仔细，不能冤枉一个好人，也不能放过一个坏人……

在大街上走走停停，吕立春不时拦住行人问县文化馆在哪儿。有人指给

他。他绕了几个弯儿才找到文化馆电影放映队。看了一下牌子，确认无误，才背着手走了进去。

办公室长长的走廊，立春挨门找着，终于找到挂着"馆长"字样牌子的门，敲门进入。今天吕立春特意换上他一直珍藏的那一身已经洗得发白的旧军装，戴上军帽，让人一看就知道是一位转复军人。馆长一见他马上肃然起敬，沏了一杯茶放在吕立春面前，听他说明缘由，忍不住笑了："原来是老丈人来调查女婿来了。"

吕立春摇头说："他还不是我女婿。"

"未来的女婿，一样的嘛。老实跟你说吧，贾友友啊，是个非常好的同志，几年来工作上勤勤恳恳，任劳任怨，连续几年的模范呢。人品呢也是没的说，几年来跟同事相处得非常好，大家都挺喜欢他的。小贾有才，能写会画，还会唱好多爬山调，也是我们单位的文艺积极分子，每年系统的文艺会演，都离不开他呢。"

"照你这么说，这人没一点儿毛病了。"

"毛病嘛，哪个人没有呢。你要是想知道他这个人的毛病，我可以告诉你。这人啊，做事太轴，认死理儿，只要是他认为对的，谁说也没用，九头牛也拉不回来。"

"还有呢？"

"别的就都是小毛病了，不值得一提。说实在的，这样的人，我们单位是最需要的，根本就不想让他走，可是他提出的是辞职，而且不管你批不批，他都不干了，一切都不要了，你说，我们还能有什么办法挽留他呢？"

吕立春吃惊地问："他已经提出辞职了？"

馆长拉开抽屉，拿出一页纸来："这不，他的辞职报告，我还没来得及递上去呢……唉，真没想到，爱情的力量会这么强大啊！"

吕立春接过那辞职报告看起来。那是贾友友清秀的笔体："……我爱吕不丢，为了她，我宁愿放弃一切，所以，我必须到她身边去，请求领导批准我的辞职报告……"

吕立春没忍住，涌出一汪泪，怕馆长看见，假装迷了眼睛，用衣袖擦了擦，慢慢地站了起来。心里，主意已定：这么好的女婿打着灯笼，到哪儿找去？

81.同盟

吕立春回到村里已是黄昏。他背着手正走着，迎面看见苏三站在那儿，似乎在等人。走到跟前，正待要问，苏三先说："吕场长，我想跟你说点儿事儿。"

吕立春说："早就不是场长了，还这么叫。"

苏三说："叫惯啦，改不过来哩。"

"好好，叫惯了就这么叫吧。"

原来，下午苏三和胡小满又因为儿子天马和丢丢的事情吵了起来，此刻，她心里正窝着一肚子的火儿。

那时二人在牛棚里挤奶，苏三抱怨说："天马买了那么贵的摩托车，你管也不管，不给他攒钱娶媳妇了？"

胡小满说："我哪儿能管得住他呀，你没看他现如今，还把我这个当老子的放在眼里嘛！唉，其实我就是个后老子……"

苏三说："别胡嚼了。咱这儿子不省心，给他说了那么多闺女，他连看都不看人家，就盯住丢丢了……这就是老天爷在作怪呢！"

胡小满忧心忡忡地说："只要驴子那闺女不出嫁，他就不会死心！对了，要不，你到驴子那儿走一趟，拐弯抹角地问问他，丢丢到底是咋回事儿。不是电影队有个后生一直追她吗？人家多好的条件，赶紧嫁了算了，还拖个甚啊。"

"行，我去跟立春说，这是为了咱两家的孩子好……不过话又说回来，其实天马把丢丢娶了，也不是什么大不了的事儿，才大三岁嘛，女大三，抱金砖……"

胡小满马上来气了："胡说，我宁愿我儿子打一辈子光棍儿，也不愿意让他娶吕家的闺女！"

苏三嘟囔："不让儿子娶，可你咋就娶了我呢？"

胡小满说："这是两回事儿，你又不是吕家人。"

"可我在林场是吕立春的手下呀，那时候，我们亲得像一家人。"

"又扯你们当年林场那点破事儿，快别说了。你不是说你跟驴子没关系吗？你往一块儿瞎掺和啥呀。"胡小满神情不悦，"你要是跟他没好过，怎么我一说他你就护着他？"

"你放驴屁！"

二人吵了个不亦乐乎。

吵归吵，既然应承下来要找立春好好谈一谈，她把那几头奶牛伺候利索了，就跑来找吕立春。

二梅告诉她："立春今天到县城去外调啦。"苏三不懂啥是外调，二梅又说："外调就是到外面去调查一个人。"

"调查谁？"

"调查县电影队的贾友友呗。"

"这么说，你家是相中贾友友做女婿啦？"

"那得看调查结果呀，要是贾友友历史上没啥问题，那就选他做女婿了……"二梅嘴快，一股脑把家里的事儿全都告诉了苏三。

苏三觉得这件事情迫在眉睫，从吕家出来，就跑到村口去等吕立春。

"按理说，这事儿我真不该跟你提，可是，孩子们的事儿是大事儿，不得不说，这是为了孩子们好。"

苏三没头没脑地先来了这么一句，搞得吕立春有点丈二和尚摸不着头脑："你是甚意思？是想让两个孩子好呢，还是想分开他们？"

"分开呀，当然是分开啦！两个孩子真的不合适。再说，你家不是已经看好电影队的贾友友了吗？不能脚踩两只船呀。"

"谁脚踩两只船了？"

"那边勾挂着电影队的男人,这边又勾搭着我家天马……"

吕立春越听越生气,摆摆手说:"你不用跟我说了,你想说甚我心里都明白。你放心,你回去告诉你家老汉,咱们各家管好各家的孩子,丢丢那儿,我会说服她的;你们家的天马,你们管!"

一看立春生气了,苏三不安起来,语气放和缓了一些:"胡小满想听的,就是你这句话哩。立春,你和小满,能不能找个时间一搭坐坐,喝上二两,把过去那些陈芝麻烂谷子的事儿都忘了呢?"

"这些年来,我试过多少回了,一直想跟他解开那个仇疙瘩,可是没用,我上赶子找人家,人家不给好脸子,我是热脸子贴人家的冷屁股哩!再让我主动找他,我咋就那么贱呢?"

苏三无奈地叹息:"你们俩啊,真是天生的一对冤家!"

正说着,二梅脚步匆匆,一路小跑赶过来,对吕立春说:"你快去看看吧。"

"咋的啦?家里着火了?"

"不是……是丢丢……"

"丢丢又咋的啦?"

"刚才,天马那孩子跑到咱家把丢丢接走啦!"

吕立春和苏三都是一怔:"啊?"

82.情伤

胡天马有他的优势,就是那辆摩托车。他把车开到吕家门外,一摁喇叭,"嘀嘀"一响,屋子里的丢丢听到立马跑出来。天马对她歪了歪头,示意她上车。丢丢急忙骑到后面。天马一加油,摩托车一溜烟儿融进暮色之中。二梅追出来,早已经看不到人影儿了。

又到了那片开满野花的草地上。天马把摩托车支在一边,丢丢下车。他斜坐在摩托车的座位上,手抚着车把上那面闪亮的倒车镜,望着镜子里自己的面

孔,发现面孔有些消瘦,眼睛周边有黑眼圈儿,应该是最近忙着筹建奶牛养殖场累的。

"天马,你想跟我说啥呢?"

天马说:"我们家,爹妈都不同意咱们俩的事儿,可我态度很坚决,他们要是敢逼我,我就分家另过。丢丢,我这辈子,就认定你了!"

丢丢说:"我们家也是这种情况,爹也骂,哥也怨,嫂子也劝,叫我好好考虑……天马,我真不知道该咋办才好,把我愁死了!"

天马说:"愁没用,只要咱们俩愿意,他们不愿意也是白不愿意,等咱们俩把结婚证一领,生米煮成熟饭,他们只能认了。"

丢丢忧郁地摇头:"那不行,不能硬来,我怕我爹和我二叔会受不住的……天马,你知道吗,在这个世界上,我最怕伤的人,就是我爹和我二叔。"

天马有些不高兴了:"你怕伤你爹,就不怕伤我吗?"

"我爹和你是两码事儿,不能混在一起。"

天马搂住丢丢的肩膀,凝视着她:"丢丢,我希望你能坚强一点儿,心硬一点儿,不能因为你爹跟我爹两个人的恩怨,破坏了我们一辈子的幸福。"

丢丢有些绝望地摇头:"天马,要不,咱们都冷静冷静,好好想一想,然后再做决定,好不好?"

天马动情地说:"没甚可冷静的,丢丢,明天你回家,把你家的户口本偷出来,我也回家把户口本偷出来,咱们一起去乡里办结婚手续。"

丢丢摇头:"我不能。"

"都这时候了,你还不下决心?丢丢,我真的有点儿怀疑,你对我的感情是不是真的。"

"是真的,天马,自从你来了,我就觉得我离不开你了……可是,这件事情非得我爹点头不行。他要是不点头,我是不会嫁给你的,真的……我娘死后,我爹挺可怜的,他挺难的,不然也不会把我过继给我二叔……我再也不能做让他伤心难过的事儿了,你明白吗,天马!"丢丢说着,流下泪来。

天马哑然，目光黯淡。

本来，他把丢丢接出来是想二人私订终身，只要丢丢同意，明天就把户口本从家里偷出来，两个人去乡里登记结婚。可没想到，他信誓旦旦，得到的却是丢丢的犹豫不决。

他开始怀疑丢丢是不是因为那个姓贾的家伙，对自己疏远了。

"我非得杀了他不可！"天马咬牙切齿地说。

丢丢吓得浑身哆嗦："天马，你不能伤害他，你要是敢伤害他，我就去死……"

【创作手记之十：展览】

县里办了一个白沙坝植树造林展览，主办方将其命名为"绿色守望"。开幕那天，县文化馆创作员老胡请我过去参观，希望我能从展览里发现一些创作素材。老胡也是写小说的，他知道我需要什么。我开着车直接来到县展览馆门前，发现来看展览的人很多。老胡在门口等我，带我进了展览馆。

他指着附近正在看展览的几个人笑着问我："你看那是谁。"

居然是吕立春和胡小满！

"这一对冤家，他们也来了呀？"

老胡笑着告诉我："他们都是我请来的。这个展览里有他们的故事哩。"

没想到，充当解说员的不是别人，正是胡雨燕。雨燕的声音很好听："这个展厅，汇集了白沙坝近六十年植树造林的历史文物，还有大量的图片和文字资料，真实地记录了一代又一代人为了保护我们这片土地的生态，做出了种种艰苦卓绝的努力和奉献……"

胡小满得意地用胳膊肘碰了碰身边的吕立春说："驴子，听见没？我孙女儿伶牙俐齿，声音甜不甜？跟中央台的播音员也差不到哪儿去啊！"

吕立春不服气："你孙女？那是我的孙媳妇哩！"

雨燕看着他们两位老人笑道："两位爷爷又斗嘴皮子了，快看照片吧。"

吕立春和胡小满开始仔细看起墙上的一张张黑白照片。

胡小满看着照片念叨着："咱们县历任十八届县委、县政府领导……哎，这不是雷县长吗？"

吕立春也凑过来看："哟，真是老县长啊！哎，那个，那个是林浦呀！看看，那是我们林场的老房子，想当年……"

胡小满打断吕立春的话："又来你的'想当年'了！哎，咋没有姚白露呢？"

雨燕说："姚主席有指示，不让宣传她个人。"

我这才知道原来姚白露退休前去了市政协，被选为市政协副主席。

胡小满突然发现了什么似的，指着其中的一张照片大叫道："喂，驴子，快来看呀，这上面有你呢！"

吕立春急忙走过去一看，果然，有一张他当年和老县长一起挖树坑的照片。吕立春看着看着就乐了："胡小满，还有你个'老灰鬼'呢。"

胡小满急忙寻找："哪儿呢？我咋没看见？我在哪儿呢？"

吕立春指着照片的一角说："这儿，看见没，你圪蹴在那儿，抽烟呢，人家种树，你躲着耍奸偷懒呢！"

胡小满顿时急赤白脸地说："谁耍奸偷懒啊，我那是种树种累了，刚刚圪蹴下喘口气，就被人给拍了……这是哪个'灰货'给拍的啊，我得告他去！你说，拍你在那儿种树，拍我圪蹴在那儿抽烟，这不明摆着是故意扬你贬我嘛！"

吕立春得意地推了胡小满一把："戏逗你两句，还当真了！走走，往前看去，前面可能有你干活儿的照片呢。"

这时另一位老人引起了我的注意。一位头发雪白的老妇人一直站在一个玻璃橱窗前呆呆地望着里面。她不就是那天采茶节上我见到的那位白海棠老师吗？她也来啦！

雨燕走过来问："奶奶，看啥呢？"

白海棠指着陈列在橱窗里的一个白色搪瓷水杯让雨燕看，那水杯外面的搪瓷早已经斑驳脱离，露出里面的黑铁皮，表层坑坑洼洼的。

雨燕说:"这是立春爷爷捐献的文物啊。"

白海棠缓缓摇头说:"那是当年我送给他的……等展览完了,这个文物还得拿回去做纪念呢……"

雨燕看看橱窗里的搪瓷水杯,又看看白海棠,笑道:"奶奶,那时候你真关心立春爷爷啊,现在怎么不关心了呢?"

白海棠不好意思起来:"浑说,想让奶奶打你啊!"白海棠佯装举手要打雨燕,雨燕"咯咯"笑着跑到了一旁。

这时,胡小满又从玻璃橱柜里发现了什么,大惊小怪地叫起来:"驴子,快来,你快来看!"

吕立春走过去:"咋的啦?"

胡小满指着橱柜里说:"看见没,算盘,那是我的算盘,别以为摆了你的风镜你就了不起了,我的算盘也是文物哩!那可是我爹留下的。"

吕立春笑道:"知道它是怎么摆到里面的吗?"

"怎么摆进去的?"

"那是我让雨燕悄悄从你家里把算盘偷出来,送给文物征集小组的。人家问:'这算盘怎么能算是文物呢?'我说:'这算盘当年计算白沙坝每年每月每天种了多少棵树苗,也是有功之臣哩。'所以,就把它也摆进去了。"

胡小满得意地说:"可不,它是算过这些账,当然是有功之臣。"

吕立春笑道:"算了吧,它帮你打你个人的小算盘,你咋不说了?"

胡小满恼怒地说:"呸,驴子,你又揭我的短啊!"

吕立春"哈哈"笑着:"你啥时候不叫我驴子了,我就不揭你的短啦。"

看着这一对冤家如今就要成为亲家了,我心内感触颇多。也许,他们二人一生一世的恩怨可以做我电视剧的主线?

使我感到不解的是,他们二人是如何化解这一世的怨怼的?

第十章

83.归根

　　白海棠老师的意外归来让许多人都没想到。尤其是胡小满，他以为这辈子不可能再见到海棠了，却没想到她还会回来。海棠住回了她家的老屋。最先见到她的是吕立春。因为她要办一些有关田产的事情，她到吕家来找天亮。天亮在乡里开会，她在吕家院子里遇见了吕立春。两个人寒暄几句，立春看了看天上的日头说："日头偏西啦，天亮可能一会儿就回来啦，要不，你到屋里先坐坐，等他一会儿？"海棠点点头，进了屋子。

　　二梅又跑出去不知和谁扯闲片儿了。

　　立春问海棠："这次回来是办事儿？"

　　海棠说："不是，我退休了，叶落归根，以后，就在咱磨盘村养老啦。"

　　立春又问："那你老伴儿也跟着回来了？"

　　"老伴？"海棠怔了一下。

　　"你不是和县里的杨老师成家了吗？"

　　白海棠听了一笑："你们真好哄，我那是为了离开磨盘村找的一个借口，其实，根本就没有杨老师这么个人。"

　　吕立春有点儿听傻了："原来你是哄我们的呀？"

　　海棠说："有时候，也需要用善意的谎言来掩盖一下尴尬的处境吧。我那时的处境挺尴尬的。"

立春知道她说的是她和胡小满的关系。这是个敏感的话题，他不想说，就说："回来好，还是家乡的土养人啊！以后，我平时闲得无聊，也有个人可以拉拉闲话啦。"

白海棠说："你还能有闲的时候？我看你这一辈子都闲不下来哩。"

立春说："老啦，总有干不动的那一天，那时候甚也做不成了，只能跟老人们唠闲话了。"

正说着，二梅回来了，看见白海棠先是一怔，随即亲热地上前，拉住海棠的手说："哎呀，海棠回来了，回来咋不提前吱一声，我好给你搓莜面呀。"

海棠笑道："我回来就不走啦，以后有的是时间来吃你搓的莜面。到时候还怕你烦我呢。"

"说笑呢，你可是请都请不来的贵客呀。"二梅一边说，一边去给海棠沏茶，可当她把茶缸子放在海棠面前时，海棠的脸色一下子变了，还是那个白色搪瓷水杯，只不过，它身上已经是伤痕累累⋯⋯

二梅瞟了她一眼，说："你还没见到胡小满吧？"

"没呢，他过得怎么样？"

"自从他认了胡天马，接回了苏三，他戒了酒，一家子日子过得红红火火。现在，他们家是养羊专业户，他儿子正准备办一个奶牛养殖基地呢。"二梅说。

"是吗？那挺好的呀。"

"不过，也有烦心的事儿呢。"

"啥事儿？"

二梅把丢丢和天马两个人的事儿给海棠念叨了一遍。说着，二梅凑到海棠身边，再次拉住她的手说："海棠，你回来的正是时候，我看这事儿啊，得你去说啊。"

"和谁说？"

"丢丢呀。丢丢上小学那会儿，最听你的话了，你要是劝劝她，她准能回心转意。"二梅肯定地说。

白海棠把目光投向吕立春。吕立春不置可否，没有说话。

白海棠站起来："好吧，那我就试试，行不行的试了再说。"

84.婚礼

谁也不知道白海棠用了什么办法，居然说服了吕不丢。丢丢答应再也不和胡天马来往，而且，应允嫁给贾友友。立春问，海棠只是淡淡一笑："人心都是肉长的，孩子通情达理，只要把道理给她讲明白了，她就会回心转意。"

那天是丢丢母亲腊月过世五周年的祭日。白海棠买了些纸钱和香，带着丢丢来到白沙坝上腊月的坟前。二人跪下，上香，磕头。

等一切都做完，海棠对丢丢说："丢丢，坐下，咱们娘儿俩在你妈的坟前拉呱拉呱。咱们在这儿说的每一句话，你妈都能听见呢。"

丢丢听话地坐下了。

沉默了片刻，海棠说："丢丢，你母亲是在县医院去世的。那天你二叔给我学校打电话，说他嫂子快不行啦，说想见我。我急忙找了一辆自行车一口气骑到医院。我进到病房的时候，你妈只剩下一口气儿了，见我进来，她用最后一点儿力气拉着我的手，对我说：'我不怕死，反正，迟早大家都要去那个地方的，可是，我有一桩心愿未了，所以，就是死了也合不住眼，在黄泉那边也会牵肠挂肚的。'你知道，她最放心不下的是啥？"

丢丢脸上泪痕未干，低声说："是我……"

海棠点头："对了，你妈那病，本来还有好的希望，可就是因为你那次一睡不醒，她急，急得病倒了却不肯去医院，等送到医院，已经耽搁了！"

追根寻源，丢丢真正的病根还是胡莫尼考大学走的那年，她不听家里大人劝，从胡家回来后，一下就病倒了。原来，上小学时，丢丢就跟莫尼要好，尽管那时莫尼淘得要命，但他单单对丢丢好，不是送她一个用芨芨草编织的笼子，笼子里有一只他捕捉的大肚子蝈蝈；要不就是送她一只从草地上网住的百灵鸟儿，那鸟儿的啼声清脆悦耳，让她喜欢得不得了。后来，莫尼到县里读高中，每年放暑假和寒假回来，都要来看丢丢，送一些城里新奇的玩意儿给她。已经是高三的莫尼对男女之事并不开窍，只是把丢丢当成一个小妹妹。可情窦初开的丢丢却认定莫尼喜欢自己，朦胧中觉得他就是自己一生的依靠。胡莫尼考上大学走了之后，丢丢失魂落魄。这件事情没人发现，那种爱意是被丢丢深藏在心里的，却没有瞒过白海棠老师的眼睛。她找丢丢谈了一次，是以母亲般慈爱的口吻和她谈的。她并没有点破丢丢心中的秘密，只是给她讲了吕立春和姚大雪的故事。她用这个故事告诉丢丢：男女间的情感如果处理不好，是有可能出人命的，会给人留下一辈子的遗憾。丢丢听了，啥话也没说，可是回到家就一睡不醒了，这一睡就是三天。这三天把母亲腊月急出了病……

丢丢很愧疚，眼睛里含着泪花儿："我知道，都怪我，是我害死了我妈。这些年，我从来没有原谅过自己，我恨自己……"

海棠搂住丢丢说："别这么说，丢丢，你是有过错，可那是无心之过，不能怪你。人一辈子不能犯两次同样的错误，你知道吗，这些年你爹最担心的就是你。为啥你妈去世后你爹会把你过继给你二叔？他是想再给你一个完整的家呀……"

"我知道，爹疼我，二叔更疼我。"

"你爹已经失去了你妈，他不能再失去你了呀！"

"白老师，我爹不会失去我的，怎么会呢！"

"你要是嫁个好男人，你爹当然不会失去你，可是，如果嫁了胡家那小子，就算你们还在一个村儿，也等于把你爹和你二叔隔在了两个世界，两个不能相通的世界，比真的失去了你不知道还要难受多少倍啊！"

丢丢听到这儿，抽噎起来："我不想失去我爹和二叔……"

海棠叹了口气："感情上的事情，你二叔不想勉强你，一切都由你自己选择。可是，你二叔为了你，是真的费尽了苦心啊。就说电影队的那个小贾吧，你二叔为了了解他，还专门跑到县里做了一番了解。"

"二叔去贾友友单位了？"

"单位的领导对他评价很高，人品真的不赖。我和你二叔也征求过你爹的

意见,他们都认为,你应该选择贾友友,而不是胡天马……"

"大家都这么看?"

"是呢,都这么看,没人赞成你嫁给天马。丢丢啊,你二叔是为了你能得到真正的幸福。当然,就算你真的选了胡天马,他也不会拦你,只要你能过得好就行。可是你想过没有,你二叔的心,会疼一辈子的呀!"

丢丢已经哭成了泪人:"别说了,海棠姊儿,甚也别说了,我知道我该怎么做了……"

丢丢跟着白海棠回到家,看到吕立春独自坐在炕上喝着闷酒。丢丢进来后,呆呆地看着二叔。立春抬头,望着她。

她含着泪说:"二叔,你去和贾友友说吧,让他来娶我吧,我答应嫁给他了!"

立春惊喜地看着她:"真的?这是你的心里话?"

"是心里话!"

立春激动地把丢丢紧紧地搂在怀里。

婚礼在一个月后举行。在高亢的唢呐声中,吕家院内张灯结彩,喜气洋洋。一班鼓匠在院子里吹吹打打,一伙孩子在院子里跑进跑出。十张八仙桌几乎摆满了院子,除了胡家人,几乎全村的村民都来吃喜了。一伙年轻人簇拥着新郎新娘起哄。长辈桌上,坐着吕立秋、吕立春、二梅、白海棠等人。立春开心地笑着,脸上每一条皱纹好像都舒展开了,主动举杯请大家喝酒。

新郎新娘正在给大家敬酒,外面突然响起摩托车刺耳的喇叭声。大家把目光投向院外。新娘丢丢的脸色顿时由红转白,目光转向院门口。她真担心那人会猛地闯进来掀桌子,把这场婚宴搅个稀里哗啦。

但一直没见人进来,只有那摩托车的喇叭拼命地号叫着,发出刺耳的叫声。吕立春瞟了一眼丢丢,对众人笑道:"大家吃好喝好,来来,我敬大家一杯……"喇叭声刚刚停了一会儿,又拼命地号叫起来。天亮急忙给鼓匠们打手势:"吹打起来,快吹打起来。"五六个鼓匠立即操家伙演奏起来,可是,音乐声依然盖不住外面的喇叭声。丢丢再也忍不住了,放下手中的酒杯,向外奔去。贾友友看了一眼大家,也急忙放下酒杯,跟了出去。丢丢出了院子,摩托车的喇叭声戛然而止。丢丢还没看清楚,只见那摩托车宛如脱弦的箭一般射向远方,很快消失不见了,只有摩托车喷出的尾气还在空中飘着丝丝缕缕的烟。丢丢自然知道那是谁,她呆呆地望着那渐渐消融在空气中的烟,眼睛里渐渐蓄满了泪水,她的嘴唇哆嗦着,轻声喃喃:"对不起了,天马……"

陪在她身边的贾友友温柔地搂住她,柔声说:"客人还在等我们呢,回去吧……"

丢丢没有动,那目光依然凝视着天空中最后一缕依然不肯消散的淡蓝色烟雾……

85.出院

吕家大喜的日子,胡家却是阴云密布。从一大早,胡小满心里就不痛快。他知道今天是吕家聘闺女的日子,他先是喜,后是忧。喜的是吕家闺女终于出嫁了,不用再担心日后会与儿子天马有啥瓜葛了;忧的是天马一早就跑出去了,到现在也不见回来。

苏三的担心更胜于他,不停地絮叨着:"今天是吕家闺女成亲的大喜日子,儿子一大早就骑着摩托车出去了,不会出甚事儿吧?"

他装出平淡的样子:"能出甚事,他肯定是心里不痛快,早早地躲出去了……没事儿,谁遇到这事儿都会难过几天,等日子一长就淡了。"

"你说,吕家孩子成亲,我要不要去随份礼呢?"

"你敢!"胡小满横眉立目。

苏三不敢再提这话头,只得把话题引到儿子身上:"天马跟你是一个性子,处处要强,只要是他想要的,都要想办法弄到手,如果弄不到手,就急得跟个疯子似的。"

"咋又跟我一样了呢?"

"当年,你想得到你心里的女人,不跟他现如今一样吗?"

"要说一样，这点倒是一样。"

"因为这个，你恨了立春一辈子。"

"我也要让我的儿子因为这个恨吕家一辈子！"

苏三吃惊地看着胡小满："老天爷啊，光你和立春的仇恨还不够呀，你还要把这仇一代一代传下去呀？"

胡小满点头说："对，你说出了我的心里话，看来，你越来越了解你老汉了！"

苏三的忧虑是有道理的。胡天马骑着摩托车离开吕家之后，他疯狂地骑车飞奔。他无法平息自己狂乱的心。他不知道自己要到哪里去，只是想借着飞速的奔驰来减少心中的怨怼。摩托车越来越快。不知跑了多久，抬头一看，原来是快要进县城了。他想起他骑摩托车带着丢丢到县里参赛，归途丢丢紧紧地抱着他的腰；想起在那片野花盛开的草地上，他们温情相拥。他第一次吻一个女孩子的唇，那唇好鲜嫩呀，柔软得像一团云，那云包裹着他，把他给融化了……

就在那一瞬间，车轮撞到一块石头上，摩托车跳了起来。他被抛向空中，然后，又重重地摔向了路边的乱石滩……

一个过路的好心司机发现了昏迷的天马，把他送进了县医院。胡小满和苏三是在两天后接到县医院打来的电话的。二人匆匆赶到县医院，在那儿守了三天，幸亏天马的伤不重，住了五天院就出院了。

丢丢和贾友友来医院看胡天马。丢丢新婚第二天跟着贾友友回县城婆家。听说天马骑摩托车摔伤住院了，和贾友友一说，贾友友马上表示："我们去看看他吧，我在县医院还认识两个大夫，如果需要的话，我出面去跟他们说说，好好照顾一下他。"丢丢心一热，挽着贾友友的手来到县医院。

进了病房，两个人一眼就看见躺在病床上的胡天马昏睡着，头上裹满了绷带，只露出一张嘴和两只眼睛。他一动不动地躺着。旁边，苏三正在暗暗垂泪，听见门响，她抬头一看，进来的是丢丢两口子。丢丢手里拎了一网兜苹果，她走到病床前，什么话也没说，默默地望着躺在病床上的天马，把一网兜苹果放在床头柜上。

苏三悲愤，一下子站起来，挡在丢丢面前，指着门外厉声说："你还有脸来看他？这都是因为你，你咋这么脸皮厚呢，还好意思来这儿？你给我出去，出去呀！"

丢丢眼睛里含着泪，慢慢地转身向外走去。

苏三怒气未消，在她身后高声说："以后，你们吕家永远不要再和我们家来往了，连话也不要说……"

丢丢从病房里出来，等候在外面的贾友友急忙迎上前来，观察着她的脸色："你怎么了？他们家的人没给你好脸子？"

丢丢啥话也不说，脸色很不好。

贾友友说："咱回家吧，我爹我妈都想见你呢。"

丢丢摇头说："不去了，送我回磨盘村吧……"

丢丢来看天马的事儿苏三没告诉儿子。第五天能出院了，天马头上的纱布已经全部取掉了，只是在腮帮子上有一道明显的伤痕。胡小满出去租了一辆车，苏三跑到百货商店给儿子买了些营养品，当他们俩回到医院时，天马已经坐在医院前厅的椅子上等他们了，一个旅行包放在他身边。

"爹，娘，我把出院手续都办完了，待着无聊，索性就先出来了……"

苏三抢着拿儿子手里的包："给我……你爹租好车啦，咱回家……"

天马没把他的旅行包给母亲："娘，爹，你们坐出租车回去吧，我要去长途汽车站了。"

"咋，你不跟我们一起回家啊？"苏三一怔。

"你去长途汽车站做甚？"胡小满问。

"我要去鄂尔多斯。"

"去鄂尔多斯干吗？"胡小满和苏三还是不解。

"咱们村的李玉柱在鄂尔多斯倒羊绒呢，前两天我跟他联系上了，他让我过去跟他一起干。"

"你要去鄂尔多斯倒羊绒？"胡小满瞪大眼睛。

"玉柱说,倒羊绒能赚大钱呢,一收一卖,来钱可快呢。"

胡小满生气了:"这么大的事儿,你也不跟你爹商量一下,自个儿就做决定了?"

"这是我自个儿的事儿,用不着跟你们商量。"

"你真的要去啊?"

天马点头,雄心勃勃道:"要想做大事儿,就得离开咱们村那个土窝窝,只有到外面去闯荡,才能开眼界,才能做大事儿。娘,你儿子不是一般的农村后生,你们就等着瞧吧,将来,我要成为磨盘村最有出息的人,让所有人都对我另眼相看。"胡天马说完这番话,拎起身边的旅行包大步离去,头也不回。

情知儿子此去是几匹马也难追了,苏三紧追两步,在他身后喊着叮嘱道:"天马,伤刚好,自个儿小心些。"

天马没有应声,继续走着。

苏三再喊:"到了那儿安顿下来,甚不甚给家里来个信儿,别让我和你爹惦记你呀!"

天马依然没有回头,越走越远。

苏三的心一下子空了,空得像一片苍茫的雪原,只有白茫茫一片。

86.上吊

八月十五月儿圆。可是,恰恰在那天,石二梅在仓房的大梁上系了一根绳子,把自己吊死了。

其实她并不是真的想死,而是像前几次那样,用自戕来吓唬吕立春。这是她屡试不爽的手段。

第一次割腕,第二次喝农药,第三次跳河,她已经折腾过三次了。第一次是吕立春在跟前,及时送她到乡医院做了止血包扎,没事儿了。第二次,她只是在空农药瓶里灌了些红糖水儿,让立春误以为是农药,吓得急忙送她到医院去洗胃。那洗胃的滋味儿真不好受,她后悔用"服毒"这一招儿了。到第三

第十章

次，她又和立春吵了架，不管不顾地跑到村外那条河边，一头扎了进去。那河水平时没多深，前几日山洪下来，水深了不少。立春追来，见她投河之后就不见了踪影，急忙跳下河去寻找，结果到了河中心，那河水也只淹到立春的大腿。立春看见河面上有一串泡泡儿，伸手下去一扯，就把二梅从水下扯出了水面……

这次的起因，依然与白海棠有关。

丢丢大婚过后，吕家宴请前来帮忙的亲朋好友。白海棠劝说丢丢有功，自然在被请的客人名单之列。自从白海棠归乡，与吕立春来往甚密，二梅心里不舒坦。回请客人时，她和大家敬酒干杯，喝得有些多了。多了也就罢了，回家睡一觉，第二天也就没啥事儿了，偏偏她看见立春给白海棠敬酒，感谢她对吕家的帮助。敬酒也就罢了，偏偏又看见白海棠拿了个新式保温杯（那时保温杯在农村还是个新鲜玩意）送给吕立春。海棠说："那个搪瓷缸子太破旧啦，别再用了，你巡山护林时带上这个，这个杯子可以保温，里面倒进去滚水，一时半会儿凉不了。你的胃不好，常闹肚子，不能喝凉水，以后用它吧……"

二梅的醋坛子被彻底打翻了。等客人走了，她就闹腾起来，对立春不依不饶，逼问他："她为啥要送你这么高级的东西？你们俩究竟是啥关系？"

立春说："啥关系？我俩没关系……"

"放你的驴子屁，没关系她会送你这么贵重的东西？啥意思？知冷知暖，好贴心呀……"

类似这样的闹腾，以前不知发生过多少回了，立春早已经习以为常。不过这次二梅闹得狠，居然抓起那个保温杯狠狠地摔在地上，又用脚踩了几下。这下把立春给惹火了，过去就给了她一记耳光。这记耳光倒是把二梅打醒了，酒意全消，但心里的气实在过不去，心想：还得用我的老办法治你，哼！

第二天中午，她进了仓房，找了一根麻绳，踩着个破板凳上去，把已经结好套的绳子系在那根黑乎乎的房梁上，然后伸头，让绳子套套在自己的脖子上。她站在破板凳上等待着。她知道这个钟点吕立春巡山快回来了。吕立春每次会哼着小曲儿进门，先把他每天扛着的铁锹放进仓房，再把仓房里的树子仔

细看上一遍，然后才洗手吃饭。她等着那小曲儿出现。果然，没等多久，熟悉的小曲儿传来。接着，院门"吱呀"响了一声，然后传来笨重的脚步声。她把时间卡得准准的，当听到脚步声马上要到仓房时，脚一蹬，脚下的那个破板凳倒了，她的身体悬在了空中。麻绳登时勒住了她的脖子，一下勒得她喘不过气来。她倒也不慌，因为立春马上就会进来，一看这景象，就会不顾一切奔过来抱住她，把她从麻绳的套子里解救出来。那时，他会吓得束手无策，自己又可以对他发号施令了。

让二梅没想到的是，立春刚刚进院，身后就有人喊他："吕场长……"立春听见是苏三的声音，转身，果然看见苏三站在他家院门口。

立春返身走出去，走到院门口，问："有事儿？"

苏三双手捧着一个红纸包说："昨天是你家丢丢大喜的日子，我没顾上过来。这是礼钱，我是来送礼钱的。"

立春摆手说："送啥礼钱呀，孩子的婚礼已经办完了，快算了……"

苏三说："这是我的一点儿心意，你要不收，我就不走。"

这时候仓房里的二梅已经蹬腿儿了，眼珠子憋得快要跳出来了。院门口，立春与苏三还在推来推去，一个非要送，一个坚决不收。

最后，苏三快要哭了，说："你要是不收，就是看不起我苏三，那我们以后就不要再来往啦……这和胡小满没关系，和天马也没关系，这是我的心意……"

看她说到这份儿上，立春只得接过那个红包，刚要转身，苏三又问他："你看见我家天马没？"

"天马？没呀，咋的，他不见啦？"

"昨天就出去了，到现在也不见回来。"

"天马已经是成年人啦，丢不了，他可能心里不痛快，过几天心里痛快了就回家了。"

"嗯，我也是这么想的。"

苏三转身离去。

看着苏三走了，立春这才返身进了院子，向仓房走去。

一推开仓房的门，立春就觉得不大对劲儿——空中似乎吊着一个黑乎乎的东西，抬头一看，不由得叫了一声："妈呀！"只见二梅吊在空中，舌头已经吐出来了，两只眼睛睁得牛蛋般大，十分恐怖。立春急忙上前抱住她的腿，努力向上举，大声叫起来："快来人呀——快来人呀！"正在厢房做饭的玉荣听到急忙跑来，见状也吓坏了，乍撒着两只手，不知如何是好。立春说："镰刀，快拿镰刀，砍绳子呀……"玉荣这才缓过劲儿来，急忙从旁边取了一把镰刀，把歪倒的小板凳扶起来，站上去，用镰刀猛砍那绳子，三下两下就砍断了。立春把二梅放在地上，摸脉——不跳；试鼻息——没有；趴在她胸口听——没心跳！

吕立春一下子瘫坐在地上。

三天后出殡。送葬时，人们看见吕立春的头发全白了……

87.建厂

三年后。

没有梧桐树，也能引来金凤凰。就在县里大搞招商引资时，从鄂尔多斯来了一位大老板，说要在磨盘村投资，建一个沙棘饮料厂。先是来了一位老板，说是金副总，前呼后拥的。他在白沙坝做了一番考察，像来时那般轰轰烈烈而去。到了县里，他又和县里领导开了两天会，签了一个意向性的协议。紧接着，已经升为县委书记的姚白露马上赶到磨盘村，召开了紧急村委会。经过几年的历练，白露愈加成熟。她用一支笔轻轻地敲着桌子说："金总对这次考察非常满意，主要是因为你们这儿的沙棘质量好，种植面积大……当然，这成果是林浦同志用生命换来的。金总说：'只要你们这边资金一落实，他就过来正式跟你们签约。'这样，咱们县的第一个沙棘饮料厂就算是开始兴建了。"

天亮听得兴奋，问："厂址打算设在哪儿呢？"

"金总说，他看好了当年白沙坝林场场部的旧址，那儿一直荒着，离白沙

坝又近，采集沙棘果方便。把那儿修缮一下，厂址就建在那里。"

白露接着告诉大家："这次建厂算是合资，金老板那边占百分之六十的股份，你们磨盘村占百分之四十。"

赵会计问："那得不少钱吧？我们村委会可没那么多钱呀。"

白露说："号召大家集资入股吧，这可是一次脱贫致富的机会呀。这饮料厂的总经理，对方建议由你们村选，我看天亮就可以当这个总经理。"

天亮急忙说："姚书记，我要是当了饮料厂的总经理，就不能两头兼顾了，实在不行的话，我这个村委会主任还真得辞掉了。"

白露说："就算你不当了，那也得换届选举的时候再说，在这期间，你还不能丢掉村委会的工作。"

天亮担心地说："那可又少不了挨我爹的骂了。"

姚白露说："你把工作做好，他能骂你吗？"

白海棠前些日子又当选为村委会妇女主任，她也在会上帮着出谋划策。她说："天亮啊，你就放心大胆地干吧！我看这个经理非你不可！如果你爹那头儿敢阻拦，我去找他说！"

白露一看事情谈得差不多了，说："还有几个招商引资的项目等着我回去拍板呢。不过我走之前，有个挺棘手的问题，得跟你们大家商量一下。"

"甚问题？"天亮问。

"金总带来的专家说，咱们白沙坝的那片树林有一部分是小老杨，小老杨开始对固沙有作用，可只要地面的植被形成了，它的作用就不大了，而且它已经影响到那里沙棘的生长了，为了给沙棘一个更好的生长环境，建议咱们把那片小老杨都砍掉。"

没有人说话，大家你看我，我看你。

白露看着大家说："哎，你们怎么不说话呢？怎么一提起白沙坝，你们就都哑巴了？"

赵会计支支吾吾地说："姚书记，那白沙坝的林子里，不是还有你姐姐的坟呢……"

白露说:"这不是问题,我会把坟迁到县公墓。除了这个,还有什么问题?"

天亮说:"最大的问题,是怕过不了我爹那一关!"

赵会计补充道:"还有胡小满那一关!"

白露有点儿意外:"他们俩,都不同意砍小老杨吗?"

天亮说:"这事儿要是跟我爹一说,他准炸窝不可!"

知父莫若子,天亮猜得不错。吕立春听天亮说要在白沙坝砍树,吃惊地站起来,盯着站在他面前的天亮说:"甚,要砍白沙坝的林子,这是谁的主意?"

"是专家的建议,专家说那片小老杨影响了沙棘的生长……"天亮赔着小心说。

"狗屁专家!哦,抗风沙的时候需要小老杨,现如今想靠沙棘赚钱了,就要砍小老杨,这不是过河拆桥嘛!这个白露,她是咋想的?我找她去!"

"爹,姚书记已经回县里了。"

"我告诉你,天亮,我还是那句话,谁要砍那片林子,得先过我这关——我不答应!"

88.护林

苏三在牛棚挤完了奶。胡小满过来帮着把奶桶拎出牛棚,刚刚把奶子倒进一个大塑料桶,三蛮牛就跑过来说:"你听说了没,白沙坝的那片林子保不住了,要砍哩!"

胡小满一惊:"砍林子?胡说哩,那片林子是我的,谁敢砍!"

"你呀,就知道待在家里,老婆孩子热炕头儿。你也不去村委会问问,你们家承包白沙坝林子的期限是十年,现在十年已经过了,人家村委要收回那片林子呢。"

"收回?"

"听说姚书记要把她姐大雪的坟迁走呢,你呀,以后想看大雪,只能去县公墓,人家也未见得让你去看呢……"

一听说连大雪的坟都保不住了,胡小满顿时坐立不安:"不行,我得到林子边儿守着去,看谁敢动那林子!"

胡小满肩膀上背着个褡裢急匆匆地赶到白沙坝林子边缘,一下呆怔住了——吕立春站在面前,端着一根棍子,脸色铁青,对他怒目而视:"你来做甚?"

"你来做甚?"胡小满反问。

"你狗日的不是来帮他们砍林子的吧?"

"我是来护林的。"

"你来护林子?"

"当然啦,这林子是我的命,谁也不能砍!"

吕立春放下手中的棍子:"做梦也没想到,到老到老,你倒和我成了一条战壕里的战友。"

"你也是来守林子的?"

吕立春点头:"除非我闭眼蹬腿儿了,不然的话,这林子谁也不能动!"

胡小满说:"行,有咱们俩守在这儿,看谁敢碰这林子!"

两个人商量了一下,万一他们来的人多,两个人也挡不住呀。立春想了一下说:"林场场部的仓库里有工具,咱们设一些障碍。"

两个人来到场部院内,那仓库的铁锁已经锈的打不开了,胡小满找来一个镐头,抡圆,一镐下,铁锁应声而落。吕立春从里面扯出一团已经生锈的铁丝网,二人把铁丝网拉到白沙坝,在那儿设了一道障碍。

眼看天就要黑了,胡小满问:"咱住哪儿呢?"

立春说:"那边有一个窝棚,是当年我们种树时搭的,虽然破得快要塌了,但临时遮风挡雨还行。"

"那能睡吗?"

"能睡,我有时巡山累了,就在那儿睡一会儿,习惯了。你要是睡不惯,就去场部吧。"

胡小满说:"我也习惯。他们要真来人了,你一个人可挡不住。"

吕立春瞟了胡小满一眼,见他身子有些发抖,问:"咋,你坚持不下去了?"

"你能坚持,我就能坚持。"

"那好,咱们俩就看看谁顶不住了要撤退,谁先撤,谁就是孬种,敢比吗?"

"有甚不敢的。"

胡小满从身上摸出一盒烟来,递给吕立春一支。

吕立春接过来一看:"呵,大中华呀,抖起来了啊!"

胡小满得意地说:"莫尼从城里给捎回来的。"

吕立春把烟放在鼻子底下嗅了嗅,夹在耳朵上:"嗯,香……不过,这儿不能抽,林子里防火!"

胡小满只得将烟收起来。

吕立春问:"莫尼和小青在城里还好吧?"

胡小满夸耀地说:"好着哩,两口子在呼市当大学老师呢。他们工资可高呢。学校还给分了套单元楼。"

"他们的娃儿也不小了吧?"

"雨燕十来岁了。说明年暑假要带回磨盘村住些日子呢。"

"你这'灰货',一辈子没出息,两个儿子倒还不错……对了,天马去了鄂尔多斯,一直没消息?"

"没……那个浑小子,别提他,一提他我就来气。"

"兴许在那边混得不错呢,等你走不动了,人家回来给你和苏三养老送终呢。"

"指望他?哼,我才不想呢。"

"那等你老了谁伺候你?"

"我去养老院。我跟苏三商量好了,老了谁也不靠,我们去县城住养老

院。我打听了，县里的养老院不贵，每年也就是几千块吧。"

"几千还不贵？你个'灰鬼'哪儿来的那么多钱？"

"我当然有钱了。哪儿来的？不告诉你！"胡小满一时有些得意。心想，要是我把那一百零一块银圆的事儿告诉他，还不吓死他呀！

89.计谋

苏三跑到村委会告诉吕天亮："胡小满去了白沙坝，你爹也上了山，万一两个人打起来，那可是要出人命的。"

天亮一听急眼了，正要上白沙坝，看见赵会计带着白海棠匆匆走了进来。

白海棠问："咋的了，天亮，出啥事儿了？"

"白老师，我爹听说要砍白沙坝的小老杨，急眼了，操起棍子就走了，还丢下话说，这些日子不回家了，让天天把饭给他送到白沙坝上去。"

苏三补充说："还有小满，扛把铁锹也去了白沙坝，让我每天给他送吃的，说要长期住在那儿呢。"

"白老师，你说这可咋办呀？"天亮着急地问，"明天，人家金总要带他们的大老板过来和咱正式签合同哩，他们俩守在白沙坝不让人上去，那不是坏了咱们的大事儿吗？"

"再说那一对冤家碰到一块儿，只怕凶多吉少……"苏三更是忧心忡忡。

白海棠想了一会儿，乐了："谁也别理他们，他们愿意住在白沙坝，就让他们住着好了。"

天亮和苏三不解其意。

"这两个人啊，一辈子了，谁也不服谁，这回，是老天爷故意把他们俩放到一块儿，让他们俩啊，好好在风沙口待两天，唠一唠，也许，就会把这一辈子解不开的疙瘩给解开了呢。"白海棠思索着说。

苏三说："那咋可能，小满对吕场长的恨可大了，他们单独在一起，肯定会打起来……小满打不过吕场长。"

白海棠笑道："肯定打不起来，要是他们真打起来，打坏了谁我负责。"

"你这么有把握？"天亮问。

白海棠笑道："年轻的时候就看着这两个人斗，为女人斗，为种树斗，为阶级立场斗，为面子斗。我看了一辈子了，早把这两个人品得透透的。这对冤家，也到该和解的时候了。"

天亮说："就算他们两个人不打，可他们守着林子，谁也不让进去，那小老杨还砍不砍了？过些天，人家金总还要来检查呢。"

"唉，上岁数了，那就是老小孩儿，这两个老小孩儿在跟你们使性子呢！"白海棠感慨地说。

"跟我们使性子？"

"是啊，他俩知道，他们这一闹，你们就害怕，马上就得去白沙坝找他们，求他们回家。可你们越央求，他们越要摆架子，不好好哄，他们不会理睬你们的，所以，还不如一开始就给他们来个冷处理，不理他们。两天没人搭理他俩，他们就沉不住气了，那时候，咱们再分头出面，给他们俩做思想工作，肯定能把他们劝回来。"

"可是，两个人都年岁大了，守在风沙口，身体怕吃不消啊。"苏三担忧地说。

白海棠说："你们给他们把棉衣被褥都送去，让他们住在那儿，权当是让他们俩野游去了。"

天亮说："只能这样了。"

90.守夜

夜深了，守在小窝棚里的胡小满和吕立春坐在草席子铺上，没有灯。虽然立春带着电棒，可为了省电，也熄着。胡小满从他带来的褡裢里变魔术般摸出一瓶酒："烟不能抽，酒能喝吧。"

"咦，听说你狗日的戒酒好几年了，又喝上了？"

"以前那是酗酒,现在呢,每天苏三只让我喝一两,咱不多喝一口。来,把你腰上那个茶缸子取下来,倒酒。"

吕立春把系在腰上的漆皮斑驳的搪瓷杯子取下来,递给胡小满。酒斟满后,胡小满先兀自喝了一大口,把杯子递给吕立春。

"还是这玩意管事儿,身子马上热啦,能挡风寒。要不,咱俩得冻个半死。"

"好酒,啥牌子?"立春问。

"'闷倒驴'!"胡小满不怀好意地笑。笑毕,胡小满感慨地说,"你说咱俩,有一天还能坐在一搭喝酒,这可是万万没想到的事情。"

吕立春说:"这世上没有永远的敌人,也没有永远的朋友。你没看国家和国家都这样儿,今天你跟我好,明天你又跟我的敌人好了,这就叫世界格局变化无常哩。"

"驴子,你说你这辈子咋就非要跟我过不去呢?咱俩咋成的冤家?"

"老'灰货',不是我跟你过不去,是你跟我过不去,就因为大雪的死,你恨我,跟我结下了冤家!我参军走的时候,你咋向我保证的?我回来了,看见你娶了大雪,我能不气吗?"

胡小满苦笑:"我是真心爱大雪的呀,那是我爱过的头一个女人,说没一下子就没了,我能不恨你吗!"

"是老天爷夺走了她!你当我不悔吗?我也悔了一辈子呢!后来我总是想,当年如果我不那么冲动,就不会发生那样的惨剧了!"

胡小满摇头说:"那是命,这事儿我也想了,就算你不来,大雪还是难过那一关啊!我爹活着的时候总对我说:'命里有时一定有,命里没的莫强求。'"

"我不赞同你爹的说法儿,这人呀,就不能认命,要认就完了。就说大雪这坟吧,咱要是听天由命,早就被大黄沙给埋没了,那下一步,黄沙就进了村儿,把咱们磨盘村给埋了!可咱不服老天爷,咱种树,咱防沙,最后咋样儿?不就把风沙给挡住了吗!"

"那倒也是，在这一点上，我服你！"

"能从你嘴里听到这句话，可真不容易啊！"

"别把我想得那么坏。我跟你说，上一回我家天马要砍林子卖木材，我也没答应。结果他调虎离山，骗我出去旅游，如果我在，一样会拦着他，不让他砍林子。"

"这片林子里，有我的牵挂，也有你的牵挂……想想大雪也值了，有两个男人一辈子牵挂着她。"

"你大哥把腊月的坟迁走了，前两天，雷县长的孙儿把老县长的骨灰也接回去啦。现在，只有大雪一个人孤零零地躺在这儿了……"

"是啊，孽是咱俩作下的，这些天，就让咱俩好好在这儿陪陪她吧！"

一时间，两个人都不说话了，把目光投向不远处大雪的坟墓。月光下，可以看见那坟包上笼罩着一层惨白的光。那是坟堆上被镀上一层月色的缘故。

半缸子酒下肚，两个人的话反而少了，似乎都陷入回忆之中。胡小满想起三年前的一件往事——这驴子曾经救了他一命哩，要不，今天自己咋会请他喝酒呢。

91.追忆

腊月，三九，天最冷时，一场大雪覆盖了白沙坝。吕立春来巡山，遇见了正在林子里忙的胡小满。胡小满正在用一根长长的竹竿，把树冠上厚厚的积雪捅下来。倘若不把积雪打下来，积雪会把树枝压断的。一时间，积雪犹如瀑布般飞泻而下，将胡小满笼罩在雪雾中。

吕立春又走近些，才看清清理树上积雪的人是胡小满。胡小满戴了一顶狗皮帽子，正在奋力捅雪。他也看见了吕立春。

吕立春主动打招呼："给树清雪呢？"

"雪太厚了，不清一清，树枝都给压断了。大树还没事儿，小树把树干都压断了。"人家立春主动搭话，胡小满不好意思不回话。

吕立春说："是该清雪，不过，你那方法不对。"

"咋不对？"

"你别站在树底下呀，稍微离远点儿，斜着去捅，这样，万一树枝断了掉下来，也不会被砸到。"

胡小满不以为意："多少年我都这么干，从来没被树枝砸着，你尽说日悬的。"

"这是好话，你爱听不听！"

"好话还是你留着吧。"

胡小满不理吕立春，继续按照老样子去捅树上的雪。吕立春懒得再和他多说，径自走开。可没走出几步，突然听到背后一阵猛烈的树枝折断的声响，同时听到胡小满"哎哟"叫了一声。吕立春急忙回身，看见一根粗大的树枝坠落下来，正好砸在胡小满的大腿上。胡小满疼得龇牙咧嘴。吕立春急忙跑过来，把压在他大腿上的树枝搬开，一看，胡小满的腿已经被鲜血染红。

吕立春气愤地说："好话听不进去，这是报应！"

胡小满忍着疼，骂："你狗日的长了个乌鸦嘴，说甚不好，非要咒我……"

"我咒你？你真是不懂好赖，你要是听我的，至于被砸了吗？"吕立春说着，把胡小满扶起来，"不行，得赶紧去医院……能走吗？"

吕立春扶着胡小满，试着走了两步，胡小满疼得差点儿瘫到地上。看来他是一步也不能走了。

吕立春想了一下，把背对着胡小满说："上来。"

胡小满有些发怔："做甚？"

"我叫你上来啊，我背你狗日的。"

胡小满呆了一下，然后，听话地爬到了吕立春的后背上。吕立春背起胡小满，踩着厚厚的积雪，一步一晃地向林子外走去。雪地上，印下一串深深的脚印。吕立春十分艰难地走着，摇摇晃晃，大口喘着粗气，从嘴里喷出白色的哈气让皮帽子都挂上了霜。胡小满趴在吕立春的背上，心里泛出一丝感动。吕立春累了，停下来喘息着。

胡小满说："你把我扔下吧，你回去喊人，喊几个年轻后生来……我这么沉，你这老家伙咋能背得动呢！"

吕立春喘息着说："看来真的是老了，要放十年前，我一只手就能把你拎回去，像拎只小鸡儿似的。"

胡小满说："又吹开了，再咋的，我也比一只小鸡沉吧。"

吕立春说："我吹？你又要抬杠，都这样了还抬杠！"

胡小满不服气："是你抬杠，你是老杠头子。"

吕立春说："别灰说了，省省劲儿吧，要是命都没了，看你咋抬杠。"说完，背起胡小满，继续大步往前走去……

虽说往事如烟，但有时候烟并不会随风而散，反而会熏热人心，然后，那暖意就一直保留在心窝儿里……

92.访客

三天过去了，白沙坝上静悄悄的，除了吕立春和胡小满两个人的说话声，只有风声、鸟语，还有树梢被风儿吹的"沙沙"的响声。

吕立春是个闲不住的人，他从林场场部找来两把剪树枝的大剪子，让胡小满跟着他一起修剪那些已经干枯的树枝。那片小老杨还是当年雷县长带大家大会战时种下的。

吕立春望着那些树喃喃自语："这些小老杨，真的已经老了啊！"

胡小满说："可不，你我都老了，树能不老嘛！哎，立春，你说，这都三天了吧？怎么没一个人来劝咱们啊？"这是他头一回不叫驴子而称立春。

"爱来不来，来了我还嫌他们麻烦呢，不来正好。"

胡小满叹气："我还以为咱们守在这儿，他们不急疯了才怪呢，会不断有人上来劝咱们，没想到，居然没一个人来……你家玉荣倒是来了一趟，甚话也不说，扔下被褥棉袄就走了，除了每天派人来送饭，再也见不到她的鬼影子

了！我那死老伴儿也不露个面儿……"

"苏三那不是一只手落下毛病，咋给你拎水拎饭呢。"

"立春，要是一直没人来看咱们，咱们可咋下这个台阶啊？"

"下啥台阶，咱们就一直守在这儿，看他们咋办！"

"眼见天要上冻了，咱们不可能一直在这儿住下去啊！"

"就算不住这儿，白天过来守林子，夜里再回家。"

"没人来劝，咱哪儿还有脸回家呢，这回，咱们俩是骑虎难下啰！"

吕立春和胡小满二人回到窝棚，无聊地坐下。

吕立春感到纳闷："真是怪了啊，都三天了，没一个人搭理咱们。小满，你说，咱们俩是被人忘了呢，还是激起众怒了呢？"

胡小满分析说："这两种可能性都有。我倒希望是后一种，我宁可激起众怒，也不能让大家把我给忘了。"

"你说，是不是咱们错了？也许，咱俩的思想真的跟不上时代啦？"

"不会吧，你不总说，千错万错，种树没错；千对万对，砍树不对吗？"

"可我总觉得，这回好像是咱们不占理儿啦。"

刚说到这儿，胡小满眼睛一亮——从远方走来了两个女人，一个是姚白露，一个是白海棠。

"你快看，谁来了？"

吕立春也望去："呀，白露！还有海棠！"

白露先过来，说："白老师是我最敬重的老师，她今天有话要对你们两个说。等她说完了，我再说。"

白露走到一旁，海棠上前，走到立春和小满面前，看着他们俩笑了起来。

二人感到莫名其妙："笑甚哩？"

海棠还是笑。

胡小满说："是不是看我们两个老东西很可笑？"

海棠说："老也老啦，变成两个老小孩儿了。你们俩呀，不觉得自己很可笑吗？"

立春板着脸："你是专门跑这儿来笑我们的？"

海棠正色："立春，小满，说归说，笑归笑，咱是一个村儿长大的，我和小满还有一段失败的婚姻。过去的事儿咱就不提了，现在不是一切都要向前看吗。我们都老啦，现在坐下思谋思谋，这世上，除了家人，是不是只有咱们走得近？"

胡小满心想：我和你走得近那倒不假。可和驴子，你们俩也近？

海棠接着说："今天我有几句心里话要对你们两个人说，所以专程来找你们。"

立春警惕地望着海棠："你不会是他们派来的说客吧？"

"灰说，我还用谁派吗？你们俩闹下这惊天动地的事情，我能不过来看看吗？"

"可你咋才来啊？"胡小满说。

"嫌我来得晚了？"

"我们还以为，你们把我们俩给忘了呢！"胡小满说。

"是你们俩把全村人给忘了。"

"这话咋的说？"吕立春问。

"咱们村建沙棘饮料厂，是一件大好事儿，你们也不想想，只要这个饮料厂建成，每年能给全村的乡亲们带来多少好处？我粗略算了一下，每家每户能赚两万到三万块呢。"

"那么多啊？"胡小满感到不可思议。

"这还只是第一期呢，金总那头儿，工厂的规模还要扩大，还有二期、三期，县里头也还要招商引资，那再往后，大家的收入就不是两万三万了，而是三十万、四十万了！"

吕立春和胡小满同时张开嘴巴，瞪大眼睛。

这时姚白露走过来说："现在轮到我说了。立春，小满，我知道你们俩对这片林子有感情，有非常深的感情。那我呢？我对它也有感情啊！这里面埋的是我的亲姐姐呀！那些年，我经常跑到这儿来，在姐姐的坟前哭上半天，说说

心里话。那时候，我真恨你们俩，因为姐姐的死和你们俩有直接的关系，是不是啊？"

立春和小满都有些愧疚地低下了头。

白露接着说："随着岁月渐渐流逝，我开始了解你们俩，对你们俩的恨也渐渐淡了许多。我知道你们俩都是爱我姐姐的，只不过爱的方式不同，有的爱在心底，有的想要占有姐姐的一切，不管姐姐是不是愿意。正是你们俩的爱，导致了姐姐的悲剧。"

立春叹了口气说："大雪就在旁边睡着呢，咱们不说这个了好不好？"

白露说："我不想翻旧账，可是，你们说你俩做的这叫啥事儿？名义上，都是为了我姐姐，怕砍树惊动她，可是，你们这么做已经惊动了她，她要是真的泉下有知，是不会允许你们这么做的！"

立春受不住了："白露，不要说了，你这是在用刀子剜我的心呢！"

胡小满说："唉，姚书记，你狠哪，心上哪儿最疼，你就拿刀子往哪儿戳！"

白露说："不让你们俩心疼，不把话说得狠一点儿，你们就不会醒悟！我告诉你们俩，明天我就把我姐姐的坟迁走。"

"迁哪儿去？"吕立春急忙问。

"迁到县里的公墓。"

"真的要迁坟啊？"胡小满还有些不相信。

"那还能是假的？公墓那边，我把墓地都买好了。"白露说。

立春有些激动，说："我们不让砍这片林子，不仅仅是因为有大雪的坟，最主要的是这片林子是我们一辈子的心血，看着它被砍了，我们心疼，舍不得啊！"

白露说："我理解你们的这种感情，可是，过去有句话咋说？不破不立。咱们这回砍林子，人家专家都来看过了，说咱们这些小老杨既没有经济价值，又影响沙棘的生长，应该砍了。你们看，你种的那些沙棘，同样能保护生态，而且还能给父老乡亲们带来富裕的生活，这是多好的事儿啊，你们却阻拦，这还不可笑吗？不，是又可气又可笑！你们就不怕后辈儿孙指着你们俩的脊梁骨骂你们老顽固吗？"

立春抬头，正好与胡小满的目光碰在一起，两个人都是一种无奈又愧疚的苦笑。

立春把头转向白海棠："海棠老师，这番话，咋不早跟我说呢？"

"我早说了呀，可你听不进去啊！"

"所以你就把我们俩晾在这儿，让我们清醒清醒、冷静冷静？"胡小满问。

海棠说："我是给你们俩一个互相交流的机会，不然的话，这机会哪儿会有呢？"

正说着，看见苏三、玉荣，还有丢丢和贾友友等人一起走了过来。

苏三说："不知道姚书记和白老师给你们的思想工作做通了没？都过去三天了，你们俩这情感该转过弯了吧？"

吕立春和胡小满只是"嘿嘿"干笑着。

丢丢搀住吕立春说："二叔，回家吧，我们都为你着急呢。"

苏三也扶住胡小满说："能不能别让我为你操心了啊？"

姚白露说："金总来了，带着记者来的，马上就要到这儿来参观了。我让天亮带着他们四处转呢，你们这儿要是再不撤，那造成的不良影响就大了！"

白海棠也说："可不是只给咱磨盘村造成不好的影响，那是给整个县造成不好的影响呢！"

吕立春愧疚地说："唉，这些天真的是鬼迷了心窍儿，心里只想着不能砍林子，别的就甚也不考虑了！"

胡小满也难为情地自我解嘲："立春说他一贯正确，我就说跟着他也正确一回吧，结果，还是错了！"

众人听到这儿，一起哄笑起来。

93.银圆

磨盘村的乡亲们积极投资,这家两万,那家三万,村委会几天内筹款九十多万元,但距离一百二十万还差三十多万呢。这三十万,去哪儿找呢?吕天亮一筹莫展。回到家,想着心事儿,埋头吃饭,不言不语。吕立春看出他有心事儿,问他是不是工作上遇到啥难题了。

他甚也不说,惹得吕立春发毛,骂:"有话就说,有屁就放,这家谁该你欠你的啦?遇到困难说出来,我们帮你一块想办法解决就是了嘛。"

天亮这才说出他发愁的原因。一时,家里没了动静。立春知道自家的家底儿,有一点儿积蓄,给丢丢成亲用了不少,剩下的这次全部拿出来入股了,家里目前仅剩几十元钱啦。到哪儿去凑够这三十万呢?立春也发起愁来。

一直默默吃饭的丢丢突然说:"胡小满有钱。"

全家人的目光都集中在丢丢身上。

"他有可多银圆哩!"

婚后,贾友友要辞职,丢丢不让,说:"你那是铁饭碗,可不敢丢了呢。"但是丢丢不住城里,坚持要住磨盘村。贾友友处处让着她,由她去,每个周末他回来一次。贾友友对丢丢体贴入微,照顾有加,虽然一周有五天不见面,但两个人的感情如胶似漆,越来越亲密了。

"你咋知道胡小满有银圆?"立春问。

"是天马告诉我的,说他爹有好多银圆呢,是天马的爷爷传下来的。"

丢丢的话说得有根有据,立春信了:"我说那家伙天天吃香的喝辣的,啥事儿也不愁,说他有钱,原来是藏着宝贝啊!"

天亮问:"他大约有多少?"

丢丢想了一下回道:"好像有一百多块呢。"

立春想:如果一块银圆能换三千元人民币,那么一百块就是三十万,正好解决当下的燃眉之急。

天亮说："我去动员他把银圆拿出来投资咱们厂。"

立春说："你去怕不灵，他不会把银圆拿出来的。"

丢丢说："就是，天马想到后草地去买马，跟他要几块银圆，他都不给哩。"

天亮看着爹说："那只能你出马了，好汉出马，一个顶俩。"

立春说："少给我戴高帽子了。我知道胡小满那'灰货'的软肋在哪儿，我去找他。"说着，立春披件衣服走了出去。

玉荣在后面喊他："爹，你的饭还没吃完哩。"

他头也不回地说："吃好了。"

来到胡小满家，胡小满和苏三也刚刚吃完饭。苏三正在收拾碗筷，见吕立春来了，苏三问他："吃了没？没吃在这儿吃一口？"

立春说："吃过啦。我呀，来找小满谈谈心。"

胡小满一听顿时警觉起来——谈心？一听这俩字儿就没好事儿，他肯定又打啥鬼主意呢。

立春跨炕沿坐下，从桌子上抓起那盒中华烟，取了一根，点火抽起来。又抽出两根掖在耳朵边上。

胡小满看着心疼："抽就行了，还要拿啊。"

立春笑道："小气鬼，你有那么多钱，还这么抠门儿呀。"

"谁说我有钱？"胡小满想掩饰。

"忘了？上回咱俩在白沙坝林子里护林，晚上一起喝酒，你亲口对我说的呀！"

"那是唬你呢。"

"不对，你有银圆，整整一百零一块。"

"谁告诉你的？"

"你儿子胡天马说的。"

"这个臭小子，把我的家底儿全抖出去啦。"

这时，苏三给立春沏了一杯山茶，她知道立春一直喝山茶。立春也知道每

年莫尼学校放假，都带着小青和他们的孩子回磨盘村。莫尼和住在山上的吕二爷不知啥时候结下了交情。二爷去世后，他每次回来，必上山一趟，去看那茶园。莫尼的小女儿雨燕也就是在那个时候知道了山茶。

去年年根儿，吕二爷无疾而终。立春按老人的遗愿，把老人的尸骨和他那七条心爱的狗埋在了一起。假期，莫尼一家回来，一家人上山去祭拜老爷子。老爷子留下遗嘱：茶园留给莫尼，目前由胡小满帮着打理……

立春开门见山，说："胡小满，组织考验你的时候到了，眼下，咱们集资建饮料厂的钱还缺三十万，你要是把那些银圆当成股份投进来，你不是大股东，也是三股东四股东啦。"

胡小满诡谲地笑道："你这是在给我下套儿，是不是？"

"下啥套儿呀，往大了说，这是为全村人谋福利；往小了说，是让你多分红。你想啊，一旦饮料厂投产，赚了钱，全村谁分得最多？当然是投资最多的人赚的最多啊！"

胡小满摇头："任你说出个花儿来，我也不上你的当！"

吕立春使出撒手锏："想不想知道你儿子胡天马现在怎么样？"

胡小满呆怔了一下："你知道？"

"我当然知道啦。"

"你是咋知道的？"

"我妹夫叫萧占河，在鄂尔多斯，记得不？那年立夏一家子回来探亲来着。"

"记得呀。"

"我妹夫那些年开煤窑赚了大钱，后来又办了羊绒厂，做羊绒衫，成大老板啦。"

"听说过……这和我儿子有甚关系？"

"你要是答应把银圆入了股份，我就告诉你天马的消息。"

"你个死毛驴，快告诉我，要把人急死啦！"

苏三一听立春有天马的消息，马上凑过来问："真的？天马他好吗？这一走几年,连封信也不给家里寄,想死我啦。"

立春说:"天马到了鄂尔多斯,跟人家贩羊毛,没赚到钱,还把带去的本金赔了个精光。他是被咱村儿的李二柱给骗啦。"

胡小满一听急了:"哎呀,那他现在呢?"

苏三更急:"孩子会不会一时想不开,走了二梅的路呢?"

立春说:"胡嚼甚哩!年轻后生,能被那点儿挫折吓倒?你们猜他找谁去了?"

"找谁?"

"找我妹夫萧占河去啦。"

"啊?"这是胡小满万万没想到的。

立春把一封信丢在桌子上,对胡小满说:"你自个儿看。"

胡小满拿起信,果然是萧占河的信,信里说:"我目前和胡天马联手一起开公司做生意。那后生头脑灵,做事灵活、扎实,是块好料子……我想听听你的意见,与他合作合适不合适?"看到此,胡小满喜得合不拢嘴。苏三夺过信来看着,更是喜得笑成一朵花。

昌立春见时机成熟了,说:"行了,后面高兴的事儿多着哩。先说正事儿——那银圆,你到底往出拿还是不拿?不拿的话,我立马走人,马上给我妹夫回信,让他甩了你家那小子……"

胡小满急忙说:"我拿……我全拿……"

胡小满查点银圆,发现少了一块,只有一百块——莫非让天马偷走了一块?

94.还乡

大青山沙棘饮料厂竣工典礼那天,不但县里的领导到场了,就连市里的领导也来祝贺剪彩。那热闹场面是磨盘村几十年来未有的,锣鼓喧天,彩旗飘扬。四方来客加上附近几个村子前来看热闹的人络绎不绝,有骑摩托车的,有

守望者

骑马、骑骡子、骑毛驴的，也有赶马车一大家子一起来的。光是从呼和浩特特意赶来的报社记者和电视台的摄影记者就有二三十人，一辆村民们从没见过的转播车也停在古老的戏台子前，做实况转播。

合作方鄂尔多斯河马有限责任公司派出的代表金副总提前两天来到磨盘村，他对陪同他的姚白露书记说："两天后，竣工典礼大会上，我们两位正副董事长要来出席，可见我们公司对这项工程的重视程度。"听说大老板要来，姚书记指示县里最好的宾馆做好接待工作，千万不可怠慢了贵客。

到了竣工典礼开幕式的前一天下午，依然不见那两位大老板现身。白露有些着急，问金总："他们怎么还没到呀？"

金总神秘一笑，说："别担心，他们二位肯定会来。不过，他们想给你们一个惊喜。"

对一直不肯露面的大老板，白露的确感到神秘：这神秘人要给我们啥惊喜呢？听金总透露，他好像对这里非常熟悉，村里许多人的人名儿都叫得上来，这个人难道曾经来过磨盘村，还是从这村子里走出去的人？

天近黄昏时，白露在天亮的陪同下检查完会场情况。天亮是个极细心的人，他把方方面面的情况都想到了，就连来客去解手这类问题都想到了。他让人用白色的PVC板搭了几间临时厕所，里面的蹲坑是带翻盖的，人脚一踩上去，盖子就打开，使用完毕，人一离去，盖子自动合住，臭味儿就不会翻上来。便坑下面都撒了白石灰，既可以消毒，又可以清洁空气。

全部工作检查完，已经是黄昏时分。夕阳把它最后的光辉投射到对面山峦的山尖尖上。天亮请白露到家里吃一顿便饭。白露也不客气，说："想起你娘搓的莜面鱼鱼，真好吃哩。"

天亮说："我媳妇玉荣做得也不赖呢。"边说边陪着她向家走去。

二人还没进院，就看见院门外停着一亮崭新的高级轿车。白露不懂车，但天亮自小就喜欢汽车，他懂。看到这车，他心中暗暗一惊：能开得起如此豪车的人，会到我家来？这是不可能的啊！到家里来的是什么人呢？

进屋，看见爹陪一位中年男人坐着，那男人粗粗的脖子上挂着一串金链子，晃得满屋子闪金光。立春正在开一瓶茅台酒，但不知道应该咋打开瓶盖，又拔又拧。那人笑着接过来，轻轻一拧，酒瓶盖就开了。

立春抬头看见进来的天亮和白露，急忙招呼："哟，白露来了……天亮，快来见你小姑夫。"

天亮一下想起来了，可不，那男人不正是前些年跟小姑一起回来的萧占河嘛！

立春把姚白露给萧占河做了介绍。萧占河笑着和她握手说："久仰大名，久仰大名。我家立夏一天不知道要念叨你几回哩。"

白露急忙问："立夏也回来了吗？"

萧占河说："孩子要考大学了，她忙，回不来。等孩子考上大学，她就有空哩。"

"立夏她好吗？"白露感觉有几十年没见到她当年的闺密了。

萧占河说："别的都好，就是生我家小泉时，坐月子受了风，落下肚疼的毛病。我想过些日子带她到北京、上海的大医院看看，实在不行，出国也行。"

玉荣把炒好的菜端上桌，用袖子抹了抹桌子旁的一把空椅子对白露说："你坐呀，姚书记……"

外面响起汽车声，片刻，鄂尔多斯河马有限责任公司的金总拎着一大包蔬菜和水果进来："董事长，对不起，我来晚啦，你让我买的东西，我全买来啦……"

"董事长？"白露惊奇地看着萧占河。

金总赶紧介绍："这就是我们鄂尔多斯河马有限责任公司的董事长萧占河。我呢，只是萧董手下跑腿儿的。"

白露一边和萧占河握手一边说："哎呀，真想不到，居然是立夏的爱人来我们这里投资的呀！"

立春说："你没想到，我更没想到哩！"

白露问："不是说你们还有一位合作伙伴吗？他没来？"

萧占河说:"你说的是小胡董吧?他回家啦。"

"回家?他家在哪儿?"立春听得莫名其妙。

"他家就在大井村呀!"

"他是?"

95.远景

胡天马几年没回家了,突然归来,完全换了一个人。西装革履且不说,发型也与从前大不同,从前是毛寸,刺猬般直立着;现在是偏分。他并不近视,却架了一副金丝边眼镜,一下子儒雅了许多。

天马行空,独往,却不独来。他带回一个姑娘,给胡小满和苏三介绍说:"我对象,索菲娅。"

索菲娅打扮入时,身材高挑,皮肤白嫩。她很有礼貌地向胡小满和苏三行礼,说:"早就想来看望伯父伯母,可就是抽不出空儿来。要不是天马回来参加饮料厂竣工典礼,我们怕还没时间回来呢。"

后面这句话引起了胡小满的注意:"你是回来参加典礼的?"

"是啊。"

"你跟这事儿有啥关系?"

索菲娅抢着说:"伯父,您还不知道吧,天马现在是鄂尔多斯河马有限责任公司的副董事长呢。"

"啥?那饮料厂是你投资的?"胡小满瞪大眼睛。

天马对胡小满一笑:"不是我,是我们公司,河马公司。"

"我还以为这家公司是卖河马的呢。"

天马解释说:"我与萧占河联合注册了这家公司,公司的名字,用了他名字里的一个'河'字,用了我的一个'马'字,所以叫'河马有限责任公司'。"

胡小满恍然大悟,拍着大腿说:"哎呀呀,我家天马有大出息啦,当上大老板啦！我还说呢，人家鄂尔多斯和咱八竿子打不着，为啥跑咱这大山里来投资建厂呢，原来是你和驴子那妹夫搞得呀！"

苏三关心地问："你两手空空，拿啥跟人家合作呢？"

天马说："前些年我贩羊绒赔了个精光，偶遇萧占河，他让我到他公司搞销售。我去他公司干了一年。我发现萧占河下海早，赚了些钱，但魄力不够大，我就建议他走出去，到外地办厂，搞多种经营，譬如说，抓住我们内蒙古的特色，把奶业做大做强。他称赞我的建议好，只是资金周转不灵，手里没闲钱。我说我手里倒是有一块银圆，不知道值多少钱。"

"浑小子，那块银圆果然让你偷走了！"

"是我拿了，不是偷，是借。我只是想带上一块银圆做个念想，实在没钱了，卖了，也许能卖个两千三千吧。听我接着讲呀。萧占河一听笑了，说："你打算拿一块银圆做投资啊？'我说："我从网上查过了，银圆有许多种类，有不值钱的，也有值钱的。我这块银圆可不是一般的银圆。"

"咋不一般？"胡小满急切地问。

胡天马款款道来："民国三年，各地造币厂首次铸造'袁大头'，诞生了许多特殊样式，天津造币厂铸过意大利制版者英文签字版的'袁大头'银圆。"

"那是啥样儿的？"

"在袁大头右侧刻有雕刻专家鲁尔治·乔治的拉丁签名'L·GioRGi'。由于签字版的铸造数量极其有限，因此其收藏价值极高，市场估价非常高。"

"能卖多少钱？"胡小满的眼睛闪烁着光芒。

"当时我也不知道能卖多少钱。萧占河陪着我去了趟北京，到了荣宝斋拍卖有限公司，专家鉴定了真假，然后给出了价格。"

"多少钱？"胡小满屏住呼吸。

"二百八十万！"

胡小满像被施了定身法，浑身哆嗦，嘴里喃喃道："二百八十万……天，我又被驴子给骗啦！他把我那一百块银圆都拿走了，可只给算了十万元。"

"爹，不是所有的银圆都值这个价。我拿银圆的时候，只发现那一块特殊，有英文签字，其他的没有，都是普通银圆。"

"就那一块儿？"

"是。我用那二百八十万做了投资，和萧占河联合经营，成立了一家乳业公司，现在，公司越做越大。可以说，那块银圆是我起步的资本啊。"

苏三喜不自禁："真好……"

胡小满突然生气了："好个屁，你把我的银圆还给我！"

天马似乎早预料到胡小满会这样，笑道："还你还你，还你三百万，怎么样？本金二百八十万，加上二十万的利息。"

胡小满不相信："拿我耍笑？"

天马说："不是，我分给你我们公司百分之五的股份。"

"那是多少？"

"如果你不想卖股份，随着公司越做越大，日后升值了会有上千万哩。如果你想要现金，那这些股份可以兑换三百万人民币。"

天马说着，用眼神示意索菲娅。索菲娅从她的皮包里取出一个文件袋，放在胡小满面前："这里面就是股券，请伯父收好。"

胡小满接过，手开始颤抖。

"你小子，行，我没看走眼。这个，我不卖，我要收好。我要用它鸡生蛋，蛋生鸡，滚雪球，滚一个大青山一样大的雪球。"

大家笑起来。

"真够贪心的。"苏三指着胡小满的脑门说。

"娘，爹，其实这次我回来，参加饮料厂的竣工典礼倒是其次，我有一个更大的项目想落实呢。"

"啥项目？"

"我和萧总商量过了，我们一起投资，把咱磨盘村改造成一个文化旅游村，就是说啊，把咱们现在这些旧房子都拆掉，然后集中盖小白楼，一家两幢楼，想住就住，不想住还有多余出来的，可以建成民宿，也可以开酒吧、烧烤吧，或者给画家、音乐家们作创作基地，将来，让咱们村成为呼市的一处娱乐休闲胜地。"

"能行？"

"肯定行！你看，呼市离咱们这儿只有二十千米，开车一会儿就到。咱们这儿夏天凉爽，绝对是避暑休闲的胜地。"

"嗯，有道理。"

"我们还计划在对面的山上修建一条登山步道，步道两侧摆放上石碑和石雕，把写大青山的诗词赋等都刻在石碑上，把一些古往今来的文化名人都雕刻成塑像，提高大家的文化品位。明天，见了县领导，我和萧占河就谈下一项投资项目……"

96.落叶

秋日，一些花落了，一些草黄了，一些树红了。吕立春背着手慢慢走来，他的脊背仿佛更弯了。

新村落成，果然是一幢幢白色的小楼。村委会在一个气派的院子里。门前，是那条弯曲伸延到大青山深处的柏油路。

他迎面碰上了白海棠。

"立春，这是要去哪儿啊？"

"随便遛遛。吃了？"

"还没呢。莫尼一会儿要带着外地的客人到家来，非得要吃莜面鱼鱼，这不，听说三蛮牛家今天杀了羊，我去那儿割几斤肉……哎，一会儿你也过来吧。"

"不去了。"

"咋的啦？是不是怕人说闲话，躲着我啊？"

"都这把岁数了，怕甚闲话，我是怕你家的客人都是大城市来的贵客，我这老朽，跟人家说不到一搭，给咱村儿丢人呢。"

"你是当过场长和村主任的，咋就丢人了？"

吕立春摇头叹息："咱的思想跟不上趟儿了啊，社会发展得这么快，人家唠起来，都是新名词儿，因特网、股票、基金、冬奥会，还有绿色食品、绿色环保、云存储、云计算、大数据……咱真的听不懂，见了客人，只会出洋相，不去了……"吕立春说着转身欲走。

白海棠喊住了他："哎，立春，孩子们的那件事情，你到底是咋想的？"

"你是说诗远和雨燕？"

"对呀，孩子们都很尊重你，所以才征求你的意见。当然，你要是死不同意，也挡不住他们相爱，可孩子们是怕你感情上受不了，所以才一直在等待你的答复嘛。"

吕立春支支吾吾地说："这事儿，我还没想透，等我想透了再说。"

白海棠无奈地望着他远去的背影。

立春先是去了白沙坝林子里，二梅的坟地就在那里。他在二梅的坟墓前呆立了很久。天近黄昏，林子里有些阴暗，风很凉。立春望着那坟，默然神伤，喃喃道："二梅，你说咋办？这件事情要难死个我哩！挡吧，挡不住。挡，伤孩子的心；不挡，我这心里的疙瘩实在是没办法一下子解开啊，吕家和胡家搭亲家，你是个甚意思呢？哦，你同意啦？"

林子静静地伫立在黄昏的残阳下。风掠过树梢，所有的树梢齐鸣，发出大海涨潮般的声……

日头完全隐没在西山后面时，吕立春到了胡小满家，他站在院子里，先是咳嗽一声，然后走进去。胡小满在一个人喝酒。

吕立春道："哟，一个人喝上了？咋不叫我？"

胡小满瞟了吕立春一眼，没有吱声。吕立春坐在炕沿上。苏三进来，把一副碗筷和一个酒盅放在吕立春面前，给吕立春倒了一杯酒。

吕立春喝了一杯，叹气："唉，老天非得让咱两家结亲家，躲也躲不开，来，亲家，为了这，咱们俩喝上一杯！"

胡小满却没动酒杯："谁跟你是亲家？"

"咋,你是不见棺材不落泪呀?非得等将来,两个娃把生下来的孩子抱在你面前,你才承认啊?"

"我老了,娃的事情我不管,让他们自己折腾去,愿咋折腾就咋折腾。"

"就是说,你同意啦?你这人呀,明明心里已经愿意了,还故意在这儿装甚呢!来,罚你一杯!"

两只玻璃酒杯相碰,酒杯里的酒溢出了清香。

结 局

扫码获取
- AI小远
- 有声伴读
- 作者专栏
- 新书动态

　　这年冬天,我应邀参加了吕诗远和胡雨燕的婚礼。婚礼是在磨盘村举行的。

　　纷飞的雪花整整下了一天一夜,原野已经是白茫茫的一片。鞭炮声声,一派喜悦气氛。吕家全家团圆,齐聚在一幢新盖的小白楼里,吕不丢把饭菜端上了桌子。吕不超一家也回来了。还有从鄂尔多斯赶回来的吕立夏和萧占河及他们已经上大学的儿子萧永泉。

　　丢丢嚷嚷着:"新郎新娘来敬酒啊!"

　　吕诗远和胡雨燕从外面进来,他们穿着新婚礼服,分别给大家敬酒。大家正热闹时,姚白露带着头一回到磨盘村的老魏走了进来。白露向大家道喜之后,把老魏介绍给大家。

　　吕天亮说:"哎呀,那是我们的老书记啦,还用介绍?快进来!"

　　丢丢迎上前去,帮着白露脱下羽绒服:"下雪了,这里比呼市冷吧!"

　　"还行,我也是磨盘村出去的,不怕冷。"白露说。她退休后,还是跟着老魏在呼市定居了。

　　吕诗远告诉我,他已经被落户于和林格尔的云储存大数据中心录取了,明天就去上班了。雨燕也告诉我,上次山茶节之后,茶的销路越来越好,她有信心把山茶推向全国,甚至走向世界。

　　说话间,胡小满和苏三也过来了,与白露一番寒暄。胡小满说他的养牛场已经初见规模啦,目前有一百多头奶牛,产奶量很不错,是蒙乳奶业集团的定点供奶基地。他还自豪地对白露说:"姚书记啊,前一阵子,有的供奶站往奶里掺水,奶的浓度不达标,他们就往奶里掺东西。苏三也心动,说:'人家都掺,咱也掺吧?'我把她臭骂了一顿:'咱是模范示范户,坚决不能干那种伤天害理的事情。'"

苏三不好意思地说:"唉,那时我鬼迷心窍了。"

胡小满说:"你是财迷心窍!"

众人笑起来。

吕诗远和胡雨燕过来敬酒:"请爷爷喝我们的喜酒。"

胡小满感慨:"唉,真没想到这辈子胡吕两家会联姻啊。"

饮罢酒,胡小满接过丢丢送来的茶杯,左右环顾后问:"哎,立春呢?大喜的日子,那驴子跑哪儿去了?"

天亮也环顾四周:"我爹刚才还在呢,转眼就不见了,去哪儿了呢?"

白露笑了:"海棠老师不也没来吗?"

丢丢说:"白老师说她今天在画室有事情,不过来啦。"

大家聊起了别的事情。

我应酬了一会儿,从吕家走出来。几杯酒在肚里供暖,浑身热乎乎的。沿着那静静的村路走着,脚下的积雪"吱吱"作响。天空又飘起零星的雪花,雪落在面颊上、脖子里,凉爽、惬意。

无意间,我走到了白海棠老师的那幢小白楼前。那是她居住的地方,也是她的画室。到了晚年,许多老人在年轻时没有发现的才华都呈现了出来。海棠练国画多年,画国画已炉火纯青。

隔着落地窗的玻璃,我看见海棠正在作画,她身边站着吕立春,正歪着头欣赏她的作品。我再走近些,才看清楚原来白海棠是在画一个静物——一个白色的搪瓷水杯。旧水杯已经漆皮斑驳,但是,画中的杯子是新的,白搪瓷红漆字,里面满满一汪山泉,涌溢而出……

完稿于 2024 年 9 月 14 日

扫码获取
- AI小远
- 有声伴读
- 作者专栏
- 新书动态